国家社科基金
GUOJIA SHEKE JIJIN HOUQI ZIZHU XIANGMU
后期资助项目

敦煌本《文選音》考釋

Textual Research and Interpretation of
the Dunhuang Edition of *Wen Xuan Yin*

羅國威　著

四川人民出版社

2833

屢刀新刀勝之杭戾中八仲刻出師

港漢中八仲西先零

封禪

宮弓迳走趐武妷葳葳

堰傳直曰邽一易以湛庵易極姜株保

凡彼卒躡溏漓場魄薄

埃泙埏沾濡隄涂涑晰盡忠

澤圍驪儦魔穗庖犧舶杷

多柔莉論詭僡殯枕煉惡其

日議夏鼙贅倖應見社挈驪日越

父甫惡杙杌觀亂丕楯紳炎錯氏

辈耕俦曰越覆濼橘蕙餇

漢諶樂園喜態來時車屁宛陸

炳輝本煌見見傳諄論寓論重已日越巖魚極

夏鎬 老 亳薄 猗 鳥苦 渝以 夏

甄 重工枚 應 曰泯民 晴仕 遣 渾

芒 亨 限 翠 奉 柳慮傳 彷注徘

優 蒽思 七日越 耀 遺 壚 柩觀 馴

楥 輝 壽 謀 要一程 寅 震

鱗 嶠 縢能縣 于 袐 放注憚 台

諭 謕縣 餅 輝 炎艷

第廿五 枚 牧 權買 日 碑 除于

版枚 飲 行 幣 皇 應 閣 筭

徙 騫 將 胏 召 歜昌

晉紀 日越應 總論 量上盡 中仲任 戲橋

Дх. 03421《文選音》

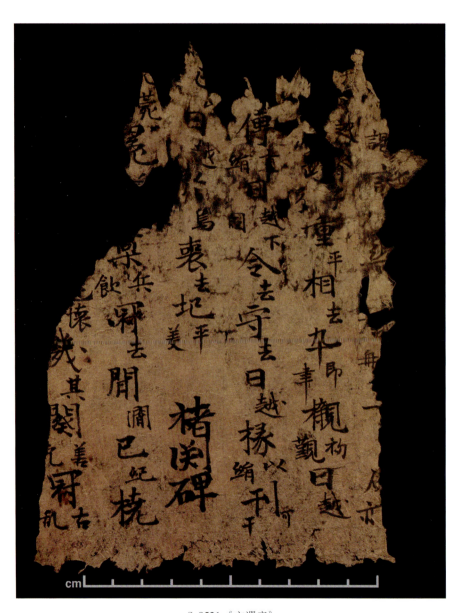

S. 8521《文選音》

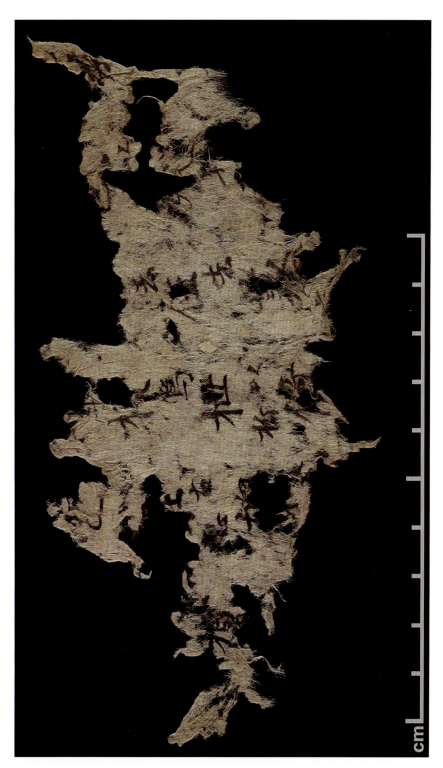

S. 11383b《文選音》

自然之至音非絲竹之所擬是故聲不假器用不

偕物近取諸身侵心御氣動唇有曲發口成音

觸類感物因歌隨吟大而不浮細而不沉清激

切於竽笙優潤和於琴瑟妙之以通神悟靈

精敞之以窮幽測深收激楚之哀荒節此里之奢

溢濟洪災於羿陽於重蔭唱永萬靈

曲用無方和樂怡懌悲傷摧藏時幽歡而將

絕中矯厲而惆悵傺婉約而優遊紛繁鶩

而激揚情既思而能反心雖哀而不傷懟八音之至

而激揚情眄思而猿及心雖衰而不傷總八音之至
和固樂極而無荒若乃登高臺以臨遠披文軒
而騁望唱仰桥而抗首嘈長歹而懷亮或舒
肆而自又或徘徊而復放或冉弱而柔桡或澃
澗而犇牲横聲鳴而涌洄固渺綿眺而清昶
逸氣奮涌繽紛文錯列之飈揚愀之響作奏
胡馬之長思间寒風乎北朔又似鳴鴲之特翦群
鳴號乎沙漠故能因形創聲隨事造曲應物
無窮機發響速慱蟄衛仿佛譚雲屬曷幾雑
若合持絕漫續飛廔鼓於幽遂猛虎應於由

S. 3663《嘯賦》-2

若合特絕後續飛廉鼓於幽隧猛虎應於中

谷南箕動於宮倉清飈振乎高木散滯積而

檔楊蕩埃謇之泂潺夏陸陽之至和移灘風

之穢俗若乃遊崇岡陵景山臨巖側望流尪塵

鹽石潄清泉蔭蘭皇畢之猗廉蔭脩竹之蟬

蛸乃吟詠而鼓歡聲路轕而嚮連舒富思

之桃憤奮久結之纏綿心滌蕩而無累志離

俗而飄然若夫假鳥金革樹則淘飽泉聲

巖則隆冬煦煕葉騁羽則嚴霜夏彫動商則秋

繁奏若笳若簫硣狼震隱訇礁噌嘈發

乘春隆奏角則谷風鳴條音均不恒曲無

霑春隆蓁角則谷風鳴條 音均不恒曲無

定關行而不當止而不滯隨口吻而發揚假芳

氣而遠逝音要妙而流響聲激曜而清厲

信自然之極麗羌殊尤而絕世越韶夏與咸池

何徒取異乎鄭衛于時綿駒結舌而喪精

王豹杜口而失色虞公輟聲而止歌寧子檢

手而歎息鍾期棄琴而改聽尼父忘味而

不食百獸率儛而抃足鳳皇來儀而栩

翼乃知長嘯之奇妙此音聲之至極

文選卷第九

S. 3663《嘯賦》－4

前　言

　　《文選》一書在唐代，讀書人家弦户誦，究其因，唐代科舉、進士科必試詩賦，而盡收漢魏以來八代詩賦精粹的《文選》，自然便成為士子們參加科考的必讀書了。為了幫助士子們掃清《文選》研習中的障礙，《文選》注音釋義的著作應運而生，除今人熟知的《文選》李善注和五臣注外，《隋書·經籍志》著録，有“《文選》音三卷，蕭該撰”。①《舊唐書·經籍志》著録，有“《文選音》十卷，蕭該撰。又十卷，公孫羅撰。《文選音義》十卷，釋道淹撰”。②《新唐書·藝文志》著録，有“蕭該《文選音》十卷”，“僧道淹《文選音義》十卷”，“公孫羅注《文選》六十卷又《音義》十卷”，“曹憲《文選音義》（亡卷）”，“許淹《文選音》十卷”。③　（案釋道淹和許淹是同一人，《新唐書·藝文志》著録為二人，誤。）《文選》音釋著作，可謂夥矣，令人遺憾的是，唐代這一大批五彩繽紛的《文選》音釋之著作，却一部也没流傳下來。

　　敦煌 P. 2833《文選音》寫卷的發現，無異天壤秘籍重現人間，立即引起學界重視，王重民先生在 1935 年 7 月撰寫的《叙録》中有云：“敦煌本《文選音》殘卷，起任彦昇《王文憲集序》之後半（在《文選》原卷第二十三），訖干令升《晉紀總論》（《文選》原卷第二十五）。卷内出篇題及原文一二字，而用直音或反切作音於下，絶不及字義，故知為《文選音》也。”又云：“此殘卷九十七行，民字治字不闕筆，而國字作圀，為偽周所製新字，則寫於武后時可知也。”同時將此定為蕭該《文選音》。④　嗣後，周祖謨先生撰文，將此寫卷定為許淹

---

①　《隋書》第四册，第 1082 頁，中華書局 1987 年 12 月。
②　《舊唐書》第六册，第 2077 頁，中華書局 1987 年 11 月。
③　《新唐書》第五册，第 1619–1622 頁，中華書局 1987 年 11 月。
④　王重民《敦煌古籍叙録》，第 322–323 頁，中華書局 1979 年 9 月。

《文選音》。① 王重民先生又因此寫卷無任何作者信息，將之定為蕭該《文選音》抑或許淹《文選音》都過于魯莽，内證外證並不足，作者暫付闕如。② S. 8521 寫卷，存殘五行，無論體式、字跡，與 P. 2833 寫卷並無二致，當為同一寫卷不相貫連的兩個部分。張金泉、許連平《敦煌音義匯考》一書，③ 將 P. 2833 與 S. 8521 拼合，按行逐一將每字之音釋（反切或直音）與《六臣注文選》及《廣韻》之音釋（反切或直音）相考校。由於該書是對整個敦煌寫卷的音義之作作匯總考校，《文選音》僅僅是其中很少一部分，因之，留下的研究空間也比較大。本人在拙著《敦煌本昭明文選研究》一書的附錄中，收了 P. 2833 寫卷的錄文，毋庸諱言，訛奪不少，給整理工作留下了遺憾。④

隨着世界各地所藏敦煌文獻的不斷發掘和刊布，學界在原有兩個敦煌《文選音》寫卷的基礎上，又發現兩個殘片：Дх. 03421 和 S. 11383b。Дх. 03421 乃《齊敬皇后哀策文》和《郭有道碑文》的音釋殘片，存字共十四個。S. 11383b 乃《頭陀寺碑文》的音釋殘片，存字十個。《敦煌經部文獻合集》（第九冊）收有此四個殘片的錄文及考校。⑤ 與此同時，敦煌《文選音》也吸引了年輕學子，出現了一批以《文選音》為研究對象的碩士論文，這批學人，從漢語語音學入手，作了較為深入的探索，成績可喜。范志新先生又就該寫卷的作者及鈔寫時間，提出新的見地。⑥ 然而，作者仍未有確指，對寫卷作全面、系統而又深入研究的專著，迄今尚付闕如。

《敦煌本〈文選音〉考釋》，是從敦煌學、文選學、文字學、音韻學、訓詁學、版本學、校讎學等多方位多角度全面而又系統深入地研究敦煌本《文選音》的一部專著。

---

① 周祖謨《論文選殘卷之作者及其音反》，《輔仁學誌》第八期第一卷，1939 年 6 月。

② 王重民《敦煌古籍敍錄》第 323 頁，中華書局 1979 年 9 月。

③ 張金泉、許建平《敦煌音義匯考》，第 410–471 頁，杭州大學出版社，1996 年 12 月。

④ 羅國威《敦煌本昭明文選研究》，第 305–311 頁，黑龍江教育出版社，1999 年 10 月。

⑤ 張涌泉主編《敦煌經部文獻合集》第九冊，第 4748 頁，中華書局 2008 年 8 月。

⑥ 范志新《唐寫本〈文選音〉作者問題之我見》，《晉陽學刊》2005 年第五期。

　　敦煌本《文選音》包括 P. 2833、Дх. 03421、S. 8521、S. 11383b 四個《文選音》寫卷。而 S. 3663《嘯賦》寫卷上附有音釋，王重民先生描述道："又按幅內行間，多注反切，審其筆跡，稍與正文不同，蓋是後人所加。卷末有朱筆云：'鄭承為景點訖'，點讀當即出此鄭君手。又按凡音反切者，則無點讀，（僅屬均兩字例外。）則反切亦當為此鄭君所迻入。"① 因之遂將 S. 3663《嘯賦》音釋作為附録，一併研討。P. 2833 存文九十七行，包括：《王文憲集序》釋六十六字字音，《聖主得賢臣頌》釋一百一十六字字音（實際上共一百二十一字，其中五字因二度書寫而重複，以下各篇都有重複之字，現在所列爲除去重復字的數字），《趙充國頌》釋十四字字音，《出師頌》釋二十二字字音，《酒德頌》釋三十八字字音，《漢高祖功臣頌》釋一百五十七字字音，《東方朔畫贊》釋五十三字字音，《三國名臣序贊》釋一百四十三字字音，《封禪文》釋一百二十七字字音，《劇秦美新》釋一百四十九字字音，《典引》釋一百四十二字字音，《公孫弘傳贊》釋三十一字字音，《晉紀論晉武帝革命》釋二字字音，《晉紀總論》釋六字字音。Дх. 03421 存殘三行，釋十四字字音，分別為《齊敬皇后哀策文》四字字音，《郭有道碑文》十字字音。S. 8521 存殘五行，《陳太丘碑文》釋十五字字音，《褚淵碑文》釋八字字音，共釋二十三字字音。S. 11383b 存殘三行，《頭陀寺碑文》釋十字字音。再加上所附 S. 3663《嘯賦》的四十三字音釋，共一千一百五十六個字的音釋，本書專門研討這一千一百五十六個字的字音字義並予考釋，同時研討寫卷文本的諸種問題。

　　今本《文選》版本，分以下五個系統：李善注本、五臣注本、五臣李善注本、李善五臣注本、集注本（李善、鈔、音決、五臣、陸善經、集注者案斷）。P. 2833、Дх. 03421、S. 8521、S. 11383b 敦煌本《文選音》寫卷，為以上五種《文選》版本系列以外的另一種，其據以作音釋的《文選》底本，當是一接近蕭選三十卷本原貌的傳本，它保存了唐鈔本《文選》的文本原貌，也保存了唐鈔《文選》中的許多古字古音，吉光片羽，彌足珍貴，為我們今天校訂《文選》，提供了一

────────────

① 　王重民《敦煌古籍叙叙録》，第 322 頁，中華書局 1979 年 9 月。

個寶貴的唐鈔本《文選》文本的殘卷。

如《文選》陸機《漢高祖功臣頌》一文，文章開頭便列舉了要頌揚功臣的名單，每人按官衙職務里貫姓名排列，據敦煌本《文選音》摘字釋音的排列次第，發現其與今本《文選》有異。今本《文選》除五臣注本無此一段名單文字外，其余四種排列次第並同，而敦煌本《文選音》（P. 2833）的排列次第為：一蕭何、二曹參、三灌嬰、四張良、五靳歙、六酈食其、七黥布、八盧綰、九吳芮、十周勃、十一樊噲、十二周苛、十三酈商。由此説明，敦煌本《文選音》的底本，是一與今本《文選》不同的傳本。①

又比如，《文選》司馬相如《封禪文》，敦煌本《文選音》（P. 2833）在《封神文》"氾布濩之"句"氾"字下注反切"芳劍"，而五臣注本、五臣李善注本、李善五臣注本於正文"氾"下注直音"似"。"芳劍"切出之音在《廣韻》去聲《梵韻》，而"似"在《廣韻》上聲《止韻》。孰對孰錯？檢《史記·司馬相如列傳》所載《封禪文》，此句作"氾專（專）濩之"。裴駰《集解》引胡廣曰："古布字作專（專）。"司馬貞《索隱》引胡廣説："氾，普也，言雨澤非偏於我，普徧布散，無所不濩之。"②因今本《文選》此句無注，故引《史記》三家注以明其訓詁，"氾"訓"普"，則《文選音》"芳劍反"的音釋所釋"氾"字正確，而五臣注本、五臣李善注本、李善五臣注本所注直音"似"當為"氾"字之讀音，是敦煌本《文選音》底本作"氾"是，而五臣注本、五臣李善注本、李善五臣注本作"氾"非也。

因之，考釋工作的第一步，是校訂敦煌本《文選音》的文本。敦煌本《文選音》是摘字釋音，無有正文，我的做法是逆向而行，按所釋字尋繹原文（以宋尤袤刊李善注本為底本，尤刻本該篇該句所釋字與《文選音》異者，改從《文選音》），將所釋字置於《文選》原文原句之中，以還原其語境，從而審覈所釋字字義，由義而審其音，以還原《文選音》文字的本來面目。用以比勘之本，就是上文列舉之五種類型的版本（《凡例》中列有參校書目，此不贅述）。

---

① 説詳該篇該條校記，此不贅言。

② 《史記》（影宋黃善夫刊本）第二十六册，第104頁，國家圖書館出版社 2018年 10 月。

　　版本校訂完成後，便是對其音釋字的字音予以考證。敦煌本《文選音》的釋音形式，有以下特點。

　　其一為反切，這是當時（唐代）給漢字釋音的主要方式。敦煌本《文選音》寫卷的一個特色，是將被釋字作為反切上字，書寫時採用了疊字號。這一現象在敦煌本《文選音》寫卷中相當突出，這種釋音手段，是此敦煌本《文選音》運用反切釋音的一大特點。我們若根據這一訓釋特點為敦煌本《文選音》的作者的生活時代劃出一大致范圍，以作進一步的考索，應當是可行的。

　　其二為用同音字注直音。仔細研覈，發現其小字直注可分三類。一類為同音字作注，如"曰"下注"越"，"己"下注"紀"，"涯"下注"崖"，此類無庸多説。第二類，此小字注並非同音字作直音字，而是標示此字的聲調。如《王文憲集序》"自是始有應務之跡"句"應"下注"去"，《三國名臣序贊》"應變知微"句"應"下注"去"，《封禪文》"期應紹至"句"應"下注"去"，《劇秦美新》"有憑應而尚缺"句"應"下注"去"，同篇"應時而蠋"句"應"下注"去"，《晉紀論晉武帝革命》"應而不求"句"應"下注"去"。又如《劇秦美新》"上封事皇帝陛下"句"上"下注"上"。《陳太丘碑文》"重乎公相之任也"句"重"下注"平"，"相"下注"去"，同篇"太守南陽曹府君命官作誄曰"句"守"下注"去"，同篇"既喪斯文"句"喪"下注"去"。《褚淵碑文》"葉隆弱冠"句"冠"下注"去"。這一類，是標示該字的聲調，讀者可以據聲調以求其讀音。第三類，該注文小字是對正文校勘標示的正字。如《漢高祖功臣頌》"穆穆帝典"句"典"字用別體"興"，"興"下注小字"典"。《封禪文》"舜在假典"句"典"亦作"興"，下注小字"典"。《劇秦美新》"金科玉條"句"條"用別體"樤"，下注小字"條"。《典引》"受恩浸深"句"浸"用別體"湵"，下注小字"浸"。當然，此小字注既可看作是校語，亦可視作音釋，應該是一舉兩得。

　　敦煌本《文選音》寫卷（P. 2833、Дx. 03421、S. 8521、S. 11383b）釋音形式的另一特點，是同一字在同篇或另篇出現時反復注音，讀者從書末的《索引》可以發現，"曰"字出現二十一次，"日"字出現十一次，"已"字出現二十次。而且這些都是常見常用字，讀《文選》者不會不認識，這一奇特現象，也是留給語音學界進一步探討的空間。

根據這一現象可以考見，此《文選音》在給《文選》七百餘篇作品作音釋時，這一千一百一十三字都曾反復出現，據此，我們可將敦煌本《文選音》寫卷復原，其復原後的篇幅，將是現在寫卷的若干倍。因之，我們絶不可低估敦煌本《文選音》殘卷的文獻價值。又，從此四個殘卷都屬《文選》三十卷本中卷二十三至卷三十這一情況，我們可以推斷，敦煌石室中所保存的《文選音》寫卷，可能衹是一個止存卷二十三至卷三十的不完全鈔本，並非《文選音》寫卷的完袟。因迄今所發現的《文選音》殘卷，無有超出此八卷外者。

考釋工作，是以今本《文選》（上述五種類型的版本）校訂其版本文字，以各型《文選》之注音與之參正考訂，並以現存保留古音較夥的古音學著作（唐）陸德明《經典釋文》、（唐）釋慧琳《一切經音義》、（宋）陳彭年《廣韻》、（宋）丁度《集韻》，及文字學著作（唐）顔元孫《干禄字書》、（宋）陳彭年《玉篇》、（遼）釋行均《龍龕手鏡》等與之參互考校，以證實敦煌本《文選音》寫卷音釋之普遍性與準確性。見智見仁，讀者當有所得。"知音君子，其垂意焉。"①

羅國威

二〇二一年七月於四川大學竹林村

---

① 《文心雕龍》卷十《知音》，（影清乾隆間刊黄叔琳注本）下册，第 193 頁，國家圖書館出版社，2017 年 6 月。

凡　例

一、敦煌 P. 2833 號殘卷，乃敦煌本《文選音》寫卷中第二十三卷（前殘）、第二十四卷、第二十五卷（後殘）的正文部分（原書當為三十卷本無疑），存文九十七行，即《王文憲集序》《聖主得賢臣頌》《趙充國頌》《出師頌》《酒德頌》《漢高祖功臣頌》《東方朔畫贊》《三國名臣序贊》《封禪文》《劇秦美新》《典引》《公孫弘傳贊》《晉武帝革命論》《晉紀總論》等十四篇文之音釋。Дх. 03421 號殘卷，乃《文選音》寫卷卷二十九的一殘片，即《齊敬皇后哀策文》《郭有道碑文》之音釋。敦煌 S. 8521《文選音》寫卷為一殘片，亦屬《文選音》卷二十九，止存《陳太丘碑文》（首殘）及《褚淵碑文》（止存首數句）二篇之音釋。S. 11383b 乃一殘片，為《文選音》卷三十《頭陁寺碑文》之音釋殘片。此四個寫卷當為《文選音》同一寫卷之不相連接的四個部分，且分別藏於法國、俄羅斯和英國。其音釋形制是摘字為訓，訓釋形式有反切，有直音，亦有止標四聲者，無正文原句。本書即為敦煌 P. 2833、Дх. 03421、S. 8521、S. 11383b《文選音》寫卷之音訓作考釋疏證。

一、先按寫卷之被音釋字逐字尋繹原句（原句迻錄自宋刊尤刻本《文選》，原句中被釋字有與寫卷異者，改依寫卷，並出校記，置於該字考釋之首），所釋字以寫卷為底本，以北宋天聖明道間監刊李善注本《文選》（簡稱北宋本）、南宋淳熙八年貴池尤袤刊李善注本《文選》（簡稱尤刻本）、臺灣藏並影印南宋建陽陳八郎刊五臣注本《文選》（簡稱五臣本）、日本足利學校藏汲古書院影印宋明州州學刊五臣李善注本《文選》（簡稱明州本）、韓國奎章閣藏並影印明正德三年以銅活字本覆印北宋元祐九年秀州州學刊五臣李善注本《文選》（簡稱奎章閣本）、四部叢刊初編影南宋建刊本李善五臣注本《文選》（簡稱叢刊本）、日本藏並影印古鈔本《文選集注》（簡稱集注本）、比勘，校其同異。與釋音字無涉者，概不出校。

　　一、寫卷之各條音釋，以日藏古鈔本《文選集注》（卷九三存《聖主得賢臣頌》《趙充國頌》《出師頌》《酒德頌》《漢高祖功臣頌》，卷九四存《東方朔畫贊》《三國名臣序贊》，卷九五存《晉紀總論》八篇）以各篇之正文校訂寫卷文字，以其注引之《文選音決》，及（唐）陸德明《經典釋文》（上海古籍出版社影印北圖藏宋刊本）、（唐）慧琳《一切經音義》（上海古籍出版社影印日本獅谷本）、《鉅宋廣韻》（上海古籍出版社影印宋乾道五年閩刊本）、《集韻》（上海古籍出版社影印述古堂影宋本），及古人文字學著作如（唐）顏元孫《干禄字書》（《夷門廣牘》本）、《玉篇》（北京古籍出版社影印清張士俊《澤存堂五種》本）、（遼）釋行均《龍龕手鏡》（中華書局影印高麗影遼刻本）等書所載該字的音釋，考校其異同，作出疏證。於張金泉、許建平《敦煌音義滙考》（杭州大學出版社出版）一書，亦間有參考。

　　一、凡音釋之字後有復出者，以互見法標出，即止標此音釋見前某篇某句，並不複出，以省篇幅。

　　一、居前之音釋有佚闕者，以後復出之此字音釋補之，並於校記中説明，考釋亦隨之。居後者之音釋有佚闕者，以互見法標出，與前條同。

　　一、仿漢唐人注書舊例，融校注於一體。一條之中，校語居前，注文隨之。

　　一、S. 3663 號寫卷，乃《文選·嘯賦》之殘卷，篇題作者題署及賦文“自”字以上一百七十餘字全佚，起“自然之至音”至篇末“音聲之至極”。共三十七行，行十六至十九字不等。白文無注，末行題“文選卷第九”，李善注本《嘯賦》在卷十八，此寫卷當為三十卷本，存昭明舊式。卷中注有音切，分注於被釋字之兩旁。於此，對 S. 3663《嘯賦》之音釋亦作疏證，因《晉書·成公綏傳》載有《嘯賦》全文，疏釋方式及采用書目，除增加百衲本《晉書》（影宋本）外，並與前同。作為附錄一，置於書末。

　　一、為方便讀者充分利用此書，專為此書編一所釋字字頭索引，作為附錄二。

目　　録

P. 2833《文選音》

王文憲集序

增益標勝　　勝勝盡

　　勝下之反切上字原作"彡"，"彡"為疊字符號，"即以被注字作反切上字"（張金泉《敦煌音義滙考》）。今將"彡"改作本字。《經典釋文》卷二《周易》《臨》《遯》《繫辭下》，卷三《尚書》上《西伯戡黎》，卷四《尚書》下《洪範》，卷六《毛詩》中《小雅·正月》，卷七《毛詩》下《商頌·玄鳥》，卷十一《禮記》一《曲禮上》，卷十二《禮記》二《少儀》，卷十三《禮記》三《學記》（凡二見），卷十四《禮記》四《表記》（凡二見），卷十六《春秋左氏傳》（以下簡稱《左傳》）二僖公十八年，卷十八《左傳》三襄公二十三年，卷十九《左傳》四昭公八年、昭公十二年、昭公二十六年，卷二十一《春秋公羊傳》（以下簡稱《公羊傳》）桓公十三年，卷二十四《論語》《序》，卷二十五《老子》，卷二十六《莊子》上《養生主》，卷二十九《爾雅》上《釋詁》，卷三十《爾雅》下《釋鳥》《釋獸》所注之反切，或作"升證"、或作"商證"、或作"詩證"、或作"尸證"、或作"式證"、或作"舒證"、或作"始證"、或作"世證"、或作"申證"。慧琳《一切經音義》（以下簡稱慧琳《音義》）卷二十九、卷四十四並音"昇證反"。《廣韻·證韻》音"詩證切"。升、商、詩、尸、式、舒、始、世、申、勝、昇、屬書紐。並同。

皆折衷於公　　折之熱

　　《經典釋文》卷二《周易》《賁》《豐》《署例下》，卷三《尚書》上《禹貢》，卷四《尚書》下《洪範》《吕刑》，卷五《毛詩》上《周南·兔罝》《鄭風·將仲子》《齊風·東方未明》，卷六《毛詩》中

《小雅·賓之初筵》，卷七《毛詩》下《大雅·綿》《商頌·那》，卷八《周禮》上《天官冢宰》《天官·醫師》《地官·舞師》《春官·大胥》，卷九《周禮》下《夏官·小子》《夏官·環人》《夏官·祭僕》《冬官·冶氏》《冬官·梓人》《冬官·磬人》，卷十《儀禮》《士冠禮》《鄉飲酒禮》《鄉射禮》《覲禮》《喪服》《既夕禮》《少牢饋食禮》《有司》，卷十一《禮記》一《曲禮上》《曲禮下》《檀弓上》《檀弓下》，卷十二《禮記》二《內則》《玉藻》（凡二見）《少儀》，卷十三《禮記》三《學記》《樂記》（凡二見）《雜記上》《祭法》，卷十四《禮記》四《閒傳》，卷十五《左傳》一桓公十一年，卷十七《左傳》三宣公十二年、宣公十六年、成公二年、成公十二年、成公十六年、襄公九年，卷十八《左傳》四襄公二十七年、昭公元年，卷十九《左傳》五昭公二十一年，卷二十《左傳》六定公十二年、哀公六年、哀公十七年，卷二十一《公羊傳》桓公十一年、莊公十年、文公十二年，卷二十二《春秋穀梁傳》（以下簡稱《穀梁傳》）隱公三年、桓公十一年、僖公二十三年，卷二十四《論語》《顏淵》，卷二十五《老子》，卷二十七《莊子》中《駢拇》《天地》《秋水》，卷二八《莊子》下《則陽》《漁父》，卷三十《爾雅》下《釋魚》，或音"之舌反"，或音"之設反"，或音"之列反"。慧琳《音義》卷三、卷八音"章熱反""臣熱反"，卷六十音"戰熱反"，卷九十音"蟬熱反"，《廣韻·薛韻》音"旨熱切"。案臣、蟬屬禪紐、之、章、戰、旨屬章紐。其實並同。

因便感咽　便便面　咽一結

便下反切上字原作疊字號"々"，今改正字。　《經典釋文》卷二《周易》《習》，卷四《尚書》下《囧命》，卷六《毛詩》中《小雅·信南山》，卷八《周禮》上《天官·宮伯》《天官·內豎》《地官·比長》《地官·司市》《春官·喪祝》，卷九《周禮》下《夏官·挈壺氏》《夏官·射鳥氏》《冬官·輈人》《冬官·冶氏》《冬官·函人》，卷十《儀禮》《士冠禮》《士昏禮》《鄉飲酒禮》《鄉射禮》《燕禮》《大射》《聘禮》《公食大夫禮》《喪服》《士喪禮》（凡三見）《既夕禮》（凡二見）《士虞禮》《特牲饋食禮》《少牢饋食禮》《有司》，卷十一《禮記》一《曲禮上》（凡四見）《月令》（凡二見），卷十二《禮記》二《郊特牲》《內則》《玉藻》《少儀》（凡三見），卷十三《禮記》三《喪大記》，卷十四《禮記》四《表記》《奔喪》，卷十八《左傳》四昭公元年，卷十九《左傳》五昭公四年，卷二十一《公羊傳》桓公十一年、桓公十八年、僖公四年、襄公二十五年，卷二十二《穀梁傳》僖公二年，卷二十四《論語》《鄉黨》（凡二見）《季氏》，卷二十六《莊子》上《齊物論》（凡二見）《養生主》《應帝王》，卷二十七《莊子》中《天地》《秋水》《山木》，卷二十八《莊子》下《徐无鬼》，卷二十九《爾雅》上《釋訓》（凡二見）並音"婢面反"。慧琳《音義》卷二音"毗綿反"、卷二十七音"便面反"。《廣韻·線韻》音"婢面切"，婢、毗、便、屬並紐，其實並同。《經典釋文》卷七《毛詩》下《魯頌·有駜》釋"咽"為"烏玄反"。慧琳《音義》卷四十五音"烟見反"，卷五十一同，卷五十二音"一見反"，卷九十三音"烟結反"。《廣韻·屑韻》音"烏結反"。烏、烟、一屬影紐，其實並同。

若不自勝 勝升

《經典釋文》卷二《周易》《離》《困》《繫辭下》，卷三《尚書》上《禹貢》，卷四《尚書》下《君奭》《周官》，卷五《毛詩》上《鄭風·緇衣》，卷六《毛詩》中《小雅·正月》《小雅·角弓》，卷七《毛詩》下《大雅·綿》《商頌·玄鳥》，卷九《周禮》下《冬官·輪人》《冬官·輈人》《冬官·瓬人》《冬官·匠人》《冬官·車人》，卷十《儀禮·聘禮》，卷十一《禮記》一《曲禮上》《曲禮下》《檀弓下》，卷十二《禮記》二《文王世子》，卷十三《禮記》三《學記》（凡二見）《祭義》，卷十四《禮記》四《表記》（凡三見），卷十六《左傳》二僖公十八年，卷十七《左傳》三宣公十二年、成公三年、襄公六年、襄公十年，卷十八《左傳》四襄公十八年，卷十九《左傳》五昭公四年、昭公八年、昭公十年、昭公十一年、昭公十二年、昭公二十一年、昭公二十六年，卷二十一《公羊傳》桓公八年、莊公四年、閔公九年、昭公五年，卷二十四《論語》《序》《鄉黨》《子路》，卷二十六《莊子》上《逍遙遊》《齊物論》《人間世》（凡二見）《德充符》，卷二十七《莊子》中《在宥》《天地》《天運》《秋水》（凡三見）《至樂》，卷二十八《莊子》下《徐无鬼》《則陽》《讓王》《漁父》，並音"升"。《廣韻·蒸韻》音"識蒸切"，同。

以死固請　　請請令

請字原殘，止遺左半，今據其反切補。反切上字原為疊字號，今改正字。　《經典釋文》卷五《毛詩》上《邶風·匏有苦葉》，卷九《周禮》下《秋官·條狼氏》，卷十《儀禮》《士昏禮》《既夕禮》，卷十一《禮記》一《檀弓上》，卷十四《禮記》四《投壺》《冠義》，卷十八《左傳》四襄公二十四年，卷二十一《公羊傳》桓公九年，並音"七井反"，卷十三《禮記》三《樂記》音"七領反"。慧琳《音義》卷三十音"且領反"，《廣韻·靜韻》音"七靜切"。七、且屬清紐，疾屬從紐。同。

刊弘度之四部　　刊可干

刊字寫卷原置於下文"契"字之下，今據《文選》正文乙之。S.8521《文選音》《陳太丘碑文》"刊石作銘"句《文選集注》注引《文選音決》音"看"。《經典釋文》卷三《尚書》上《益稷》《禹貢》音"苦安反"，卷七《毛詩》下《大雅·皇矣》，卷九《周禮》下《秋官·柞氏》，卷十《儀禮》《鄉射禮》，卷十三《禮記》三《雜記上》，卷十五《左傳》一《序》，卷二十一《公羊傳》昭公十二年並音"苦干反"。慧琳《音義》卷十、卷四十七音"口干反"，卷七十七、卷八十、卷九十四音"渴安反"，卷九十音"渴干反"。《廣韻·寒韻》音"苦寒切"。看、苦、口、渴屬溪紐。並同。

稷契匡虞夏　　契思列

《經典釋文》卷三《尚書》上《舜典》《胤征》，卷五《毛詩》上《邶風·擊鼓》，卷七《毛詩》下《商頌·玄鳥》，卷九《周禮》下《冬官·輈人》，卷十《儀禮》《喪服經傳》，卷十一《禮記》一《王制》（凡二見，一音"苦結反"）《月令》，卷十二《禮記》二《禮運》，卷十三《禮記》三《祭法》，卷十六《左傳》二文公二年、文公七年（凡二見），卷十七《左傳》三襄公九年、襄公十年，卷二十《左傳》六哀公二年，卷二十二《穀梁傳》僖公十五年，卷二十四《論語》《泰伯》，卷二十六《莊子》上《逍遙遊》，卷二十八《莊子》下《讓王》並音"息列反"。《廣韻·屑韻》音"先結切"。思、先、息屬心紐，並同。

自是始有應務之跡　應去

應下之"去"，並非反切，而是四聲標識。　《經典釋文》卷二《周易》《乾》《泰》《損》《艮》《畧例上》，卷三《尚書》上《大禹謨》《益稷》（凡二見）《湯誓》《仲虺之誥》，卷四《尚書》下《武成》《金縢》《大誥》《康誥》《君陳》《吕刑》，卷五《毛詩》上《周南·關雎》《周南·麟之趾》《召南·騶虞》《鄘風·蝃蝀》，卷六《毛詩》中《小雅·常棣》《小雅·斯干》《小雅·何人斯》《小雅·賓之初筵》，卷七《毛詩》下《大雅·大明》《大雅·綿》《大雅·皇矣》《大雅·靈臺》《大雅·文王有聲》《大雅·生民》《大雅·民勞》《大雅·桑柔》《大雅·烝民》《大雅·有瞽》《大雅·雝》《魯頌·閟宮》，卷八《周禮》上《地官·大司徒》《春官·大司樂》，卷九《周禮》下《夏官·校人》《冬官·槀氏》《冬官·車人》《冬官·弓人》，卷十《儀禮》《士冠禮》《鄉飲酒禮》（凡二見）《燕禮》《大射儀》（凡二見），卷十一《禮記》一《曲禮上》（凡二見）《曲禮下》《檀弓上》（凡二見）《月令》（凡五見），卷十二《禮記》二《文王世子》《禮運》《禮器》《内則》《明堂位》（凡二見），卷十三《禮記》三《樂記》（凡二見）《經解》《仲尼燕居》，卷十四《禮記》四《中庸》（凡二見）《表記》（凡二見）《緇衣》《問喪》《深衣》（凡二見）《儒行》《冠義》《喪服四制》，卷十五《左傳》一《序》、桓公十一年、莊公四年、莊公二十二年、僖公十五年，卷十六《左傳》二宣公七年，卷十七《左傳》三宣公十二年（凡二見）、成公十三年、成公十五年、成公十六年、襄公二年、襄公十九年、襄公二十一年、襄公二十二年、襄公二十三年（凡二見）、襄公二十五年、襄公二十六年、襄公二十八年（凡二見），卷十九《左傳》五昭公五年、昭公十二年、昭公十三年、昭公十七年、昭公二十年、昭公二十二年、昭公二十八年，卷二十《左傳》六昭公三十一年、哀公八年、哀公十四年、哀公十七年，卷二十一《公羊傳》隱公八年、桓公五年、桓公八年、桓公十四年、莊公十一年、莊公十三年、莊公二十五年、僖公二年、僖公三年、僖公二十年、成公八年、襄公二十九年、昭公五年、昭公十八年、哀公十四年，卷二十二《穀梁傳》《序》、桓公三年、僖公十一年、昭公八年，卷二十四《論語》《先進》《子路》《微子》，卷二十五《老子》（凡二見），卷二十六《莊子》上《逍遥遊》（凡二見）《齊物論》（凡二見）《德充符》（凡二見）《大宗師》（凡二見）《應帝王》，卷二十七《莊子》中《馬蹄》《達生》，卷二十八《莊子》下《則陽》《列禦寇》，卷二十九《爾雅》上《釋詁》，並音"應對之應"，卷二十四《論語》《子張》"應對"下應之反切為"抑證"，卷二十二《穀梁傳》哀公十年音"於敬反"，卷二十九《爾雅》上《釋言》《釋訓》《釋樂》，卷三十《爾雅》下《釋鳥》並音"譍"，卷二十九《爾雅》上《釋天》音"於證反"。慧琳《音義》卷二十七引《切韻》音"於證反"，《廣韻·證韻》音"於證切"。"抑證反""於敬反""譍""於證反"，於、抑屬影紐，其所切出之音同，並為應讀去聲之音切。

時司徒袁粲　粲□旦

粲上原殘存某字之反切下字"王"之左半，疑為"生民屬心矣"句"屬"之反切"市玉"。粲下反切之上字佚，止遺下字"旦"。今補之以"□"。　《經典釋文》卷五《毛詩》上《鄭風·緇衣》，卷十四《禮記》四《緇衣》，卷十八《左傳》四襄公二十六年，卷二十二《穀梁傳》昭公四年，卷二十九《爾雅》上《釋言》《釋訓》並音"七旦反"，卷五《毛詩》上《鄭風·羔裘》《唐風·綢繆》，卷六《毛詩》中《小雅·伐木》音"采旦反"。慧琳《音義》卷五十八音"麁旦反"，《廣韻·翰韻》音"蒼案切"。采、麁、蒼屬清紐，並同。

見公弱齡　齡零

寫卷"齡"字作"令"，今補全。　慧琳《音義》卷二十三、卷二十四、卷二十七、卷四十八、卷六十四、卷八十九，並音"歷丁反"，《廣韻·青韻》音"郎丁切"。歷、郎、屬來紐，同。

欺曰　曰越

《經典釋文》卷二《周易》《大畜》，卷四《尚書》下《洛誥》，卷六《毛詩》中《陳風·東門之枌》，卷十四《禮記》四《表記》，卷十六《左傳》二僖公三十一年，卷二十三《孝經》《士章》，卷二十四《論語》《先進》，卷二十五《老子》並注直音"越"。《廣韻·月韻》音"五伐切"。《漢書·楊雄傳上》："越不可載已。"顔師古注："越，曰也。"

衣冠禮樂在是矣　冠古亂

　　冠原作俗體"冠"，反切之下字原作俗體"乱"，今並改正體。S. 8521 之《褚淵碑文》"業隆弱冠"句《文選集注》引《音決》音"古翫反"。《經典釋文》卷三《尚書》上《序》，卷二十一《公羊傳》隱公元年音"工亂反"，卷四《尚書》下《洪範》音"官喚反"，卷十五《左傳》一閔公九年音"古喚反"，卷八《周禮》上《天官冢宰》，卷十《儀禮》《士冠禮》，卷十一《禮記》一《曲禮上》，卷十七《左傳》三成公二年，卷二十三《孝經》《卿大夫章》，卷二十五《論語》《顏淵》，卷二十七《莊子》中《田子方》，卷二十九《爾雅》上《釋宮》並音"古亂反"。慧琳《音義》卷二十二音"古亂反"，卷二十五音"古玩反"，卷七十七音"古歡反"，卷九十七音"管桓反"。《廣韻·換韻》音"古玩切"。古、管屬見紐，並同。

之子照清襟　襟今

　　《經典釋文》卷二十一《公羊傳》哀公十四年注直音"金"。慧琳《音義》卷十三音"錦陰反"，卷七十一音"居吟反"。《廣韻·侵韻》音"居吟切"。金、錦、居屬見紐，並同。

服闋　闋苦穴

　　S. 8521《褚淵碑文》"服闋"句《文選集注》引《音決》音"苦穴反"。《經典釋文》卷十五《左傳》一隱公元年，卷三十《爾雅》下《釋獸》音"其月反"，卷十八《左傳》四襄公二十一年音"求月反"。慧琳《音義》卷十七音"苦穴反"，卷九十一音"犬悦反"，卷九十二同，卷九十四音"犬決反"。《廣韻·月韻》音"去月切"。其、求羣紐，苦、犬、去溪紐。同。

拜司徒右長史　長知丈

　　《經典釋文》卷二《周易》《師》《小畜》《泰》《否》《臨》《剥》《復》《大過》《恒》《遯》《大壯》《家人》《蹇》《損》（凡二見）《夬》《震》《歸妹》《旅》《兑》《中孚》《繫辭》（上下）《說卦》《序卦》《雜卦》《畧例下》並音"丁丈反"，卷三《尚書》上《舜典》《益稷》《禹貢》（凡二見）《伊訓》《咸有一德》《盤庚》（上中下）

《説命》（中下）《微子》，卷四《尚書》下《泰誓》（中下）《牧誓》《武成》《洪範》《旅獒》《康誥》（凡二見）《酒誥》《多方》《立政》《周官》《君陳》《顧命》《囧命》《吕刑》，卷七《毛詩》下《大雅》《抑》《桑柔》《雲漢》，卷八《周禮》上《天官冢宰》《地官司徒》《地官・載師》《春官宗伯》，卷九《周禮》下《夏官司馬》《夏官・職方氏》《秋官・大司寇》《秋官・小司寇》《秋官・朝士》《秋官・掌客》《秋官・朝大夫》《冬官考工記》《冬官・梓人》，卷十《儀禮》《士冠禮》《士昏禮》（凡二見）《鄉飲酒》（凡四見）《鄉射禮》（凡四見）《燕禮》（凡三見）《大射儀》（凡四見）《聘禮》《公食大夫禮》《喪服》（凡二見）《士喪禮》《既夕禮》（凡二見）《士虞禮》（凡二見）《特牲饋食禮》（凡四見）《少牢饋食禮》《有司》，卷十一《禮記》一《曲禮上》《曲禮下》（凡二見）《檀弓上》《檀弓下》（凡三見）《王制》（凡五見）《月令》（凡九見），卷十二《禮記》二《曾子問》（凡二見，其一作，"知丈反"）《文王世子》《禮運》（凡二見）《内則》《喪服小記》《大傳》《少儀》（凡三見），卷十三《禮記》三《學記》《樂記》（凡六見）《雜記上》（凡二見）《雜記下》（凡三見）《喪大記》《祭義》（凡二見）《祭統》（凡二見）《經解》《哀公問》《仲尼燕居》（凡二見）《孔子閒居》《坊記》，卷十四《禮記》四《中庸》（凡三見）《表記》《緇衣》（凡三見）《奔喪》《閒傳》《投壺》《儒行》（凡二見）《大學》（凡二見）《冠義》《鄉飲酒》《射義》（凡二見）《燕義》，並音"丁丈反"。卷十五《左傳》一《序》、隱公三年、隱公五年、隱公六年、隱公十一年、桓公六年、桓公十二年、莊公十一年、莊公十四年、莊公十五年、莊公二十三年、閔公元年、僖公元年、僖公二年、僖公八年、僖公九年、僖公十五年，卷十六《左傳》二僖公十七年（凡二見）、僖公十九年、僖公二十七年、僖公二十八年（凡二見）、僖公三十三年、文公二年、文公六年、文公十四年、文公十五年、文公十八年、宣公四年，卷十七《左傳》三宣公十二年、成公十六年、成公十八年（凡二見）、襄公四年、襄公六年、襄公七年、襄公九年、襄公十年（凡二見）、襄公十一年、襄公十二年、襄公十三年、襄公十四年（凡二見），卷十八《左傳》四襄公十八年、襄公十九年、襄公二十三年（凡三見）、襄公二十四年、襄公二十五年（凡二見）、襄公二十六年、襄公二十九年、襄公三十年、襄公三十一年（凡二見）、昭公元年（凡三見）、昭公二年、昭公三年，卷十九《左傳》五昭公四年、昭公六年、昭公七年、昭公九年（凡二見）、昭公十年、昭公十一年、昭公十二年（凡二見）、昭公十三年（凡二見）、昭公十四年、昭公十五年、昭公十七年、昭公十八年、昭公十九年、昭公二十年（凡三見）、昭公二十一年、昭公二十二年、昭公二十五年、昭公二十六年（凡二見），卷二十《左傳》六昭公二十八年（凡三見）、昭公二十九年、定公四年（凡二見）、哀公元年（凡二見）、哀公五年、哀公六年（凡二見）、哀公七年、哀公十一年、哀公十三年、哀公十四年（凡二見），哀公十五年、哀公十六年（凡二見）音“丁丈反”，同。卷二十一《公羊傳》隱公元年、桓公二年、桓公四年、莊公八年、莊公十三年、莊公二十七年、僖公二年、僖公十年、文公元年、文公十四年、成公三年、成公十五年、襄公十二年、襄公二十九年、昭公二十年、昭公三十一年、定公六年、定公十二年音“丁丈反”，卷二十二《穀梁傳》隱公元年、隱公二年、隱公五年、隱公七年、莊公十八年、閔公二年、僖公二年（凡二見）、僖公十年、僖公十九年、文公二年、文公十二年、襄公三十年、定公十五年，音“丁丈反”，卷二十三《孝經》《士章》《庶人章》《孝治章》《廣揚名章》《感應章》音“丁丈反”，卷二十四《論語》《先進》《憲問》《微子》音“丁丈反”，卷二十五《老子》（凡四見）音“丁丈反”，卷二十六《莊子》上《大宗師》（凡三見，其一作“張丈反”），卷二十七《莊子》中《馬蹄》《天道》《至樂》《達生》（凡二見）《田子方》《知北遊》，卷二十八《莊子》下《庚桑楚》（凡二見）《徐无鬼》（凡四見）《盜跖》《漁父》《列禦寇》音“丁丈反”。卷二十九《爾雅》上《釋詁》《釋親》《釋天》，卷三十《爾雅》下《釋鳥》《釋獸》音“丁丈反”，並同。而《經典釋文》卷五《毛詩》上《邶風·匏有苦葉》《邶風·谷風》《邶風·旄丘》《鄘風·蝃蝀》《王風·葛藟》《王風·兔爰》《鄭風·蘀方》，卷六《毛詩》中《曹風·鳲鳩》《小雅·天保》《小雅·蓼蕭》（凡二見）《小雅·菁菁者莪》《小雅·采芑》《小雅·節南山》（凡二見）《小雅·何人斯》，卷七《毛詩》下《大雅·大明》《大雅·綿》《大雅·皇矣》《大雅·生民》（凡三見）《大雅·卷阿》《大雅·召旻》《周頌·閔予小子》《周頌·載芟》（凡二見），並音“張丈反”。案“長”有二義，長短之長和兄長之長，故其聲有清濁之分，亦即知紐和澄紐。兄長之長為知紐，故"知丈反""丁丈反""張丈反"並同。慧琳《音義》卷四、卷三十四、卷五十三、卷六十七、卷七十、卷八十一，所載反切上字並為澄紐，即長短之長之反切。《廣韻·養韻》該字音"知丈切，"為知紐，《廣韻·養韻》下所注之"直張切"及《廣韻·漾韻》之"直亮切"亦為澄紐。

出為義興太守　守狩

　　《經典釋文》卷三《尚書》上《舜典》，卷四《尚書》下《周官》，卷七《毛詩》下《大雅·崧高》，卷九《周禮》下《秋官》《大司寇》《職金》，卷十《儀禮》《覲禮》，卷十五《左傳》一莊公二十一年，卷二十七《莊子》中《胠篋》，並注直音"狩"。《經典釋文》卷十三《禮記》三《祭義》注狩音"獸"。而《經典釋文》卷四《尚書》下《武成》音"許救反"，卷三十《爾雅》下《釋獸》音"叔又反"。《經典釋文》卷四《尚書》下《畢命》音"始救反"、《費誓》音"手又反"，卷五《毛詩》上《周南·兔罝》，卷七《毛詩》下《大雅·時邁》《魯頌·般》，卷八《周禮》上《天官·宮正》《春官·天府》《春官·典瑞》，卷九《周禮》下《夏官》《掌固》《司十》《司弓矢》，卷十《儀禮》《大射儀》，卷十一《禮記》一《檀弓下》《王制》，卷十二《禮記》二《曾子問》《文王世子》《禮器》《郊特牲》《玉藻》（凡二見）《明堂位》《少儀》，卷十三《禮記》三《祭義》，卷十四《禮記》四《表記》《鄉飲酒》並同，音"手又反"。卷十五《左傳》一隱公八年、莊公十四年、閔公二年（凡二見）、僖公四年、僖公十二年，卷十六《左傳》二僖公二十四年（凡二見）、僖公二十五年、僖公二十八年、文公七年、文公十四年、文公十五年、宣公十年，卷十七《左傳》三宣公十二年、宣公十五年、成公元年、成公二年、成公十三年、成公十六年（凡三見）、成公十七年（凡二見）、襄公八年、襄公九年（凡二見）、襄公十年、襄公十二年、襄公十三年、襄公十四年，卷十八《左傳》四襄公十六年、襄公十八年（凡三見）、襄公十九年、襄公二十一年、襄公二十二年、襄公二十三年、襄公二十五年、襄公二十六年，卷十九《左傳》五昭公四年、昭公五年（凡二見）、昭公七年、昭公十二年、昭公十三年（凡三見）、昭公十五年、昭公十六年、昭公十八年、昭公二十二年、昭公二十三年，卷二十《左傳》六昭公二十七年、定公元年、定公四年、哀公十一年（凡二見）、哀公十三年、哀公二十三年、哀公二十六年、《後序》，卷二十一《公羊傳》隱公八年、莊公二十四年、閔公二十一年，卷二十二《穀梁傳》隱公十一年、僖公二十二年、僖公二十四年、文公三年、襄公十二年、襄公二十五年並音"手又反"，《穀梁傳》桓公元年、桓公十八年、僖公二十八年注直音"狩"，同。卷二十三《孝經》《孝治章》，卷二十四《論語》《公冶長》，並音"手又反"。是"狩""許救反""叔又反""手又反"並同也。《廣韻·宥韻》音"舒救切"。案、手、叔、舒屬書紐，許屬曉紐。

奏課為最　課苦戈

《經典釋文》卷十四《禮記》四《射義》音"口卧反"。慧琳《音義》卷三十一音"科卧反"。《廣韻·戈韻》音"苦禾切"。口、科、苦、同屬溪紐，同。

肇基王命　肇兆

肇字原佚，據《文選》正文及所注直音"兆"補。　《經典釋文》卷三《尚書》上《舜典》《胤征》，卷四《尚書》下《武成》，卷七《毛詩》下《大雅·生民》《大雅·江漢》，並注直音"兆"。卷七《毛詩》下《周頌·維清》音"召"，卷二十三《孝經》《天子章》"兆"字音"正表反"。卷二十九《爾雅》上《釋詁》（凡二見）音"趙"，同。慧琳《音義》卷十一肇音"潮少反"，卷八十三音"朝小反"，《廣韻·小韻》肇音"治小切"。案兆、趙、朝、潮、治屬澄紐，正屬章紐。同。

實資人傑　傑巨列

《經典釋文》卷二十七《莊子》中《天運》"郭居竭反，又居謁反、巨竭反"，卷二十九《爾雅》上《釋丘》音"渠列反"。慧琳《音義》卷十六、卷六十七音"乾孽反"，卷四十四、卷四十六音"奇哲反"，卷四十七音"奇列反"，卷八十三音"竭"，卷九十二音"虔孽反"。《廣韻·薛韻》音"渠列切"，案巨、渠、乾、奇、竭、虔屬羣紐，居屬見紐。同。

是以宸居膺列宿之表　宸辰　宿秀

慧琳《音義》卷八十三宸音"是人反"，卷八十四音"慎人反"，卷八十八音"慎真反"。《廣韻·真韻》宸辰並音"植鄰切"。同。《經典釋文》卷三《尚書》上《堯典》《説命中》，卷四《尚書》下《洪範》宿字並音"秀"，卷五《毛詩》上《召南·小星》《唐風·綢繆》，卷九《周禮》下《冬官·輈人》，卷十一《禮記》一《月令》（凡二見）《禮運》同。卷十五《左傳》一桓公五年，卷十八《左傳》四襄公二十八年，卷十九《左傳》五昭公十年、昭公十七年，卷二十一《公羊傳》莊公七年並同。卷八《周禮》上《天官·宮正》音"息就反"，《春官宗伯》同，卷九《周禮》下《夏官·司士》《秋官·脩閭》同。卷二十二《穀梁傳》莊公七年音"夙又反"，卷二十九《爾雅》上《釋天》同。慧琳《音義》卷二"宿"音"相育反"。"宿"在《廣韻·宥韻》音"秀""息救切"，又音"夙"，《廣韻·屋韻》亦收"宿"字，音"息逐切"，又音"息救切"。《經典釋文》卷十二《禮記》二《玉藻》音"色六反"，卷二十一《公羊傳》隱公元年音"夙"，卷二十四《論語》《述而》音"息六反"，卷二十九《爾雅》上《釋訓》音"先六反"。是"息救反""夙又反"即"息就反"，直音"秀"；"色六反""息六反""先六反""相育反"即"息逐反"，直音"夙"。音"秀"在《廣韻·宥韻》，音"宿"在《廣韻·屋韻》。

圖緯著王佐之符　著知慮

《經典釋文》卷十二《禮記》二《大傳》著音"知慮反"（凡二見），卷十三《禮記》三《樂記》同。卷二《周易》《坤》音"張慮反"，《晉》《家人》《繫辭上》同。卷三《尚書》上《堯典》，卷五《毛詩》上《齊風·著》音"直據反"，卷七《毛詩》下《大雅》《文王》《皇矣》音"珍慮反"。卷八《周禮》上《春官宗伯》音"張慮反"，卷九《周禮》下《秋官·職金》《秋官·掌囚》，卷十三《禮記》三《祭統》（凡二見），卷十四《禮記》四《中庸》（凡三見）《緇衣》《奔喪》《問喪》《閒傳》《大學》（凡二見）並同。卷十五《左傳》一桓公二年，卷十六《左傳》二宣公三年，卷十八《左傳》四襄公十九年、襄公二十一年並同。卷二十二《穀梁傳》莊公四年、莊公二十四年、閔公六年音"張慮反"。卷二十四《論語》《公冶長》音"知慮反"，《子罕》音"竹呂反"，卷二十九《爾雅》上《釋天》

音"陟慮""遲慮"二反。慧琳《音義》卷十音"張慮反",卷二十五音"忠庶反",卷二十九音"張慮反"。《廣韻·御韻》著音"陟慮切"。是"知慮""張慮""陟慮""直據""珍慮""竹呂""忠庶"切出之音並同也。張、知、竹、陟、忠、珍屬知紐,遲、直屬澄紐,並同。

禮紊舊宗　紊問

《經典釋文》卷三《尚書》上《盤庚上》"紊"直音"問",與寫卷同。慧琳《音義》卷四十九音"文憤反",卷五十一音"文糞反",卷六十四音"問",卷八十音"文奮反",卷九十三音"聞憤反"。《廣韻·問韻》紊音"亡運切"。文、聞、亡屬微紐,並同。

素意所不蓄　蓄丑六

《經典釋文》卷四《尚書》下《周官》,卷五《毛詩》上《邶風·谷風》,卷六《毛詩》中《小雅·六月》《小雅·甫田》,卷二十一《公羊傳》桓公元年,卷三十《爾雅》下《釋草》並音"敕六反",卷十二《禮記》二《郊特牲》音"丑六反"。慧琳《音義》卷四十八音"恥六反",卷六十六音"丑六反",卷八十三音"抽六反"。《廣韻·屋韻》音"丑六切"。敕、丑、恥、抽屬徹紐,並同。

皆取定俄頃　頃去潁

頃,五臣本、明州本、奎章閣本作"傾"。案"傾""頃"音同義通。　《經典釋文》卷五《毛詩》上《周南·卷耳》《召南·摽有梅》《邶風·柏舟》,卷九《周禮》下《冬官·梓人》,卷十三《禮記》三《孔子閒居》,卷十六《左傳》二文公十年、文公十四年,卷十七《左傳》三成公九年、成公十七年、襄公三年,卷十九《左傳》五昭公七年、昭公八年、昭公二十年、昭公二十一年、昭公二十二年,卷二十《左傳》六昭公三十年、定公九年、哀公四年、哀公十二年,卷二十一《公羊傳》宣公八年、成公二年、昭公三十年、哀公四年,卷二十二《穀梁傳》宣公八年、成公元年、成公九年、成公三十年、哀公四年並注直音"傾"。《經典釋文》卷六《毛詩》中《小雅·車攻》,卷十四《禮記》四《三年問》,卷十八《左傳》四襄公二十五年並音"苦潁反"。慧琳《音義》卷三音"傾潁反",卷十三音"犬潁反",卷七十一音"丘穎反"。《廣韻·静韻》音"去穎切"。去、苦、傾、犬、丘屬溪紐。並同。

遷尚書左僕射　射夜

《經典釋文》卷八《周禮》上《春官》《典命》《大司樂》，卷十《儀禮》《大射儀》，卷十一《禮記》一《檀弓下》《月令》（凡二見），卷十二《禮記》二《玉藻》，卷十三《禮記·祭統》，卷十四《禮記》四《中庸》（凡二見）《禮記·緇衣》，卷十五《左傳》一《序》、桓公九年、莊公二十三年，卷十九《左傳》五昭公二十年、昭公二十一年，卷二十《左傳》六定公二年、哀公九年、哀公十四年，卷二十一《公羊傳》桓公九年、莊公二十三年、文公六年，卷二十二《穀梁傳》桓公九年、莊公二十三年，卷二十六《莊子》上《逍遥遊》，並注直音"亦"，卷二十九《爾雅》上《釋詁》音"羊石反"。慧琳《音義》卷八五注直音"夜"，《廣韻·昔韻》音"羊益切"。亦、羊、夜屬以紐，並同。

允集兹日　日人一

《經典釋文》卷二《周易》《乾》，卷四《尚書》下《大誥》《吕刑》，卷十三《禮記》三《孔子閒居》，卷十四《禮記》四《衣記》，卷十六《左傳》二文公十三年，卷十七《左傳》三成公十六年，卷十八《左傳》四襄公二十八年、昭公三年，卷二十一《公羊傳》隱公元年，卷二十二《穀梁傳》隱公元年（凡二見）、襄公二十六年，卷二十三《孝經》《聖治章》《廣至德章》，卷二十六《莊子》上《應帝王》，卷二十八《莊子》下《盗跖》音"人實反"。《經典釋文》卷六《毛詩》中《小雅·采薇》音"人栗反"，《小雅·節南山》《小雅·小弁》《小雅·何人斯》，卷十四《禮記》四《中庸》，卷三十《爾雅》下《釋獸》《釋畜》音"而一反"。《經典釋文》卷十一《禮記》一《檀弓下》（凡二見）《王制》（凡四見）《月令》，卷十五《左傳》一桓公十一年（反切下文"一"作"逸"），卷三十《爾雅》下《釋草》（凡二見，其中一作"人逸反"），音"人一反"。慧琳《音義》卷十一、卷四十一並音"而質反"。《廣韻·質韻》音"人質切"。人、而屬日紐，並同。

又授太子詹事　詹占

《經典釋文》卷六《毛詩》中《小雅·采緑》，卷二十六《莊子》

上《齊物論》，卷二十九《爾雅》上《釋詁》音"占"，卷十五《左傳》一桓公十年音"章廉反"，莊公十七年音"之廉反"，卷十七《左傳》三襄公十一年，卷十九《左傳》五昭公九年，卷二十二《穀梁傳》僖公四年音"之廉反"，卷二十二《穀梁傳》莊公十七年音"者廉反"。《廣韻·鹽韻》音"職廉切"。占、章、之、者、職屬章纽，並同。

遺詔以公為侍中尚書令　令力政

《經典釋文》卷二《周易》《訟》音"力呈反"，《隨》《蠱》《大畜》《頤》《大過》《恒》《困》《艮》《豐》《旅》《小過》《未濟》，卷三《尚書》上《舜典》《太甲上》《盤庚中》，卷四《尚書》下《泰誓下》《大誥》《康誥》《酒誥》《梓材》《召誥》《洛誥》《畢命》《君牙》《呂刑》《文侯之命》《費誓》，卷五《毛詩》上《召南·野有死麕》《邶風·二子乘舟》（反切下字"呈"作"征"）、《衛風·伯兮》《王風·揚之水》《齊風·南山》《秦風·車鄰》，卷六《毛詩》中《豳風·東山》《小雅·鴻鴈》《小雅·十月之交》《小雅·四月》《小雅·北山》《小雅·青蠅》（反切下字"呈"作"成"）《小雅·賓之初筵》《小雅·角弓》《小雅·白華》（反切下字"呈"作"成"）《小雅·漸漸之石》，卷七《毛詩》下《大雅·思齊》（反切下字"呈"作"成"）《大雅·皇矣》（反切下字"呈"作"成"）《大雅·鳧鷖》《大雅·卷阿》《大雅·民勞》《大雅·抑》《大雅·桑柔》（凡二見）《大雅·雲漢》《大雅·崧高》《大雅·韓奕》（凡二見）《大雅·召旻》《魯頌·閟宮》，卷八《周禮》上《天官冢宰》《天官·庖人》《天官·玉府》《天官·内小臣》《地官·封人》《地官·載師》《地官·胥師》《地官·肆長》《地官·司關》《春官·大宗伯》《春官·典瑞》《春官·典祀》《春官·小師》《春官·小祝》《春官·家宗人》，卷九《周禮》下《夏官·大司馬》（凡二見）、《夏官·挈壺氏》《夏官·太僕》《夏官·校人》《秋官·罪隸》《秋官·野廬氏》《秋官·庶氏》《秋官·蠟氏》《秋官·輈人》，卷十《儀禮》《士冠禮》《士昏禮》《鄉射禮》《燕禮》《大射儀》（凡二見）《喪服》《士喪禮》《士虞禮》《少牢饋食禮》《有司》，卷十一《禮記》一《曲禮上》（凡二見）《月令》，卷十二《禮記》二《文王世子》《郊特牲》《内則》（凡二見）《喪服小記》《大傳》，卷十三《禮記》三《樂記》，卷十四

《禮記》四《表記》《緇衣》《射義》，卷十五《左傳》一《序》、隱公三年、隱公九年、隱公十一年、桓公元年、僖公十五年，卷十六《左傳》二僖公二十三年、僖公二十四年（凡二見，其一反切下字"呈"作"丁"）、僖公二十五年、僖公二十八年（凡二見）、僖公三十三年、文公二年、文公七年、文公八年、文公十二年、文公十三年、文公十八年、宣公三年，卷十七《左傳》三成公二年（凡四見）、成公五年、成公七年、成公十一年（反切下字"呈"作"丁"）、成公十八年、襄公十年，卷十八《左傳》四襄公二十一年、襄公二十二年、襄公二十六年（凡二見）、襄公二十八年、襄公三十一年、昭公三年（凡二見），卷十九《左傳》五昭公四年、昭公十一年、昭公十二年、昭公十六年（凡二見）、昭公十八年、昭公二十年、昭公二十二年、昭公二十五年，卷二十《左傳》六昭公二十八年、昭公二十九年、定公四年（凡三見）、定公六年、定公九年、定公十三年、哀公元年、哀公三年、哀公六年、哀公八年、哀公十五年、哀公十六年、哀公十七年、哀公二十一年、哀公二十五年、哀公二十六年，卷二十一《公羊傳》隱公七年、隱公八年、桓公二年、桓公十一年、莊公元年、莊公六年、莊公二十四年、閔公元年、僖公四年、僖公二十八年、文公七年（反切下字"呈"作"丁"）、文公十三年、文公十五年、文公十六年、成公十六年、襄公二十七年、昭公元年、昭公十二年、昭公二十年、昭公二十五年、定公六年，卷二十二《穀梁傳》隱公四年、隱公八年、莊公十二年、莊公十七年、僖公二年、僖公四年、僖公五年、文公五年、文公七年（反切下字"呈"作"丁"）、成公二年、昭公十三年、昭公二十年、定公二年，卷二十四《論語》《學而》《雍也》（凡二見）《陽貨》，卷二十五《老子》（凡八見，反切下字"呈"作"征"），卷二十六《莊子》上《逍遙遊》（凡二見）《養生主》《人間世》，卷二十七《莊子》中《駢拇》《天地》《秋水》《至樂》《田子方》《知北遊》，卷二十八《莊子》下《庚桑楚》《徐无鬼》《外物》（凡二見，反切下字"呈"作"成"）《讓王》《列禦寇》（凡二見）《天下》（凡三見），卷二十九《爾雅》上《釋詁》《釋言》（凡二見）《釋樂》《釋天》（凡二見）《釋地》，並同，音"力呈反"。慧琳《音義》卷二十三音"力政反"。《廣韻‧勁韻》音"力政切"。其實並同。

故能使解劍拜仇　仇求

《經典釋文》卷二《周易》《鼎》，卷三《尚書》上《仲虺之誥》，卷五《毛詩》上《小雅・賓之初筵》，卷十一《禮記》一《檀弓上》，卷十三《禮記》三《雜記下》，卷十四《禮記》四《緇衣》，卷十五《左傳》一桓公二年，卷十六《左傳》二僖公二十五年，卷十九《左傳》五昭公五年，卷二十《左傳》六定公四年、定公八年，卷二十一《公羊傳》莊公十二年，卷二十二《穀梁傳》襄公二十九年，卷二十四《論語・子張》，卷二十五《老子》，卷二十九《爾雅》上《釋詁》《釋訓》，並注直音“求”。慧琳《音義》卷十三、卷二十、卷二十八、卷四十六、卷五十八、卷五十九、卷七十三，並音“渠牛反”，卷二十一音“渠尤反”，卷三十三音“舊牛反”，卷一百音“舊尤反”。《廣韻・尤韻》音“巨鳩切”，即音“求”。渠、舊、巨屬羣紐，並同。

或德標素尚　標必昭

《經典釋文》卷二十七《莊子》中《天地》音“方遙反”，《知北遊》音“必遙反”，卷二十八《莊子》下《庚桑楚》音“必遙反”。慧琳《音義》卷十二、卷四十九、卷五十七、卷六十四、卷六十八、卷七十二、卷七十六、卷九十六、卷九十七並音“必遙反”，卷四十七音“標遙反”。《廣韻・宵韻》音“甫遙切”。方、甫屬非紐，必、標屬幫紐。同。

臭味風雲　臭昌又

寫卷“臭”字作俗體“氊”，與《魏冀州刺史元壽安墓志》同。《經典釋文》卷二《周易》《繫辭上》《説卦》，卷二十九《爾雅》上《釋器》，卷三十《爾雅》下《釋草》《釋蟲》，並音“昌又反”，卷三《尚書》上《盤庚中》音“尺售反”，卷六《毛詩》中《小雅・信南山》音“昌救反”，卷十一《禮記》一《王制》音“尺救反”，卷十二《禮記》二《少儀》音“許又反”，卷十四《禮記》四《大學》音“昌救反”。慧琳《音義》卷三音“昌咒反”，卷五十五同，卷八音“昌獸反”，卷二十七音“赤救反”，卷三十三音“醜咒反”，卷七十二音“醜狩反”。《廣韻・宥韻》音“尺救切”。昌、尺、赤、醜屬昌紐，許屬曉紐。並同。

挂服捐駒 捐以專 駒俱

　　《經典釋文》卷十九《左傳》五昭公十一年"捐"音"以專反"，卷二十二《穀梁傳》宣公十八年音"以全反"，卷二十四《論語》《公冶長》音"悦全反"卷二十七《莊子》中《在宥》同，卷二十六《莊子》上《大宗師》音"以全反"，卷二十九《爾雅》上《釋器》音"與專反"。慧琳《音義》卷十一音"恚緣反"又音"悦緣反"，卷十二音"充玄反"，卷十五音"悦玄反"，卷四十一同，卷二十五音"以專反"，卷二十七、卷七十同，又卷二十七音"與專反"，卷三十三音"淵淵反"。《廣韻·仙韻》音"與專反"。以、悦、充、與屬以紐，恚、淵屬影紐。並同。　　《經典釋文》卷四《尚書》下《周官》，卷六《毛詩》中《小雅·皇皇者華》，卷三十《爾雅》下《釋鳥》並注直音"俱"，卷六《毛詩》中《小雅·角弓》，卷十五《左傳》一隱公二年音"拘"。《廣韻·虞韻》音"舉朱切"。俱、拘、舉屬見紐。同。

處薄者不怨其少 處處與

　　寫卷"處"字用別體"處"，反切上字用疊字號，下字用俗體"与"，今並正之。　　《經典釋文》卷二《周易》《乾》《剥》，卷四《尚書》下《周官》《顧命》，卷六《毛詩》中《小雅·十月之交》，卷十六《左傳》二文公十一年，卷二十四《論語》《里仁》，卷二十七《莊子》中《山木》音"昌呂反"，卷二《周易》《益》，卷二十九《爾雅》上《釋水》音"昌預反"，卷三《尚書》上《舜典》《益稷》《禹貢》《召誥》音"昌慮反"，卷五《毛詩》上《周南·汝墳》《邶風·燕燕》《邶風·擊鼓》《邶風·匏有苦葉》《邶風·静女》《鄘風·柏舟》《鄘風·相鼠》《王風·丘中有麻》《鄭風·溱洧》《齊風·南山》《齊風·猗嗟》《魏風·陟岵》《唐風·鴇羽》《秦風·小戎》，卷六《毛詩》中《陳風·東門之枌》《小雅·常棣》《小雅·正月》《小雅·小明》《小雅·楚茨》《小雅·甫田》《小雅·角弓》《小雅·綿蠻》《小雅·漸漸之石》，卷七《毛詩》下《大雅·大明》《大雅·綿》《大雅·靈臺》《大雅·生民》《大雅·公劉》《周頌·振鷺》《商頌·殷武》，卷八《周禮》上《天官·大宰》，卷十《儀禮》《士冠禮》《士昏禮》（凡二見）《鄉飲酒禮》《鄉射禮》《燕禮》《大射儀》

《聘禮》（凡二見）《公食大夫禮》《覲禮》《士喪禮》（凡二見）《特牲
饋食禮》，卷十二《禮記》二《曲禮上》《曲禮下》《檀弓上》（凡三
見）《檀弓下》（凡二見）《王制》《月令》（凡二見），卷十二《禮記》
二《曾子問》《文王世子》《禮運》《禮器》《郊特牲》《内則》（凡三
見）《玉藻》《少儀》（凡二見），卷十三《禮記》三《樂記》（凡二
見）《雜記上》《雜記下》《喪大記》（凡三見）《祭法》《祭統》《仲
尼燕居》，卷十四《禮記》四《表記》《奔喪》《問喪》《投壺》《儒
行》《大學》，卷十五《左傳》一隱公九年，卷十六《左傳》二僖公二
十五年、文公二年、宣公四年，卷十七《左傳》三宣公十二年、成公
二年、成公十七年、襄公九年、襄公十一年，卷十八《左傳》四襄公
二十三年、襄公二十五年、襄公二十六年，卷十九《左傳》五昭公六
年、昭公九年、昭公十年（凡二見）、昭公十一年、昭公十三年、昭公
十八年（凡二見）、昭公二十年，卷二十《左傳》六定公三年、定公
十五年、哀公元年、襄公十四年、哀公十七年，卷二十一《公羊傳》
隱公元年、隱公十一年、桓公十三年、僖公十九年、僖公三十三年、
成公二年、襄公七年、昭公五年、定公十年，卷二十二《穀梁傳》隱
公二年、莊公十八年、莊公二十八年、僖公五年、僖公三十三年、成
公十二年、昭公二十年、定公元年、定公十五年，卷二十三《孝經》
《聖治章》，卷二十四《論語》《鄉黨》《衛靈公》《陽貨》《微子》，卷
二十五《老子》，卷二十六《莊子》上《逍遙遊》《齊物論》《養生
主》（凡二見）《德充符》，卷二十七《莊子》中《秋水》《達生》《田
子方》《知北遊》，卷二十八《莊子》下《則陽》《讓王》，卷二十九
《爾雅》上《釋訓》《釋水》，卷三十《爾雅》下《釋魚》《釋鳥》《釋
獸》（凡二見），同，音“昌慮反”，卷二十八《莊子》下《庚桑楚》
音“昌據反”。慧琳《音義》卷二十七（凡二見）、卷四十三音“昌與
反”。《廣韻·御韻》音“昌據切”。處、昌屬昌紐。同。

窮涯而反　　涯崖

《經典釋文》卷三《尚書》上《禹貢》，卷五《毛詩》上《王
風·葛藟》，卷六《毛詩》中《小雅·北山》，卷二十六《莊子》上
《養生主》音“魚佳反”，卷三《尚書》上《微子》，卷五《毛詩》上
《召南·采蘋》，卷七《毛詩》下《大雅·公劉》，卷十九《左傳》五

昭公七年，卷二十一《公羊傳》僖公五年並音“五佳反”。慧琳《音義》卷十二、卷十三音“五家反”。《廣韻·佳韻》音“五佳切”。魚、五，疑紐。同。

盈量知歸　量力上

《經典釋文》卷二《周易》《同人》注直音“亮”，《畧例上》，卷六《毛詩》中《小雅·角弓》，卷九《周禮》下《夏官司馬》，卷十《儀禮》《大射儀》《聘禮》，卷十一《禮記》一《曲禮上》《曲禮下》《王制》（凡二見）《月令》（凡二見），卷十二《禮記》二《禮運》《禮器》《明堂位》《大傳》，卷十四《禮記》四《儒行》，卷十五《左傳》一隱公三年，卷十六《左傳》二文公六年，卷十八《左傳》四襄公二十五年、昭公三年，卷十九《左傳》五昭公十七年、昭公二十六年，卷二十一《公羊傳》隱公八年、昭公三十二年，卷二十二《穀梁傳》隱公三年，卷二十四《論語》《八佾》《鄉黨》《堯曰》，卷二十五《老子》（凡三見），卷二十六《莊子》上《人間世》，卷二十七《莊子》中《天運》《秋水》《山木》《知北遊》，卷二十九《爾雅》上《釋言》同。慧琳《音義》卷三音“略薑反”，卷七音“力薑反”，卷十音“力長反”，卷二十一、卷二十二音“力仗反”。《廣韻·漾韻》音“力讓切”。並同。

皇朝以治定制禮　治治吏

寫卷“治”下反切原闕，據本篇下文“鑒達治體”句“治”下反切補，反切上字原作疊字號，今改正字。　《經典釋文》卷二《周易》《乾》《蠱》《豐》《巽》《繫辭下》（凡五見）《說卦》音“直吏反”，卷三《尚書》上《大禹謨》（凡三見）《皋陶謨》《益稷》《禹貢》（凡四見）《胤征》《太甲下》《盤庚上》《盤庚中》《盤庚下》《說命中》《說命下》《微子》（凡二見），卷四《尚書》下《泰誓中》《武成》《洪範》（凡三見）《大誥》《康誥》《梓材》《召誥》《洛誥》（凡二見）《多士》《無逸》《君奭》《蔡仲之命》《立政》《周官》（凡二見）《君陳》《顧命》《畢命》（凡三見）《呂刑》（凡二見）《文侯之命》，卷五《毛詩》上《周南·關雎》《召南·騶虞》《王風·丘中有麻》，卷六《毛詩》中《齊風·甫田》《陳風·衡門》《檜風·羔裘》《曹風·下泉》《小雅·鶴鳴》《小雅·十月之交》《小雅·小旻》

《小雅·小明》《小雅·裳裳者華》《小雅·黍苗》《小雅·苕華》，卷七《毛詩》下《大雅·卷阿》《周頌·有瞽》《商頌·長發》，卷八《周禮》上《天官冢宰》（凡二見）《天官·大宰》（凡二見）《天官·小宰》《天官·宰夫》《天官·內府》《天官·司命》《天官·女史》《地官·大司徒》《地官·小司徒》《地官·鄉師》《地官·鄉大夫》《地官·黨正》《地官·比長》《地官·師氏》《地官·司市》《地官·胥師》《地官·泉府》《地官·司關》《地官·遂人》《地官·遂大夫》《地官·里宰》《地官·旅師》《春官·天府》《春官·樂師》《春官·大史》《春官·內史》《春官·御史》，卷九《周禮》下《夏官·大司馬》（凡二見）《夏官·司勳》《夏官·候人》《夏官·射人》《夏官·司士》《夏官·諸子》《夏官·趣馬》《秋官司寇》《秋官·大司寇》《秋官·方士》《秋官·朝士》《秋官·犬人》《秋官·小行人》《秋官·掌客》《秋官·掌訝》《秋官·朝大夫》，卷十《儀禮》《鄉飲酒禮》《燕禮》《大射儀》（凡二見）《聘禮》《喪服》，卷十一《禮記》一《曲禮下》《檀弓上》，卷十二《禮記》二《曾子問》《文王世子》（凡三見）《禮運》（凡四見）《禮器》《大傳》，卷十三《禮記》三《學記》《樂記》（凡七見）、《祭法》《祭義》《哀公問》《仲尼燕居》（凡二見），卷十四《禮記》四《中庸》（凡二見）、《儒行》《大學》《冠義》《昏義》《燕義》《聘義》《喪服四制》，卷十五《左傳》一隱公七年、莊公九年、僖公九年，卷十六《左傳》二宣公四年，卷十七《左傳》三宣公十五年、成公十二年、成公十七年、襄公十年、襄公十三年，卷十八《左傳》四襄公二十三年、襄公二十四年、襄公二十六年（凡二見）、襄公二十七年、襄公二十八年、襄公二十九年、襄公三十年、襄公三十一年，卷十九《左傳》五昭公七年、昭公九年、昭公十三年、昭公二十年（凡二見）、昭公二十四年、昭公二十五年、昭公二十六年，卷二十《左傳》六昭公二十九年，卷二十一《公羊傳》《序》、隱公元年（凡二見）、隱公二年、隱公五年、桓公元年、桓公五年、桓公九年、莊公元年、莊公四年、莊公二十七年、僖公十六年、僖公二十六年、成公十六年、襄公十一年、襄公二十三年、昭公三年、定公六年、哀公三年、哀公十三年，卷二十二《穀梁傳》桓公二年、桓公十四年、僖公十五年、僖公十六年、僖公十九年、僖公二十年、定公元年，卷二十三《孝經》《三才章》《聖治章》《廣揚名章》《感應章》，卷二十四《論語》《學而》《雍也》（凡二見）《泰伯》《子罕》《先進》《憲問》（凡二見）《衛靈公》《季氏》《陽貨》《微子》，卷二十五《老子》（凡十見），卷二十六《莊子》上《逍遥遊》《人間世》（凡四見）《大宗師》（凡二見）《應帝王》（凡三見），卷二十七《莊子》中《駢拇》《馬蹄》《胠篋》（凡三見）《在宥》（凡四見）《天地》（凡五見）《天道》《天運》（凡二見）《刻意》《繕性》（凡二見）《秋水》，卷二十八《莊子》下《庚桑楚》《徐无鬼》《則陽》（凡二見）《讓王》《漁父》《天下》，卷二十九《爾雅》上《釋詁》（凡三見）同。慧琳《音義》卷三十音"雉離反"，卷四十一音"且之反"，卷四十四音"雉知反"。《廣韻·志韻》音"直吏切"。治、雉、直屬澄紐，且屬精紐。並同。

緝熙帝圖　緝七入

　　寫卷"緝"用別體"緝"，與《魏張猛龍碑》同，今改作正字。《經典釋文》卷七《毛詩》下《大雅·文王》音"七入反"，《周頌·維清》《周頌·載見》，卷八《周禮》上《地官·掌葛》，卷十《儀禮》《喪服》，卷十二《禮記》二《玉藻》，卷十三《禮記》三《雜記上》，卷十四《禮記》四《緇衣》《深衣》《大學》，卷十八《左傳》四襄公十七年、昭公元年，卷二十九《爾雅》上《釋詁》，同。《經典釋文》卷六《毛詩》中《陳風·東門之池》《小雅·巷伯》，卷十一《禮記》一《曲禮上》音"七立反"，卷七《毛詩》下《大雅·行葦》音"七習反"。慧琳《音義》卷四十音"侵立反"，卷六十一音"七入反"，又卷六十一、卷七十二、卷八十音"侵入反"，卷九十一音"清立反"，卷一百音"侵習反"。《廣韻·緝韻》音"七入切"。七、侵、清並屬清紐同母。並同。

雖張曹争論於漢朝　論力頓

　　《經典釋文》卷七《毛詩》中《大雅·公劉》音"魯困反"，《大雅·卷阿》，卷九《周禮》下《夏官·司士》（反切下字"困"作"頓"）同，卷十一《禮記》一《王制》音"力困反"，卷二十二《穀梁傳》《序》，卷二十七《莊子》中《刻意》《秋水》，卷二十八《莊子》下《天下》同，卷十二《禮記》二《文王世子》音"力頓反"，卷二十一《公羊傳》《序》音"盧困反"。《廣韻·恩韻》音"盧困切"。力、盧屬來紐。並同。

荀摯競爽於晉世　摯_至

尤刻本、五臣本、明州本、奎章閣本、叢刊本正文"摯"下注直音"至"。　《經典釋文》卷三《尚書》上《西伯戡黎》音"至",卷四《尚書》下《君奭》,卷五《毛詩》上《周南·關雎》,卷六《毛詩》中《小雅·六月》,卷七《毛詩》下《大雅·大明》《大雅·常武》,卷八《周禮》上《春官·大宗伯》,卷九《周禮》下《秋官·大行人》《冬官·函人》,卷十《儀禮》《聘禮》,卷十一《禮記》一《曲禮上》《月令》,卷十二《禮記》二《禮運》,卷十四《禮記》四《表記》《冠義》,卷十五《左傳》一莊公二十二年,卷十六《左傳》二僖公二十六年,卷十八《左傳》四襄公二十三年,卷十九《左傳》五昭公十七年、昭公二十二年,卷二十四《論語》《泰伯》《微子》同,卷九《周禮》下《冬官·輈人》音"竹二反",卷二十九《爾雅》上《釋詁》音"之二反"。《廣韻·至韻》"摯"音"脂利切"。竹屬知紐,之、脂屬章紐。並同。

無以仰模淵旨　模_莫

《經典釋文》卷十九《左傳》五昭公二十三年音"莫胡反",卷二十九《爾雅》上《釋言》音"亡胡反"。慧琳《音義》卷五、卷七十一音"莫胡反",卷七音"母蒲反",卷八音"莫蒲反",卷四十二音"莫逋反",卷五十八音"莫奴反",卷八十音"睦蒲反",卷八十九音"莫晡反",卷九十二音直音"謀"。《廣韻·模韻》"模"音"莫胡切"。莫、母、睦、謨、模屬明紐。並同。

理積則神無忤往　忤_誤

《經典釋文》卷二《周易》《訟》《剝》《明夷》,卷二十四《論語》《衛靈公》,卷二十七《莊子》中《刻意》並音"五故反"。慧琳《音義》卷二十四、卷三十一、卷七十六音"五故反",卷二十八音"吾故反"。《廣韻·暮韻》"忤"音"誤","五故切"。五、吾、誤屬疑紐。並同。

理絕於毀譽　譽_余

《經典釋文》卷二《周易》《坤》《大過》《譽》直音"餘",卷四

《尚書》下《立政》，卷五《毛詩》上《齊風·還》，卷十四《禮記》四《表記》，卷十五《左傳》一莊公十四年，卷十七《左傳》三襄公十二年，卷十八《左傳》四昭公二年、昭公三年，卷二十一《公羊傳》莊公十二年，卷二十四《論語》《衛靈公》，卷二十六《莊子》上《逍遙遊》《齊物論》《人間世》《德充符》《大宗師》，卷二十七《莊子》中《駢拇》《在宥》《天地》《天道》《達生》《山木》，卷二十八《莊子》下《庚桑楚》《徐无鬼》《則陽》《外物》《寓言》《盜跖》《漁父》同，卷十一《禮記》一《檀弓下》音“預”，卷二十三《孝經》《開宗明義章》音“豫”。《廣韻·御韻》音“余”。並同。

約己不以廉物　己紀

《經典釋文》卷二《周易》《需》《震》己直音“紀”，卷三《尚書》上《高宗肜日》，卷四《尚書》下《泰誓中》《牧誓》，卷六《毛詩》中《小雅·何人斯》（凡二見）《小雅·北山》，卷七《毛詩》下《商頌·長發》，卷十二《禮記》二《喪服小記》《大傳》，卷十四《禮記》四《中庸》（凡二見）《表記》（凡二見）《緇衣》，卷十五《左傳》一隱公三年，卷十六《左傳》二文公七年、文公十四年、文公十五年（凡二見），卷十七《左傳》三襄公十一年，卷十九《左傳》五昭公十三年、昭公十六年、昭公十七年、昭公二十五年，卷二十《左傳》六哀公十七年，卷二十二《穀梁傳》襄公二十七年、昭公十四年，卷二十六《莊子》上《逍遙遊》《齊物論》，卷二十九《爾雅》上《釋訓》（凡二見）《釋天》（凡二見）同，直音“紀”。慧琳《音義》卷二十二音“居理反”。《廣韻·止韻》音“居理切”。同。

弘量不以容非　量力上

量，參見本篇上文“盈量知歸”句疏證。

則理擅民宗　擅禪

《經典釋文》卷二《周易》《坤》擅音“善戰反”，卷五《毛詩》上《鄭風·狡童》同，卷二《周易》《隨》《无妄》《姤》音“市戰反”，卷六《毛詩》中《小雅·十月之交》，卷十四《禮記》四《冠義》，卷十五《左傳》一桓公十八年，卷十七《左傳》三成公十三年，卷二十《左傳》六昭公二十九年、哀公二年，卷二十一《公羊傳》隱公二年，卷二十二《穀梁傳》隱公八年、桓公元年、哀公元年、哀公七年，卷二十四《論語》《堯曰》，卷二十七《莊子》中《秋水》同。慧琳《音義》卷十二音"禪戰反"，卷四十八、卷七十一音"市戰反"。《廣韻·線韻》音"時戰切"，直音"禪"。禪、市、時屬禪紐。同。

鑒達治體　治_{治吏}

參見本篇上文"皇朝以治定制禮"句"治"音疏證。

主者百數　數□_主

寫卷"數"字反切之上字原闕，案此闕字當作"所"或"色"等生紐字。説詳下。　《經典釋文》卷二《周易》《説卦》音"色主反"，卷三《尚書》上《禹貢》《盤庚上》，卷五《毛詩》上《邶風·柏舟》《擊鼓》，卷七《毛詩》下《大雅·豐年》，卷八《周禮》上《天官·獸人》《天官·典枲》《地官·閭胥》《地官·司市》《地官·肆長》《地官·遂人》《地官·鄙師》《地官·廩人》，卷九《周禮》下《夏官司馬》《夏官·大司馬》《冬官·鳧氏》《冬官·匠人》，卷十三《禮記》三《雜記下》《祭法》《祭義》，卷十四《禮記》四《表記》《奔喪》（凡二見）《投壺》《儒行》，卷十五《左傳》一《序》、桓公十二年、僖公十五年，卷十六《左傳》二文公十八年，卷十八《左傳》四襄公二十五年、昭公元年，卷十九《左傳》五昭公八年（凡二見）、昭公十二年、昭公十四年、昭公十五年、昭公十六年（凡二見），卷二十《左傳》六定公十年，卷二十四《論語》《先進》《子路》《子張》，卷二十五《老子》（凡二見），卷二十六《莊子》上《逍遙遊》（凡三見）《齊物論》《人間世》，卷二十七《莊子》中《駢拇》《秋水》，卷二十八《莊子》下《庚桑楚》《則陽》，卷二十九《爾雅》上《釋宮》《釋水》並同，音"色主反"。《經典釋文》卷六《毛詩》中《小雅·車攻》《小雅·巧言》音"所主反"，卷八《周禮》上《春官·大胥》《春官·大史》《春官·御史》，卷九《周禮》下《夏官·射人》《夏官·弁師》《夏官·田僕》《秋官·小司寇》《秋官·士師》，卷十《儀禮》《鄉飲酒》（凡二見）《大射儀》（凡二見）《士喪禮》，卷十一《禮記》一《曲禮上》《月令》，卷十二《禮記》

二《内則》，卷十四《禮記》四《表記》，卷十五《左傳》一隱公五年，卷十六《左傳》二僖公二十三年，卷十七《左傳》三成公二年、成公八年、襄公九年、襄公十三年，卷十八《左傳》四襄公十八年、襄公二十二年、襄公二十四年、襄公二十五年、襄公二十七年、襄公二十八年、襄公三十一年（凡三見）、昭公元年（凡三見），卷十九《左傳》五昭公十三年、昭公十八年、昭公二十年（凡二見）、昭公二十二年、昭公二十五年，卷二十《左傳》六昭公二十九年、昭公三十一年、定公三年、定公十三年、哀公七年、哀公十四年、哀公十七年、哀公二十一年、《後序》，卷二十一《公羊傳》莊公十二年、閔公二年、文公二年、宣公十二年、宣公十五年、襄公十九年、襄公二十八年、昭公二十三年、昭公三十一年、定公四年（凡二見）、定公八年、哀公五年，卷二十二《穀梁傳》隱公十一年、文公十八年、宣公元年、定公四年、哀公五年，卷二十六《莊子》上《人間世》《大宗師》《應帝王》，卷二十七《莊子》中《胠篋》《刻意》《達生》（凡二見）《山木》《田子方》，卷二十八《莊子》下《徐无鬼》《則陽》《盗跖》《列禦寇》，卷三十《爾雅》下《釋草》《釋魚》《釋獸》《釋畜》同，音"所丰反"。慧琳《音義》卷九、卷二十七音"山繡反"，卷五十一音"色句反"。《廣韻·麌韻》音"所矩切"。並同。於是可考，寫卷反切所闕上字，當為"所""色""山"等生紐字。

昉行無異操　昉方住　行下孟　操七到

《經典釋文》卷二十一《公羊傳》隱公二年昉音"甫往反"。慧琳《音義》卷十八音"方罔反"。《廣韻·養韻》音"分兩切"。甫、方、分屬非紐。同。　《經典釋文》卷二《周易》《乾》（凡二見）《蒙》《履》《復》《无妄》《大畜》《頤》《德行》（凡二見）《大壯》《家人》《睽》《井》《革》《鼎》《豐》《節》《中孚》《小過》《繫辭上》（凡三見）《繫辭下》（凡四見）《序卦》《畧例下》行音"下孟反"，卷三《尚書》上《堯典》《舜典》（凡二見）《皐陶謨》《益稷》《禹貢》（凡二見）《仲虺之誥》《咸有一德》《盤庚中》，卷四《尚書》下《洪範》（凡三見）《旅獒》《酒誥》《多士》《無逸》《蔡仲之命》《多方》《周官》《君陳》《吕刑》，卷五《毛詩》上《召南·鵲巢》《召南·采蘋》《召南·羔羊》（凡二見）《召南·小星》《邶風·綠衣》《邶風·

燕燕》《邶風·雄雉》（凡二見）《邶風·匏有苦葉》《邶風·旄丘》《邶風·泉水》《邶風·北風》（凡二見）《邶風·新臺》《鄘風·牆有茨》《鄘風·君子偕老》（凡二見）《鄘風·桑中》《鄘風·鶉之奔奔》《鄘風·相鼠》《衛風·氓》（凡二見）《王風·大車》《鄭風·褰裳》《鄭風·溱洧》《齊風·南山》《齊風·載驅》《魏風·園有桃》《唐風·采苓》，卷六《毛詩》中《陳風·株林》《檜風·素冠》《小雅·節南山》《小雅·正月》《小雅·巧言》《小雅·四月》《小雅·甫田》《小雅·車舝》（凡二見）《小雅·角弓》《小雅·都人士》《小雅·瓠葉》，卷七《毛詩》下《大雅·思齊》（凡二見）《大雅·皇矣》《大雅·文王有聲》《大雅·既醉》《大雅·假樂》《大雅·卷阿》《大雅·板》（凡二見）《大雅·抑》（凡二見）《大雅·桑柔》《大雅·雲漢》《大雅·江漢》《周頌·天作》《周頌·時邁》《周頌·閔予小子》《周頌·敬之》《魯頌·泮水》《魯頌·閟宮》，卷八《周禮》上《天官·大宰》（凡二見）《天官·宮正》（凡二見）《司裘》《內司服》《地官司徒》《地官·大司徒》《地官·小司徒》《地官·鄉師》《地官·師氏》《地官·保氏》《地官·胥師》《地官·遂師》《地官·土訓》《春官·大宗伯》《春官·典瑞》《春官·大師》《春官·瞽矇》《春官·大祝》《春官·大史》，卷九《周禮》下《夏官·大司馬》《夏官·掌固》《夏官·挈壺氏》《夏官·射人》《夏官·田僕》《夏官·訓方氏》《秋官·小司寇》《秋官·野廬氏》《秋官·條狼氏》《秋官·大行人》《秋官·司儀》《冬官·玉人》，卷十《儀禮》《鄉飲酒禮》《鄉射禮》（凡二見）《聘禮》，卷十一《禮記》一《曲禮上》（凡三見）《曲禮下》（凡二見）《檀弓上》（凡二見）《檀弓下》（凡四見）《王制》（凡三見）《月令》（凡五見），卷十二《禮記》二《曾子問》《文王世子》《郊特牲》（凡二見）《內則》（凡二見）《少儀》，卷十三《禮記》三《學記》《樂記》（凡七見）《雜記上》《雜記下》《祭義》《祭統》（凡二見）《經解》《哀公問》《仲尼燕居》《坊記》（凡三見），卷十四《禮記》四《中庸》（凡八見）《表記》（凡六見）《緇衣》（凡五見）《深衣》《儒行》（凡七見）《大學》（凡三見）《冠義》（凡三見）《鄉飲酒義》（凡二見）《射義》（凡二見）《聘義》（凡二見），卷十五《左傳》一《序》、隱公三年、隱公五年、桓公十五年，卷十六《左傳》二文公五年、文公十八年、宣公九年、宣公十二年，卷十七《左傳》三成公八年、成公十七年、襄公二年、襄公五年、襄公九年、襄公十年、襄公十四年，卷十八《左傳》四襄公十七年、襄公十八年、襄公二十一年、襄公二十五年、襄公三十一年（凡二見），卷十九《左傳》五昭公五年、昭公六年、昭公十二年、昭公十八年、昭公二十年、昭公二十二年、昭公二十四年、昭公二十五年，卷二十《左傳》六昭公二十八年、定公四年、定公五年、哀公六年、哀公八年，卷二十一《公羊傳》隱公六年、隱公八年、桓公三年、桓公十四年、桓公十五年、桓公十七年、莊公元年、莊公四年、莊公十七年、莊公二十二年、莊公二十三年、莊公二十九年、僖公十六年、僖公十七年、文公九年、文公十一年、文公十八年、成公十五年、襄公三十年、昭公六年、昭公二十三年、昭公三十一年、定公四年、哀公六年，卷二十二《穀梁傳》《序》、隱公五年、桓公六年、桓公十五年、桓公十八年、莊公十二年、莊公二十九年、莊公三十一年、僖公十六年、僖公十七年、僖公二十四年、僖公二十八年、宣公三年、成公九年、襄公三十年、昭公十一年、昭公二十九年、定公十年、定公十四年，卷二十三《孝經》《開宗明義章》《卿大夫章》《士章》《庶人章》《三才章》（凡二見）《孝治章》《聖治章》《五行章》《廣要道章》《廣揚名章》《喪親章》，卷二十四《論語》《學而》《為政》《里仁》（凡二見）《公冶長》（凡三見）《雍也》（凡二見）《述而》（凡五見）《泰伯》（凡二見）《子罕》《先進》（凡三見）《顏淵》（凡二見）《子路》《憲問》（凡三見）《衛靈公》（凡二見）《陽貨》《微子》《子張》，卷二十五《老子》（凡九見），卷二十六《莊子》上《逍遙遊》《齊物論》《養生主》《人間世》《德充符》《大宗師》，卷二十七《莊子》中《駢拇》（凡二見）《馬蹄》《在宥》《天運》《刻意》（凡二見）《繕性》《秋水》（凡二見）《山木》（凡三見）《田子方》，卷二十八《莊子》下《徐无鬼》（凡三見）《外物》（凡二見）《讓王》（凡三見）《盜跖》（凡三見）《漁父》《天下》（凡四見），卷二十九《爾雅》上《釋詁》（凡二見），音“下孟反”。《廣韻·庚韻》音“下孟切”。同。　《經典釋文》卷三《尚書》上《伊訓》操音“七曹反”，卷八《周禮》上《天官·宮正》《地官·司稽》《春官·磬師》，卷九《周禮》下《周官》《野盧氏》《冬官考工記》（凡二見）《冬官·盧人》，卷二十一《公羊傳》定公十三年，卷二十七《莊子》中《達生》（凡二見），卷二十八《莊子》下

《徐无鬼》《盜跖》《天下》並同，卷五《毛詩》上《鄘風·定之方中》《王風·兔爰》音"七刀反"，卷七《毛詩》下《大雅·江漢》，卷十《儀禮》《少牢饋食禮》，卷十一《禮記》一《曲禮上》（凡二見）《曲禮下》，卷十二《禮記》二《禮運》（凡二見）《玉藻》，卷十三《禮記》三《學記》《經解》，卷十四《禮記》四《喪服四制》，卷十七《左傳》三成公九年，卷十八《左傳》四襄公三十一年，卷二十一《公羊傳》莊公三十年、成公二年、成公九年，卷二十二《穀梁傳》僖公二年，卷二十六《莊子》上《齊物論》《德充符》，卷二十七《莊子》中《天地》《天運》同，音"七刀反"。慧琳《音義》卷十八音"草刀反"，卷八十（凡二見）同，卷二十一音"倉到反"，卷五十六音"錯勞反"，卷六十音"草奧反"，卷六十七音"草遭反"又"錯勞反"，卷七十四音"麁操反"，卷八十二音"草到反"，卷八十九音"倉刀反"又"倉誥反"，卷九十音"草到反"，卷九十八音"草竈反"。《廣韻·豪韻》音"七刀切"又"七到切"。七、草、倉、錯、麁屬清紐同母。同。

東陵侔於西山　侔牟

《經典釋文》卷九《周禮》下《冬官·輪人》音"亡侯反"、《冬官·弓人》音"莫侯反"（凡二見），卷二十六《莊子》上《大宗師》直音"謀"。慧琳《音義》卷五十一、卷九十五音"莫侯反"，《廣韻·尤韻》音"莫浮切"。案亡屬微紐，莫屬明紐。

述作不倦　倦日口

寫卷此處殘破太甚，重新裝池時文字有錯置，此"倦"字錯置於下篇"弟廿四"之下，今據《文選》正文乙之。反切下字已佚，今以"口"代之。　《經典釋文》卷三《尚書》上《大禹謨》倦音"其眷反"，卷十四《禮記》四《表記》，卷二十四《論語》《子張》同，卷十一《禮記》一《檀弓下》，卷十三《禮記》三《喪大記》，卷二十四《論語》《述而》《顏淵》《子路》音"其卷反"，慧琳《音義》卷三音"狂院反"，卷四音"逵願反"，卷二十七音"渠眷反"，卷四十四音"權院反"，卷八十音"拳倦反"，卷八十九音"權眷反"，卷九十六音"權院反"。《廣韻·線韻》倦音"渠卷切"。其、狂、逵、渠、權、拳屬羣紐。寫卷反切脫落下字，或當作"卷"或"眷"等線韻字。

固以理窮言行　行_{下孟}

行，參見本篇上文"眆行無異操"句"行"音疏證。

事該軍國　該_{古來}

《經典釋文》卷八《周禮》上《春官·大宗伯》該音"古來反"，卷二十《左傳》六昭公二十九年音"古咳反"。慧琳《音義》卷九、卷十六音"古來反"，卷二十四、卷三十、卷三十九、卷六十音"改來反"，卷四十九、卷一百音"改哀反"，卷八十音"改孩反"，卷九十音"哥哀反"。《廣韻·咍韻》音"古哀切"。古、改、哥屬見紐。同。

豈直彫章縟采而已哉　縟_{而玉}　已_以

《經典釋文》卷八《周禮》上《天官·掌皮》《地官·大司徒》《春官·大宗伯》縟並直音"辱"，卷十《儀禮》《聘禮》《喪服》，卷十二《禮記》二《喪服小記》，卷十四《禮記》四《服問》，卷二十九《爾雅》上《釋地》並同，音"辱"。慧琳《音義》卷七十七、卷九十四、卷九十八音"儒燭反"。《廣韻·燭韻》音"而蜀切"。儒、而屬日紐。同。　《經典釋文》卷二《周易》《遯》《損》已直音"以"，卷四《尚書》下《泰誓下》《武成》《君奭》，卷六《毛詩》中《小雅·節南山》（凡二見）《小雅·巧言》《小雅·北山》，卷十一《禮記》一《檀弓下》，卷十二《禮記》二《曾子問》《喪服》，卷十四《禮記》四《表記》（凡四見）《射義》，卷十七《左傳》三宣公十二年、成公十一年，卷二十四《論語》《微子》，卷二十九《爾雅》上《釋詁》（凡二見）《釋訓》並同，音"以"。慧琳《音義》卷二十一音"余里反"。《廣韻·止韻》音"羊已切"，直音"以"。以、余、羊屬以紐。並同。

綴賞無地　綴_{竹衛}

《經典釋文》卷四《尚書》下《立政》《顧命》音"丁衛反"，卷十《儀禮》《士冠禮》《既夕禮》，卷十一《禮記》一《檀弓上》（凡二見）《檀弓下》《內則》《大傳》，卷十三《禮記》三《樂記》（凡二見）《雜記下》，卷二十九《爾雅》上《序》同，卷六《毛詩》中《豳風·東山》，卷九《周禮》下《冬官·輿人》音"張衛反"，卷十

《儀禮》《士喪禮》同，《大射儀》音"陟衛反"。慧琳《音義》卷四、卷十、卷六十六、卷九十一（凡二見）音"追衛反"，卷三十音"追芮反"，卷四十七音"張衛反"，卷五十七音"追銳反"。《廣韻·祭韻》綴音"陟衛切"。張、陟、追屬知紐。同。

昉嘗以筆札見知　昉方往

昉，參見本篇上文"昉行無異操"句"昉"音疏證。

思以薄伎效德　伎巨□

伎，北宋本同，尤刻本、五臣本、明州本、奎章本、叢刊本作"技"，案"伎""技"音同義通。反切下字佚，今以"□"代之。《經典釋文》卷六《毛詩》中《小雅·小弁》伎音"其宜反"，卷二十四《論語》《子罕》音"其綺反"。慧琳《音義》卷七十音"渠綺反"。《廣韻·紙韻》音"其綺切"。巨、其、渠屬羣紐。寫卷反切下字，當為"綺"或紙韻其他字。

是用綴緝遺文　綴竹衛　緝七入

綴字寫卷止遺上半，該字及反切據本篇上文"綴賞無地"句"綴"字及反切補。綴，參見本篇上文"綴賞無地"句"綴"音疏證。

緝，參見本篇上文"緝熙帝圖"句"緝"音疏證。

永貽世範　貽夷

《經典釋文》卷三《尚書》上《序》《五子之歌》，卷五《毛詩》上《邶風·雄雉》，卷十《儀禮》《大射儀》，卷十二《禮記》二《內則》，卷二十九《爾雅》上《釋言》音"以之反"，卷四《尚書》下《金縢》音"羊支反"，卷五《毛詩》上《邶風·靜女》，卷二十六《莊子》上《逍遙遊》直音"怡"，卷七《毛詩》下《周頌·思文》直音"夷"。慧琳《音義》卷五十八、卷八十三、卷一百並音"以之反"。《廣韻·之韻》音"與之切"。以、舉屬以紐。同。

所撰古今集記　撰仕□

寫卷"撰"字反切之下字止遺上半"絲"，審其勢，當作"戀"

或"變"。　《經典釋文》卷二《周易》《繫辭下》音"仕免反",卷二十四《論語》《先進》音"士免反",卷九《周禮》下《夏官·大司馬》,卷十一《禮記》一《曲禮上》,卷十五《左傳》一僖公元年音"仕轉反"。慧琳《音義》卷二十七、卷七十二音"助孌反",卷四十九音"饌卷反"。《廣韻·獮韻》音"士免切"。同。

聖主得賢臣頌

弟廿四　賢臣

　　"弟廿四"三字（寫卷"第"字從草,是敦煌寫卷從草從竹之字常混用之又一例）,乃敦煌本《文選音》寫卷之卷次標識,即標示此下為《文選》卷二十四之音釋。案此卷二十四,是蕭統《文選》三十卷本之卷次。唐李善注《文選》,析為六十卷,此卷當為李注本之四十七、四十八卷,《文選集注》又再將六十卷析為一百二十卷,此卷當為九十三、九十四、九十五、九十六四卷。賢臣,為篇題《聖主得賢臣頌》之省。案此篇在李善注本卷四十七、在《文選集注》本卷九十三。

曰荷旃被毳者　曰越　荷乎可　旃之延　被被義　毳昌銳

　　曰字尤刻本無,《文選集注》本有,《文選音》寫卷首釋"曰"字音,是寫卷有"曰"字,故補入。　曰,參見《王文憲集序》"歎曰"句"曰"音疏證。　荷,寫卷音"乎可反",《經典釋文》卷五《毛詩》上《鄭風·清人》音"胡可反",卷十三《禮記》三《樂記》,卷二十四《論語》《微子》同,卷六《毛詩》中《陳風·澤陂》直音"河",卷十九《左傳》五昭公七年,卷二十七《莊子》中《知北遊》,卷三十《爾雅》下《釋草》同,卷十八《左傳》四昭公三年音"戶可反",卷十九《左傳》五昭公二十一年音"何可反",卷二十四《論語》《憲問》,卷二十六《莊子》上《人間世》音"胡我反"。慧琳《音義》卷八音"恒餓反",卷十音"胡歌反",卷四十七、卷四十八、卷七十同,卷十二直音"何",卷五十九同,卷三十二直音"賀",卷九十八音"何箇反"。《廣韻·歌韻》音"胡歌切"。乎、胡、何、恒屬匣紐。並同。　旃,《文選音》音"之延反",《經典釋文》卷五《毛詩》上《鄘風·干旄》《魏風·陟岵》《唐風·采苓》音"之然反"，卷九《周禮》下《冬官考工記》，卷十一《禮記》一《王制》《月令》，卷十五《左傳》一桓公十年，卷十七《左傳》三成公十三年，卷十八《左傳》四襄公二十九年，卷十九《左傳》五昭公二十年，卷二十二《穀梁傳》昭公八年，卷二十九《爾雅》上《釋天》（凡二見）並同，卷十六《左傳》二僖公二十八年音"章然反"，卷二十《左傳》六定公四年同，卷十八《左傳》四襄公十九年音"章延反"。《廣韻·仙韻》音"諸延切"。之、章、諸屬章紐。同。　　被，寫卷音"被義反"（反切上字用疊字號"々"，今改正字），《經典釋文》卷二《周易》《繫辭上》音"皮寄反"，卷三《尚書》上《堯典》《禹貢》（凡二見），卷四《尚書》下《洛誥》，卷五《毛詩》上《周南·關雎》《召南·采蘩》《召南·甘棠》《召南·摽有梅》《召南·野有死麇》《召南·騶虞》，卷六《毛詩》中《小雅·蓼蕭》，卷七《毛詩》下《大雅·旱麓》《大雅·既醉》《大雅·卷阿》（凡二見）《大雅·板》《大雅·抑》《大雅·桑柔》《大雅·瞻卬》《周頌·臣工》《周頌·噫嘻》，卷八《周禮》上《春官·鬯人》《春官·大司樂》《春官·司常》，卷九《周禮》下《冬官·輈人》《冬官·玉人》《冬官·弓人》（凡二見），卷十《儀禮》《燕禮》，卷十一《禮記》一《檀弓上》，卷十五《左傳》一桓公六年、僖公四年，卷十六《左傳》二僖公二十二年，卷十七《左傳》三成公十年，卷二十《左傳》六哀公十五年，卷二十一《公羊傳》隱公元年、昭公二十四年，卷二十三《孝經》《感應章》，卷二十四《論語》《憲問》，卷二十六《莊子》上《齊物論》，卷二十七《莊子》中《達生》《田子方》，卷二十八《莊子》下《寓言》同，卷四《尚書》下《顧命》音"皮義反"，卷五《毛詩》上《周南·漢廣》《周南·汝墳》《秦風·蒹葭》，卷九《周禮》下《秋官·蜩氏》《冬官·廬人》，卷十《儀禮》《士昏禮》（凡二見）《鄉飲酒禮》《鄉射禮》《既夕禮》《特牲饋食禮》《少牢饋食禮》，卷十二《禮記》二《禮運》《郊特牲》，卷十三《禮記》三《喪大記》，卷十四《禮記》四《中庸》《射義》，卷十六《左傳》二僖公二十七年、僖公二十八年，卷十七《左傳》三襄公三年，卷十八《左傳》四襄公二十九年，卷二十《左傳》六昭公二十九年、哀公十七年，卷二十二《穀梁傳》《序》，卷二十八《莊子》下《讓王》，卷三十《爾雅》下《釋獸》《釋畜》並同，音"皮義反"。慧琳《音義》卷八音"皮媚反"，卷十五同，卷九音"皮寄反"（凡二見），卷二十五、卷五十九同，卷二十一音"皮義反"，卷二十三（凡二見）、卷二十七同。《廣韻·真韻》音"平義切"。被、皮、平屬並紐。同。　毳音"昌銳反"，《經典釋文》卷三《尚書》上《堯典》音"尺銳反"，卷五《毛詩》上《王風·大車》，卷六《毛詩》中《小雅·采菽》，卷八《周禮》上《天官·掌皮》，卷十《儀禮》《覲禮》同，卷七《毛詩》下《大雅·烝民》音"昌銳反"，卷八《周禮》上《春官·司服》，卷十二《禮記》二《曾子問》《內則》《玉藻》《喪大記》，卷二十九《爾雅》上《釋言》同，音"昌銳反"。慧琳《音義》卷二十六音"昌芮反"，卷四十二、卷九十二同，卷四十八音"充芮反"，卷五十九同，卷六十九音"巛芮反"，卷八十二音"齒芮反"。《廣韻·祭韻》音"此芮切"。昌、尺、充、川、齒屬昌紐，推屬透紐，此屬清紐。

羹藜唅糗者　藜力兮　唅含　糗去友

五臣本正文"唅"下注音"含"，明州本、奎章閣本"唅"作"含"。糗，五臣本、明州本、奎章閣本、叢刊本作"嗅"注反切"云久"。　藜音"力兮反"，集注本注引《音決》"力兮反"，與此同。《經典釋義》卷二《周易》《繫辭下》音"黎"，卷十一《禮記》一《月令》音"力兮反"，卷十九《左傳》五昭公十六年同，卷十八《左傳》四襄公二十五年音"力私反"，卷二十八《莊子》下《徐无鬼》音"力西反"，《廣韻·齊韻》音"郎奚切"，力、黎、郎屬來紐。同。

唅，《經典釋文》卷二十一《公羊傳》隱公元年："本又作含，户暗反。"《廣韻·覃韻》音"火含切"。户屬匣紐，火屬曉紐。而《廣韻·勘韻》亦有"唅"，音"胡紺切"，與此處之"唅"音義有別。　糗音"去友反"，《經典釋文》卷四《尚書》下《費誓》音"去九反"，卷十《儀禮》《燕禮》《既夕禮》《有司》同，卷八《周禮》上《天官·漿人》音"丘酉反"，卷十二《禮記》二《內則》音"起九反"，卷二十《左傳》六哀公十一年同，卷二十一《公羊傳》昭公二十五年音"丘九反"。慧琳《音義》卷七十三音"丘久反"，《廣韻·有韻》音"去久切"。丘、起、去屬溪紐。並同。

不足與論太牢之滋味　滋兹

滋字寫卷原作"嗞"。案《説文·口部》："嗞，嗟也。"《廣韻·

之韻》："嗞嗟，憂聲也。"《正字通·口部》："嗞，同咨，《周易》作咨，義同。"是"嗞""滋"二字音同而義別，敦煌本以"嗞"代"滋"，今改正。　《經典釋文》卷十一《禮記》一《檀弓上》滋音"咨"，卷二十《左傳》六哀公八年音"子絲反"。慧琳《音義》卷二音"子思反"，卷五十七同，卷九音"子夷反"，卷三十八同，卷十五音"子慈反"，卷三十二同，卷二十九音"子斯反"，卷五十三音"子私反"。《廣韻·之韻》滋音"茲"。咨、子、茲屬精紐，並同。

長於蓬茨之下　長*知丈*　茨*疾尸*

　　長，參見《王文憲集序》"拜司徒右長史"句"長"音疏證。茨音"疾尸反"，《經典釋文》卷四《尚書》下《梓材》音"在私反"，卷九《周禮》下《夏官·圉師》，卷十一《禮記》一《檀弓上》，卷二十二《穀梁傳》成公二年同，卷五《毛詩》上《鄘風·牆有茨》，卷二十八《莊子》下《徐无鬼》音"資"，卷六《毛詩》中《小雅·甫田》音"疾私反"，卷八《周禮》上《地官·媒氏》，卷二十八《莊子》下《讓王》同，卷三十《爾雅》下《釋草》音"徂咨反"。慧琳《音義》卷七十二音"自資反"，卷八十四音"自茲反"，卷八十七音"自咨反"，卷九十音"慈"，卷九十七音"字而"又音"字咨反"。《廣韻·脂韻》音"疾資切"。右、徂、自、字、疾屬從紐，資屬精紐。並同。

無有游觀廣覽之智　智*知*

　　智，尤刻本、集注本作"知"。案二者古通。　《經典釋文》卷二《周易》《乾》《坤》《大有》《臨》《蹇》《損》《鼎》《旅》《繫辭上》（凡五見）《繫辭下》"知"音"智"，卷三《尚書》上《皋陶謨》，卷五《毛詩》上《邶風·凱風》，卷六《毛詩》中《小雅·小旻》《小雅·巧言》《小雅·桑扈》《小雅·賓之初筵》，卷七《毛詩》下《大雅·綿》《大雅·下武》《大雅·既醉》《大雅·板》《大雅·蕩》（凡三見）《大雅·崧高》《大雅·烝民》《大雅·瞻卬》《周頌·時邁》《周頌·雝》《商頌·長發》，卷八《周禮》上《地官·鄉師》《地官·師氏》《春官宗伯》《春官·大司樂》《春官·大師》《春官·家宗人》，卷九《周禮》下《秋官司寇》《秋官·大行人》《冬官考工記》，卷十《儀禮》《鄉飲酒禮》（凡二見）《燕禮》，卷十一《禮記》

一《曲禮上》（凡二見）《檀弓上》《檀弓下》（凡二見），卷十二《禮記》二《禮運》（凡三見）《禮器》《郊特牲》，卷十三《禮記》三《樂記》（凡四見）《祭義》《祭統》（凡二見）《孔子閒居》，卷十四《禮記》四《中庸》（凡六見）《表記》《緇衣》（凡二見）《三年問》《儒行》《大學》（凡二見）《聘義》《喪服四制》（凡二見），卷十五《左傳》一桓公十八年、僖公十五年，卷十六《左傳》二僖公三十年、文公二年、文公六年（凡二見）、文公十三年，卷十七《左傳》三宣公十二年（凡二見）、成公十六年、成公十七年（凡二見）、襄公二年、襄公十年、襄公十四年，卷十八《左傳》四襄公二十一年（凡二見）、襄公二十二年、襄公二十三年（凡四見）、襄公二十四年、襄公二十八年、襄公二十九年、昭公元年、昭公三年，卷十九《左傳》五昭公五年（凡二見）、昭公七年、昭公九年、昭公十八年、昭公十九年、昭公二十年、昭公二十六年，卷二十《左傳》六昭公二十七年、昭公二十八年、昭公二十九年（凡二見）、昭公三十一年、定公四年、定公十二年、定公十四年、定公十五年、哀公二年、哀公二十三年，卷二十一《公羊傳》僖公二年，卷二十二《穀梁傳》隱公二年、隱公三年、桓公十八年、莊公三年、僖公二年、僖公二十二年，卷二十四《論語》《為政》《里仁》《公冶長》（凡三見）《雍也》《述而》《子罕》《顏淵》《憲問》（凡三見）《衛靈公》（凡三見）《陽貨》（凡三見）《子張》，卷二十五《老子》（凡三見），卷二十六《莊子》上《逍遙遊》（凡三見）《齊物論》（凡二見）《養生主》（凡三見）《人間世》（凡五見）《德充符》（凡三見）《大宗師》《應帝王》，卷二十七《莊子》中《馬蹄》（凡二見）《胠篋》（凡三見）《在宥》（凡二見）《天地》（凡二見）《天道》（凡四見）《天運》（凡二見）《繕性》《秋水》《達生》（凡三見）《山木》（凡二見）《知北遊》（凡二見），卷二十八《莊子》下《庚桑楚》（凡四見）《徐无鬼》（凡二見）《則陽》（凡四見）《外物》（凡三見）《寓言》《讓王》（凡二見）《盜跖》（凡二見）《列禦寇》（凡七見）《天下》（凡二見）。並同。知音"智"。反之，則智音"知"也。《廣韻·眞韻》："智，知也，知義切。" 同。

顧有至愚極陋之累　累 力瑞

《經典釋文》卷二《周易》《乾》《大有》《蠱》《遯》《夬》《漸》

《渙》《繫辭下》（凡二見）音“劣偽反”，卷三《尚書》上《甘誓》，卷四《尚書》下《旅獒》《大誥》《君牙》，卷六《毛詩》中《小雅·無將大車》，卷七《毛詩》下《周頌·烈文》，卷十四《禮記》四《服問》，卷十五《左傳》一隱公十一年，卷十六《左傳》二文公十三年、宣公五年，卷十七《左傳》三宣公十三年，卷二十二《穀梁傳》閔公元年、僖公二十五年、僖公三十年、文公六年、昭公十九年，卷二十五《老子》，卷二十六《莊子》上《逍遙遊》，卷二十七《莊子》中《在宥》，卷二十八《莊子》下《庚桑楚》，卷二十九《爾雅》上《釋言》同，卷十四《禮記》四《儒行》音“力偽反”，卷二十二《穀梁傳》昭公十一年，卷二十五《老子》，卷二十六《莊子》上《人間世》同。慧琳《音義》卷三音“力偽反”（凡二見），卷二十七，卷三十三同，卷十音“壘墜反”，卷二十一音“力恚反”，卷二十七音“力委反”。《廣韻·真韻》音“良偽切”。力、壘、良屬來紐，並同。

而杼情素　杼_{嘗與}

杼字寫卷作“秄”，誤。案敦煌寫卷中從手從木之字常混用，尤刻本、集注本並作“杼”，細審文意，此處當作“抒”，因“抒”“杼”同音，此處《文選音》及各本並以“杼”代“抒”。反切下字“與”原作俗字“与”，今改正。　《經典釋文》卷七《毛詩》下《大雅·生民》抒音“食汝反”，卷十《儀禮》《有司》同，卷八《周禮》上《地官司徒》音“時女反”，卷十六《左傳》二文公六年音“直呂反”。慧琳《音義》卷三十一音“常呂反”，卷四十三，卷四十六，卷五十六（凡二見），卷七十四音“除呂反”又“時汝反”，卷七十九音“除與反”。《廣韻·語韻》音“神與切”。食、神屬船紐，時、常屬禪紐，直、除屬澄紐。

記曰　曰_越

曰，字參見《王文憲集序》“歟曰”句“曰”音疏證。

在乎審己正統而已　己_紀　已_以

己，參見《王文憲集序》“約己不以廉物”句“己”音疏證。
已，參見《王文憲集序》“豈直彫章縟采而已哉”句“已”音疏證。

所任賢 任而鴆

集注本引《音决》云：任，"而鴆反"。《經典釋文》卷二《周易》《坤》《解》音"而鴆反"，卷三《尚書》上《舜典》《禹貢》（凡二見）《盤庚上》，卷四《尚書》下《牧誓》《立政》《吕刑》，卷五《毛詩》上《邶風·燕燕》，卷十一《禮記》一《王制》（凡二見），卷十二《禮記》二《明堂位》，卷十四《禮記》四《緇衣》，卷十五《左傳》一隱公三年，卷二十三《孝經》《孝治章》，卷二十四《論語》《雍也》，卷二十六《莊子》上《人間世》，卷二十九《爾雅》上《釋詁》（凡二見）《釋天》同，卷四《尚書》下《酒誥》《多方》音"壬"，卷五《毛詩》上《周南·兔罝》《邶風·簡兮》《齊風·東方未明》，卷六《毛詩》中《曹風·鳲鳩》《小雅·北山》《小雅·瞻彼洛矣》《小雅·黍苗》《小雅·白華》，卷七《毛詩》下《大雅·大明》《大雅·生民》《周頌·訪落》《商頌·玄鳥》，卷八《周禮》上《春官·鞮鞻氏》《春官·巾車》，卷九《周禮》下《夏官·馬質》《夏官·司士》《冬官·瓬人》，卷十《儀禮》《大射儀》《覲禮》，卷十一《禮記》一《曲禮下》《月令》，卷十五《左傳》一隱公三年、隱公六年、隱公十一年、莊公二十四年、僖公十五年，卷十六《左傳》二僖公二十一年、僖公二十三年、文公六年，卷十七《左傳》三宣公十三年、成公二年（凡二見）、成公三年（凡二見）、成公四年、襄公二年、襄公九年、襄公十年（凡二見）、襄公十一年、襄公十三年、襄公十四年、襄公十五年，卷十八《左傳》四襄公二十一年（凡二見）、襄公二十二年（凡二見）、襄公二十四年、襄公二十五年、襄公三十年、昭公三年，卷十九《左傳》五昭公五年（凡二見）、昭公七年、昭公十年（凡二見）、昭公二十年、昭公二十一年、昭公二十二年，卷二十《左傳》六昭公三十年、哀公四年、哀公六年、哀公八年，卷二十一《公羊傳》桓公六年、文公五年、襄公二十一年，卷二十二《穀梁傳》桓公五年、莊公元年、襄公二十一年，卷二十四《論語》《季氏》，卷二十八《莊子》下《天下》，卷三十《爾雅》下《釋草》同，音"壬"。慧琳《音義》卷四音"入針反"，卷二十七音"如林反"。《廣韻·沁韻》音"汝鴆切"，同。案任音"而鴆反""汝鴆切"者在《廣韻·沁韻》，音"入針反""如林反""壬"者在《廣韻·侵韻》，二者有别。此處當讀"沁"韻音。壬、入、如、汝、而屬日紐。

則趨舍省而功施普　舍失也　省所景　施失豉

　　舍音"失也反"，集注本引《音决》音"捨"。《經典釋文》卷五《毛詩》上《秦風·駟驖》音"捨"，卷六《毛詩》中《小雅·雨無正》《小雅·小宛》《小雅·小弁》，卷七《毛詩》下《大雅·行葦》《大雅·瞻卬》，卷八《周禮》上《天官·鼈人》《地官·大司徒》，卷十《儀禮》《聘禮》，卷十一《禮記》一《檀弓上》《檀弓下》（凡二見），卷十二《禮記》二《禮運》（凡二見），卷十三《禮記》三《學記》（凡二見）《哀公問》，卷十四《禮記》四《射義》，卷十五《左傳》一《序》、隱公元年、隱公三年、桓公二年、桓公六年、桓公十五年、莊公十四年、僖公十五年，卷十六《左傳》二僖公二十八年（凡四見）、僖公三十年、文公六年、文公七年（凡二見）、文公八年、文公十二年、宣公元年、宣公二年，卷十七《左傳》三成公七年、成公九年、成公十四年、襄公四年、襄公十三年、襄公十四年（凡二見），卷十八《左傳》四襄公十八年、襄公二十二年、襄公二十三年、昭公元年、昭公三年，卷十九《左傳》五昭公四年、昭公五年、昭公九年、昭公十二年、昭公十四年、昭公十六年（凡二見）、昭公十九年（凡三見）、昭公二十五年，卷二十《左傳》六定公四年、定公五年、定公九年、哀公六年、哀公十二年、哀公十四年、哀公十五年、哀公十七年，卷二十一《公羊傳》桓公二年、莊公十二年、僖公五年、僖公十年、成公十六年、昭公五年，卷二十二《穀梁傳》《序》、隱公二年、桓公四年、桓公十八年、莊公四年、莊公二十四年、僖公元年、僖公五年、襄公十一年、昭公五年、昭公十二年、定公元年，卷二十四《論語》《雍也》《述而》《子罕》《先進》《季氏》《微子》，卷二十五《老子》（凡五見），卷二十六《莊子》上《齊物論》《德充符》（凡二見）《大宗師》，卷二十七《莊子》中《駢拇》《胠篋》（凡二見）《天運》《秋水》（凡二見）《至樂》《田子方》，卷二十八《莊子》下《庚桑楚》《徐无鬼》《則陽》《讓王》《盜跖》《天下》，卷二十九《爾雅》上《釋詁》，卷三十《爾雅》下《釋蟲》並同，音"捨"。《廣韻·馬韻》舍音"捨"，"書冶切"。捨、書屬書紐。同。　省音"所景反"，集注本引《音决》同。《經典釋文》卷三《尚書》上《微子》音"所景反", 卷八《周禮》上《天官·酒正》《天官·內宰》《地官·土均》《春官·大宗伯》, 卷九《周禮》下《夏官·挈壺氏》《夏官·司盟》, 卷十《儀禮》《鄉飲酒禮》(凡二見)《大射儀》《喪禮》《特牲饋食禮》《少牢饋食禮》, 卷十一《禮記》一《月令》(凡三見), 卷十四《禮記》四《儒行》, 卷十五《左傳》一桓公六年, 卷十六《左傳》二僖公二十一年、宣公八年, 卷十七《左傳》三成公十八年(凡二見)、襄公九年, 卷十八《左傳》四昭公元年(凡二見)、昭公三年, 卷十九《左傳》五昭公二十二年, 卷二十《左傳》六昭公三十年, 卷二十一《公羊傳》隱公元年、桓公十一年、莊公十一年、莊公二十二年、僖公五年、僖公八年、僖公二十二年、文公十五年、襄公十一年, 卷二十二《穀梁傳》僖公十八年, 卷二十三《孝經》《諸侯章》, 卷二十七《莊子》中《天道》並同, 音"所景反"。慧琳《音義》卷二十六音"思井反"。《廣韻·梗韻》省音"所景切"。所屬生紐, 思屬心紐, 同。　　"施"音"失豉反", 集注本引《音決》音"舒智反"。《經典釋文》卷二《周易》《乾》(凡二見)《小畜》《泰》《謙》《頤》《益》《夬》《鼎》《旅》《小過》《繫辭上》(凡二見)《繫辭下》(凡二見)音"始豉反", 卷三《尚書》卜《益稷》, 卷五《毛詩》卜《邶風·葛藟》, 卷六《毛詩》中《小雅·大東》, 卷七《毛詩》下《大雅·文王》《大雅·皇矣》, 卷十一《禮記》一《曲禮上》《檀弓上》《月令》(凡二見), 卷十二《禮記》二《禮運》(凡二見), 卷十三《禮記》三《樂記》(凡二見)《雜記下》《祭義》(凡二見)《祭統》《坊記》, 卷十四《禮記》四《表記》《儒行》《大學》, 卷十五《左傳》一莊公十六年, 卷十六《左傳》二僖公二十四年、僖公二十八年(凡二見)、僖公三十三年, 卷十七《左傳》三成公二年、成公十八年、襄公十四年, 卷十八《左傳》四襄公二十九年(凡二見), 卷十九《左傳》五昭公十年、昭公二十六年, 卷二十《左傳》六哀公元年, 卷二十四《論語》《雍也》, 卷二十五《老子》(凡三見), 卷二十七《莊子》中《胠篋》《天道》, 卷二十八《莊子》下《則陽》《外物》《讓王》《列禦寇》同, 音"始豉反", 卷四《尚書》下《康王之誥》音"以豉反", 卷五《毛詩》上《周南·葛覃》《周南·兔罝》, 卷六《毛詩》中《小雅·頍弁》, 卷七《毛詩》下《大雅·旱麓》《大雅·皇矣》《大雅·既醉》, 卷十《儀禮》《喪服經傳》, 卷十二《禮記》二《喪

服小記》，卷十三《禮記》三《樂記》《孔子閒居》（凡二見），卷十
四《禮記》四《中庸》《表記》，卷十五《左傳》一隱公元年，卷十七
《左傳》三成公九年、成公十二年，卷十九《左傳》五昭公二十六年，
卷二十《左傳》六昭公二十八年、昭公三十一年、定公四年，卷二十
六《莊子》上《人間世》音"以豉反"。案音"以豉反"者，讀曰
"移"也，其音義俱與"失豉反"異也。慧琳《音義》卷二十六音
"始宜反"。《廣韻·真韻》音"施智切"，又"式支切"。失、舒、始、
施、式屬書紐。同。

勞筋苦骨　　筋斤

　　集注本引《音決》音"斤"，與此同。《經典釋文》卷八《周禮》
上《天官·獸人》，卷十一《禮記》一《曲禮上》《月令》，卷十二
《禮記》二《內則》，卷二十九《爾雅》上《釋地》並音"斤"，卷十
《儀禮》《鄉飲酒禮》音"居勤反"，卷二十五《老子》同。慧琳《音
義》卷二音"謹欣反"，卷五音"居銀反"，卷二十九音"斤"，卷七
十八同，卷三十音"謹銀反"，卷四十三音"謹殷反"。《廣韻·殷韻》
音"宜引切"，音"斤"。斤、居、謹同屬見紐，宜屬疑紐，並同。

終日矻矻　　日人一　　矻苦骨

　　日，參見《王文憲集序》"允集茲日"句"日"音疏證。　　"矻"
音"苦骨反"，集注本引《音決》音"苦沒反"。尤刻本、五臣本、明
州本、奎章閣本、叢刊本正文"矻"下注反切"苦骨"。《廣韻·沒
韻》矻音"苦骨切"。同。

及至巧冶鑄干將之璞　　冶也　　鑄之戍

　　冶音"也"，集注本引《音決》：冶，"五家，劉冶音也"。案劉即
劉良，今本五臣注本《文選》無此音釋。《經典釋文》卷二《周易·
繫辭上》"冶"音"也"，卷十一《禮記》一《曲禮下》，卷十三《禮
記》三《學記》，卷十五《左傳》一桓公十三年，卷十六《左傳》二
僖公三十年、宣公九年，卷十八《左傳》四襄公二十九年，卷十九
《左傳》五昭公十二年、昭公十三年，卷二十四《論語》《公冶長》
同，音"也"。慧琳《音義》卷九十一、卷一百冶音"野"。《廣韻·
馬韻》音"也"。野、也屬以紐。同。　　鑄音"之戍反"，集注本引

《音决》鑄音"之樹反"。《經典釋文》卷十二《禮記》二《禮運》音"之樹反",卷十六《左傳》二僖公十八年、宣公三年,卷十八《左傳》四襄公十九年、襄公二十三年,卷十九《左傳》五昭公六年、昭公八年、昭公二十一年、昭公二十三年、昭公二十五年,卷二十《左傳》六昭公二十九年,卷二十六《莊子》上《逍遙遊》同,音"之樹反",慧琳《音義》卷十二音"朱樹反"又"章樹反"、卷四十、卷五十、卷八十四同,音"朱樹反",卷三十四音"朱成反",卷九十五、卷一百音"朱孺反"。《廣韻·遇韻》音"之戍切"。之、朱屬章紐。並同。

清水淬其鋒　淬淬對子妹二反

寫卷"淬"下反切上字原用疊字號,今改正字。　集注本引《音决》云:"曹七對反、蕭子妹反。"曹即曹憲,蕭即蕭該,二人並有《文選音義》,《音决》保存了曹蕭二人的音注,彌足珍貴。五臣本、明州本、奎章閣本、叢刊本正文"淬"下注反切"子會"。《經典釋文》卷八《周禮》上《春官·龜人》,卷十《儀禮》《士昏禮》音"七內反"。慧琳《音義》卷九十八音"崔碎反"。《廣韻·隊韻》音"七內切"。並與"淬對反"七、淬、崔屬清紐,子屬精紐。同。

越砥歛其鍔　砥旨　鍔五各

砥音"旨",集注本引《音决》同,音"旨"。《經典釋文》卷三《尚書》上《禹貢》音"脂",卷十四《禮記》四《儒行》,卷二十六《莊子》上《養生主》同,卷六《毛詩》中《小雅·大東》音"之履反",卷九《周禮》下《秋官·野廬氏》音"旨",卷十《儀禮》《聘禮》音"之氏反"。慧琳《音義》卷十一音"止",卷九十一、卷九十三同,卷四十一音"脂履反",卷五十四音"之視反",卷五十八音"職夷反",卷八十音"之耳反"。《廣韻·旨韻》音"旨"。之、旨屬章紐。同。　鍔音"五各反",集注本引《音决》音"魚各反"。《經典釋文》卷九《周禮》下《冬官·築氏》,卷二十八《莊子》下《說劍》音"五各反"。慧琳《音義》卷八十一音"昂各反"。《廣韻·鐸韻》音"五各切"。魚、五、昂屬疑紐,並同。

水斷蛟龍　斷徒管　蛟交

集注本引《音决》:"斷,多管反。"《經典釋文》卷二《周易》

《蒙》《訟》《蠱》《夬》《巽》《繫辭上》（凡四見）《繫辭下》（凡三見）《署例上》音"丁亂反"，卷三《尚書》上《序》《大禹謨》《臯陶謨》，卷四《尚書》下《康誥》《酒誥》《蔡仲之命》《周官》《君陳》《呂刑》《秦誓》，卷五《毛詩》上《周南·兔罝》《召南·甘棠》，卷六《毛詩》中《小雅·瞻彼洛矣》，卷八《周禮》上《天官冢宰》《天官·大宰》《天官·小宰》《天官·甸師》《地官·大司徒》《地官·小司徒》《地官·鄉師》《地官·胥師》《地官·槁人》《春官·眡祲》，卷九《周禮》下《秋官·大司寇》《秋官·小司寇》，卷十《儀禮》《有司》，卷十一《禮記》一《檀弓下》《王制》（凡二見）《月令》（凡二見），卷十二《禮記》二《曾子問》《禮運》《郊特牲》《明堂位》，卷十三《禮記》三《學記》《樂記》《祭義》，卷十四《禮記》四《中庸》《表記》《三年問》（凡二見）《大學》《喪服四制》，卷十五《左傳》一《序》、閔公二年，卷十七《左傳》三襄公五年，卷十八《左傳》四襄公三十一年，卷十九《左傳》五昭公六年，昭公十四年，卷二十《左傳》六昭公二十八年，卷二十一《公羊傳》莊公二十四年、僖公二十八年、文公十二年，卷二十二《穀梁傳》隱公二年、僖公二十八年、宣公三年、成公十五年，卷二十四《論語》《雍也》《泰伯》，卷二十六《莊子》上《逍遙遊》，卷二十七《莊子》中《天道》《田子方》，卷二十八《莊子》下《天下》同，音"丁亂反"，卷四《尚書》下《泰誓下》音"丁管反"，卷九《周禮》下《秋官·司刑》《秋官·掌戮》，卷十《儀禮》《士喪禮》，卷十二《禮記》二《少儀》，卷十三《禮記》三《雜記下》《祭義》，卷十四《禮記》四《服問》，卷十五《左傳》一莊公十六年，卷十六《左傳》二文公十八年，卷十九《左傳》五昭公十年、昭公十三年、昭公二十年、昭公二十二年、昭公二十三年、昭公二十六年，卷二十《左傳》六哀公七年、哀公十五年、哀公二十五年，卷二十一《公羊傳》僖公三年、昭公十二年、哀公十四年，卷二十二《穀梁傳》文公十一年，卷二十六《莊子》上《逍遙遊》《德充符》，卷二十七《莊子》中《駢拇》，卷二十八《莊子》下《天下》，卷三十《爾雅》下《釋草》同，音"丁管反"。慧琳《音義》卷三音"團怨反"，卷十音"團卵反"，卷十八、卷二十五、卷八十三音"團亂反"，卷二十三（凡二見）音"都亂反"，卷二十五音"都管反"，卷二十七音"徒管反"，卷五十一音

"端亂反"，卷六十二音"端管反"。《廣韻·換韻》音"丁貫切"。多、丁、都、端屬端紐，團、徒屬定紐。同。　集注本注云："五家蛟音交"。《經典釋文》卷十一《禮記》一《月令》，卷二十二《穀梁傳》哀公十三年，卷二十七《莊子》中《秋水》音"交"。《廣韻·肴韻》"蛟，古肴切"，音"交"。同。

陸剸犀革　剸之兗大九二反　犀西

集注本引《音決》："剸，之兗反。"《經典釋文》卷十二《禮記》二《文王世子》剸音"之免反"。慧琳《音義》卷五十九音"旨夾反"。《廣韻·獮韻》音"旨兗切"，《廣韻·線韻》音"之囀切"，與此注"之兗反"，李善注引《漢書音義》"章兗反"，之、旨、章屬章紐，同，而《廣韻·桓韻》剸音"度官切"，與此注"大丸反"，度、大屬定紐，同。　《經典釋文》卷五《毛詩》上《衛風·碩人》，卷十六《左傳》二宣公二年，卷二十一《公羊傳》文公十六年，卷二十九《爾雅》上《釋地》，卷三十《爾雅》下《釋獸》犀音"西"，卷三《尚書》上《禹貢》音"細分反"，卷二十九《爾雅》上《釋器》音"蘇齎反"。慧琳《音義》卷十四音"西"，卷三十、卷三十一音"洗賣反"，卷九十四音"緗妻反"。《廣韻·齊韻》音"西"，"先稽切"。細、蘇、洗、緗、先屬心紐，同。　案《文選音》寫卷此下尚有"沛莫外"、"鼗呼郭"二字及其反切，當是將下文"沛乎若巨魚縱大壑"句之音釋二度書寫誤置於此，今刪除。

忽若篲氾畫塗　篲息醉　氾汎　畫獲

集注本引《音決》："篲，在歲反。"李善引《漢書音義》如淳曰："篲音遂"。《經典釋文》卷二十七《莊子》中《達生》音"似歲反，徐以醉反"，卷二十九《爾雅》上《序》音"似稅反又囚醉反，一音息遂反"，《釋詁》音"息遂反又徂歲反"，《釋天》音"恤遂反又似酢、似銳二反"。慧琳《音義》卷十一音"隨銳反"，卷六十二、卷七十八同，卷五十八音"夕芮反"又"囚銳反""蘇醉反"。《廣韻·祭韻》"篲"音"祥歲切"，《廣韻·至韻》篲音"遂"，"徐醉切"。似、囚、隨、夕、祥、徐屬邪紐，息、恤、蘇屬心紐，徂屬從紐。古人從草從竹之字常混用，故"篲"字與"篲"字之音釋亦常混用。　集注本引《音決》："氾，芳劍反"。《經典釋文》卷七《毛詩》下《大雅·文王有聲》氾音"芳劍反"，卷八《周禮》上《地官·土均》，卷九《周禮》下《夏官·大僕》，卷十《儀禮》《有司》，卷十二《禮記》二《郊特牲》《大傳》《少儀》，卷十三《禮記》三《喪大記》《祭義》，卷十四《禮記》四《表記》，卷十八《左傳》四襄公二十八年，卷二十八《莊子》下《天下》（凡二見）同，卷十六《左傳》二僖公二十四年、僖公三十年音"凡"，卷十七《左傳》三成公四年、成公七年、襄公九年，卷十八《左傳》四襄公二十六年，卷十九《左傳》五昭公二十二年、昭公二十六年同，音"凡"。慧琳《音義》卷六音"敷陷反"，卷二十八、卷五十二音"孚劔反"。《廣韻·梵韻》音"汎"、"孚梵切"。芳、敷、孚屬敷紐。同。　集注本引《音決》："畫音獲"。《經典釋文》卷二《周易》《繫辭下》音"獲"，卷九《周禮》下《冬官考工記》，卷十《儀禮》《士冠禮》《聘禮》《覲禮》《士喪禮》《特牲饋食禮》《少牢饋食禮》，卷十一《禮記》一《檀弓下》，卷十三《禮記》三《樂記》，卷十五《左傳》一莊公三十二年，卷十八《左傳》四襄公三十年，卷二十《左傳》六襄公二十六年，卷二十一《公羊傳》襄公二十九年，卷二十二《穀梁傳》桓公六年，卷二十四《論語》《雍也》，卷二十六《莊子》上《人間世》，卷二十八《莊子》下《庚桑楚》，卷二十九《爾雅》上《釋丘》同，音"獲"，卷三《尚書》上《序》音"乎麥反"，卷十二《禮記》二《文王世子》《玉藻》，卷十七《左傳》三襄公四年同。《廣韻·麥韻》音"獲"，"胡麥切"。乎、胡屬匣紐。同。

如此則使離婁督繩　婁力侯

集注本引《音決》："婁音樓。"《經典釋文》卷六《毛詩》中《小雅·角弓》音"樓"，卷十八《左傳》四襄公二十六年同，卷十一《禮記》一《月令》音"力侯反"，卷十五《左傳》一莊公十七年、僖公十五年，卷十七《左傳》三襄公十四年，卷十八《左傳》四襄公二十四年，卷十九《左傳》五昭公五年，卷二十《左傳》六定公十四年，卷二十二《穀梁傳》宣公十五年，卷三十《爾雅》下《釋木》同，音"力侯反"。《廣韻·侯韻》音"洛侯切"。力、洛屬來紐。同。

雖重臺五層　層寸恒

集注本引《音決》："層，在登反"。慧琳《音義》卷十二音"藏稜反"，卷四十七音"自登反""贈登反"，卷五十六音"子恒反""字恒反"，卷七十音"字恒反"，卷八十七音"賊登反"，卷九十二音

"贈棱反"。《廣韻·登韻》音"作棱切"又"作滕切"。在、藏、自、贈、字、賊屬從紐,子、作屬精紐。同。

延袤百丈　袤_茂

集注本引《音决》:"袤音茂。"五臣本、明州本、奎章閣本、叢刊本正文"袤"下注直音"茂"。《經典釋文》卷八《周禮》上《春官·典瑞》音"茂",卷九《周禮》下《夏官·弁師》《冬官·玉人》,卷十《儀禮》《覲禮》《喪服經傳》《士喪禮》,卷十一《禮記》一《檀弓上》,卷二十一《公羊傳》隱公八年同。慧琳《音義》卷二十二音"莫構反",卷八十一音"謀候反",卷八十三"莫候反"。《廣韻·候韻》音"茂"、"莫候切"。莫、謀、茂屬明紐。同。

而不溷者　溷_{乎困}

集注本引《音决》:"溷,故困反"。《經典釋文》卷二《周易》《噬》溷音"胡困反",卷十七《左傳》三成公十六年音"戶本反",卷二十《左傳》六定公六年音"侯困反",定公八年同、哀公二十六年音"戶困反"。慧琳《音義》卷四十九音"魂穩反",卷六十七音"胡困反",卷七十五、卷七十八、卷九十六音"魂困反",卷八十三音"渾鈍反",卷九十七音"魂本反"。《廣韻·慁韻》溷,"胡困切"。胡、戶、侯、魂、渾屬匣紐。同。

亦傷吻嶽筴　吻_{亡粉}

集注本引《音决》:"吻,亡粉反。"《經典釋文》卷九《周禮》下《冬官·梓人》:"劉無憤反、戚亡粉反"。慧琳《音義》卷二十三音"無粉反",卷四十二、卷七十五音"文粉反",卷六十三、卷八十四音"聞粉反"。《廣韻·吻韻》音"武粉切"。亡、無、文、武屬微紐。同。　集注本引《音决》:"筴,初革反,古策字。"

胷喘膚汗　喘_{昌兗}　汗_{乎旦}

集注本引《音决》:"喘,昌兗反。"《經典釋文》卷六《毛詩》中《小雅·四牡》音"川兗反",卷八《周禮》上《天官·疾醫》,卷九《周禮》下《秋官·小司寇》,卷十八《左傳》四昭公元年音"昌兗反",卷二十六《莊子》上《大宗師》音"川軟反、又尺軟反"。慧琳

《音義》卷十五音"川兗反",卷三十、卷七十六同,卷四十八音"昌
奕反",卷五十七音"川奕反",卷六十一、卷七十八、卷一百同。
《廣韻·獮韻》音"昌兗切",昌、川屬昌紐。同。 《經典釋文》卷
二《周易》《渙》汗音"下旦反",卷十一《禮記》一《曲禮上》音
"下半反",卷十二《禮記》二《少儀》,卷二十七《莊子》中《田子
方》音"户旦反"。慧琳《音義》卷八十三音"寒幹反"。《廣韻·翰
韻》汗音"侯旰切"。下、户、寒、侯屬匣紐。同。

及至駕囓膝　囓五結

囓,集注本作"嚙",尤刻本作"齧"。案"囓"乃"齧"之俗
體。 集注本引《音决》:"齧,魚結反"。 《經典釋文》卷二《周
易》《噬》音"研節反",卷十一《禮記》一《曲禮上》,卷十五《左
傳》一莊公六年,卷十九《左傳》五昭公二十三年,卷二十《左傳》
六哀公十二年,卷二十一《公羊傳》昭公二十三年,卷二十二《穀梁
傳》昭公二十三年,卷二十六《莊子》上《齊物論》《應帝王》,卷二
十九《爾雅》上《釋地》,卷三十《爾雅》下《釋草》《釋木》並音
"五結反"。慧琳《音義》卷十七音"研結反",卷十九、卷二十八、
卷三十五、卷三十六、卷六十、卷七十二、卷七十六、卷八十二、卷
一百並同,卷二十七音"五結反"。《廣韻·屑韻》音"五結切"。五、
疑、研屬疑紐。同。

參乘旦　參七甘　乘剩

參,尤刻本作"驂",案"參""驂"音同,此假借。 《經典釋
文》卷二《周易》《繫辭上》音"七南反",《説卦》,卷三《尚書》
上《西伯戡黎》,卷五《毛詩》上《齊風·猗嗟》,卷七《毛詩》下
《大雅·行葦》,卷八《周禮》上《天官·大宰》,卷九《周禮》下
《冬官考工記》,卷十《儀禮》《大射儀》,卷十一《禮記》一《王
制》,卷十三《禮記》三《祭義》,卷十四《禮記》四《鄉飲酒義》,
卷十五《左傳》一《序》、隱公元年、桓公二年,卷十七《左傳》三
宣公十二年、襄公七年,卷十八《左傳》四昭公三年,卷十九《左
傳》五昭公六年、昭公十二年,卷二十《左傳》六昭公三十二年、哀
公二十七年,卷二十二《穀梁傳》隱公八年、僖公五年,卷二十四
《論語》《序》《里仁》《泰伯》同。慧琳《音義》卷四十七音"錯耽

反"。《廣韻·談韻》參音"七南反",七、錯屬清紐。同。而"驂"在《廣韻·覃韻》。 集注本引《音決》:"乘,時證反"。《經典釋文》卷二《周易》《屯》乘音"繩證反",卷四《尚書》下《蔡仲之命》,卷五《毛詩》上《召南·鵲巢》《鄭風·大叔于田》《齊風·南山》《齊風·載驅》《齊風·猗嗟》《秦風·駟驖》《秦風·渭陽》,卷六《毛詩》中《小雅·六月》《小雅·采芑》《小雅·信南山》《小雅·鴛鴦》《小雅·采菽》,卷七《毛詩》下《大雅·卷阿》《大雅·崧高》《大雅·韓奕》《魯頌·有駜》《魯頌·閟宮》《商頌·玄鳥》,卷八《周禮》上《天官·庖人》《天官·夏采》《地官·小司徒》《地官·封人》《地官·遂人》《地官·稍人》《春官·外史》《春官·巾車》(凡二見)《春官·車僕》,卷九《周禮》下《夏官司馬》(凡二見)《夏官·司右》《夏官·太僕》《夏官·司戈盾》《夏官·司弓矢》《夏官·齊右》《夏官·校人》《秋官·大行人》《秋官·司儀》《秋官·掌客》《冬官考工記》,卷十《儀禮》《士昏禮》《鄉射禮》(凡二見)《大射儀》(凡二見)《聘禮》(凡二見)《公食大夫禮》《覲禮》(凡二見)《士喪禮》《既夕禮》(凡二見),卷十一《禮記》一《曲禮上》(凡三見)《檀弓上》(凡三見)《檀弓下》(凡三見)《月令》(凡三見),卷十二《禮記》二《明堂位》《少儀》(凡二見),卷十三《禮記》三《雜記上》(凡三見)《雜記下》《仲尼燕居》《坊記》,卷十四《禮記》四《大學》《聘義》,卷十五《左傳》一《序》、隱公元年、桓公五年、莊公九年、莊公十年(凡二見)、莊公十二年、莊公二十二年、莊公二十八年、閔公二年(凡二見)、僖公二年、僖公四年、僖公十年、僖公十五年,卷十六《左傳》二僖公二十三年、僖公二十六年、僖公二十七年、僖公二十八年(凡二見)、僖公三十三年、文公元年、文公十一年、文公十四年,文公十八年、宣公二年,卷十七《左傳》三宣公十二年(凡六見)、成公元年、成公二年(凡二見)、成公七年、成公十三年、成公十六年(凡三見)、成公十八年(凡三見)、襄公十年、襄公十一年(凡二見)、襄公十五年,卷十八《左傳》四襄公十六年、襄公十八年、襄公十九年、襄公二十一年,襄公二十二年、襄公二十三年(凡二見)、襄公二十四年,襄公二十五年(凡二見)、襄公二十六年、襄公二十七年、襄公二十八年、襄公三十一年、昭公元年(凡四見)、昭公三年,卷十九《左傳》五昭公五年、昭公六年,昭公八年(凡二見)、昭公十年、昭公十二年(凡二見)、昭公十三年、昭公十六年、昭公二十年（凡二見）、昭公二十一年、昭公二十四年、昭公二十五年、昭公二十六年，卷二十《左傳》六昭公二十九年、昭公三十一年、定公三年、定公四年（凡二見）、定公五年、定公九年、定公十年、定公十三年、哀公元年、哀公二年、哀公三年、哀公六年（凡三見）、哀公七年、哀公八年、哀公十一年（凡三見）、哀公十三年、哀公十四年、哀公十五年、哀公二十六年，卷二十一《公羊傳》隱公二年、莊公十年、僖公二年、僖公二十一年、文公十三年、文公十四年、成公二年、昭公元年、定公八年、哀公四年、哀公六年、哀公十二年，卷二十二《穀梁傳》隱公元年（凡二見）、莊公九年、莊公十年、莊公二十四年、僖公二年、文公五年、文公十四年，卷二十四《論語》《學而》《公冶長》（凡二見）《先進》《憲問》，卷二十五《老子》，卷二十六《莊子》上《人間世》，卷二十七《莊子》中《達生》，卷二十八《莊子》下《徐无鬼》（凡二見）《則陽》《讓王》《漁父》《列禦寇》（凡三見），卷二十九《爾雅》上《釋丘》同，音“繩證反”。慧琳《音義》卷三音“承證反”，卷九、卷十八同，卷四音“食證反”，卷二十三、卷二十七、卷四十八同，卷五十一音“繩證反”。《廣韻·證韻》乘音“剩”，“實證切”。時，承屬禪紐，繩、食、實屬船紐。同。

王良靬　靬霸

集注本引《音決》：“靬音霸。”李善引《漢書音義》：“或曰靬音霸。”五臣本、明州本、奎章閣本、叢刊本正文“靬”下注直音“霸”。《經典釋文》卷二十九《爾雅》上《釋器》靬音“霸”。慧琳《音義》卷六十二、卷八十四音“巴罵反”。《廣韻·禡韻》“靬”音“霸”，“必駕切”。霸、巴、必屬幫紐。同。

縱騁馳騖　騖尾付

《經典釋文》卷二十八《莊子》下《外物》騖音“務”，卷二十九《爾雅》上《釋詁》同。慧琳《音義》卷二十一音“無羽反”，卷二十四音“無付反”，卷三十一、卷五十一、卷八十二同，卷二十八音“亡付反”，卷六十音“務”，卷八十一、卷八十三音“無遇反”，卷八十九音“無輔反”。《廣韻·遇韻》騖音“務”、“亡遇切”。尾、務、無、亡屬微紐。同。

蹶如歷塊　蹶古月　塊苦外

　　集注本引《音決》："蹶，古月反。"《經典釋文》卷七《毛詩》下《大雅·蕩》蹶音"厥"，卷十三《禮記》三《孔子閒居》，卷二十六《莊子》上《人間世》，卷二十七《莊子》中《秋水》同，慧琳《音義》卷十二音"居月反"，卷二十八、卷三十、卷四十二、卷四十三、卷四十六、卷四十九、卷五十四、卷五十五、卷五十九、卷六十七、卷七十、卷七十四同。《廣韻·月韻》蹶音"居月切"。古、厥、居屬見紐。同。　集注本引《音決》"塊，苦對反"。《經典釋文》卷三《尚書》上《禹貢》，卷十《儀禮》《喪服經傳》《士喪禮》，卷二十七《莊子》中《繕性》《知北遊》，卷二十八《莊子》下《天下》塊音"苦對反"，與《音決》同，卷十四《禮記》四《問喪》（凡二見），卷十六《左傳》二僖公二十三年，卷二十二《穀梁傳》僖公五年，卷二十六《莊子》上《齊物論》《大宗師》《應帝王》音"苦怪反"，與《文選音》同。慧琳《音義》卷一音"魁潰反"，卷二音"恢碓反"，卷二十六、卷三十二音"苦對反"，卷四十七音"口潰反"，卷六十一音"苦晦反"，卷八音"唐膾反"，卷十七音"魁外反"，卷十八音"魁外反"，卷一百音"魁曾反"。《廣韻·隊韻》塊音"苦對切"，而"苦外切"在《廣韻·泰韻》。是塊在唐或唐前有二音，"苦對反"或"苦外反"。苦、魁、恢、口屬溪紐。唐屬定紐。

故服絺綌之涼者　絺丑之　綌去逆

　　綌，原作"綌"，集注本同，案"綌"乃俗體，今改正字。　集注本引《音決》："絺，丑夷反。"《經典釋文》卷三《尚書》上《益稷》《禹貢》（凡二見），卷八《周禮》上《天官·大宰》，卷十《儀禮》《大射儀》，卷十一《禮記》一《月令》，卷十三《禮記》三《喪大記》並音"敕其反"，卷五《毛詩》上《鄘風·君子偕老》，卷九《周禮》下《秋官·大行人》，卷十五《左傳》一隱公十一年，卷二十四《論語》《鄉黨》音"敕之反"。慧琳《音義》卷九十五音"恥尺反"。《廣韻·脂韻》音"丑飢切"。丑、敕屬徹紐，同。　集注本引《音決》："綌，去逆反"。《經典釋文》卷五《毛詩》上《周南·葛覃》，卷十《儀禮》《士昏禮》《鄉射禮》《燕禮》《士喪禮》，卷十一《禮記》一《曲禮上》《檀弓上》《王制》，卷十二《禮記》二《玉

藻》，卷二十四《論語‧鄉黨》，卷二十九《爾雅》上《釋訓》綌並音
"去逆反"。慧琳《音義》卷九十五綌音"卿逆反"。《廣韻‧陌韻》綌
音"綺戟切"。去、卿、綺屬溪紐，同。

不苦盛暑之鬱燠　燠於菊

集注本引《音決》："燠，於六反。"《經典釋文》卷十二《禮記》
二《禮器》《內則》，卷十八《左傳》四昭公三年，卷二十二《穀梁
傳》桓公十四年，卷二十九《爾雅》上《釋言》並音"於六反"，慧
琳《音義》卷六十一音"憂六反"、卷九十一音"於六反"。《廣韻‧
屋韻》音"於六切"。於、憂屬影紐，同。

襲狐貉之燠者　貉乎各　燠乃管

集注本"貉"作"狢"，案"狢"乃俗體。　集注本引《音決》：
"狢，胡各反"。《經典釋文》卷五《毛詩》上《魏風‧伐檀》貉音
"戶各反"，卷六《毛詩》中《豳風‧七月》，卷九《周禮》下《冬官
考工記》，卷十一《禮記》一《月令》，卷二十一《公羊傳》文公十
年，卷二十四《論語》《鄉黨》，卷三十《爾雅》下《釋蟲》同，卷八
《周禮》上《地官‧大司徒》，卷二十九《爾雅》上《釋詁》音"胡
各反"。慧琳《音義》卷十四、卷五十一音"何各反"，卷八十四音
"莫革反"。《廣韻‧鐸韻》音"下各切"。乎、胡、戶、何、下屬匣紐，
莫屬明紐。同。　集注本引《音決》："燠，奴管反"。《經典釋文》卷
四《尚書》下《洪範》音"乃管反"，卷七《毛詩》下《大雅‧公
劉》，卷十一《禮記》一《王制》（凡三見），卷十二《禮記》二《文
王世子》《內則》同，卷六《毛詩》中《小雅‧小明》音"奴緩反"，
卷十一《禮記》一《月令》音"乃緩反"。慧琳《音義》卷四音"奴
管反"，卷十、卷十四、卷三十一、卷四十二、卷五十、卷六十六同，
卷二十八音"奴卵反"，卷五十五、卷六十八、卷七十六、卷八十一音
"奴短反"。《廣韻‧緩韻》燠音"乃管切"。乃、奴屬泥紐。同。

有其具者易其備　易以豉

集注本引《音決》："易，以智反，下同。"《經典釋文》卷二《周
易》《屯》《大有》《觀》《大壯》《夬》《旅》《繫辭上》（凡四見）
《繫辭下》（凡六見）《畧例》（上下）音"以豉反"，卷三《尚書》上

《大禹謨》（凡二見）《咸有一德》《盤庚上》《盤庚中》（凡二見）《説命中》，卷四《尚書》下《旅獒》《大誥》（凡二見）《酒誥》《君奭》（凡二見）《君牙》，卷五《毛詩》上《周南·卷耳》《鄘風·柏舟》《鄭風·豐》《鄭風·東門之墠》《秦風·蒹葭》，卷六《毛詩》中《小雅·節南山》《小雅·甫田》《小雅·青蠅》《小雅·采綠》，卷七《毛詩》下《大雅·文王》《大雅·皇矣》《大雅·生民》《大雅·卷阿》《大雅·板》《大雅·蕩》《大雅·烝民》《周頌·有客》《周頌·敬之》《商頌·殷武》，卷八《周禮》上《天官·疾醫》《天官·閽人》《地官·遺人》《地官·司諫》《地官·司市》《春官·司服》《春官·大司樂》，卷九《周禮》下《夏官·大司馬》《夏官·掌固》《夏官·弓矢》《冬官考工記》《冬官·輪人》（凡二見）《冬官·輿人》《冬官·輈人》《冬官·桃氏》《冬官·鳧氏》《冬官·函人》《冬官·畫繢》《冬官·玉人》《冬官·車人》《冬官·弓人》（凡二見），卷十《儀禮》《鄉射禮》《燕禮》《大射禮》《聘禮》（凡二見）《公食大夫禮》（凡二見）《喪服經傳》《士喪禮》《既夕禮》，卷十一《禮記》一《曲禮上》《曲禮下》《檀弓上》（凡五見）《檀弓下》（凡三見）《王制》《月令》（凡二見），卷十二《禮記》二《文王世子》《禮運》《郊特牲》《內則》《少儀》（凡二見），卷十三《禮記》三《學記》《樂記》（凡五見）《雜記下》《喪大記》《祭義》《經解》《哀公問》《仲尼燕居》《孔子閒居》《坊記》，卷十四《禮記》四《中庸》（凡五見）《表記》（凡五見）《緇衣》（凡二見）《深衣》《儒行》（凡二見）《大學》《鄉飲酒義》，卷十五《左傳》一隱公四年、隱公六年、隱公十年、桓公十三年、莊公十四年、僖公二年、僖公四年、僖公五年（凡二見）、僖公九年，卷十六《左傳》二僖公二十二年、僖公三十三年、文公七年、宣公九年，卷十七《左傳》三宣公十二年、成公二年（凡二見）、成公四年、成公六年（凡二見）、成公十七年、成公十八年、襄公三年、襄公五年、襄公十一年、襄公十三年（凡二見）、襄公十五年，卷十八《左傳》四襄公十七年、襄公十八年、襄公二十一年、襄公二十四年、襄公二十六年（凡四見）、襄公二十八年、襄公二十九年、襄公三十一年（凡二見）、昭公元年，卷十九《左傳》五昭公四年（凡二見）、昭公五年、昭公十四年、昭公十七年、昭公十八年（凡二見）、昭公二十六年（凡二見），卷二十《左傳》六定公十五年、哀公二年、哀公三年、哀公二十五年，卷二十一《公羊傳》隱公四年、隱公十年、桓公六年、桓公十五年、莊公十二年、莊公十四年、僖公三年、文公十二年、成公十六年、哀公八年、定公三年、定公六年、定公十年、哀公九年、哀公十三年，卷二十二《穀梁傳》隱公四年、隱公十年、桓公十一年、莊公九年、僖公十七年、成公二年、昭公二十五年、定公四年、哀公九年、哀公十三年，卷二十三《孝經》《三才章》《聖治章》《廣要道章》《感應章》，卷二十四《論語》《八佾》（凡二見）《秦伯》《子罕》《子路》（凡二見）《憲問》（凡二見）《衛靈公》《季氏》《陽貨》《微子》，卷二十五《老子》（凡四見），卷二十六《莊子》上《人間世》（凡三見）《大宗師》，卷二十七《莊子》中《在宥》（凡二見）《天地》（凡二見）《天運》（凡三見）《刻意》《達生》《山木》（凡二見）《知北遊》，卷二十八《莊子》下《徐无鬼》《則陽》《外物》《盜跖》《列禦寇》（凡二見）《天下》（凡二見），卷二十九《爾雅》上《序》《釋詁》（凡二見）《釋水》同，音"以豉反"。慧琳《音義》卷九、卷二十二音"以豉反"。《廣韻·寘韻》音"以豉切"。同。

是以嘔喻受之　嘔吁　喻以朱

集注本引《音決》："嘔，況于反。"北宋刊李善注本《文選》卷四十八《劇秦美新》"上下相嘔"句李善注："煦與嘔同，況俱切。"尤刻本、奎章閣本同。五臣本於正文"嘔"下夾注"吁"，尤刻本、明州本、奎章閣本並同。吁在《廣韻·虞韻》，"況于反"、"況俱切"音同。景祐本《漢書·王褒傳》載此文，"嘔喻受之"句下師古曰："嘔音於付反"，亦與之同。　集注本引《音決》："喻，以朱反。"《文選》五臣本、明州本、奎章閣本"喻"字下夾注直音"俞"。"俞"在《廣韻·虞韻》，而"喻"字在《廣韻·遇韻》，音"羊戍切"，與之異韻。

開寬裕之路　裕以句

集注本引《音決》："裕音喻。"《經典釋文》卷二《周易》上《蠱》音"羊樹反"，卷三《尚書》上《仲虺之誥》，卷六《毛詩》中《小雅·角弓》，卷十三《禮記》三《樂記》《坊記》，卷十四《禮記》

四《深衣》並同，音"羊樹反"。《廣韻·遇韻》裕音"羊戍切"。以、羊屬以紐。同。

索人求士者　索_{所革}

集注本引《音決》："索，所格反。"《經典釋文》卷三《尚書》上《序》音"所白反"，卷七《毛詩》下《大雅·抑》，卷九《周禮》下《冬官·稾氏》，卷十一《禮記》一《曲禮下》《檀弓上》《月令》（凡三見），卷十二《禮記》二《明堂位》，卷十七《左傳》三成公十七年、襄公二年，卷十八《左傳》四襄公三十一年，卷十九《左傳》五昭公十二年，卷二十《左傳》六昭公二十七年，卷二十一《公羊傳》宣公十二年，宣公二十五年，卷二十二《穀梁傳》僖公十一年，卷二十四《論語》《微子》，卷二十七《莊子》中《天地》《秋水》，卷二十八《莊子》下《外物》同，卷十《儀禮》《士相見禮》《鄉射禮》《大射儀》《士喪禮》，卷十一《禮記》一《曲禮上》《檀弓上》《王制》，卷十五《左傳》一桓公二年，卷十七《左傳》三襄公八年、襄公九年，卷二十《左傳》六昭公三十年，卷二十七《莊子》中《駢拇》，卷二十八《莊子》下《徐无鬼》，卷二十九《爾雅》上《釋言》《釋水》，卷三十《爾雅》下《釋草》音"悉各反"。慧琳《音義》卷八索音"桑洛反"，卷四十同，卷二十四音"桑落反"，卷二十六音"桑各反"，卷六十九同，卷二十七音"蘇各反"，卷七十二音"喪作反"，卷九、卷十、卷十八、卷三十三音"所革反"。《廣韻·鐸韻》："索，蘇各切又所戟切"，《廣韻·陌韻》："索，山戟切又蘇各切。"《廣韻·麥韻》："索，山責切。"是"悉各切"在鐸韻、"所白切"在陌韻、"所革切"在麥韻。所、蘇屬生紐，悉、桑、索屬心紐。

必樹伯迹　伯_霸

集注本引《音決》："伯音霸。"《經典釋文》卷十五《左傳》一莊公十七年，卷十七《左傳》三成公十六年、襄公八年，卷十九《左傳》五昭公九年、昭公十九年、昭公二十六年，卷二十《左傳》六哀公元年，卷二十二《穀梁傳》隱公八年，卷二十六《莊子》上《大宗師》並音"霸"。同。

昔周公躬吐捉之勞　捉側角

捉，集注本同，尤刻本作"握"，今據《文選音》本改。　《經典釋文》卷二十八《莊子》下《庚桑楚》音"側角反"。《廣韻·覺韻》："捉，側角切"。同。

圖事揆策　揆巨水

《經典釋文》卷二《周易》上《屯》《繫辭下》音"葵癸反"，卷三《尚書》上《序》《舜典》《禹貢》，卷五《毛詩》上《鄘風·定之方中》，卷十六《左傳》二文公十八年同，卷二十九《爾雅》上《序》音"巨癸反"，《釋言》音"其水反"。《廣韻·旨韻》音"求癸切"。葵、巨、其、求屬羣紐。同。

陳見悃誠　見現　悃苦本

集注本引《音決》："見，何殿反。"《經典釋文》卷二《周易》《乾》（凡三見）《觀》《復》《咸》《恒》《豐》《繫辭上》（凡六見）《繫辭下》（凡二見）《雜卦》《卦畧》音"賢遍反"，卷三《尚書》上《序》《堯典》《大禹謨》《益稷》《禹貢》（凡三見）《五子之歌》《伊訓》《微子》，卷四《尚書》下《洪範》《金滕》《康誥》《梓材》《召誥》《君奭》《立政》《康王之誥》《冏命》，卷五《毛詩》上《周南·關雎》《周南·葛覃》（凡二見）《召南·小星》《邶風·燕燕》《邶風·泉水》《鄘風·君子偕老》《鄘風·定之方中》《鄭風·女曰雞鳴》《魏風·葛屨》《唐風·綢繆》，卷六《毛詩》中《檜風·羔裘》《檜風·素冠》《小雅·華黍》《小雅·車攻》《小雅·沔水》《小雅·鶴鳴》《小雅·巧言》《小雅·何人斯》《小雅·甫田》《小雅·裳裳者華》《小雅·魚藻》《小雅·角弓》《小雅·白華》《小雅·漸漸之石》《小雅·苕之華》，卷七《毛詩》下《大雅·文王》《大雅·大明》《大雅·思齊》《大雅·皇矣》《大雅·生民》《大雅·既醉》《大雅·蕩》《大雅·韓奕》《大雅·瞻卬》《周頌·臣工》《周頌·噫嘻》《周頌·載見》《周頌·有客》《周頌·敬之》《周頌·載芟》《商頌·長發》《商頌·殷武》，卷八《周禮》上《天官·大宰》《天官·宰夫》《天官·膳夫》《天官·疾醫》《天官·司書》《天官·掌皮》《天官·

内小臣》《天官·九嬪》《天官·内司服》《天官·追師》《天官·屨人》《地官·舍人》《春官·大宗伯》《春官·天府》《春官·典瑞》《春官·樂師》《春官·大卜》《春官·大祝》《春官·馮相氏》《春官·御史》《春官·巾車》，卷九《周禮》下《夏官司馬》《夏官·大司馬》《夏官·司爟》《夏官·射人》《夏官·司士》《夏官·槀人》《夏官·校人》《夏官·職方氏》《秋官·小司寇》《秋官·朝士》《秋官·大行人》（凡四見）《秋官·司儀》《秋官·象胥》《秋官·掌客》《冬官·輪人》（凡二見）《冬官·玉人》，卷十《儀禮》《士冠禮》（凡二見）《士昏禮》（凡三見）《士相見禮》《鄉飲酒禮》《鄉射禮》（凡三見）《大射儀》（凡三見）《聘禮》（凡五見）《覲禮》（凡二見）《喪服》（凡六見）《士喪禮》（凡二見）《既夕禮》（凡四見）《特牲饋食禮》《少牢饋食禮》，卷十一《禮記》一《曲禮上》（凡五見）《曲禮下》（凡五見）《檀弓上》（凡四見）《檀弓下》（凡三見）《王制》（凡三見）《月令》（凡六見），卷十二《禮記》二《曾子問》《禮運》（凡三見）《禮器》（凡三見）《郊特牲》《内則》（凡三見）《玉藻》（凡四見）《明堂位》《喪服小記》（凡二見）《少儀》（凡六見），卷十三《禮記》三《樂記》（凡五見）《雜記上》（凡二見）《雜記下》（凡二見）《喪大記》（凡四見）《祭法》《祭義》（凡二見）《祭統》（凡六見）《經解》《坊記》，卷十四《禮記》四《中庸》（凡三見）《表記》《緇衣》《服問》《閒傳》《深衣》《儒行》《大學》（凡二見）《昏義》（凡二見）《聘義》《喪服四制》，卷十五《左傳》一《序》（凡二見）、隱公元年、隱公二年（凡三見）、隱公三年、隱公五年、隱公六年、隱公七年、隱公八年、桓公元年、桓公五年（凡二見）、桓公八年、桓公十年、桓公十二年、桓公十三年、莊公四年、莊公七年、莊公八年、莊公十年、莊公十二年、莊公十六年、莊公二十二年（凡二見）、莊公二十四年、莊公二十七年、莊公二十九年、莊公三十二年、閔公元年、閔公二年、僖公二年、僖公四年、僖公五年、僖公六年、僖公十年、僖公十二年、僖公二十一年、僖公二十三年（凡二見）、僖公二十四年（凡二見）、僖公二十八年（凡五見）、文公元年、文公二年、文公八年、文公十年、文公十一年、文公十二年、文公十三年、文公十四年、文公十七年、文公十八年（凡二見）、宣公二年、宣公四年、宣公五年、宣公九年、宣公十年，卷十七《左傳》三宣公十二年、

宣公十四年、成公二年（凡三見）、成公五年、成公七年、成公十三
年、成公十四年、成公十五年（凡二見）、成公十六年（凡三見）、成
公十八年、襄公五年（凡三見）、襄公六年、襄公八年、襄公九年、襄
公十年（凡二見）、襄公十三年、襄公十四年，卷十八《左傳》四襄
公十九年、襄公二十一年、襄公二十二年（凡二見）、襄公二十三年、
襄公二十四年、襄公二十五年、襄公二十六年（凡四見）、襄公二十七
年、襄公二十八年、襄公三十年、襄公三十一年（凡三見）、昭公元年
（凡二見）、昭公二年（凡二見）、昭公三年，卷十九《左傳》五昭公
四年（凡五見）、昭公五年（凡四見）、昭公六年（凡三見）、昭公七
年（凡二見）、昭公八年（凡二見）、昭公十年（凡二見）、昭公十二
年、昭公十三年（凡二見）、昭公十五年（凡二見）、昭公十七年（凡
二見）、昭公十八年、昭公十九年、昭公二十年（凡二見）、昭公二十
四年、昭公二十五年（凡二見），卷二十《左傳》六昭公二十七年、
昭公二十八年、昭公二十九年，定公元年、定公二年、定公四年（凡
二見）、定公八年、定公九年、定公十五年、哀公元年、哀公十三年
（凡二見）、哀公二十五年、《後序》，卷二十一《公羊傳》隱公元年
（凡三見）、隱公三年、隱公四年、隱公五年、隱公六年、隱公七年、
隱公八年、隱公九年、隱公十年、隱公十一年、桓公元年、桓公二年、
桓公三年、桓公四年、桓公五年、桓公六年、桓公七年、桓公十一年、
桓公十四年、莊公元年、莊公三年、莊公四年、莊公五年、莊公七年、
莊公八年、莊公九年、莊公十年、莊公十一年、莊公二十四年、莊公
二十八年、莊公三十年、莊公三十一年、莊公三十二年、閔公元年、
閔公二年、僖公元年、僖公二年、僖公三年、僖公四年、僖公八年、
僖公九年、僖公十年、僖公十九年、僖公二十三年、僖公二十五年、
僖公二十六年、僖公二十七年、僖公二十八年、僖公三十年、僖公三
十一年、文公八年、文公九年、文公十四年、文公十五年、宣公六年、
成公二年、成公七年、成公八年、成公九年、成公十五年、成公十七
年、襄公五年、襄公九年、襄公十年、襄公十五年、襄公十六年、襄
公十九年、襄公二十二年、襄公二十六年、襄公二十七年、襄公二十
九年、襄公三十一年、昭公元年、昭公六年、昭公八年、昭公九年、
昭公十六年、昭公二十二年、昭公二十七年、定公元年、定公二年、
定公四年、定公五年、定公六年、定公十年、哀公二年、哀公三年、

哀公十二年、哀公十三年、哀公十四年，卷二十二《穀梁傳》《序》、隱公元年、隱公二年、隱公三年（凡二見）、隱公四年、隱公十年、桓公元年、桓公二年、桓公十二年、桓公十三年、桓公十四年、莊公元年、莊公四年（凡二見）、莊公七年、莊公十年、莊公十二年、莊公十九年、莊公二十二年、莊公二十三年、莊公二十四年、莊公三十二年（凡二見）、閔公二年、僖公元年（凡二見）、僖公八年、僖公九年、僖公十一年、僖公十五年（凡二見）、僖公十七年、僖公二十五年、僖公二十七年、文公元年、文公三年、文公八年、文公九年、文公十二年、文公十五年、宣公元年、宣公二年、宣公八年、宣公十年、成公八年、成公十二年、成公十五年、成公十六年、襄公七年、襄公八年、襄公二十五年、襄公二十六年、襄公二十七年、襄公三十年（凡二見）、昭公二年、昭公八年、昭公九年、昭公十二年、昭公十四年、昭公二十年、昭公三十二年、定公元年、定公四年、定公五年、定公十年、哀公元年、哀公六年、哀公十年，卷二十三《孝經》《天子章》《諫諍章》《事君章》《喪親章》，卷二十四《論語》《八佾》《公冶長》《雍也》《述而》《泰伯》《子罕》《鄉黨》《先進》《顏淵》《衛靈公》（凡二見）《季氏》《微子》（凡二見），卷二十五《老子》（凡九見），卷二十六《莊子》上《齊物論》（凡二見）《德充符》《大宗師》《應帝王》，卷二十七《莊子》中《駢拇》《在宥》（凡二見）《天道》《天運》《繕性》《秋水》《至樂》《達生》（凡二見）《山木》（凡三見）《田子方》（凡二見）《知北遊》，卷二十八《莊子》下《徐无鬼》（凡二見）《則陽》（凡三見）《外物》《讓王》（凡三見）《說劍》《列禦寇》（凡二見），卷二十九《爾雅》上《釋詁》（凡二見）《釋言》《釋訓》《釋宮》《釋天》《釋水》（凡二見），卷三十《爾雅》下《釋草》同，音"賢遍反"。《廣韻·襇韻》及《廣韻·霰韻》見音"胡電切"。現、賢、胡屬匣紐，同。　集注本引《音決》："悃，苦本反"。五臣本、明州本、奎章閣本正文"悃"下注反切"苦本"。《廣韻·混韻》："悃，苦本切。"同。

斥逐又非其愆 斥赤 愆去焉

　　愆，集注本作俗體"𠎝"，寫卷作古體"𠍑"，今並改今體。《經典釋文》卷三《尚書》上《禹貢》斥音"尺"，卷十七《左傳》三襄公十一年，卷十八《左傳》四襄公十八年，卷二十《左傳》六昭公二十八年，卷二十六《莊子》上《逍遥遊》，卷二十七《莊子》中《山木》《田子方》同，《駢拇》音"赤"。慧琳《音義》卷十五斥音"尺"，卷六十二同，卷四十七音"赤"，卷六十同，卷四十八音"齒亦反"，卷八十二同，卷五十一音"昌隻反"，卷七十八同，卷五十九音"鴟亦反"。《廣韻·昔韻》音"昌石切"。赤、齒、昌、鴟屬昌紐，同。　集注本引《音決》："愆，去乾反。"《經典釋文》卷二《周易》《歸妹》音"起虔反"，卷三《尚書》上《舜典》《大禹謨》《説命下》，卷四《尚書》下《無逸》《文侯之命》，卷五《毛詩》上《衛風·氓》，卷六《毛詩》中《小雅·伐木》《小雅·無將大車》，卷十四《禮記》四《中庸》《緇衣》，卷十六《左傳》二文公元年、宣公十一年，卷十七《左傳》三成公二年，卷十八《左傳》四襄公三十年，卷十九《左傳》五昭公四年、昭公十五年，卷二十《左傳》六昭公二十七年、哀公十五年，卷二十二《穀梁傳》僖公三十年，卷二十四《論語》《季氏》同。慧琳《音義》卷四、卷七音"揭焉反"，卷八音"朅焉反"，卷十五音"朅言反"，卷十八音"羌焉反"，卷四十一音"丘焉反"又"羌連反"，卷六十音"羌乾反"，卷六十三音"去焉反"，卷七十一音"去連反"，卷八十五音"丘言反"。《廣韻·仙韻》音"去乾切"。起、揭、朅、羌、丘屬溪紐，同。

是故伊尹勤於鼎俎　俎莊呂

《經典釋文》卷五《毛詩》上《召南·采蘋》音"側所反"，卷十五《左傳》一隱公五年音"莊呂反"，卷十八《左傳》四襄公二十七年、卷二十七《莊子》中《達生》同，卷二十四《論語》《衛靈公》音"側呂反"，卷二十六《莊子》上《逍遥遊》，卷二十八《莊子》下《庚桑楚》同。慧琳《音義》卷二十五音"側呂反"，卷七十五同，卷四十六音"莊呂反"，卷八十四、卷八十五音"莊所反"，卷八十八音"側所反"，卷一百音"菹所反"。《廣韻·語韻》音"側呂切"。側、莊、菹屬莊紐。同。

百里自粥　粥以六

粥，《文選》各本並作"鬻"，案"粥""鬻"音義俱通。　《經典釋文》卷八《周禮》上《天官·酒正》《春官·小祝》音"之六反"，卷十《儀禮》《喪服經傳》《士喪禮》《既夕禮》，卷十一《禮記》一《檀弓上》《檀弓下》《月令》，卷十二《禮記》二《內則》，卷十三《禮記》三《雜記上》《雜記下》，卷十四《禮記》四《問喪》《閒傳》《喪服四制》（凡二見），卷二十二《穀梁傳》昭公十九年，卷二十三《孝經》《喪親章》同，卷八《周禮》上《地官·媒氏》音"育"，卷九《周禮》下《夏官·巫馬》《秋官·脩閭氏》，卷十一《禮記》一《曲禮下》《王制》同，卷二十一《公羊傳》成公元年、定公十四年音"羊六反"。慧琳《音義》卷二十三音"與六反"，卷二十八音"餘六反"、卷四十一音"以六反"，卷八十、卷八十二音"融宿反"，卷九十三音"融祝反"。《廣韻·屋韻》音"余六切"。羊、以、與、餘、融、余屬以紐，同。

寗戚飯牛　寗乃定　飯扶反

《經典釋文》卷十五《左傳》一莊公六年寗音"乃定反"，卷二十《左傳》六哀公二十六年，卷二十一《公羊傳》文公四年、宣公十一年、襄公二十六年、昭公二十八年，卷二十四《論語》《公冶長》同。慧琳《音義》卷二十二音"乃亭反"。《廣韻·徑韻》音"乃定反"。同。　集注本引《音決》：飯，"扶遠反"。《經典釋文》卷八《周禮》上《天官·宮伯》音"扶萬反"，卷二十九《爾雅》上《釋器》同，卷八《周禮》上《大官·土府》《地官·舍人》《春官·典瑞》《春官·大祝》《春官·喪祝》音"扶晚反"，卷九《周禮》下《秋官·大行人》，卷十《儀禮》《士昏禮》（凡二見）《士相見禮》《公食大夫禮》《喪服》《士喪禮》（凡二見）《士虞禮》《特牲饋食禮》《有司》，卷十一《禮記》一《曲禮上》《檀弓下》，卷十二《禮記》二《曾子問》《文王世子》《禮運》《玉藻》（凡二見），卷十三《禮記》三《雜記下》《喪大記》《坊記》，卷十四《禮記》四《射義》，卷二十一《公羊傳》文公五年、昭公十九年、定公元年，卷二十二《穀梁傳》文公五年，卷二十四《論語》《鄉黨》《憲問》《微子》同，音"扶晚反"。慧琳《音義》卷二十一音"扶晚反"，卷五十二音"扶萬反"，卷六十一音"煩萬反"，卷六十二音"煩晚反"，卷八十一音"樊晚反"。《廣韻·阮韻》"扶晚切"。扶、煩、樊屬奉紐。同。

諫諍則見聽　諍莊更

集注本引《音決》："諍音争。"集注本"諍""争"互乙，今正之。　慧琳《音義》卷一諍音"責更反"，卷七十二同，卷五十五音

"筝敬反"，卷七十音"側耕反"。《廣韻·静韻》音"側迸切"。莊、争、責、筝、側屬莊紐。同。

去卑辱奥渫　　奥於六　渫息列

渫，《音決》同，集注本作"流"，尤刻本作"渫"。案"渫"乃"渫"字之俗體，因避太宗諱改"渫"作"渫"，今依寫卷。　集注本引《音決》"奥音郁"。五臣本、明州本、奎章閣本、叢刊本正文"奥"下注反切"於六"。《經典釋文》卷五《毛詩》上《衛風·淇奥》奥音"於六反"，《唐風·無衣》，卷六《毛詩》中《小雅·小明》，卷十一《禮記》一《曲禮上》，卷十二《禮記》二《內則》，卷二十一《公羊傳》成公元年，卷二十五《老子》並同。《廣韻·号韻》"奥、烏到切"，與之異韻，《集韻·屋韻》"奥、乙六切"與之同。於、烏、乙屬影紐。　集注本引《音決》："渫、思列反。"五臣本、明州本、奎章閣本、叢刊本正文"渫"下注直音"薛"。《經典釋文》卷二《周易》《井》音"息列反"，卷六《毛詩》中《小雅·湛露》，卷二十一《公羊傳》桓公八年、文公六年同。慧琳《音義》卷九十七音"仙列反"。《廣韻·薛韻》音"私列切"。薛、思、息、仙、私屬心紐。同。

而陞本朝　　陞升

陞，今本《文選》各本並作"升"，今依寫卷。陞下原音"升反"，案"反"乃衍文，今刪。"陞升反"下原衍"静莊更""奥於六"六字，當涉上文而衍，今刪。　《經典釋文》卷二十九《爾雅》上《釋詁》《釋天》音"升"，卷三十《爾雅》下《釋畜》同。慧琳《音義》卷三十九音"識蒸反"，卷六十一音"升"。《廣韻·蒸韻》音"識蒸切"。升、識屬書紐。同。

離蔬釋屬　　蔬所尻　屬尻略

案蔬反切下字及屬反切上字"尻"即"居"字，《楚辭·哀時命》："居處愁以隱約兮"朱熹集注："居一作尻"。又《孝經·開宗明義章》"仲尼居"句陸德明《釋文》："居，《説文》作尻。"　"屬"，《文選》各本作"蹢"。案"蹢"與"屬"通。　集注本引《音決》：蔬，"所居反"。五臣本、明州本、奎章閣本、叢刊本正文"蹢"下注直音"腳"。《經典釋文》卷十四《禮記》四《射義》蔬音"所魚反"，卷二十四《論語》《憲問》音"所居反"，卷二十七《莊子》中

《天道》同，卷二十九《爾雅》上《釋天》，卷三十《爾雅》下《釋草》音"疎"。慧琳《音義》卷四十八、卷六十七音"所余反"。《廣韻·魚韻》音"所助切"。疎、所屬生紐。同。　集注本引《音決》："屬，居略反。"《經典釋文》卷三十《爾雅》下《釋草》屬音"九略反"。慧琳《音義》卷三十五音"綺妖反"，卷五十六、卷九十七音"居略反"，卷六十三音"强略反"，卷九十二音"姜略反"。《廣韻·藥韻》："屬，居勺切"，"蹻，居勺切"。居屬見紐，綺屬溪紐，强屬羣紐。同。

虎嘯而谷風洌　洌列

集注本引《音決》："洌，音列。"《經典釋文》卷六《毛詩》中《曹風·鳲鳩》《小雅·大東》洌音"列"。慧琳《音義》卷九十三音"連哲反"。《廣韻·薛韻》音"良薛切"。列、連、良屬來紐。同。

蟋蟀俟秋吟　蟋悉　蟀率

寫卷"蟋悉"下"蟀"字原殘闕，今補完整。　集注本引《音決》："蟋音悉，蟀音率。"《經典釋文》卷五《毛詩》上《唐風·蟋蟀》，"上音悉、下所律反"，卷六《毛詩》中《豳風·七月》，卷十一《禮記》一《月令》，卷三十《爾雅》下《釋蟲》同。慧琳《音義》卷六十六"蟋蟀"："上音辛七反、下音褻律反"，卷九十二："上音悉、下音衰律反"。《廣韻·質韻》蟋，"息七切"，蟀，"所律切。"同。

蜉蝣出以陰　蜉浮　蝣由

蝣，《文選》各本作"蝣"，集注本注："蝣或為蝣。"《漢書·王褒傳》載此文，此句下師古注："蝣音由，字亦作蝣，其音同也。"今依寫卷作"蝣"。　集注本引《音決》："蜉音浮。"五臣本、明州本、奎章閣本、叢刊本正文"蜉"下注直音"浮"。《經典釋文》卷六《毛詩》中《曹風·蜉蝣》，卷八《周禮》上《地官·舍人》《春官·小祝》，卷十《儀禮》《士喪禮》，卷十一《禮記》一《檀弓上》，卷十二《禮記》二《內則》，卷十三《禮記》三《學記》《喪大記》，卷三十《爾雅》下《釋蟲》（凡二見）並音"浮"。慧琳《音義》卷二十四音"浮"，卷八十六音"附無反"。《廣韻·尤韻》音"縛謀切"。浮、附、縛屬奉紐，同。　集注本引《音決》："蝣音遊"。五臣本蝣下注直音"由"。《經典釋文》卷五《毛詩》上《衛風·碩人》蝣音"似脩反”，卷三十《爾雅》下《釋蟲》音“徂秋反”。慧琳《音義》卷八十六蝤音“酉周反”。《廣韻·尤韻》蝤音“自秋切”。由、酉屬以紐，似屬邪紐，徂、自屬從紐。同。

《易》曰　曰越

曰，參見《王文憲集序》“歔曰”句“曰”音疏證。

獲稷契皋陶伊尹呂望之臣　契思列　皋古刀　陶遙

契，寫卷作俗體“偰”，今改正體。　集注本引《音決》：“契、思列反”。案契字參見《王文憲集序》“稷契匡虞夏”句“契”音疏證。　《經典釋文》卷七《毛詩》下《大雅·綿》《大雅·召旻》皋音“羔”，卷十一《禮記》一《檀弓上》音“高”，卷十二《禮記》二《禮運》音“羔”，卷十五《左傳》一閔公二年、僖公十一年音“古刀反”，卷十六《左傳》二僖公三十二年、宣公二年，卷十八《左傳》四襄公十八年，卷十九《左傳》五昭公十二年，卷二十《左傳》六哀公二十一年並同，音“古刀反”。慧琳《音義》卷八十六音“高”。《廣韻·豪韻》皋音“高”、“古勞切”。古、羔、高屬見紐。同。　集注本引《音決》：“陶音遙”。《經典釋文》卷三《尚書》上《序》《舜典》《大禹謨》陶音“遙”，卷五《毛詩》上《王風·君子陽陽》，卷七《毛詩》下《魯頌·泮水》，卷十《儀禮》《大射儀》，卷十一《禮記》一《曲禮上》，卷十三《禮記》三《祭義》，卷十五《左傳》一莊公八年，卷十六《左傳》二文公五年、文公十八年，卷十九《左傳》五昭公十四年，卷二十四《論語》《泰伯》《顏淵》，卷二十九《爾雅》上《釋詁》同，音“遙”。《廣韻·宵韻》音“餘昭切”。遙、餘屬以紐。同。

雖伯牙操篪鐘　操七刀　篪池

篪，尤刻本作“籥”，案“篪”“籥”字同。　操，參見《王文憲集序》“眆行無異操”句“操”音疏證。集注本引《音決》：“操，七刀反”。　集注本引《音決》：“篪，王戶高反，案當為‘號’，古之為文者不以聲韻為害，儒者不曉，見下有‘烏號’，遂改為‘篪’，使諸人疑之，或大帝反、或音池，皆非也。”案天聖明道本李善注《文選》作“籥”，尤刻本、叢刊本同，五臣本、明州本作“號”，奎章閣本作

"蹄"。《音决》有音"户高反"者，依五臣作"號"也，案作"號"作"蹄"皆误。《經典釋文》卷六《毛詩》中《小雅·何人斯》，卷七《毛詩》下《大雅·板》音"池"，卷八《周禮》上《春官·小師》音"馳"，卷十三《禮記》三《樂記》音"直支反"，卷二十九《爾雅》上《釋樂》音"直知反"。慧琳《音義》卷五十六、卷七十三音"除離反"。《廣韻·支韻》音"直離切"。池、馳、除、直屬澄紐。同。

篷門子彎烏號　彎烏環　號乎刀

慧琳《音義》卷十八彎音"縮關反"，卷三十六、卷六十七同，卷四十音"縮還反"，卷五十音"於關反"又"烏還反"。《廣韻·删韻》音"烏關切"。縮、於、烏屬影紐。同。　集注本引《音决》："號，户高反。"《經典釋文》卷二《周易》《同人》《夬》《旅》《繫辭上》音"户羔反"，卷五《毛詩》上《邶風·匏有苦葉》，卷八《周禮》上《春官·大祝》，卷十三《禮記》三《坊記》，卷十四《禮記》四《三年問》，卷二十九《爾雅》上《釋言》同，音"户羔反"，卷六《毛詩》中《小雅·小弁》音"户刀反"，卷七《毛詩》下《大雅·蕩》，卷十一《禮記》一《曲禮下》《檀弓下》，卷十五《左傳》一僖公十五年，卷十七《左傳》三宣公十二年（凡二見）、成公七年，卷十八《左傳》四襄公十九年，卷十九《左傳》五昭公四年，卷二十一《公羊傳》莊公二十四年同。慧琳《音義》卷十一音"胡高反"，卷三十五、卷七十四同、卷十三音"豪"，卷十八音"号高反"，卷二十九、卷五十七、卷七十六、卷九十四同，卷二十五音"户刀反"，卷四十五音"皓刀反"，卷八十八音"胡到反"。《廣韻·豪韻》音"胡刀切"。户、胡、豪、号屬匣紐。同。

猶未足以諭其意也　諭以句

諭，《文選》各本作"喻"。　慧琳《音義》卷八音"喻注反"，卷十二音"喻"。《廣韻·遇韻》諭音"喻"，"羊戍切"。同。

懽然交欣　懽呼丸

懽，五臣本、明州本、奎章閣本作"歡"。案"歡""懽"字同。　慧琳《音義》卷六十八音"呼官反"，卷七十七音"唤官反"，卷八十一音"豁官反"。《廣韻·桓韻》音"呼官切"。呼、唤、豁屬曉紐。同。

論説無疑　論力頓

論，參見《王文憲集序》"雖張曹爭論於漢朝"句"論"音疏證。

沛乎若巨魚縱大壑　沛普外　壑許各

集注本引《音決》"沛，普外反"。慧琳《音義》卷三十二、卷五
十六音"普賴反"，卷四十、卷五十三音"普貝反"，卷七十八音"普
配反"。《廣韻·泰韻》音"博蓋切"。普屬滂紐，博屬幫紐。同。　集
注本引《音決》："壑，□各反"。案"各"上奪一字，當為"曉"紐
字。《經典釋文》卷二《周易》《畧例上》壑音"火各反"，卷七《毛
詩》下《大雅·韓奕》，卷十《儀禮》《士喪禮》，卷十二《禮記》二
《郊特牲》，卷二十六《莊子》上《大宗師》，卷二十七《莊子》中
《天地》《秋水》，卷二十九《爾雅》上《釋言》同。慧琳《音義》卷
十八音"訶各反"，卷二十二、卷三十、卷九十一同，卷二十七音"呼
各反"，卷四十七、卷五十三同，卷四十九音"何各反"，卷八十三音
"火各反"，卷八十八音"呵各反"。《廣韻·鐸韻》音"呵各切"。火、
訶、呼、呵屬曉紐，何屬匣紐。同。

曷令不行　曷乎蔦　令力政

《廣韻·曷韻》："曷，胡割切"。同。　令，參見《王文憲集序》
"遺詔以公為侍中尚書令"句"令"音疏證。

橫被無窮　被被義

被，參見本篇"曰夫荷斾被毳者"句"被"音疏證。集注本引
《音決》："被，皮義反"。

萬祥必臻　臻側巾

《經典釋文》卷七《毛詩》下《大雅·雲漢》音"側巾反"，卷九
《周禮》下《冬官·槀氏》，卷二十九《爾雅》上《釋詁》（凡二見）
同。慧琳《音義》卷一音"側巾反"，卷七十一同，卷十音"櫛詵
反"，卷二十九、卷三十一、卷七十八同，卷二十一音"側詵反"，卷
四十八音"側陳反"。《廣韻·臻韻》音"側詵反"。同。

是以聖主不偏窺望　偏遍　窺去垂

　　集注本引《音決》:"偏,布見反。"《經典釋文》卷六《毛詩》中《小雅·天保》《小雅·雨無正》《小雅·小旻》《小雅·楚茨》《小雅·賓之初筵》音"遍",卷七《毛詩》下《大雅·文王》《大雅·皇矣》《大雅·生民》《大雅·行葦》《大雅·既醉》《大雅·公劉》《大雅·桑柔》《大雅·雲漢》《大雅·崧高》《大雅·江漢》《大雅·召旻》《周頌·時邁》《周頌·豐年》《周頌·雝》《周頌·賚》《商頌·玄鳥》《商頌·長發》,卷八《周禮》上《天官·内宰》《地官·大司徒》《地官·小司徒》《地官·稍人》《地官·司稼》《春官·大宗伯》《春官·大司樂》《春官·大祝》,卷九《周禮》下《夏官·司險》《夏官·職方氏》《秋官·小司寇》《秋官·大行人》,卷十《儀禮》《士相見禮》《鄉飲酒禮》《鄉射禮》(凡二見)《燕禮》《士喪禮》《少宰饋食禮》,卷十一《禮記》一《曲禮上》《曲禮下》《月令》,卷十二《禮記》二《曾子問》《禮器》《郊特牲》《玉藻》,卷十三《禮記》三《樂記》(凡二見)《祭統》《仲尼燕居》,卷十四《禮記》四《中庸》,卷十五《左傳》一隱公十一年、桓公十二年、莊公十年、莊公二十年、莊公二十一年,卷十六《左傳》二文公十八年,卷十七《左傳》三襄公二年、襄公十五年,卷十八《左傳》四襄公二十三年,卷十九《左傳》五昭公四年、昭公十年、昭公十三年(凡二見)、昭公二十年,卷二十《左傳》六昭公二十八年、昭公三十二年、哀公元年,卷二十一《公羊傳》桓公六年、僖公二年、僖公三十一年、成公五年、襄公十六年、定公十五年,卷二十五《老子》,卷二十七《莊子》中《繕性》《知北遊》,卷二十八《莊子》下《則陽》《天下》(凡三見)同,音"遍"。慧琳《音義》卷十音"邊眄反",卷十六音"博見反",卷四十五音"邊見反",《廣韻·線韻》音"遍","方見切"。遍、布、邊、博屬幫紐,方屬非紐。同。　《經典釋文》卷十一《禮記》一《檀弓下》窺音"去規反",卷十二《禮記》二《禮運》同,《少儀》音"苦規反",卷二十五《老子》音"起規反",卷二十七《莊子》中《山木》同。慧琳《音義》卷一音"犬規反",卷六十一(凡二見)、卷六十四、卷九十一同,卷二十一音"遣規反",卷二十七音"丘規反",卷三十一、卷四十八、卷五十八同,卷一百音"跬規反"。《廣韻·支韻》音"去隨切"。去、苦、起、犬、遣、丘屬溪紐。同。

而視已明　已_以

已，參見《王文憲集序》"豈直彫章縟采而已哉"句"已"音疏證。

不殫傾耳　殫_單

《經典釋文》卷八《周禮》上《春官‧大司樂》殫音"時戰反"，卷二十七《莊子》中《胠篋》音"丹"，卷三十《爾雅》下《釋水》同。慧琳《音義》卷十七音"多安反"，卷四十八同、卷四十二音"丹"，卷六十七音"旦蘭反"，卷八十五音"單"，卷九十四音"旦難反"。《廣韻‧寒韻》音"都寒切"。時屬禪紐，丹、多、旦、都屬端紐。

而聽已聰　已_以

已，參見《王文憲集序》"豈直彫章縟采而已哉"句"已"音疏證。寫卷"已"下原有"殫"，當涉上文而衍，今刪。

恩從祥風翱　翱_{五刀}

翱字寫卷用別體"翶"，集注本同，今改正字。　集注本引《音決》："翶，五高反。"《經典釋文》卷五《毛詩》上《鄭風‧緇衣》音"五羔反"，卷二十二《穀梁傳》閔公二年同，卷二十六《莊子》上《逍遙遊》音"五刀反"。慧琳《音義》卷三音"俄高反"，卷五、卷四十八、卷五十六音"五高反"，卷一百音"傲高反"。《廣韻‧豪韻》音"五勞切"。五、俄、傲屬疑紐。同。

恬惔無為之場　恬_{太占}　惔_{大感}　場_{直羊}

集注本引《音決》："恬，徒兼反。"《經典釋文》卷四《尚書》下《梓材》音"田兼反"，卷二十五《老子》音"挮廉反"，卷二十七《莊子》中《胠篋》《在宥》音"徒謙反"。慧琳《音義》卷九音"徒兼反"，卷十六、卷五十二同，卷十三音"亭閻反"，卷二十二音"田鹽反"，卷三十九音"牒兼反"，卷四十三、卷六十、卷七十八、卷九十二同，卷六十九音"箪兼反"，卷一百音"疊兼反"。《廣韻‧添韻》音"徒兼切"。太屬透紐，徒、田、亭、牒、疊並屬定紐，挮乃捵之俗體，揲屬以紐。同。　　集注本引《音決》："惔，徒暫反。"《經典釋文》卷六《毛詩》中《小雅·節南山》音"徒藍反"，卷七《毛詩》下《大雅·雲漢》音"談"，卷二十七《莊子》中《胠篋》音"徒暫反"，《刻意》音"大暫反"，卷二十八《莊子》下《列禦寇》音"徒暫反"。慧琳《音義》卷十六音"徒濫反"。《廣韻·敢韻》音"徒敢切"。徒、大屬定紐。同。　　集注本引《音決》："場，直良反。"《經典釋文》卷六《毛詩》中《豳風·七月》音"直羊反"，《小雅·白駒》音"直良反"，卷八《周禮》上《地官·載師》，卷十一《禮記》一《月令》，卷十七《左傳》三襄公四年，卷十九《左傳》五昭公十八年，卷二十六《莊子》上《逍遥遊》，卷二十九《爾雅》上《釋宮》同，音"直良反"。慧琳《音義》卷四十七音"始羊反"，卷八十音"除良反"。《廣韻·陽韻》音"直良切"。直、除屬澄紐，始屬書紐。同。

壽考無壃　壃_姜

壃，《文選》各本作"疆"。案"壃"乃"疆"之俗體。　　集注本引《音決》："疆，居良反。"《經典釋文》卷二十九《爾雅》上《釋詁》："壃，字又作畺，音姜，經典作疆，假借字。"慧琳《音義》卷五十二音"居良反"，卷七十一、卷八十同。《廣韻·陽韻》音"居良切"。姜、居屬見紐。同。

雍容垂拱　雍_{於恭}

《經典釋文》卷三《尚書》上《禹貢》（凡二見）音"於用反"，卷四《尚書》下《顧命》，卷五《毛詩》上《秦風·渭陽》，卷六《毛詩》中《小雅·無將大車》，卷八《周禮》上《大司徒》《大司樂》，卷九《周禮》下《夏官·職方氏》《冬官·匠人》，卷十一《禮記》一《王制》，卷十五《左傳》一隱公四年、隱公六年、桓公十一年、僖公十三年，卷十六《左傳》二僖公二十四年、僖公二十八年、文公八年，卷十七《左傳》三宣公十二年、襄公八年、襄公十年，卷十八《左傳》四襄公十八年（凡二見）、襄公十九年、襄公二十三年、襄公三十年、昭公元年（凡二見），卷二十《左傳》六哀公十四年，卷二十一《公羊傳》莊公十年、文公八年、哀公九年，卷二十二《穀梁傳》文公八年、成公二年、襄公二十三年、哀公九年，卷三十《爾雅》下《釋獸》同，音"於用反"。《廣韻·鍾韻》音"於容切"。同。

何必偃仰詘信若彭祖　詘屈　信申

集注本引《音決》："詘音屈。"《經典釋文》卷九《周禮》下《秋官·庭氏》音"出"，《冬官·輪人》音"丘勿反"，卷十二《禮記》二《玉藻》《喪服小記》，卷十三《禮記》三《樂記》《喪大記》《祭義》，卷十四《禮記》四《深衣》同，音"丘勿反"，《禮記》《儒行》音"求勿反"，《禮記》《聘義》音"其勿反"，卷二十八《莊子》下《則陽》音"起勿切"。《廣韻·物韻》音"區勿切"。屈、丘、求、起、區屬溪紐，其屬羣紐，同。　集注本引《音決》："信音申。"《經典釋文》卷二《周易》《繫辭下》音"申"，卷五《毛詩》上《邶風·擊鼓》，卷九《周禮》下《秋官·大行人》《冬官·輪人》，卷十《儀禮》《覲禮》，卷十四《禮記》四《儒行》，卷十五《左傳》一隱公六年，卷二十一《公羊傳》文公九年，卷二十二《穀梁傳》隱公元年、僖公二十七年、定公四年、哀公二年同，音"申"。《史記·管晏列傳》"石父曰：'不然，吾聞君子詘於不知己而信於知己者。'"司馬貞《索隱》："信讀曰申。"

煦噓呼吸如喬松　煦香句　噓虛　吸許急

集注本引《音決》："煦，況于反。"五臣本、明州本、奎章閣本、叢刊本正文"煦"下注直音"吁"。《經典釋文》卷二十六《莊子》上《大宗師》音"況于反"，卷二十七《莊子》中《駢拇》音"況於反"，《天運》《刻意》音"況于反"。慧琳《音義》卷三十三音"盱矩、盱俱二反"，卷三十八音"吁羽反"，卷八十七、九十六音"吁句反"。《廣韻·麌韻》音"況羽切"。況、香、吁屬曉紐。同。　集注本引《音決》："噓音虛。"五臣本、明州本、奎章閣本、叢刊本正文"噓"下注直音"虛"。《經典釋文》卷十三《禮記》三《祭義》音"虛"，卷二十六《莊子》上《齊物論》，卷二十七《莊子》中《天運》，卷二十八《莊子》下《徐无鬼》同。慧琳《音義》卷二十二音"許於反"，卷五十四、卷七十六、卷八十五音"許居反"，卷七十七音"希居反"。《廣韻·魚韻》音"朽居切"。許、希、朽屬曉紐，虛屬溪紐。同。　集注本引《音決》："吸，虛吸反。"《經典釋文》卷十三《禮記》三《祭義》，卷二十六《莊子》上《逍遙遊》《齊物論》音"許及反"，卷二十七《莊子》中《天運》音"許急反"。慧琳《音義》卷十五音"歆邑反",卷四十、卷八十四同,卷十八音"虛急反",卷二十八音"羲及反",卷三十八、卷五十四、卷七十一同,卷四十三音"虛邑反",卷五十四音"歆吸反",卷五十七音"歆急反",卷七十九、卷八十三同。《廣韻·緝韻》音"許及切"。許、羲、歆屬曉紐,虛屬溪紐。同。

《詩》曰:濟濟多士　濟走禮

濟下反切下字原作俗體"礼",今改正字。　集注本引《音決》:"濟,子禮反。"《經典釋文》卷三《尚書》上《序》《大禹謨》《禹貢》音"子禮反",卷五《毛詩》上《齊風·載驅》,卷六《毛詩》中《小雅·楚茨》,卷七《毛詩》下《大雅·文王》,卷八《周禮》上《地官·保氏》(凡二見),卷九《周禮》下《冬官·考工記》,卷十《儀禮》《士虞禮》,卷十一《禮記》一《曲禮下》,卷十二《禮記》二《玉藻》《少儀》,卷十三《禮記》三《祭義》,卷十四《禮記》四《大學》,卷十五《左傳》一隱公二年、莊公三十年,卷十六《左傳》二僖公二十一年、宣公十年,卷十七《左傳》三成公二年、襄公十一年,卷十八《左傳》四襄公十八年、襄公二十八年,卷二十《左傳》六哀公三年、哀公十五年、哀公二十七年,卷二十一《公羊傳》隱公五年、桓公八年、莊公十八年、莊公三十年、宣公元年、襄公十九年,卷二十二《穀梁傳》莊公十八年、莊公三十年、昭公二十五年,卷二十四《論語》《泰伯》,卷二十九《爾雅》上《釋地》《釋丘》《釋水》(凡二見)同,音"子禮反"。慧琳《音義》卷一音"賣計反",卷三十二、卷七十七同,卷二十八音"子弟反",卷三十音"子細反",卷五十七音"精細反",卷八十五音"精禮反",卷八十九音"節計反"。《廣韻·薺韻》音"子禮切"。走、子、賣、精、節屬精紐。同。

趙充國頌

充國

案此二字為篇題《趙充國頌》之省。

戎有先零　零力年

集注本引《音決》："零，力田反，下同。"《漢書·趙充國傳》："先零豪言：願時度湟水北，逐民所不田處畜牧。"注："鄭氏曰：零音憐。"五臣本、明州本、奎章閣本、叢刊本"零"下注直音"怜"，"怜"乃"憐"之俗體。《廣韻·青韻》"零"音"郎丁切"。同。

先零猖狂　猖昌

集注本引《音決》："猖音昌。"慧琳《音義》卷四十二音"齒楊反"，卷七十音"齒陽反"，卷八十六音"唱陽反"，卷八十八音"敞商反"。《廣韻·陽韻》音"尺良切"。齒、唱、敞、尺屬昌紐。同。

侵漢西壃　壃姜

壃，參見《聖主得賢臣頌》"壽考無壃"句"壃"音疏證。

是討是震　震之仁

集注本引《音決》"震叶音真。"明州本"是討是震"句下注："音真、協韻"，奎章閣本、叢刊本同。

諭以威德　諭以句

諭，參見《聖主得賢臣頌》"猶未足以諭其意也"句"諭"音疏證。

有守矜功　守狩

守，參見《王文憲集序》"出為義興太守"句"守"音疏證。集注本引《音決》："守音獸。"

請奮其旅　旅呂

旅，寫卷用別體"旅"，與《魏元孟輝墓志銘》同，今改正體。《經典釋文》卷二《周易》《旅》音"力舉反"，卷三《尚書》上《禹貢》音"盧"，卷九《周禮》下《秋官·司儀》音"臚"，卷二十四《論語》《八佾》音"呂"，卷二十九《爾雅》上《釋詁》《釋宮》

同。慧琳《音義》卷六音"力舉反"，卷十一、卷四十五、卷五十五、卷八十二同，卷十三音"力貯反"，卷二十一音"力與反"，卷四十九音"閭舉反"。《廣韻·語韻》音"力舉切"。力、盧、臚、呂、閭屬來紐。同。

從之鮮陽　鮮仙

《經典釋文》卷二《周易》《説卦》音"息連反"，卷三《尚書》上《益稷》音"仙"，卷五《毛詩》上《邶風·新臺》《鄘風·牆有茨》，卷六《毛詩》中《小雅·北山》《小雅·車舝》，卷七《毛詩》下《大雅·皇矣》，卷十七《左傳》三宣公十二年、襄公十四年，卷十八《左傳》四襄公二十三年、襄公二十六年，卷十九《左傳》五昭公五年，卷二十二《穀梁傳》隱公六年，卷二十五《老子》，卷二十九《爾雅》上《釋山》，卷三十《爾釋》下《釋草》同，音"仙"。慧琳《音義》卷四音"相延反"，卷七音"星牋反"，卷二十二音"斯延反"，卷五十音"和延反"，卷七十四音"相然反"，卷九十音"仙"。《廣韻·仙韻》音"相然切"。息、仙、相、星、斯屬心紐，和屬匣紐。

屢奏刲章　屢力句

《經典釋文》卷三《尚書》上《益稷》音"力具反"，卷六《毛詩》中《小雅·賓之初筵》，卷二十九《爾雅》上《釋詁》同，卷六《毛詩》中《小雅·巧言》音"力住反"，卷七《毛詩》下《大雅·綿》，卷十三《禮記》三《樂記》，卷十七《左傳》三宣公十二年，卷十八《左傳》四襄公二十九年，卷二十一《公羊傳》宣公十二年、成公三年同，音"力住反"。慧琳《音義》卷三十四、卷四十九、卷七十一音"力句反"。《廣韻·遇韻》音"良遇切"。力、良屬來紐。同。

料敵制勝　料力弔　勝勝孕

料，寫卷用別體"斸"，集注本同，今改正體。　集注本引《音決》"料，力彫反。"《經典釋文》卷二十二《穀梁傳》僖公二年，卷二十九《爾雅》上《釋樂》音"力彫反"。慧琳《音義》卷三十四音"力條反"。《廣韻·嘯韻》音"力弔切"。同。　勝，參見《王文憲集序》"標益增勝"句"勝"音疏證。集注本引《音決》"勝，詩反"，案"詩"下當奪一證韻字。

威謀靡抗　抗康

抗，北宋本，尤刻本，五臣本，明州本，奎章閣本，叢刊本，集注本作"亢"。案"亢"與"抗"通。　集注本引《音決》："亢，叶音康。"五臣本正文"亢"下注音"剛"，明州本、奎閣本、叢刊本同。《經典釋文》卷十《儀禮》《既夕禮》音"剛"（凡二見），卷十二《禮記》二《禮器》同，卷十三《禮記》三《喪大記》音"戶剛反"。《廣韻‧唐韻》："抗，胡郎切。"戶、胡屬匣紐。案："康""剛"韻同。

在漢中興　中中仲

反切上字"中"原為疊字號"々"，今改正字。　集注本引《音決》："中，丁仲反。"《經典釋文》卷二《周易》《繫辭下》《説卦》音"丁仲反"，卷三《尚書》上《禹貢》《太甲上》《盤庚上》《高宗肜日》，卷四《尚書》下《君陳》《顧命》，卷五《毛詩》上《唐風‧蟋蟀》，卷六《毛詩》中《小雅‧車攻》《小雅‧吉日》《小雅‧小旻》《小雅‧信南山》《小雅‧賓之初筵》《小雅‧采菽》《小雅‧菀柳》，卷七《毛詩》下《大雅‧大明》《大雅‧行葦》《大雅‧卷阿》，卷八《周禮》上《天官‧司裘》《天官‧內宰》《地官‧師氏》《地官‧司市》《地官‧質人》《春官‧大宗伯》《春官‧肆師》《春官‧天府》《春官‧典瑞》《春官‧占人》《春官‧大史》，卷九《周禮》下《夏官‧射人》《夏官‧服不氏》《夏官‧廋人》《秋官‧鄉士》《秋官‧司刺》《冬官‧輪人》（凡二見）《冬官‧輿人》《冬官‧冶氏》《冬官‧櫐氏》《冬官‧瓬人》《冬官‧車人》《冬官‧弓人》，卷十《儀禮》《士相見禮》《鄉射禮》（凡三見）《大射儀》（凡四見）《聘禮》《士喪禮》《既夕禮》，卷十一《禮記》一《檀弓上》（凡二見）《檀弓下》《王制》《月令》（凡三見），卷十二《禮記》二《曾子問》《玉藻》《大傳》，卷十三《禮記》三《學記》《樂記》《仲尼燕居》《坊記》，卷十四《禮記》四《中庸》（凡二見），《表記》《閒傳》《三年問》《深衣》《大學》《射義》（凡四見），卷十五《左傳》一《序》，桓公五年、桓公十年、莊公七年、僖公五年、僖公十五年（凡二見），卷十六《左傳》二僖公二十四年、文公八年、宣公二年，卷十七《左傳》三成公十六年（凡三見）、襄公九年、襄公十四年（凡二見），卷十八《左傳》四襄公十八年、襄公二十三年、襄公二十五年（凡二見），卷十九《左傳》五昭公五年、昭公十二年、昭公十八年、昭公二十年、昭公二十一年、昭公二十六年，卷二十《左傳》六定公元年、定公四年、定公七年、定公八年（凡二見）、定公十五年、哀公二年（凡二見），哀公四年、哀公十四年、《後序》，卷二十一《公羊傳》桓公四年、僖公二十九年、成公十六年、定公八年、哀公三年，卷二十二《穀梁傳》桓公四年、桓公九年、僖公二十六年、襄公二十三年、昭公八年，卷二十三《孝經》《聖治章》，卷二十四《論語》《八佾》《里仁》《雍也》（凡二見）《子罕》《鄉黨》《先進》（凡四見）《子路》《憲問》《微子》，卷二十五《老子》，卷二十六《莊子》上《逍遙遊》《養生主》（凡二見）《德充符》《應帝王》，卷二十七《莊子》中《馬蹄》《天地》（凡二見）《天道》（凡二見）《達生》（凡五見）《田子方》，卷二十八《莊子》下《庚桑楚》《徐无鬼》（凡二見）《盜跖》《天下》（凡二見），卷二十九《爾雅》上《序》並同，音“丁仲反”。慧琳《音義》卷三、卷四音“張仲反”，卷二十三音“陟仲反”。《廣韻·送韻》音“陟仲切”。中、丁、張、陟屬知紐。同。

赳赳桓桓　赳□豆

　　赳下反切上字殘，無法還原。　集注本引《音決》：“赳，音糾。”《經典釋文》卷五《毛詩》上《周南·兔罝》，卷十七《左傳》三成公十二年，卷二十九《爾雅》上《釋訓》並音“居黝切”。《廣韻·黝韻》“赳”音“居黝切”。是《音決》《經典釋文》《廣韻》所釋讀音並同，寫卷反切下字“豆”在《廣韻》去聲候韻，與之異韻。

出師頌

出師

　　出師二字，為篇題《出師頌》之省。

茫茫上天　茫漠郎

　　茫，北宋本、集注本作“芒”。案“芒”與“茫”通。　集注本引《音決》：“芒，莫郎反。”慧琳《音義》卷三十二音“莫荒反”，卷五十六、卷五十七、卷六十同，卷五十六又音“莫剛反”，卷八十五音“莫郎反”，卷九十五音“莫傍反”。《廣韻·唐韻》音“莫郎切”。同。

天命中《易》　中中仲

中，參見《趙充國頌》“在漢中興”句“中”音疏證。集注本引《音決》：“中，丁仲反。”

西零不順　西先　零力天

零，五臣本作“陵”。案作“陵”誤。　集注本引《音決》：“西音先。”北宋本李善注：“西零即先零也”，尤刻本、明州本、六臣本、集注本同，奎章閣本“即”作“則”。零，參見《趙充國頌》“戎有先零”句“零”音疏證。

東夷遘逆　遘古豆

“遘”，寫卷、集注本作別體“遘”，與《齊元賢墓誌》同。　集注本引《音決》：遘，“古候反。”《音決》遘作“搆”，案“搆”與“遘”通。《經典釋文》卷四《尚書》下《金縢》《洛誥》音“工豆反”，卷五《毛詩》上《邶風·柏舟》音“古豆反”，《鄭風·野有蔓草》音“胡豆反”，卷二十九《爾雅》上《釋詁》音“古豆反”。慧琳《音義》卷四十三、卷五十四音“古候反”。《廣韻·候韻》音“古候切”。工、古屬見紐。同。

乃命上將　將將上、下同

反切上字寫卷原作疊字號，今改正字。　集注本引《音決》：“將，子亮反，下同。”《經典釋文》卷三《尚書》上《甘誓》音“子匠反”，卷四《尚書》下《泰誓中》，卷五《毛詩》上《周南·兔罝》，卷六《毛詩》中《小雅·瞻彼洛矣》，卷七《毛詩》下《大雅·大明》《大雅·行葦》《大雅·抑》《大雅·江漢》《大雅·常武》（凡二見），卷八《周禮》上《天官·閽人》《春官·大師》，卷九《周禮》下《夏官司馬》《夏官·虎賁氏》《夏官·戎僕》《秋官·大司寇》《秋官·士師》，卷十《儀禮》《鄉射禮》《大射儀》《聘禮》，卷十一《禮記》一《月令》（凡二見），卷十四《禮記》四《投壺》《射儀》，卷十五《左傳》一隱公二年、隱公五年、桓公五年、莊公十年、莊公三十年、閔公元年、閔公二年，卷十六《左傳》二僖公二十七年、僖公二十八年（凡三見），僖公三十三年（凡二見）、文公二年、文公六年、文公七年、文公八年、文公十年、文公十二年、文公十三年、宣公二年、宣公九年，卷十七《左傳》三宣公十二年（凡三見），宣公十五年、宣公十六年、成公二年（凡四見）、成公三年、成公四年、成公六年、成公十三年、成公十六年、成公十八年、襄公九年、襄公十三年，卷十八《左傳》四襄公十九年、昭公元年，卷十九《左傳》五昭公四年、昭公五年、昭公八年、昭公十二年，卷二十《左傳》六定公十四年，卷二十一《公羊傳》隱公五年、莊公十七年、閔公二年、文公二年、文公六年、宣公元年、定公四年，卷二十二《穀梁傳》隱公五年、閔公二年、僖公元年、文公七年、宣公三年、成公三年、襄公十一年、哀公九年，卷二十四《論語》《述而》《子罕》，卷二十六《莊子》上《逍遙遊》，卷二十七《莊子》中《在宥》同，音“子匠反”，卷五《毛詩》上《邶風·擊鼓》《鄭風·清人》（凡二見）音“子亮反”，卷六《毛詩》中《小雅·采薇》《小雅·六月》《小雅·漸漸之石》，卷十三《禮記》三《樂記》，卷二十二《穀梁傳》襄公二年同，音“子亮反”。《廣韻·漾韻》音“子亮切”。“上”、“匠”、“亮”並在漾韻。同。

惟師尚父　父甫

集注本引《音決》：“父音甫。”《廣韻·麌韻》：“父，扶雨切”，又音“方矩切”。同。

素旄一麾　旄毛

《經典釋文》卷三《尚書》上《禹貢》音“毛”，卷四《尚書》下《牧誓》，卷五《毛詩》上《邶風·旄丘》《鄘風·干旄》，卷六《毛詩》中《小雅·出車》，卷十二《禮記》二《文王世子》《玉藻》《明堂位》，卷十三《禮記》三《樂記》，卷十六《左傳》二宣公二年，卷十七《左傳》三襄公十年，卷二十《左傳》六定公四年、定公九年，卷二十九《爾雅》上《釋器》《釋天》《釋丘》，卷三十《爾雅》

下《釋木》　（凡二見）同，音“毛”。慧琳《音義》卷七十七音“毛”。《廣韻，豪韻》音“莫袍切”。毛、莫屬明纽。同。

渾一區宇　渾乎本

集注本引《音決》：“渾，胡本反。”《經典釋文》卷十六《左傳》二文公十八年音“戶本反”，卷二十一《公羊傳》僖公十年，卷二十七《莊子》中《在宥》同，卷二十五《老子》音“胡本反”，卷二十六《莊子》上《應帝王》，卷二十七《莊子》中《天地》，卷二十九《爾雅》上《釋詁》同。慧琳《音義》卷五十、卷一百音“胡衮反”。《廣韻·混韻》音“胡本切”。乎、胡屬匣纽。同。

薄伐玁狁　玁險　狁允

集注本引《音決》：“玁音險。”《經典釋文》卷六《毛詩》中《小雅·采薇》：“玁，本或作玁，音險”，卷七《毛詩》下《大雅·韓奕》音“險”。《廣韻·琰韻》音“虛檢切”。同。　集注本引《音決》：“狁音允。”《經典釋文》卷六《毛詩》中《小雅·采薇》音“允”。慧琳《音義》卷七十七、卷八十三、卷八十七音“允”，卷八十、卷九十七音“聿筍反”。《廣韻·準韻》音“余準切”。聿、余屬以纽。同。

旗下蹙褰　旗其　褰去焉

集注本引《音決》：“旗音其。”《經典釋文》卷十一《禮記》一《月令》音“其”，卷十五《左傳》一莊公十年、閔公二年，卷十八《左傳》四昭公元年，卷十九《左傳》五昭公十三年、昭公十九年、昭公二十二年，卷二十《左傳》六哀公十三年同，音“其”。慧琳《音義》卷二十音“極其反”，卷二十九音“其”，卷九十五音“渠宜反”，卷九十七音“渠基反”。《廣韻·之韻》音“渠支切”。其、極、渠屬羣纽。同。　集注本引《音決》：“褰，去乾反。”《經典釋文》卷五《毛詩》上《鄭風·褰裳》音“起連反”，卷十九《左傳》五昭公十六年、昭公二十五年音“起虔反”，卷二十九《爾雅》上《釋水》音“去焉反”。慧琳《音義》卷十音“羌言反”，卷二十七音“去乾反”，卷六十七音“丘焉反”。卷九十八音“羌言反”。《廣韻·仙韻》褰音“去乾切”。去、起、丘、羌屬溪纽。同。

澤沾遐荒　沾知占

沾，集注本同，北宋本、尤刻本、五臣本、明州本、奎章閣本、叢刊本《音決》作"霑"。案"沾"與"霑"通。　集注本引《音決》："霑，陟廉反。"《經典釋文》卷十一《禮記》一《檀弓下》沾音"覘"，卷十九《左傳》五昭公十二年音"張廉反"。慧琳《音義》卷十音"致廉反"。《廣韻·鹽韻》音"張廉反"。張、致屬知紐。同。

功銘鼎鉉　鉉法

集注本引《音決》："鉉，叶韻音玄。"《經典釋文》卷二《周易》《鼎》音"玄典反"，卷十《儀禮》《士冠禮》音"玄犬反"，《士昏禮》音"胡畎反"。《公食大夫禮》音"胡犬反"，《士喪禮》同，《士虞禮》《有司》音"玄犬反"。慧琳《音義》卷十六音"玄犬反"，卷八十三音"胡犬反"。《廣韻·銑韻》音"胡畎反"。案所引《經典釋文》、慧琳《音義》及《廣韻·銑韻》釋音並與寫卷同，而《音決》所釋，"鉉叶韻音玄"，上所引《經典釋文》卷十《儀禮》《公食大夫禮》《士喪禮》注"又音玄"，則在《廣韻·先韻》，與之異韻。玄、胡屬匣紐。

于彼西壃　壃美

壃，集注本同，北宋本、尤刻本、五臣本、明州本、奎章閣本、叢刊本、《音決》作"疆"。案"壃"乃"疆"之俗體。　壃，參見《聖主得賢臣頌》"壽考無壃"句"壃"音疏證。

輅車乘黃　輅路　車尻　乘剩

輅，《音決》同，《文選》各本並作"路"。　《廣雅·釋器》"輅，車也。"王念孫疏證："輅，古通作路。"是"輅"與"路"通。《經典釋文》卷十《儀禮》《既夕禮》音"路"，卷十六《左傳》二僖公二十八年，卷十八《左傳》四襄公二十六年，卷二十《左傳》六定公四年，卷二十四《論語》中《衛靈公》，卷二十七《莊子》中《至樂》並音"路"。慧琳《音義》卷十音"魯固反"，卷十七音"盧固反"，卷十八、卷三十五音"路"，卷四十八音"盧故反"，卷五十八音"力故反"。路、魯、盧、力屬來母。同。　　《釋名·釋車》："古者曰車聲如居，言行所以居人也。"《經典釋文》卷二《周易》《賁》音"居"，卷三《尚書》上《牧誓》，卷五《毛詩》上《召南·何彼襛矣》（凡二見）《鄭風·有女同車》，卷十六《左傳》二文公六年，卷十八《左傳》四襄公二十五年，卷二十三《孝經》《開宗明義章》，卷二十四《論語》《為政》《先進》，卷二十五《老子》，卷二十八《莊子》下《天下》，卷二十九《爾雅》上《釋言》《釋訓》同，音"居"。慧琳《音義》卷十一音"薑魚反"，卷十三、卷十八音"舉魚反"，卷二十七、卷三十五音"居"。《廣韻·魚韻》車音"九魚切"。薑、舉、九屬見紐。同。　　乘，參見《聖主得賢臣頌》"駿乘旦"句"乘"音疏證。集注本引《音決》："乘，時證反。"

列壞酬勳　壞而兩　勳協韻訓音

勳下反切，原為"挾韻又訓音"，"挾"當為"協"之假借，"又"字衍，今改正。　　《經典釋文》卷三《尚書》上《禹貢》"壞"音"汝丈反"，卷四《尚書》下《康王之誥》，卷十一《禮記》一《檀弓下》《月令》，卷十三《禮記》三《祭義》，卷十六《左傳》二文公十七年、宣公七年，卷十七《左傳》三成公五年，卷二十一《公羊傳》隱公六年同，音"如丈反"，卷七《毛詩》下《大雅·大明》音"而丈反"，卷十一《禮記》一《檀弓上》，卷二十二《穀梁傳》隱公三年，卷二十四《論語》《憲問》同。慧琳《音義》卷八音"而掌反"，卷二十八音"如掌反"，卷二十九音"穰掌反"（凡二見），卷五十二音"而羊反"，卷五十三音"柔掌反"，卷六十九音"穰掌反"。《廣韻·養韻》音"如兩切"。同。　　集注本引《音決》："勳，叶韻許郡反。"《經典釋文》卷十八《左傳》四襄公二十一年"勳，如字，書作訓。"《廣韻·文韻》勳音"許云切"，"協韻音訓"、"叶韻許郡反"並在《廣韻·問韻》，與之異韻。而、穰、如、柔屬日母。

顯顯令問　令力政

令，參見《王文憲集序》"遺詔以公為侍中尚書令"句"令"音疏證。

酒德頌

酒德

酒德，乃篇題《酒德頌》之省。

日月為扃牖　日人一　扃古丁　牖以久

日，參見《王文憲集序》"允集兹日"句"日"音疏證。　集注本引《音決》："扃，吉螢反。"《經典釋文》卷九《周禮》下《秋官·冥氏》音"古螢反"，《冬官·匠人》，卷十《儀禮》《士冠禮》《士昏禮》《聘禮》《特牲饋食禮》，卷十一《禮記》一《曲禮上》，卷十七《左傳》三宣公十二年同，音"古螢反"，卷十《儀禮》《士喪禮》音"古熒反"，卷二十七《莊子》中《胠篋》音"古熒反"。慧琳《音義》卷一、卷八十五音"癸營反"。《廣韻·青韻》音"古螢切"。案"吉""古"同為見紐字，是"吉螢反""古螢切"並同。
慧琳《音義》卷八"牖"音"餘糺反"，卷十二、卷十五、卷三十三、卷三十五音"由酒反"，卷二十一音"以柳反"，卷二十七音"餘帚反"，卷四十二音"由久反"。《廣韻·有韻》音"與久切"。餘、由、以、與屬以紐。同。

行無轍迹　轍直列

《經典釋文》卷十五《左傳》一莊公十年，卷十九《左傳》五昭公十二年，轍音"直列反"。慧琳《音義》卷六十四、卷八十、卷一百音"纏列反"，卷八十八音"直列反"。《廣韻·薛韻》音"直列切"。纏、直屬澄紐。同。

幙天席地　幙莫

幙，寫卷"幙"訛"摸"，今據《文選》改正。幙，集注本同，北宋本、尤刻本、五臣本、明州本、奎章閣本、叢刊本作"幕"。案"幙""幕"字同。　《經典釋文》卷二《周易》《井》幕音"莫"，卷八《周禮》上《地官·司市》，卷十《儀禮》《聘禮》《公食大夫禮》《既夕禮》，卷十一《禮記》一《曲禮下》《檀弓上》（凡三見），卷十二《禮記》二《禮器》，卷十五《左傳》一莊公二十八年，卷十六《左傳》二文公十二年，卷十八《左傳》四襄公二十九年、昭公元年，卷十九《左傳》五昭公八年、昭公十年、昭公十一年、昭公十四年，卷二十《左傳》六哀公二年、哀公六年，卷二十二《穀梁傳》定公十年，卷二十八《莊子》下《則陽》，卷二十九《爾雅》上《釋言》《釋器》同，音"莫"。慧琳《音義》卷三十八音"忙博反"，卷八十七"幙"音"幕"，《廣韻·鐸韻》音"慕各切"。莫、忙、慕屬明紐。同。

止則操卮執觚　操七刀　卮支　觚姑

操，參見《王文憲集序》"昉行無異操"句"操"音疏證。集注本引《音決》："操，七刀反。"　集注本引《音決》："卮音支。"《經典釋文》卷十二《禮記》二《內則》"卮"音"支"。《廣韻·支韻》卮音"章移切"。支、章屬章紐。同。　集注本引《音決》："觚音孤。"五臣本、明州本、奎章閣本、叢刊本正文"觚"下注直音"姑"。《經典釋文》卷八《周禮》上《天官·宮正》，卷九《周禮》下《冬官·梓人》，卷十《儀禮》《鄉射禮》《燕禮》，卷十二《禮記》二《禮器》，卷二十四《論語》《雍也》，卷二十六《莊子》上《大宗師》並音"孤"。慧琳《音義》卷四十六、卷六十五、卷六十七、卷八十七、卷九十五並音"古胡反"。《廣韻·模韻》音"古胡切"。姑、孤、古屬見紐。同。

動則挈榼提壺　挈苦結　榼苦臘

挈，寫卷作"褉"，集注本作"契"，訛，今改正。　集注本引《音決》："挈，丘結反。"《經典釋文》卷五《毛詩》上《齊風·東方未明》音"苦結反"，卷七《毛詩》下《大雅·綿》，卷九《周禮》下《夏官司馬》，卷十《儀禮》《士喪禮》（凡三見），卷十三《禮記》三《喪大記》，卷十四《禮記》四《大學》，卷十九《左傳》五昭公七年，卷二十一《公羊傳》桓公十一年、文公十四年、襄公二十七年，卷二十二《穀梁傳》隱公四年、莊公九年、宣公元年、成公十四年、襄公十一年、昭公十二年、昭公二十四年，卷二十六《莊子》上《大宗師》，卷二十七《莊子》中《在宥》《天運》，卷二十八《莊子》下《庚桑楚》，卷二十九《爾雅》上《釋天》同，音"苦結反"。慧琳《音義》卷五十四音"苦結反"，卷五十六音"口結反"，卷八十、卷九十八音"牽結反"。《廣韻·屑韻》：挈"苦結切"。丘、苦、口、牽屬溪紐。同。　集注本引《音決》："榼，苦盍反。"北宋本、尤刻本、明州本、奎章閣本、叢刊本注云："榼，苦闔切。"《經典釋文》卷十七《左傳》三成公十六年"榼"音"苦臘反"。慧琳《音義》卷八十五音"坎盍反"。《廣韻·盍韻》音"苦盍切"。坎、苦屬溪紐。同。

搢紳處士　處處與

處，參見《王文憲集序》"處薄者不怨其少"句"處"音疏證。集注本引《音決》："處，昌呂反。"

議其所已　已以

已，《文選》各本作"以"，據《文選音》寫卷改"以"作"已"。　已，參見《王文憲集序》"豈直彫章縟采而已哉"句"已"音疏證。

乃奮袂攘衿　袂彌爾　攘而羊　衿今

寫卷"攘"作"攘"，敦煌寫本從手從木之字常混用，此又一例。
衿，北宋本、尤刻本作"襟"。案"衿"與"襟"通。　《經典釋文》卷二《周易》《歸妹》袂音"彌世反"，卷十一《禮記》一《檀弓下》，卷十三《禮記》三《雜記下》，卷十四《禮記》四《深衣》，卷二十《左傳》六哀公十六年，卷二十一《公羊傳》哀公十四年同，卷五《毛詩》上《鄭風·遵大路》音"面世反"，卷十《儀禮》《大射儀》，卷十一《禮記》一《檀弓上》，卷十二《禮記》二《玉藻》，卷十五《左傳》一僖公五年，卷十七《左傳》三宣公十四年，卷二十八《莊子》下《漁父》同，音"面世反"。慧琳《音義》卷四十九音"彌蔽反"，《廣韻·祭韻》音"彌弊切"。彌、面屬明紐。同。　集注本引《音決》："攘，而良反。"《經典釋文》卷二《周易》《升》攘音"如羊反"，卷三《尚書》上《微子》，卷四《尚書》下《康誥》《呂刑》《費誓》，卷五《毛詩》上《鄘風·定之方中》，卷六《毛詩》中《小雅·車攻》《小雅·甫田》，卷七《毛詩》下《大雅·皇矣》《大雅·蕩》，卷九《周禮》下《秋官·司刑》，卷十一《禮記》一《曲禮上》，卷十二《禮記》二《禮器》，卷十五《左傳》一僖公四年，卷二十一《公羊傳》僖公四年，卷二十二《穀梁傳》莊公三十一、閔公二年、成公五年、定公四年，卷二十四《論語》《子路》，卷二十六《莊子》上《人間世》，卷二十七《莊子》中《胠篋》，卷二十八《莊子》下《外物》同，音"如羊反"。慧琳《音義》卷二十六音"而羊反"，卷三十四、卷四十九、卷五十二、卷五十七同，卷三十七音"汝羊反"，卷四十五音"穰尚反"，卷五十五音"讓羊反"，卷八十三音"若羊反"，卷九十七同。《廣韻・養韻》音"如兩切"。而、如、汝、穰、讓、若屬日紐。同。　集注本引《音決》"襟音金"。《經典釋文》卷五《毛詩》上《鄭風・子衿》衿音"金"。《廣韻・侵韻》音"居吟切"。同。

是非鋒起　鋒峯

集注本引《音決》："鋒，芳逢反。"《經典釋文》卷二十《左傳》六定公十年，卷二十五《老子》（凡二見）並音"芳逢反"。慧琳《音義》卷四音"芳空反"，卷二十六音"芳恭反"，卷二十九音"峯"，卷七十六音"否逢反"，卷八十一音"孚逢反"，卷八十九音"捧容反"。《廣韻・鍾韻》音"敷容切"。芳、孚、棒、敷屬敷紐，否屬非紐。同。

先生於是方捧罋承槽　捧芳奉　罋於耕　槽曹

槽，五臣本作"米"，明州本、奎章閣本作"糟"。今依寫卷作"槽"。　集注本引《音決》："捧，芳奉反。"《經典釋文》卷六《毛詩》中《小雅・北山》音"芳勇反"，卷二十七《莊子》中《達生》同，卷九《周禮》下《夏官・圉人》音"扶恭反"，卷二十七《莊子》中《天運》音"敷勇反"。慧琳《音義》卷四十音"孚勇反"。《廣韻・腫韻》音"夫奉切"。芳、敷、孚屬敷紐，扶、夫屬奉紐。同。集注本引《音決》："罋，於耕反。"五臣本"罋"下注直音"鶯"，明州本、奎章閣本、叢刊本"罋"下注直音"鷟"。《經典釋文》卷二十九《爾雅》上《釋器》："罋，乙耕反。"慧琳《音義》卷十九音"於耕反"。《廣韻・耕韻》音"烏莖切"。於、乙、烏並屬影紐。同。　集注本引《音決》："槽音曹。"慧琳《音義》卷十五音"曹"，卷七十三音"在勞反"，卷八十一音"造高反"。《廣韻・豪韻》槽音"昨勞切"。曹、在、昨屬從紐，造屬清紐。同。

銜杯漱醪　漱所又　醪力刀

集注本引《音決》："漱，所又反。"《經典釋文》卷九《周禮》下《冬官·匠人》音"色救反"，卷二十九《爾雅》上《釋水》同，卷十《儀禮》《士昏禮》《公食大夫禮》音"所又反"，卷二十八《莊子》下《寓言》同，卷十二《禮記》二《内則》音"所救反"，卷二十一《公羊傳》莊公三十一年音"素口反"，文公十六年音"素候反"。慧琳《音義》卷十五音"霜救反"，卷二十二音"史救反"，卷二十五音"瘦"，卷三十一同，卷二十九音"搜救反"，卷七十八同，卷三十四音"搜皺反"，卷六十、卷六十九、卷八十一同，卷三十五音"側救反"，卷八十三音"所救反"，卷九十九音"疏救反"，卷一百音"叟皺反"。《廣韻·候韻》音"蘇奏切"。所、霜、史、搜、疏、叟、蔬屬生紐，側屬莊紐，素屬心紐。同。　集注本引《音決》："醪音勞。"《經典釋文》卷六《毛詩》中《豳風·七月》音"老刀反"，卷八《周禮》上《天官·酒正》音"魯刀反"，卷二十八《莊子》下《盜跖》音"力刀反"。慧琳《音義》卷七十三音"力刀反"，卷八十二、卷九十七音"老刀反"。《廣韻·豪韻》音"魯刀切"。老、魯、力屬來紐。同。

奮髯箕踞　髯耳占　箕基　踞據

箕，《文選》各本並作"踑"。案"踑""箕"同音通假。今依寫卷作"箕"。　集注本引《音決》："髯，而廉反。"《經典釋文》卷二十八《莊子》下《列禦寇》音"人鹽反"，卷三十《爾雅》下《釋獸》音"而占反"。慧琳《音義》卷四十六音"如廉反"，卷五十六音"而甘反"，卷九十三音"染占反"。《廣韻·鹽韻》音"汝鹽切"。而、人、如、染、汝屬日紐。同。　集注本引《音決》："踑，居疑反。"五臣本、明州本、奎章閣本、叢刊本"踑"下注反切"舉其"。《經典釋文》卷十一《禮記》一《曲禮上》音"基"，卷十三《禮記》三《學記》，卷十六《左傳》二僖公三十三年、文公七年，卷十七《左傳》三成公十三年同，音"基"，卷二十二《穀梁傳》文公九年音"居其反"。慧琳《音義》卷五十音"幾宜反"，卷五十三音"居疑反"，卷九十八音"記疑反"。《廣韻·之韻》音"居之切"。居、舉屬見紐。同。　集注本引《音決》："踞，居慮反。"五臣本、明州本、奎章閣本、叢刊本"踞"下注直音"據"。《經典釋文》卷十八《左傳》四襄公二十四年音"俱慮反"，卷十九《左傳》五昭公二十五年，卷二十四《論語》《憲問》，卷二十七《莊子》中《至樂》音"據"。慧琳《音義》卷二十四、卷二十七、卷二十九、卷五十四、卷八十九音"居御反"，卷六十五音"記恕反"。《廣韻·御韻》音"居御切"。俱、據、居、記屬見紐。同。

枕麴藉糟　枕之鴆　麴去六　藉疾夜　糟走刀

集注本引《音決》："枕，之鴆反。"《經典釋文》卷八《周禮》上《天官·玉府》音"之鴆反"，卷十《儀禮》《喪服經傳》《既夕禮》，卷十一《禮記》一《檀弓上》，卷十三《禮記》三《雜記上》《喪大記》，卷十四《禮記》四《間傳》《三年問》，卷十八《左傳》四襄公十七年、襄公二十五年（凡二見）、襄公二十七年、襄公三十年，卷二十四《論語》《述而》，卷二十七《莊子》中《在宥》同，音"之鴆反"。慧琳《音義》卷四十三音"針荏反"，卷七十四、卷七十五同，卷十音"之荏反"，卷六十六音"針審反"，卷八十九音"針袵反"。《廣韻·侵韻》音"章荏切"。之、針、章屬章紐。同。　集注本引《音決》"麴，居立反。"案《音決》麴作別體"麮"，居作別體"屈"。作"屈"與《魏比丘道瓃記》同。《經典釋文》卷三《尚書》上《說命》麴音"起六反"，卷八《周禮》上《地官·鄉師》同，卷十一《禮記》一《月令》音"丘六反"，卷十七《左傳》三宣公十二年音"去六反"。慧琳《音義》卷五十八音"去六反"，卷六十六音"穹鞠反"，卷一百音"穹六反"。《廣韻·屋韻》音"驅匊切"。去、居、起、丘、穹、驅屬溪紐。同。　集注本引《音決》："藉，才夜反。"《經典釋文》卷二《周易》《大過》《繫辭上》音"在夜反"，卷六《毛詩》中《小雅·小宛》，卷七《毛詩》下《大雅·生民》，卷八《周禮》上《天官·甸師》《春官宗伯》《春官·典瑞》，卷九《周禮》下《秋官·大行人》，卷十《儀禮》《聘禮》《士虞禮》，卷十一《禮記》一《曲禮下》，卷十五《左傳》一桓公三年，卷十六《左傳》二文公十二年，卷十七《左傳》三成公二年、襄公四年、襄公十一年，卷十九《左傳》五昭公十六年、昭公二十五年，卷二十一《公羊傳》宣公十二年，卷二十七《莊子》中《達生》同，音"在夜反"，卷十《儀禮》《覲禮》《士喪禮》《既夕禮》音"才夜反"。慧琳《音義》卷二、卷五十四音"情亦反"，卷四、卷五、卷十三、卷二十九、卷五十一、卷七十二、卷八十五、卷八十八音"情夜反"，卷四十四、卷七十七音"寂夜反"。《廣韻·禡韻》音"慈夜切"。才、在、情、寂、慈屬從紐。同。　集注本引《音決》："糟音遭。"《經典釋文》卷十《儀禮》《士冠禮》音"子遭反"，卷十二《禮記》二《內則》同，《少儀》音"早勞反"，卷二十七《莊子》上《天道》《達生》音"遭"。慧琳《音義》卷九音"子勞反"，卷十五、卷三十四、卷七十七音"早勞反"，卷二十七音"作曹反"，卷九十二音"遭"。《廣韻·豪韻》音"作曹切"。子、早、作屬精紐。同。

其樂陶陶　樂洛

　　集注本引《音決》："樂音洛。"《經典釋文》卷二《周易》《乾》《需》《豫》《家人》《革》《漸》《歸妹》《巽》《未濟》（凡二見）《雜卦》音"洛"，卷三《尚書》上《大禹謨》（凡二見）《益稷》《五子之歌》《湯誥》《伊訓》，卷四《尚書》下《酒誥》《洛誥》《多士》《無逸》《秦誓》（凡二見），卷五《毛詩》上《周南·關雎》（凡四見）《周南·卷耳》《周南·樛木》《邶風·凱風》（凡二見）《邶風·谷風》《邶風·旄丘》《衛風·考槃》《衛風·氓》《王風·君子陽陽》《王風·兔爰》《鄭風·女曰雞鳴》《鄭風·子衿》《鄭風·出其東門》《鄭風·溱洧》《齊風·盧令》《齊風·載驅》《魏風·伐檀》《唐風·蟋蟀》《唐風·山有樞》《秦風·車鄰》《秦風·駟驖》《秦風·小戎》《秦風·晨風》，卷六《陳風·衡門》《檜風·素冠》《檜風·隰有萇楚》《豳風·東山》《豳風·伐柯》《小雅·鹿鳴》（凡二見）《小雅·四牡》《小雅·棠棣》《小雅·伐木》《小雅·天保》《小雅·魚麗》《小雅·南有嘉魚》（凡三見）《小雅·南山有臺》《小雅·蓼蕭》《小雅·彤弓》《小雅·菁菁者莪》《小雅·六月》《小雅·鶴鳴》《小雅·白駒》《小雅·斯干》（凡二見）《小雅·正月》《小雅·小弁》《小雅·谷風》《小雅·北山》《小雅·甫田》《小雅·頍弁》（凡二見）《小雅·車舝》《小雅·青蠅》《小雅·賓之初筵》《小雅·魚藻》《小雅·采菽》《小雅·角弓》《小雅·隰桑》，卷七《毛詩》下《大雅·棫樸》《大雅·旱麓》《大雅·靈臺》《大雅·鳧鷖》《大雅·假樂》《大雅·泂酌》《大雅·卷阿》《大雅·板》《大雅·抑》（凡二見）《大雅·崧高》《大雅·烝民》《大雅·韓奕》《周頌·臣工》《周頌·有瞽》《周頌·有客》《周頌·般》《魯頌·有駜》《商頌·那》，卷八《周禮》上《地官·囿人》《春官·大司樂》《春官·眂瞭》《春官·

篇章》，卷九《周禮》下《夏官·大司馬》《秋官·小行人》，卷十《儀禮》《鄉飲酒禮》《鄉射禮》《燕禮》《大射儀》（凡二見）《聘禮》《特牲饋食禮》《少牢饋食禮》，卷十一《禮記》一《曲禮上》（凡三見）《曲禮下》《檀弓上》（凡四見）《檀弓下》《王制》《月令》，卷十二《禮記》二《文王世子》（凡二見）《禮運》（凡二見）《禮器》（凡三見）《郊特牲》《內則》，卷十三《禮記》三《學記》《樂記》（凡七見）《雜記下》《祭義》（凡二見）《祭統》《哀公問》《仲尼燕居》《孔子閒居》《坊記》（凡二見），卷十四《禮記》四《中庸》（凡二見）《表記》（凡二見）《閒傳》《投壺》（凡二見）《儒行》《大學》（凡三見），卷十五《左傳》一隱公元年、莊公八年、莊公二十年、莊公二十二年、莊公二十七年、僖公四年、僖公十二年，卷十六《左傳》二僖公二十八年、僖公三十一年、文公三年、文公四年、文公六年、文公七年，卷十七《左傳》三宣公十四年、成公二年、成公六年、成公九年、成公十七年、襄公四年（凡二見）襄公十一年，卷十八《左傳》四襄公十八年、襄公二十年、襄公二十四年、襄公二十七年、襄公二十九年（凡二見）、襄公三十一年（凡三見）、昭公元年（凡三見）、昭公三年，卷十九《左傳》五昭公九年（凡三見）、昭公十二年、昭公十五年、昭公十六年、昭公十七年、昭公十九年、昭公二十年、昭公二十一年、昭公二十五年（凡三見），卷二十《左傳》六哀公五年、哀公七年、哀公二十五年，卷二十一《公羊傳》莊公十二年、莊公三十二年、閔公元年、宣公六年，卷二十三《孝經》《三才章》《孝治章》《聖治章》（凡二見）《紀孝行章》《喪親章》，卷二十四《論語》《學而》（凡二見）《里仁》《雍也》（凡二見）《述而》（凡二見）《鄉黨》《先進》（凡二見）《子路》《憲問》《季氏》《陽貨》，卷二十五《老子》（凡二見），卷二十六《莊子》上《逍遙遊》《齊物論》（凡三見）《養生主》《人間世》《德充符》《大宗師》（凡五見），卷二十七《莊子》中《馬蹄》《胠篋》《在宥》《天地》（凡二見）《天道》並同，音"洛"。慧琳《音義》卷八音"郎各反"，卷九音"力各反"，卷二十七音"慮各反"。《廣韻·鐸韻》音"慮各切"。郎、力、慮屬來紐。同。

悅爾而醉 悅吁往 醉呈

悅，明州本、奎章閣本同，北宋本、尤刻本、五臣本、叢刊本作

"豁"，集注本注："今案《音决》此下有'兀然而醉'四字，自此一句已下，至感情言詞鄙緩，皆衍字也，非劉公所爲，皆當除之，宜從'陶陶'即次'俯觀'。陸善經本有'靜聽不聞雷霆之聲，熟視不見太山之形'二句。"案以上乃集注本之案語，此案語説明何以集注本無"兀然而醉"至"利欲之感情"六句三十六字之緣由。醒，北宋本、尤刻本、五臣本、明州本、叢刊本、奎章閣本作"醒"。案《説文·酉部》："醒，一曰醉而覺也。"即"醒"有"醒"義，今從寫卷作"醒"。　《經典釋文》卷二十四《論語》《子罕》：悦音"況往反"，卷二十五《老子》二見，一音"虛往反"，一音"況往反"。慧琳《音義》卷九、卷二十八音"虛往反"，卷三十八、卷一百音"況往反"，卷四十六音"呼晃反"，卷九十七音"吁往反"。《廣韻·養韻》音"許昉切"。況、呼、吁、許屬曉紐，虛屬溪紐。同。　《經典釋文》卷六《毛詩》中《小雅·節南山》、卷二十六《莊子》上《人間世》"醒"並音"呈"。《廣韻·清韻》音"直貞切"。同。

静聽不聞雷霆之聲　霆大□

霆字反切下字殘佚，今仍其舊，以"□"代之。　《經典釋文》卷二《周易》《繫辭上》音"庭"，卷六《毛詩》中《小雅·節南山》，卷七《毛詩》下《大雅·雲漢》《大雅·常武》，卷二十七《莊子》中《達生》同，音"庭"，卷六《毛詩》中《小雅·采芑》音"廷"，卷十三《禮記》三《樂記》《孔子閒居》，卷二十七《莊子》中《天運》，卷二十八《莊子》下《天下》同，音"廷"。慧琳《音義》卷三十二音"定亭反"，卷四十六音"達丁反"，卷五十八同，卷六十音"庭"，卷八十七音"定丁反"，卷九十二音"定寧反"。《廣韻·青韻》音"特丁切"。定、達、特屬定紐。同。

不覺寒暑之切肌　肌飢

《經典釋文》卷九《周禮》下《秋官·赤犮氏》音"居其反"，卷十一《禮記》一《王制》音"飢"，卷二十五《老子》音"己其反"，卷二十六《莊子》上《逍遙遊》音"居其反"，卷三十《爾雅》下《釋蟲》音"居疑反"、《釋鳥》音"飢"。慧琳《音義》卷十一音"几宜反"，卷十五音"記宜反"，卷十九音"居宜反"，卷三十二音

"几尼反",卷八十一音"紀宜反"。《廣韻·脂韻》音"居夷切"。居、几、記屬見紐。同。

俯觀萬物擾擾 擾而沼

集注本引《音決》:"擾,而小反。"《經典釋文》卷三《尚書》上《皋陶謨》《胤征》音"而小反",卷四《尚書》下《周官》,卷八《周禮》上《天官·大宰》《夏官·服不氏》《夏官·職方氏》,卷十《儀禮》《鄉射禮》《大射儀》,卷十九《左傳》五昭公二十四年,卷二十《左傳》六昭公二十九年,卷二十四《論語》《陽貨》,卷二十五《老子》,卷二十七《莊子》中《天道》《繕性》同,音"而小反",卷十二《禮記》二《郊特牲》音"而沼反"。慧琳《音義》卷四音"而沼反",卷十一、卷十三、卷十五同,卷五音"如沼反",卷四十六同,卷七音"而少反",卷二十九音"饒少反",卷三十、卷六十二、卷六十九同,卷六十三音"饒沼反",卷八十四、卷九十五同。《廣韻·小韻》音"而沼切"。而、如、饒屬日紐。同。

焉如江漢之載浮萍 萍步丁

萍,集注本、奎章閣本同,北宋本、尤刻本、五臣本、明州本、叢刊本作"萍"。案"萍"與"萍"通。 集注本引《音決》:"萍,步螢反。"《經典釋文》卷五《毛詩》上《召南·采蘋》音"薄經反",卷六《毛詩》中《小雅·鹿鳴》音"薄丁反",卷十五《左傳》一隱公三年音"蒲丁反"。《廣韻·青韻》音"薄經切"。步、蒲、薄屬並紐。同。

焉如蜾蠃之與螟蛉 蜾果 蠃力果 螟莫丁

集注本引《音決》:"蜾音果。"五臣本、明州本、奎章閣本、叢刊本正文"蜾"下注直音"果"。《經典釋文》卷六《毛詩》中《小雅·小宛》,卷十四《禮記》四《中庸》音"果"。慧琳《音義》卷八十一音"戈火反"。《廣韻·果韻》音"古火切"。果、戈、古屬見紐。同。 集注本引《音決》:"蠃,力果反。"五臣本、明州本、奎章閣本、叢刊本"蠃"下注反切"力果"。《經典釋文》卷二《周易》《說卦》"蠃"音"力禾反",卷八《周禮》上《天官·醢人》,卷十《儀禮》《士冠禮》《士喪禮》《既夕禮》《士虞禮》,卷三十《爾雅》

下《釋魚》同，音"力禾反"，卷六《毛詩》中《小雅·小宛》音"力果反"，卷十二《禮記》二《郊特牲》音"力戈反"。慧琳《音義》卷二音"魯和反"，卷三、卷七、卷五十六同，卷四音"盧和反"，卷十音"盧禾反"，卷六十同，卷三十六音"魯禾反"，卷八十一音"盧果反"，卷八十三音"盧戈反"。《廣韻·果韻》音"郎果切"。力、魯、盧、郎屬來紐。同。　螟，寫卷作俗體"螟"，今改作正字。集注本引《音決》："螟，亡丁反。"五臣本、明州本、奎章閣本、叢刊本"螟"下注直音"名"。《經典釋文》卷六《毛詩》中《小雅·小宛》音"亡丁反"，卷十一《禮記》一《月令》，卷十二《禮記》二《禮運》，卷十五《左傳》一隱公五年、莊公六年，卷二十一《公羊傳》隱公五年、莊公六年，卷二十二《穀梁傳》隱公五年、隱公八年、莊公六年，卷三十《爾雅》下《釋蟲》（凡二見）並同，音"亡丁反"。慧琳《音義》卷三十一、卷八十八音"覓瓶反"，卷八十音"覓萍反"，卷八十一音"覓經反"，卷八十六音"冥"。《廣韻·青韻》音"莫經切"。亡屬微紐，覓、莫屬明紐。同。

漢高祖功臣頌

功臣

此二字，為篇題《漢高祖功臣頌》之省。

相國酇文終侯沛蕭何　相相上　酇才何　沛布艾

集注本引《音決》："相，息亮反。"《經典釋文》卷二《周易》《泰》，卷三《尚書》上《序》，卷五《毛詩》上《召南·草蟲》，卷八《周禮》上《天官·小宰》，卷十《儀禮》《士昏禮》，卷十一《禮記》一《曲禮上》，卷十五《左傳》一隱公十一年，卷二十四《論語》《序》，卷二十六《莊子》上《大宗師》並音"息亮反"。《廣韻·漾韻》音"息亮切"。同。　集注本引《音決》："酇，在何反。"《史記·三王世家》"續蕭文終之後於酇"句司馬貞《索隱》："按蕭何初封沛之酇，音贊，後其子續封南陽之酇，音嵯。"《漢書·灌嬰傳》"沛酇蕭相"句師古注："酇音才何反。"慧琳《音義》卷八十三音"昨何反"，卷八十五音"在何反"，卷九十三音"藏何反"。在、才、昨、藏屬從紐。同。　　沛，參見《聖主得賢臣頌》"沛乎若巨魚縱大壑"句"沛"音疏證。案，從"相國酇文侯沛蕭何"至"頌曰"一段文字，今本《文選》與寫卷排列次第不同，尤刻本、明州本、奎章閣本、叢刊本、集注本之次第為：一蕭何、二曹參、三張良、四黥布、五盧綰、六吳芮、七周勃、八樊噲、九酈商、十灌嬰、十一靳歙、十二酈食其、十三周苛。而五臣本無"相國酇文侯沛蕭何"迄"頌曰"一段文字。今其排列次第，並依《文選音》寫卷。

相國平陽懿侯沛曹參　相相上　參七甘

相，參見本篇上句"相國酇文終侯沛蕭何"句"相"音疏證。參，寫卷作俗體"柔"，今改正字。參見《聖主得賢臣頌》"參乘旦"句"參"音疏證。案：此下《文選音》釋詞排列有誤，今依《文選》正文乙之。

丞相潁陰懿侯睢陽灌嬰　潁營屏　睢雖　灌古亂

潁，寫卷訛作"潁"，灌，寫卷訛作"懂"，今據《漢書·灌嬰傳》及《文選》改。反切下字作俗體"乱"，今改正體。　　潁，《廣韻·靜韻》音"餘頃切"。案"屏"屬二韻，一在《廣韻·青韻》，一在《廣韻·靜韻》，為"屏蔽""屏除"之"屏"，故"營屏反"在靜韻，與《廣韻·靜韻》之"餘頃切"同。　　集注本引《音決》："睢音雖。"《經典釋文》卷九《周禮》下《夏官·職方氏》音"綏"，卷十六《左傳》二文公十年同，卷十五《左傳》一隱公元年音"雖"，卷十六《左傳》二僖公十九年，卷十七《左傳》三成公十五年，卷十九《左傳》五昭公二十一年（凡二見）同。《廣韻·脂韻》音"許葵切"。綏、雖屬心紐，許屬曉紐。同。　　集注本引《音決》："灌，古翫反。"《經典釋文》卷二《周易》《觀》音"官喚反"，卷五《毛詩》上《周南·葛覃》音"古亂反"，卷六《毛詩》中《小雅·瞻彼洛矣》，卷七《毛詩》下《大雅·皇矣》《大雅·板》，卷十二《禮記》二《禮器》《明堂位》，卷十四《禮記》四《投壺》，卷十七《左傳》三襄公四年、襄公九年，卷二十《左傳》六昭公三十年、哀公元年，卷二十四《論語》《八佾》，卷二十六《莊子》上《逍遙遊》，卷二十七《莊子》中《秋水》並音"古亂反"，卷二十九《爾雅》上《釋訓》音"古玩反"，《釋水》音"古亂反"。慧琳《音義》卷四、卷三十一、卷三十

四、卷三十六、卷五十、卷五十七、卷六十八、卷七十八並音"官換反"。《廣韻·換韻》音"古玩切"。同。

太子少傅留文成侯韓張良　少^{失照}

集注本引《音決》："少，失照反。"《經典釋文》卷二《周易》《歸妹》《中孚》《説卦》音"詩照反"，卷三《尚書》上《禹貢》《伊訓》《微子》，卷四《尚書》下《酒誥》《召誥》《洛誥》《周官》《畢命》《呂刑》，卷五《毛詩》上《周南·桃夭》《召南·采蘋》《邶風·凱風》《邶風·旄丘》《齊風·甫田》《魏風·陟岵》，卷六《毛詩》中《檜風·隰有萇楚》《曹風·候人》《小雅·采薇》《小雅·車舝》，卷七《毛詩》下《大雅·公劉》《大雅·柳》《大雅·瞻卬》，卷八《周禮》上《天官冢宰》《天官·疾醫》《天官·漿人》《天官·醯人》《地官·大司徒》（凡二見）《地官·小司徒》《春官宗伯》《春官·大宗伯》《春官·樂師》，卷九《周禮》下《夏官·司勳》，卷十《儀禮》《聘禮》，卷十一《禮記》一《王制》（凡二見），卷十二《禮記》二《文王世子》《玉藻》《喪服小記》《少儀》，卷十三《禮記》三《雜記下》《祭義》，卷十四《禮記》四《儒行》《冠義》，卷十五《左傳》一隱公元年（凡二見）、隱公三年、隱公五年、隱公十一年、桓公二年、桓公六年（凡二見）、桓公十八年、桓公二十二年、閔公二年、僖公二年，卷十六《左傳》二僖公十七年、僖公二十七年、僖公二十八年、文公元年、文公二年、文公六年、文公九年、文公十年、文公十二年、文公十四年、文公十八年、宣公十一年，卷十七《左傳》三宣公十二年、成公九年、成公十五年、成公十七年、成公十八年、襄公四年、襄公六年、襄公九年、襄公十年、襄公十三年，卷十八《左傳》四襄公十九年、襄公二十二年、襄公二十三年（凡三見）、襄公二十七年、襄公二十九年、襄公三十一年、昭公元年（凡二見）、昭公二年（凡二見），卷十九《左傳》五昭公十二年、昭公十六年、昭公十七年、昭公十九年（凡二見）、昭公二十年、昭公二十一年、昭公二十六年，卷二十《左傳》六昭公二十八年、昭公二十九年、昭公三十年、定公四年、定公十四年、哀公元年、哀公四年、哀公六年（凡二見）、哀公十年、哀公十一年（凡二見）、哀公十四年、哀公二十五年、哀公二十六年，卷二十一《公羊傳》隱公九年、桓公八年、莊公二年、僖公十年、僖公三十一年，卷二十二《穀梁傳》隱公七年、僖公三十一年，卷二十四《論語》《公冶長》《泰伯》（凡二見）《子罕》（凡二見），《憲問》（凡二見）《季氏》《微子》（凡二見），卷二十六《莊子》上《齊物論》《養生主》《大宗師》，卷二十七《莊子》中《天道》《秋水》，卷二十九《爾雅》上《序》，卷三十《爾雅》下《釋鳥》《釋畜》並同，音"詩照反"。《廣韻·笑韻》音"失照切"。詩、失屬書紐。同。

車騎將軍信武肅侯靳歙　歙許及

集注本引《音決》："歙，許及反。"《經典釋文》卷二十五《老子》，卷二十七《莊子》中《山木》並音"許及反"。慧琳《音義》卷五十五、卷六十三音"歙急反"，卷七十九音"歙吸反"。《廣韻·緝韻》音"許及切"。許、歙屬曉紐。同。

大行廣野君高陽酈食其　酈力的　食異　其基

酈，參見本篇前文"右丞相曲周景侯高陽酈商"句"酈"音疏證。案《史記·酈生陸賈列傳》："酈生食其者，陳留高陽人也。"張守節《正義》："酈食其，歷異幾三音也。"又《漢書·酈食其傳》"酈食其，陳留高陽人也"，師古注："食音異，其音基。"集注本引《音決》："食音異，其音箕"。同。

淮南王六黥布　黥巨京

集注本引《音決》："黥，巨百反。"案集注本此引《音決》之音在《廣韻·陌韻》，與寫卷"巨京反"（在《廣韻·庚韻》）異韻，或誤，其反切下字"百"，當是與之形近之"更"或"生"之訛。《經典釋文》卷四《尚書》下《呂刑》，卷九《周禮》下《秋官·司刑》，卷十八《左傳》四襄公十九年，卷二十六《莊子》上《大宗師》並音"其京反"。慧琳《音義》卷八十六音"競迎反"，卷九十八音"極迎反"。《廣韻·庚韻》音"渠京切"。巨、其、競、極、渠屬羣紐。同。

燕王豐盧綰　燕一天　綰烏板

《經典釋文》卷五《毛詩》上《召南·甘棠》音"烏賢反"，卷七

《毛詩》下《大雅·韓奕》，卷十八《左傳》四襄公二十八年，卷十九《左傳》五昭公四年，卷二十《左傳》六哀公十六年並同，卷九《周禮》下《冬官考工記》音"烟"，卷十八《左傳》四襄公二十九年，卷二十《左傳》六定公八年，卷二十一《公羊傳》桓公十二年、襄公二十九年，卷二十二《穀梁傳》桓公十二年、莊公三十年、襄公二十九年，卷二十八《莊子》下《徐无鬼》《説劍》並同，音"烟"。《廣韻·先韻》音"烏前切"。同。　集注本引《音決》："縮，烏板反。"慧琳《音義》卷三十九音"彎板反"，卷六十、卷九十、卷九十八同，卷七十六音"灣版反"，卷一百作"彎睆反"。《廣韻·潸韻》音"烏板切"。烏、彎、灣屬影紐。同。

長沙文王吳芮　芮而銳

集注本引《音決》："芮，而銳反。"《經典釋文》卷四《尚書》下《泰誓》《洪範》《顧命》音"如銳反"，卷七《毛詩》下《大雅·綿》《大雅·公劉》《大雅·桑柔》，卷十五《左傳》一僖公六年，卷十六《左傳》二僖公三十三年、文公元年，卷十八《左傳》四襄公二十六年，卷十九《左傳》五昭公九年，卷二十七《莊子》中《至樂》同，音"如銳反"。慧琳《音義》卷九十一音"熱銳反"。《廣韻·祭韻》音"而銳切"。而、如、熱屬日紐。同。

左丞相絳武侯沛周勃　勃步没

勃，寫卷寫作別體"敎"，與《魏皇内司墓志》相似。　集注本引《音決》："勃，步没反。"《經典釋文》卷七《毛詩》下《大雅·常武》，卷十六《左傳》二僖公二十五年，卷二十四《論語》《鄉黨》，卷二十七《莊子》中《天地》《知北遊》音"步忽反"，卷三十《爾雅》下《釋草》音"蒲没反"。慧琳《音義》卷五、卷七、卷八、卷四十八、卷五十二、卷七十、卷七十三音"蒲没反"，卷三十一、卷三十二、卷四十三、卷六十六、卷七十二、卷七十八音"盆没反"。《廣韻·没韻》音"蒲没切"。步、蒲、盆屬並紐。同。

相國舞陽侯沛樊噲　噲快

集注本引《音決》："噲音快。"《經典釋文》卷二十七《莊子》中

《秋水》音"快"。慧琳《音義》卷三十四音"口壞反"，卷七十六音
"苦壞反"。《廣韻·夬韻》音"苦夬切"。快、口、苦屬溪紐。同。

御史大夫沛周苛　苛何

　　集注本引《音決》："苛音何。"《經典釋文》卷七《毛詩》下
《周頌·昊天有成命》音"河"，卷二十一《公羊傳》隱公五年同，卷
八《周禮》上《天官·閽人》《地官·司關》音"何"，卷九《周禮》
下《夏官·挈壺氏》《秋官·萍氏》《秋官·環人》，卷十一《禮記》
一《檀弓下》《王制》，卷十二《禮記》二《内則》，卷十三《禮記》
三《樂記》，卷十四《禮記》四《緇衣》，卷十九《左傳》五昭公十三
年、昭公二十年，卷二十三《孝經》《三才章》，卷二十七《莊子》中
《天地》，卷二十八《莊子》下《天下》並同，音"何"。慧琳《音
義》卷四十二、卷六十五、卷七十五音"賀多反"，卷八十九音"賀
哥反"。《廣韻·歌韻》音"胡歌切"。何、河、賀、胡屬匣紐。同。

右丞相曲周景侯高陽酈商　酈力的

　　集注本引《音決》："酈音歷。"《經典釋文》卷十五《左傳》一僖
公元年，卷十六《左傳》二僖公二十五年音"力知反"。《廣韻·支
韻》音"歷"、"吕支切"。力、吕屬來紐。同。

頌曰

　　《文選音》"頌曰"以下，載錄頌文之摘字訓音，而五臣本無"頌
曰"及其以前文字，止留頌文，與各本異。

茫茫宇宙　茫莫郎

　　茫，北宋本、尤刻本、叢刊本、集注本作"芒"。案"茫"與
"芒"通。　茫，參見《出師頌》"茫茫上天"句"茫"音疏證。　集
注本引《音決》："芒，莫郎反。"

上墋下黷　墋初錦　黷獨

　　墋，寫卷訛作"慘"，今據《文選》改。北宋本、尤刻本、五臣
本、明州本、奎章閣本、叢刊本"墋"下注反切"楚錦"。集注本引

《音決》：“塦，初錦反。”慧琳《音義》卷二十六、卷四十一、卷九十七音“楚錦反”，卷五十一音“初錦反”。《廣韻·寢韻》音“初朕切”。初、楚屬初紐。同。　集注本引《音決》：“黷音讀。”《經典釋文》卷三《尚書》上《説命》，卷二十一《公羊傳》桓公八年，卷二十二《穀梁傳》隱公二年、桓公八年並音“徒木反”。慧琳《音義》卷十三音“徒屋反”，卷六十五音“徒穀反”，卷八十三、卷九十七音“同禄反”，卷八十四音“同屋反”（凡二見），卷八十七、卷九十六音“同鹿反”，卷八十八音“獨”。《廣韻·屋韻》音“徒谷切”。讀、徒、同屬定紐。同。

飛名帝籙　籙_録

籙，北宋本、尤刻本、五臣本、明州本、奎章閣本、叢刊本、集注本作“録”。案“録”與“籙”通。　集注本引《音決》：“籙音録。”慧琳《音義》卷九十八音“龍躅反”。《廣韻·燭韻》音“録”、“力玉切”。龍、力屬來紐。同。

慶雲應輝　應_去

應，參見《王文憲集序》“自是始有應務之跡”句“應”音疏證。集注本引《音決》：“應，於證反。”

彤雲晝聚　彤_{大冬}

集注本引《音決》：“彤，大冬反。”《經典釋文》卷四《尚書》下《顧命》《文侯之命》音“徒冬反”，卷五《毛詩》上《邶風·静女》，卷六《毛詩》中《小雅·彤弓》，卷七《毛詩》下《魯頌·駉》，卷八《周禮》上《春官·司几筵》，卷十六《左傳》二僖公二十八年、文公四年，卷十七《左傳》三襄公八年，卷十九《左傳》五昭公十五年，卷二十《左傳》六定公九年、哀公元年，卷三十《爾雅》下《釋畜》同，音“徒冬反”，卷二十一《公羊傳》音“大冬反”。慧琳《音義》卷五十四、卷五十六音“徒宗反”，卷八十三音“同”，卷九十八音“毒冬反”。《廣韻·冬韻》音“徒冬切”。大、徒、毒屬定紐。同。

金精仍積　積_{大回}

積，《文選》各本並作“頹”。案“積”“頹”字同。　《經典釋文》卷六《毛詩》中《小雅·谷風》音"徒雷反"，卷十一《禮記》一《檀弓上》（凡二見），卷十五《左傳》一莊公十九年，卷十六《左傳》二僖公二十四年，卷十九《左傳》五昭公二十六年，卷二十九《爾雅》上《釋天》並音"徒回反"。慧琳《音義》卷五十八音"堂雷反"，卷六十、卷六十五音"徒雷反"，卷八十音"兑雷反"，卷九十一音"兑回反"。《廣韻·灰韻》音"杜回切"。徒、堂、兑、杜屬定紐。同。

朱光以渥　渥一角

集注本引《音決》："渥，於角反。"《經典釋文》卷二《周易》《鼎》《繫辭下》音"於角反"，卷五《毛詩》上《邶風·簡兮》《秦風·終南》，卷七《毛詩》下《大雅·瞻卬》，卷九《周禮》下《冬官·鮑人》，卷十七《左傳》三宣公十二年、成公十八年、襄公九年同，音"於角反"。慧琳《音義》卷十一、卷九十一音"鴉角反"，卷四十六、卷六十五音"烏學反"。《廣韻·覺韻》音"於角切"。一、於、鴉、烏屬影紐。同。

駿民效足　駿俊

《經典釋文》卷六《毛詩》中《小雅·雨無正》音"峻"，卷七《毛詩》下《大雅·文王》《大雅·文王有聲》《大雅·蕩》《大雅·崧高》《周頌·長發》同，卷十五《左傳》一《序》，卷二十《左傳》六定公三年音"俊"。慧琳《音義》卷十四、卷四十四、卷八十三、卷八十九音"遵峻反"，卷十五音"遵浚反"，卷二十二音"將閏反"，卷二十六、卷七十五音"遵迅反"，卷三十四音"子閏反"。遵、將、子屬精紐。《廣韻·稕韻》音"子峻切"。同。

綢繆叡后　綢直由　繆年音、又靡由反　叡以稅

《經典釋文》卷五《毛詩》上《唐風·綢繆》綢音"直留反"，卷六《毛詩》中《豳風·鴟鴞》《小雅·都人士》，卷十一《禮記》一《檀弓上》同，卷十二《禮記》二《明堂位》音"籌"，卷二十八《莊子·則陽》音"直周反"。慧琳《音義》卷十四音"逐留反"，卷二十八音"直周反"，卷六十二、卷九十二音"宙留反"，卷七十四音"直留反"。《廣韻·尤韻》音"直由切"。直、逐、宙屬澄紐。同。《經典釋文》卷五《毛詩》上《唐風·綢繆》繆音"亡侯反"，卷二十

八《莊子·則陽》同，卷六《毛詩》中《豳風·鴟鴞》音“莫侯反”，卷二十八《莊子·庚桑楚》同。慧琳《音義》卷二十八音“莫侯反”，卷九十二音“美憂反”。《廣韻·尤韻》音“莫浮切”。美、莫屬明紐，亡屬微紐。同。　　《經典釋文》卷五《毛詩》上《邶風·凱風》叡音“悦歲反”，卷十四《禮記》四《中庸》音“鋭”。慧琳《音義》卷三音“鋭”，卷十一音“營芮反”，卷十三音“營惠反”，卷二十四、卷六十七同，卷二十六音“夷歲反”，卷二十九音“營歲反”，卷三十二、卷四十七、卷八十八音“悦歲反”，卷四十七音“以芮反”，卷五十一音“悦慧反”又“悦芮反”，卷六十、卷六十六、卷六十八、卷七十二音“悦惠反”，卷七十六音“以贅反”，卷八十四音“悦慧反”又“榆惠反”。《廣韻·祭韻》音“以芮切”。悦、鋭、營、夷、以、榆屬以紐。同。

拔奇夷難　難乃旦

集注本引《音决》：“難，難旦反。”《經典釋文》卷二《周易》《屯》《需》《訟》《小畜》《否》《大有》《謙》《賁》《復》《大畜》《頤》《大過》《習》《遯》《大壯》（凡二見）《明夷》《蹇》《損》《益》《困》《震》《兑》《涣》《中孚》《小過》《既濟》《繫辭下》《序卦》《雜卦》《畧例下》（凡三見），卷三《尚書》上《序》《舜典》（凡二見）《微子》，卷四《尚書》下《大誥》（凡三見），卷五《毛詩》上《周南·兔罝》《邶風·日月》《邶風·擊鼓》《邶風·雄雉》《邶風·匏有苦葉》《邶風·谷風》《鄘風·載馳》《衛風·氓》《王風·君子于役》《鄭風·褰裳》《鄭風·東門之墠》《鄭風·出其東門》《秦風·渭陽》，卷六《毛詩》中《陳風·墓門》《檜風·匪風》《曹風·蜉蝣》《豳風·鴟鴞》《豳風·狼跋》《小雅·常棣》《小雅·采薇》《小雅·出車》《小雅·正月》《小雅·谷風》《小雅·四月》《小雅·桑扈》《小雅·隰桑》《小雅·綿蠻》《小雅·苕之華》，卷七《毛詩》下《大雅·公劉》（凡二見）《大雅·板》《大雅·桑柔》（凡二見）《大雅·雲漢》《大雅·崧高》《周頌·訪落》《周頌·小毖》，卷八《周禮》上《地官·調人》《春官·典瑞》《春官·大祝》《春官·司常》，卷九《周禮》下《夏官·虎賁氏》《夏官·方相氏》《夏官·大馭》《秋官·小司寇》《秋官·行夫》《秋官·掌交》，卷十《儀禮》《聘禮》，卷十一《禮記》一《曲禮上》《檀弓上》（凡二見）《檀弓下》（凡六見）《月令》（凡四見），卷十二《禮記》二《曾子問》《郊特牲》《內則》《大傳》，卷十三《禮記》三《學記》（凡二見）《雜記下》《祭統》《坊記》，卷十四《禮記》四《中庸》（凡二見）《表記》《儒行》（凡二見）《大學》，卷十五《左傳》一隱公元年、隱公五年、隱公六年、桓公五年、桓公六年、桓公十三年、桓公十八年、莊公三年、莊公四年、莊公十一年、莊公十六年、莊公二十九年、莊公三十年、閔公元年、閔公二年（凡二見）、僖公三年、僖公五年、僖公七年、僖公十二年、僖公十三年、僖公十五年，卷十六《左傳》二僖公十六年、僖公二十年、僖公二十三年（凡二見）、僖公二十四年（凡二見）、僖公三十年、文公元年、文公二年、文公五年、文公六年、文公七年（凡三見）、文公十三年、文公十四年、文公十五年、文公十六年（凡二見）、文公十七年、宣公二年、宣公四年（凡二見），卷十七《左傳》三宣公十六年，宣公十七年、成公元年、成公二年（凡三見）、成公五年、成公六年、成公十二年（凡二見）、成公十三年、成公十五年、成公十六年（凡二見）、成公十七年（凡二見）、成公十八年（凡二見）、襄公三年、襄公四年、襄公七年（凡二見）、襄公八年（凡二見）、襄公十年、襄公十一年、襄公十三年、襄公十四年（凡二見），卷十八《左傳》四襄公十八年、襄公十九年、襄公二十一年（凡二見）、襄公二十三年（凡二見）、襄公二十四年、襄公二十五年（凡二見）、襄公二十七年（凡二見）、襄公二十八年（凡三見）、襄公二十九年、襄公三十年（凡三見）、襄公三十一年、昭公元年（凡三見）、昭公三年（凡二見），卷十九《左傳》五昭公四年（凡三見）、昭公五年（凡二見）、昭公七年、昭公十二年、昭公十五年、昭公十七年、昭公二十年（凡二見）、昭公二十一年，昭公二十二年（凡二見）、昭公二十五年（凡三見）、昭公二十六年（凡三見），卷二十《左傳》六昭公二十七年（凡二見）、昭公三十一年（凡二見）、定公三年、定公四年（凡二見）、定公五年、定公六年（凡二見）、定公七年、定公八年（凡二見）、定公九年（凡二見）、定公十三年（凡二見）、哀公元年、哀公二年、哀公三年、哀公四年、哀公六年（凡二見）、哀公八年、哀公十一年、哀公十二年、哀公十四年、哀公十五年、哀公十七年（凡二見）、哀公二十年、哀公二十五年、哀公二十七年（凡二見），卷二十一《公羊傳》隱公元年、隱公四年、隱公六年、隱公七年、隱公八年（凡二見）、桓公二年、桓公七年、桓公十一年、桓公十四年、莊公三年、莊公八年、莊公十九年、莊公二十四年、莊公二十六年、莊公二十七年、莊公三十一年、莊公三十二年、桓公元年、僖公十年、僖公二十一年、僖公二十七年、僖公二十八年、文公十三年、宣公八年、成公二年、成公十年、成公十六年、襄公八年、襄公十一年、襄公十二年、襄公十六年、襄公十九年、昭公元年、昭公二年、昭公五年、昭公二十三年、昭公二十五年、定公元年、定公九年、哀公六年，卷二十二《穀梁傳》《序》、隱公五年、桓公二年、桓公十一年、莊公九年、莊公十一年、莊公二十七年、僖公元年、僖公十四年、文公三年、文公十二年、文公十五年、宣公十八年、昭公十三年、哀公三年，卷二十三《孝經》《事君章》，卷二十四《論語》《序》《雍也》《泰伯》《先進》《憲問》（凡三見）《衞靈公》（凡二見）《季氏》《子張》《堯曰》，卷二十五《老子》（凡四見），卷二十六《莊子》上《逍遙遊》（凡二見）《德充符》，卷二十七《莊子》中《駢拇》《刻意》《秋水》（凡二見）《達生》，卷二十八《莊子》下《徐无鬼》（凡二見）《寓言》《讓王》（凡三見）《説劍》同，音“乃旦反”。慧琳《音義》卷二十音“奴日反”。《廣韻·翰韻》音“奴案切”。乃、難、奴屬泥紐。同。

平陽樂道　樂洛

樂，參見《酒德頌》“其樂陶陶”句“樂”音疏證。

爰淵爰嘿　嘿墨

嘿，與“默”通，《經典釋文》卷十九《左傳》五昭公十五年：“静默，亡北反，本或作嘿，同。”慧琳《音義》卷二十音“忙北反”，卷四十音“墨”，卷六十六音“僕北反”，卷七十五音“茫北反”，卷九十音“瞢北反”，卷九十八音“眉北反”。默在《廣韻·德韻》，音“莫北切”、“或作嘿”。僕、茫、瞢、眉屬明紐。

電擊壤東　壤而羊

壤，原訛“穰”，今依《文選》正之。　壤，參見《出師頌》“列壤酬勳”句“壤”音疏證。集注本引《音決》：“壤，而兩反。”

望影揣情　揣初委

集注本引《音決》："揣，初委反。"《經典釋文》卷二十《左傳》六昭公三十二年，卷二十五《老子》音"初委反"。慧琳《音義》卷二十二、卷四十二、卷七十七、卷八十、卷八十八、卷九十三（凡二見）並音"初委反"，卷七十六音"初壘反"，卷八十八音"初累反"，卷九十七音"初蘽反"。《廣韻·紙韻》音"初委切"。同。

物無遁形　遁大頓

遁，北宋本、尤刻本作"遯"。案"遁""遯"字同。　《經典釋文》卷二《周易》《明夷》音"徒遜反"，卷三《尚書》上《堯典》，卷六《毛詩》中《豳風·狼跋》，卷十五《左傳》一莊公十七年同，音"徒孫反"，卷十五《左傳》一隱公十一年音"徒頓反"，莊公二十八年，卷十六《左傳》二僖公二十八年、僖公三十三年、文公十二年，卷十八《左傳》四襄公十八年、襄公二十六年，卷二十《左傳》六哀公十一年，卷二十一《公羊傳》莊公元年，卷二十二《穀梁傳》莊公元年，卷二十七《莊子》中《田子方》並音"徒困反"。慧琳《音義》卷十七音"徒頓反"，卷三十三、卷五十五、卷八十八、卷九十九同，卷八十六音"肫混反"，卷八十七音"屯頓反"。《廣韻·慁韻》音"徒困切"。徒、肫、屯屬定紐。同。

隨難滎陽　難乃旦

難，參見本篇前文"拔奇夷難"句"難"音疏證。

銷印慸廢　印一刃　慸忌

寫卷排列次序有誤，"印"下接"籌、喪、怡"，"怡"下方接"慸"，今按《文選》乙之。　《經典釋文》卷十五《左傳》一隱公二年音"因刃反"，卷十七《左傳》三成公十三年，卷十八《左傳》四襄公二十六年、襄公二十七年、襄公二十九年、昭公二年，卷十九《左傳》五昭公十六年，卷二十《左傳》六昭公三十年，卷三十《爾雅》下《釋魚》音"一刃反"。慧琳《音義》卷二十音"因晉反"，卷三十、卷五十一音"因胤反"，卷六十七音"於丟反"。《廣韻·震韻》音"於刃切"。一、因、於屬影紐。同。　集注本引《音決》："慇，其器反。"《經典釋文》卷十七《左傳》三宣公十二年音"其器反"，卷二十《左傳》六定公四年、哀公元年音"忌"，卷二十《左傳》六哀公二十九年音"其冀反"。《廣韻·志韻》音"渠記切"。其、渠屬羣紐。同。

運籌固陵　籌直由

集注本引《音決》："籌，直留反。"《經典釋文》卷二《周易》《繫辭上》音"直周反"，卷十四《禮記》四《投壺》，卷二十五《老子》音"直由反"。慧琳《音義》卷六音"長留反"，卷十三、卷十八音"長流反"，卷三十七音"宙流反"，卷四十七音"逐留反"，卷五十一音"紂留反"，卷六十八音"宙留反"，卷七十八音"紂流反"。《廣韻·尤韻》音"直由切"。直、長、宙、逐、紂屬澄紐。同。

霸楚寔喪　喪喪浪

反切上字原作疊字號"々"，今改正字。　集注本引《音決》："喪，息浪反。"《經典釋文》卷二《周易》《乾》，卷三《尚書》卜《舜典》，卷五《毛詩》上《邶風·擊鼓》，卷八《周禮》上《春官·大宗伯》，卷十一《禮記》一《曲禮上》，卷十五《左傳》一隱公十一年，卷二十一《公羊傳》桓公三年，卷二十二《穀梁傳》《序》，卷二十三《孝經》《喪親章》，卷二十四《論語》《八佾》，卷二十五《老子》，卷二十六《莊子》上《逍遙遊》，卷二十九《爾雅》上《釋親》並音"息浪反"。慧琳《音義》卷二、卷三、卷四十一音"桑葬反"，卷十音"桑浪反"。《廣韻·宕韻》音"蘇浪切"。喪、息、桑、蘇屬心紐。同。

怡顏高覽　怡以之

集注本引《音決》："怡，以而反。"《經典釋文》卷十《儀禮》《聘禮》，卷十五《左傳》一《序》，卷二十四《論語》《鄉黨》《子路》，卷二十九《爾雅》上《釋詁》並音"以之反"。慧琳《音義》卷一、卷二十、卷二十九、卷三十二、卷七十一並音"以之反"，卷十七音"翼之反"，卷二十五音"與之反"。《廣韻·之韻》音"與之切"。以、翼、與屬以紐。同。

彌翼鳳戢　戢側立

　　戢，寫卷、集注本、《音決》作別體"戨"，與《隋造龍華碑》同。　集注本引《音決》："戢，側入反。"《經典釋文》卷六《毛詩》中《小雅·桑扈》音"莊立反"，卷十五《左傳》一隱公四年同，卷六《毛詩》中《小雅·鴛鴦》音"側立反"，卷七《毛詩》下《周頌·時邁》，卷十一《禮記》一《檀弓下》，卷十六《左傳》二文公十四年，卷十七《左傳》三宣公十二年，卷十八《左傳》四襄公二十四年，卷二十九《爾雅》上《釋詁》並同。慧琳《音義》卷二十八音"側立反"，卷三十三、卷三十四、卷八十八同，卷五十二、卷七十三音"阻立反"，卷七十五音"莊立反"，卷八十八音"簪立反"。《廣韻·緝韻》音"阻立切"。側、阻、精屬莊紐，簪屬精紐。同。

曲逆宏達　曲區主　逆五恭

　　逆，寫卷作別體"迸"，今改正字。　"曲"，五臣本、明州本、奎章閣本、叢刊本於正文"曲"下注反切"區句"。《廣韻·燭韻》音"丘玉切"。區、丘屬溪紐。同。　"逆"，五臣本、明州本、奎章閣本、叢刊本注直音"遇"。而"逆"在《廣韻·陌韻》，音"宜戟切"，遇在《廣韻·遇韻》，音"牛具切"，二者異韻，而寫卷音"五恭反"，"恭"在鍾韻，與五臣本、明州本、奎章閣本、叢刊本注音及《廣韻》注音不合，疑誤。

好謀能深　好好到

　　集注本引《音決》："好音耗。"《經典釋文》卷二《周易》《屯》《謙》《遯》《萃》《漸》《中孚》《畧例上》（凡二見）《卦畧》，卷三《尚書》上《序》《堯典》《大禹謨》《益稷》（凡二見）《仲虺之誥》《盤庚下》《微子》，卷四《尚書》下《洪範》（凡三見）《微子之命》《康誥》《无逸》《君陳》《畢命》《秦誓》，卷五《毛詩》上《周南·關雎》（凡二見）《周南·兔罝》《邶風·日月》《邶風·北風》《鄘風·干旄》《衛風·木瓜》《鄭風·將仲子》《鄭風·清人》（凡二見）《鄭風·遵大路》《鄭風·女曰雞鳴》（凡二見）《鄭風·山有扶蘇》《鄭風·子衿》《齊風·還》（凡二見）《齊風·盧令》《唐風·蟋蟀》

《唐風·羔裘》《唐風·有杕之杜》《唐風·葛生》《唐風·采苓》《秦風·無衣》，卷六《毛詩》中《陳風·東門之枌》《陳風·月出》《檜風·羔裘》《曹風·候人》《豳風·東山》《小雅·鹿鳴》《小雅·常棣》《小雅·彤弓》《小雅·沔水》《小雅·斯干》《小雅·巧言》《小雅·小明》《小雅·車舝》《小雅·角弓》，卷七《毛詩》下《大雅·棫樸》《大雅·行葦》《大雅·既醉》《大雅·民勞》《大雅·蕩》（凡二見）《大雅·抑》《大雅·桑柔》（凡二見）《大雅·烝民》《大雅·瞻卬》，卷八《周禮》上《天官·大宰》《天官·庖人》《天官·內饔》《天官·大府》《天官·玉府》《天官·內小臣》《地官·司救》《地官·司市》《地官·質人》《地官·廩人》《春官·典瑞》《春官·鍾師》，卷九《周禮》下《夏官·合方氏》《秋官司寇》《秋官·禁暴氏》《秋官·大行人》《秋官·小行人》《秋官·掌交》《冬官·玉人》，卷十《儀禮》《士昏禮》《鄉射禮》《聘禮》《既夕禮》（凡二見）《特牲饋食禮》，卷十一《禮記》一《曲禮上》（凡三見）《檀弓下》《王制》（凡二見）《月令》（凡五見），卷十二《禮記》二《郊特牲》《內則》《明堂位》，卷十三《禮記》三《學記》《樂記》（凡六見）《哀公問》（凡二見）《孔子閒居》《坊記》（凡三見），卷十四《禮記》四《中庸》（凡七見）《表記》（凡二見）《緇衣》（凡五見）《儒行》《大學》（凡七見）《昏義》《射義》，卷十五《左傳》一隱公元年（凡二見）、隱公二年、隱公三年、隱公七年、隱公八年（凡二見）、桓公元年、桓公二年、桓公三年、桓公九年、桓公十三年（凡二見）、桓公十八年、莊公二年、莊公十二年、莊公十三年、莊公十九年、莊公二十五年、閔公二年（凡二見）、僖公四年、僖公九年（凡三見）、僖公十五年，卷十六《左傳》二僖公十七年、僖公十九年、僖公二十四年、僖公二十五年、僖公二十七年、僖公二十九年、僖公三十年、文公元年、文公二年、文公四年、文公六年（凡二見）、文公九年、文公十二年、文公十七年、文公十八年（凡二見）、宣公元年、宣公七年、宣公十年，卷十七《左傳》三宣公十二年（凡三見）、宣公十七年、成公元年、成公二年（凡二見）、成公十一年、成公十二年（凡二見）成公十三年（凡二見）、成公十四年（凡二見）、成公十五年、成公十六年（凡二見）、襄公元年、襄公三年、襄公四年、襄公五年、襄公七年、襄公十一年、襄公十三年、襄公十四年，卷十八《左傳》四襄公十六年、襄公十八年、襄公二十年、襄公二十一年、襄公二十三年、襄公二十六年、襄公二十七年、襄公二十八年（凡二見）、襄公二十九年（凡二見）、襄公三十年（凡二見）、襄公三十一年（凡二見）、昭公元年（凡二見）、昭公二年（凡二見）、昭公三年（凡二見），卷十九《左傳》五昭公五年（凡三見）、昭公六年、昭公七年（凡三見）、昭公九年、昭公十年（凡二見）、昭公十一年、昭公十三年（凡五見）、昭公十四年（凡二見）、昭公十五年、昭公十六年、昭公二十年、昭公二十三年、昭公二十五年（凡二見）、昭公二十六年，卷二十《左傳》六昭公二十七年、昭公二十九年、昭公三十年（凡二見）、昭公三十一年、定公元年、定公三年、定公四年（凡二見）、定公八年、定公十年、定公十三年（凡二見）、哀公元年、哀公五年、哀公七年、哀公八年、哀公十五年、哀公十六年、哀公二十五年、哀公二十七年，卷二十一《公羊傳》隱公二年、隱公五年、莊公元年、僖公二年、文公二年、成公六年、襄公五年、襄公三十一年、昭公十一年，卷二十二《穀梁傳》《序》、隱公元年、隱公九年、桓公三年、桓公八年、莊公二十六年、閔公二年、僖公二年、僖公三十二年、文公十五年、定公十年，卷二十三《孝經》《三才章》（凡二見）《孝行章》《廣要道章》，卷二十四《論語》《學而》（凡三見）《八佾》《里仁》（凡二見）《公冶長》（凡二見）《雍也》（凡二見）《述而》（凡四見）《泰伯》《子罕》《先進》《顏淵》（凡二見）《子路》《憲問》（凡二見）《衛靈公》（凡二見）《陽貨》（凡三見）《子張》（凡二見），卷二十五《老子》（凡七見），卷二十六《莊子》上《逍遙遊》《齊物論》（凡四見）《養生主》（凡二見）《人間世》（凡二見）《德充符》（凡二見）《大宗師》（凡三見）《應帝王》，卷二十七《莊子》中《馬蹄》《胠篋》《在宥》（凡二見）《天地》《刻意》《秋水》《至樂》《山水》《知北遊》，卷二十八《莊子》下《庚桑楚》（凡二見）《徐无鬼》（凡三見）《則陽》（凡二見）《外物》《寓言》《讓王》《盜跖》《說劍》《漁父》《列禦寇》《天下》（凡二見），卷二十九《爾雅》上《釋言》（凡二見）《釋訓》，卷三十《爾雅》下《釋草》並音“呼報反”。慧琳《音義》卷二十一、卷二十七（凡二見）音“呼到反”，卷二十二音“呼告反”。《廣韻·号韻》音“呼到切”。耗、呼屬曉紐。同。

遊精杳漠　杳□□　漠莫

　　寫卷"杳"下無反切，今補之以"□□"。慧琳《音義》卷九十五杳音"伊了反"，卷一百音"腰"。《廣韻·篠韻》音"烏皎切"。伊、烏屬影紐。　慧琳《音義》卷二十一漠音"謀各反"，卷七十八音"忙博反"，卷八十九、卷九十五音"茫博反"。《廣韻·鐸韻》音"慕各切"。謀、忙、茫、慕屬明紐。同。

重玄匪奧　重直工

　　集注本引《音決》："重，逐龍反。"《經典釋文》卷二《周易》《乾》，卷三《尚書》上《堯典》，卷八《周禮》上《天官·宮正》，卷十一《禮記》一《曲禮上》，卷二十九《爾雅》上《釋詁》並音"直龍反"。慧琳《音義》卷十音"直龍反"。《廣韻·鍾韻》音"直容切"。逐、直屬澄紐。同。

擠響于音　擠子分

　　擠，寫卷作"檕"，敦煌寫本從手木之字常混用，此又一例。　集注本引《音決》："擠，子計反，又于兮反。"五臣本、明州本、奎章閣本、叢刊本"擠"下注直音"濟"。《經典釋文》卷十九《左傳》五昭公十三年擠音"子細反"，卷二十《左傳》六定公八年，卷二十六《莊子》上《人間世》音"子計反"。慧琳《音義》卷五十二音"子脂反"，卷九十六音"齊系反"。《廣韻·霽韻》音"子計切"。擠、子、齊屬精紐。同。

楚翼寔摧　摧才回

　　集注本引《音決》："摧，在廻反。"《經典釋文》卷二《周易》《晉》音"罪雷反"，卷五《毛詩》上《邶風·北門》音"徂回反"，卷七《毛詩》下《大雅·雲漢》音"在雷反"，卷二十《左傳》六昭公二十九年音"徂回反"，卷二十五《老子》音"粗雷反"，卷二十九《爾雅》上《釋詁》音"昨雷反"。慧琳《音義》卷一、卷十一、卷五十一、卷五十四音"藏雷反"，卷二十七音"昨恢反"，卷四十音"徂隈反"，卷五十一音"罪雷反"。《廣韻·灰韻》音"昨回切"。才、摧、罪、在、昨、徂屬從紐，精屬清紐。同。

韓王窘執　窘具敏

　　《經典釋文》卷六《毛詩》中《小雅·正月》音"求殞反"，卷二十八《莊子》下《列禦寇》音"與殞反"。慧琳《音義》卷七十五、卷八十音"君殞反"，卷九十一音"渠殞反"。《廣韻·軫韻》音"渠殞切"。具、求、渠屬羣紐，以屬以紐，君屬見紐。同。

靈武冠世　冠古亂

　　寫卷"冠"作別體"冖"，今改正字。　冠，參見《王文憲集序》"衣冠禮樂在是矣"句"冠"音疏證。集注本引《音決》："冠，古翫反。"

思入神契　思息吏　契可計

　　集注本引《音決》："思，先自反。"《經典釋文》卷二《周易》《臨》《繫辭下》（凡三見）《畧例上》音"息吏反"，卷三《尚書》上《皋陶謨》《益稷》，卷四《尚書》下《洪範》，卷五《毛詩》上《周南·關雎》《周南·卷耳》，卷八《周禮》上《地官·大司徒》，卷十三《禮記》三《樂記》（凡二見），卷十四《禮記》四《三年問》，卷十九《左傳》五昭公四年，卷二十二《穀梁傳》隱公元年並同，音"息吏反"。慧琳《音義》卷二十九音"司恣反"。《廣韻·之韻》音"息吏切"。思、先、司、息屬心紐。同。　　"契"，寫卷作異體"挈"，今改作正字。　集注本引《音決》："契，去計反。"《經典釋文》卷二《周易》《訟》《繫辭下》音"苦計反"，卷三《尚書》上《序》，卷八《周禮》上《天官·大宰》《春官·䔍氏》，卷十《儀禮》《大射儀》，卷二十《左傳》六哀公二年同，音"苦計反"。慧琳《音義》卷七音"輕計反"，卷四十八音"口計反"，卷四十九音"啓計反"，卷五十四音"溪計反"，卷六十一音"輕藝反"，卷九十九音"溪計反"。《廣韻·霽韻》音"苦計切"。去、苦、輕、口、啓、溪屬溪紐。同。

奮臂雲興　臂□□

　　寫卷"臂"下無反切。今補之以"□□"。　集注本引《音決》："臂，必智反。"《經典釋文》卷十二《禮記》二《少儀》音"必豉反”，卷二十一《公羊傳》莊公十二年音“必賜反”，卷二十五《老子》音“必寐反”。慧琳《音義》卷一、卷十一音“卑寐反”，卷七十四音“卑義反”。《廣韻·真韻》音“卑義切”。必、卑屬幫紐。同。

騰跡虎噬　噬逝

噬，寫卷作別體“噬”，今改正。　集注本引《音決》：“噬，市制反。”《經典釋文》卷二《周易》《噬嗑》《睽》《繫辭下》音“市制反”，卷四《尚書》下《君牙》，卷十五《左傳》一莊公六年，卷十七《左傳》三成公十二年，卷二十《左傳》六哀公十二年同，卷五《毛詩》上《唐風·有杕之杜》音“市世反”，卷九《周禮》下《夏官·山師》音“逝”。慧琳《音義》卷十一音“時曳反”，卷十六、卷二十、卷二十四、卷四十三、卷五十四、卷八十四音“時制反”，卷二十一音“常制反”。《廣韻·祭韻》音“時制切”。市、時、常屬禪紐。同。

摧剛則脆　脆七歲

集注本引《音決》：“脆，七歲反。”《經典釋文》卷二《周易》《夬》，卷二十五《老子》（凡二見）音“七歲反”。慧琳《音義》卷三音“詮歲反”，卷十四、卷七十八同，卷五音“筌歲反”、卷七音“清歲反”，卷五十七、卷六十二、卷七十四同，卷三十音“詮銳反”，卷七十八同，卷三十二音“七銳反”，卷四十七同，卷七十四音“七歲反”。《廣韻·祭韻》音“此芮切”。七、詮、筌、此屬清紐。同。

京索既扼　索所革　扼烏革

索，參見《聖主得賢臣頌》“索人求士者”句“索”音疏證。《經典釋文》卷二十七《莊子》中《馬蹄》音“於革反”。慧琳《音義》卷四十四音“烏革反”，卷四十五、卷五十、卷八十七音“鷖革反”，卷六十、卷六十一音“厄”，卷七十一、卷七十五音“於責反”，卷八十音“鸚革反”。《廣韻·麥韻》：“扼，於革切。”於、烏、鷖、鸚屬影紐。案慧琳《音義》卷四十四“捨扼”注云：“正體作‘搤’，經作‘扼’，俗字也。”是“扼”“搤”字同。

勢踰風掃　掃素老

掃，原作"枱"，敦煌寫卷從手從木之字常混用，此又一例。五臣本、明州本、奎章閣本、叢刊本作"埽"。案"埽""掃"字同。《經典釋文》卷十一《禮記》一《曲禮上》音"先早反"。《廣韻·晧韻》音"蘇老切"。同。《經典釋文》卷十一《禮記》一《曲禮下》音"悉報反"，卷二十四《論語》《子張》音"素報反"，"報"在《廣韻·号韻》，與之異韻。先、蘇、素屬心紐。

乃眷北燕　燕一天

燕，參見本篇上文"燕王豐盧琯"句"燕"音疏證。

克滅龍且　且子余

集注本引《音決》："且，子余反。"五臣本、明州本、奎章閣本、叢刊本"且"下注反切"子余"。《經典釋文》卷五《毛詩》上《邶風·北風》《鄭風·山有扶蘇》《鄭風·褰裳》《齊風·雞鳴》《唐風·椒聊》音"子餘反"，卷六《毛詩》中《小雅·巧言》，卷七《毛詩》下《大雅·韓奕》《周頌·小毖》，卷十一《禮記》一《檀弓下》（凡二見），卷十二《禮記》二《曾子問》，卷十五《左傳》一桓公六年，卷十六《左傳》二僖公三十三年、文公元年（反切下字"餘"作"余"）、文公十四年，卷十七《左傳》三成公十七年，卷十八《左傳》四襄公二十三年、襄公二十五年，卷二十《左傳》六昭公二十七年、哀公六年、哀公十二年，卷二十一《公羊傳》隱公元年、文公十四年、成公十七年，卷二十二《穀梁傳》文公十四年、成公十七年，卷二十六《莊子》上《逍遥遊》《德充符》（反切下字"餘"作"余"）《大宗師》，卷二十七《莊子》中《在宥》《天運》《山木》《田子方》《知北遊》，卷二十八《莊子》下《外物》並同，音"子餘反"。卷二十九《爾雅》上《釋天》音"子余反"。《廣韻·魚韻》音"子魚切"。同。

爰取其旅　旅呂

旅，寫卷作別體"旀"，今正之。　參見《趙充國頌》"請奮其旅"句"旅"音疏證。

弢跡匿光　弢吐刀

弢，五臣本、明州本、奎章閣本作"韜"。案"弢""韜"同音假借。　集注本引《音決》："弢，吐刀反。"《經典釋文》卷五《毛詩》上《鄭風·大叔于田》，卷八《周禮》上《春官·巾車》，卷十二《禮記》二《少儀》，卷二十《左傳》六哀公二年，卷二十八《莊子》下《徐无鬼》《則陽》音"吐刀反"。《廣韻·豪韻》音"他刀切"。吐、他屬透紐。同。

威稜楚域　稜力恒

稜，集注本同，北宋本、尤刻本、叢刊本作"凌"，五臣本、明州本、奎章閣本作"陵"。案"稜""陵"與"凌"同音假借。　《經典釋文》卷六《毛詩》中《小雅·斯干》音"力登反"。《廣韻·登韻》音"魯登切"。力、魯屬來紐。同。

靖難河濟　難乃旦　濟子禮

"濟"反切下字作俗體"禮"，今改正字。　難，參見本篇前文"拔奇夷難"句"難"音疏證。集注本引《音決》："難，那旦反。"濟，參見《聖主得賢臣頌》"《詩》曰：濟濟多士"句"濟"音疏證。義雖不同，音讀無異。

烈烈黥布　黥巨京

黥，參見本篇前文"淮南王六黥布"句"黥"音疏證。

眈眈其眄　眈多含

集注本引《音決》："眈，都南反。"《經典釋文》卷二《周易》《頤》音"丁南反"。《廣韻·覃韻》音"丁含切"。同。

名冠强楚　冠古亂

冠字寫卷作別體"冦"，反切下字作俗體"乱"，今併改正。冠，參見《王文憲集序》"衣冠禮樂在是矣"句"冠"音疏證。

覩幾蟬蜕　蟬是延　蜕悦音又吐外反、又稅音

《經典釋文》卷七《毛詩》下《大雅·蕩》，卷三十《爾雅》下《釋蟲》，一音"市延反"，一音"示延反"。慧琳《音義》卷六十音"禪"，卷九十音"善延反"，卷九十九音"時然反"，《廣韻·仙韻》音"市連切"。市、善、時屬禪紐，示屬船紐。同。　集注本引《音決》："蜕，詩芮反，又音悦。"五臣本、明州本、奎章閣本、叢刊本"蜕"下注直音"稅"。《經典釋文》卷二十六《莊子》上《齊物論》，卷二十七《莊子》中《天地》《天運》《知北遊》，卷二十八《莊子》下《寓言》《天下》並音"悦，又始銳反"，《知北遊》《天下》"又敕外反"。慧琳《音義》卷四十二、卷九十七音"式銳反"，卷五十五音"始銳反"，卷七十四音"吐外反"，卷七十六音"稅"，卷七十七音"輸芮反"。《廣韻·泰韻》音"他外切"，又《廣韻·薛韻》音"弋雪切"。詩、稅、始、式、輸屬書紐，敕屬徹紐，他、吐屬透紐。同。

天命方輯　輯七入、才入二反

輯，寫卷用別體"輯"，《音決》用別體"輯"，（與《隋甯贙碑》同），今改正體。　集注本引《音決》："輯音集。"《經典釋文》卷三《尚書》上《舜典》，卷七《毛詩》下《大雅·公劉》《大雅·抑》，卷十八《左傳》四襄公十九年並音"集"，卷三《尚書》上《湯誥》，卷七《毛詩》下《大雅·板》，卷十五《左傳》一僖公十五年，卷十六《左傳》二僖公二十三年、僖公二十九年，卷十七《左傳》三宣公十二年，卷十八《左傳》四襄公三十一年，卷十九《左傳》五昭公七年，卷二十《左傳》六定公四年"音集，又七入反。"慧琳《音義》卷十音"茨入反"，卷八十九音"集"。《廣韻·緝韻》音"秦入切"。七屬清紐，茨、秦屬從紐。同。

至于垓下　垓古來

集注本引《音決》："垓音該。"慧琳《音義》卷九音"古才反"，卷三十音"改哀反"，卷八十八音"改孩反"。《廣韻·咍韻》音"古哀切"。古、改屬見紐。同。

自詒伊愧　詒以之

詒，五臣本、明州本、奎章閣本作"貽"。案"貽"與"詒"義

通音同。北宋本、尤刻本、明州本、奎章閣本、叢刊本注："詒音怡。"《經典釋文》卷五《毛詩》上《邶風·谷風》《王風·丘中有麻》，卷二十七《莊子》中《達生》音"怡"，卷六《毛詩》中《小雅·天保》《小雅·斯干》，卷七《毛詩》下《大雅·下武》《魯頌·有駜》，卷十四《禮記》四《表記》，卷十六《左傳》二文公三年、文公六年，卷十九《左傳》五昭公六年，卷二十二《穀梁傳》定公元年並音"以之反"。《廣韻·之韻》音"與之切"。以、與屬以紐。同。

脱跡違難　脱□□　難乃旦

脱下之反切原奪。　《經典釋文》卷六《毛詩》中《小雅·小弁》脱音"吐活反"，卷十一《禮記》一《檀弓下》，卷十六《左傳》二僖公三十三年，卷二十《左傳》六定公八年，卷二十二《穀梁傳》成公元年音"他活反"，卷十二《禮記》二《玉藻》《喪服小記》，卷十三《禮記》三《雜記上》（凡二見）《雜記下》，卷十四《禮記》四《中庸》《表記》《鄉飲酒義》並音"奪"。慧琳《音義》卷五十九音"吐活反"。《廣韻·末韻》音"他括切"又"徒洛切"。吐、他屬透紐，徒屬定紐。同。　難，參見本篇前文"拔奇夷難"句"難"音疏證。

披榛來泊　榛仕巾

集注本引《音決》："榛，士巾反。"《經典釋文》卷五《毛詩》上《邶風·簡兮》《鄘風·定之方中》，卷六《毛詩》中《曹風·鳲鳩》《小雅·青蠅》，卷七《毛詩》下《大雅·旱麓》，卷八《周禮》上《天官·籩人》，卷十一《禮記》一《曲禮下》《檀弓上》，卷十二《禮記》二《郊特牲》《內則》，卷十三《禮記》三《祭統》，卷十五《左傳》一莊公二十四年並音"側巾反"。慧琳《音義》卷二十六、卷五十八音"士巾反"，卷四十八、卷四十九音"仕巾反"，卷六十三音"士臻反"，卷七十五、卷七十八、卷七十九、卷一百音"仕臻反"。《廣韻·臻韻》音"側詵切"。仕、士屬牀紐，側屬莊紐。同。

悴葉更輝　悴疾季

悴，寫卷作別體"忰"，《音決》作"瘁"。案"瘁"與"悴"音同義通。　集注本引《音決》："瘁音悴。"《經典釋文》卷九《周禮》

下《秋官·小司寇》音“秦醉反”，卷十《儀禮》《士喪禮》音“在季反”，卷十一《禮記》一《檀弓下》，卷十九《左傳》五昭公七年，卷二十六《莊子》上《逍遙遊》並音“在醉反”。慧琳《音義》卷十三、卷二十九、卷三十七、卷六十、卷九十三音“情遂反”，卷二十一、卷二十七音“疾醉反”，卷四十五音“崒醉反”，卷六十八音“秦遂反”，卷六十九音“慈醉反”。《廣韻·至韻》音“秦醉切”。秦、在、情、疾、崒、慈屬從紐。同。

枯條以肆　楛苦乎　肆異

枯，寫卷作“楛”，案：“楛”“枯”音同義通。肆，集注本、奎章閣本作“肂”，北宋本、尤刻本、明州本、叢刊本作“肆”。案“肆”“肆”“肂”音同義通。　《經典釋文》卷二《周易》《大過》音“姑”，卷十《儀禮》《士虞禮》同，卷十《儀禮》《鄉飲酒禮》音“户”。慧琳《音義》卷二音“康胡反”，卷七、卷三十四音“苦胡反”。《廣韻·模韻》音“苦胡切”。康、苦屬溪紐。同。　集注本引《音決》：“肂，以二反。”《經典釋文》卷四《尚書》下《顧命》肆音“以至反”，卷五《毛詩》上《周南·汝墳》《邶風·谷風》，卷十九《左傳》五昭公十六年音“以自反”，卷十《儀禮》《聘禮》（凡二見），卷十一《禮記》一《曲禮上》《曲禮下》，卷十三《禮記》三《學記》，卷十五《左傳》一莊公三十二年，卷十八《左傳》四襄公二十九年音“以二反”。慧琳《音義》卷二十七、卷二十八、卷四十八、卷五十九音“相利反”。《廣韻·至韻》音“羊至切”。以、羊屬以紐。同。

王信韓孽　孽魚列

集注本引《音決》：“孽，魚列反。”《經典釋文》卷三《尚書》上《太甲中》，卷六《毛詩》中《小雅·十月之交》《小雅·白華》，卷七《毛詩》下《大雅·皇矣》《大雅·桑柔》，卷十二《禮記》二《禮運》，卷十四《禮記》四《中庸》《緇衣》，卷十五《左傳》一僖公十五年，卷二十一《公羊傳》襄公二十七年、昭公二十三年，卷二十六《莊子》上《德充符》，卷二十八《莊子》下《則陽》並音“魚列反”。慧琳《音義》卷十一音“魚羯反”，卷三十四音“五謁反”，卷四十二、卷九十七音“言竭反”，卷五十七音“言羯反”，卷十二音“言列反”。《廣韻·薛韻》音“魚列切”。魚、五、言屬疑紐。同。

盧縮自微　縮_{烏板}

縮，參見本篇前文"燕王豐盧縮"句"縮"音疏證。

婉變我皇　婉_{荒荒}　變_{力兗}

集注本引《音决》："婉，於阮反。"《經典釋文》卷五《毛詩》上《鄭風·野有蔓草》《齊風·甫田》，卷六《毛詩》中《曹風·候人》，卷八《周禮》上《天官·九嬪》，卷十五《左傳》一《序》、桓公二年，卷十九《左傳》五昭公二十六年，卷二十《左傳》六昭公三十一年，卷二十二《穀梁傳》《序》並音"於阮反"。慧琳《音義》卷四音"怨遠反"，卷十七音"威遠反"，卷七十六、卷八十、卷九十六、卷九十九音"冤遠反"，卷七十九音"於遠反"，卷八十七音"紆遠反"。《廣韻·阮韻》音"於阮切"。於、怨、威、冤、紆屬影紐。同。　集注本引《音决》："變，力轉反。"慧琳《音義》卷二十四音"力絹反"，卷九十六音"劣囀反"。《廣韻·獮韻》音"力兗切"。力、劣屬來紐。同。

跨功踰德　跨_{苦化}

《經典釋文》卷七《毛詩》下《魯頌·駉》，卷十九《左傳》五昭公十三年，卷二十五《老子》並音"苦化反"，卷三十《爾雅》下《釋畜》音"口化反"。慧琳《音義》卷十四、卷四十四音"苦霸反"，卷十八、卷三十七、卷四十二、卷四十四、卷六十、卷八十三、卷八十五、卷九十一音"誇化反"。《廣韻·禡韻》音"苦化切"。苦、口、誇屬溪紐。同。

胙爾輝章　胙_祚

胙，集注本同，北宋本、尤刻本、五臣本、明州本、奎章閣本、叢刊本作"祚"。案"祚"與"胙"音同義通。　《經典釋文》卷七《毛詩》下《大雅·既醉》，卷十九《左傳》五昭公二十五年音"才路反"，卷十五《左傳》一隱公八年、僖公四年，卷十六《左傳》二僖公二十四年，卷十七《左傳》三成公十二年、襄公十二年、襄公十四年，卷二十《左傳》六昭公二十七年音"才故反"。《廣韻·暮韻》胙音"祚"，"昨誤切"。祚、才屬從紐。同。

吳芮之王　芮而稅

芮，參見本篇前文"長沙文王吳芮"句"芮"音疏證。

胙由梅鋗　鋗呼玄

集注本引《音決》："鋗，火玄反。"北宋本、尤刻本、明州本、叢刊本引《漢書音義》："鋗，呼玄切。"奎章閣本於正文"鋗"下注反切"呼玄"。《廣韻·先韻》音"火玄切"。火、呼屬曉紐。同。

大啓淮濆　濆墳

濆，尤刻本作"墳"。案"濆""墳"音同義通。　集注本引《音決》："濆，扶云反。"《經典釋文》卷七《毛詩》下《大雅·尚武》，卷二十九《爾雅》上《釋水》音"符云反"，卷二十一《公羊傳》昭公五年，卷二十九《爾雅》上《釋水》音"扶粉反"。《廣韻·文韻》"濆"音"符分切"。扶、符屬奉紐。案《說文·水部》"濆"字桂馥，《義證》："濆與墳字別而義同，其反異者，乃所以互相備耳。"

悠悠我思　悠由

《經典釋文》卷五《毛詩》上《周南·關雎》，卷二十九《爾雅》上《釋詁》《釋訓》並音"由"。《廣韻·尤韻》音"以周切"。同。

淑人君子　淑孰

《經典釋文》卷五《毛詩》上《周南·關雎》，卷十三《禮記》三《經解》音"常六反"，卷二十四《論語》《陽貨》音"受六反"，卷二十九《爾雅》上《釋詁》音"市六反"。慧琳《音義》卷十二音"時陸反"，卷二十八、卷四十六音"時六反"，卷五十五音"詩六反"，卷八十二音"是六反"。《廣韻·屋韻》音"殊六切"。常、市、時、是、殊屬禪紐，詩屬書紐。同。

憤發于辭　憤肥粉

集注本引《音決》："憤，扶粉反。"《經典釋文》卷五《毛詩》上《邶風·燕燕》音"符粉反"，卷二十四《論語》《述而》同，卷十一《禮記》一《檀弓下》音"扶粉反"，卷十三《禮記》三《學記》《樂記》，卷十五《左傳》一僖公十五年，卷二十七《莊子》中《天運》同。慧琳《音義》卷四音"紛吻反"，卷八音"扶吻反"，卷十、卷四十八音"扶忿反"，卷十三音"扶問反"，卷二十、卷四十七、卷九十八音"扶粉反"，卷五十四、卷六 十六音"墳粉反"。《廣韻·吻韻》音"房吻切"。扶、符、墳、房屬奉紐，紛屬敷紐。同。

惟帝攸歎　歎土干

集注本引《音決》："歎，叶韻他丹反。"《經典釋文》卷五《毛詩》上《周南·關雎》音"湯贊反"，卷六《毛詩》中《小雅·常棣》音"吐丹反"，卷七《毛詩》下《大雅·公劉》音"他安反"。慧琳《音義》卷二十八音"勑旦反"，卷五十二音"他旦反"。《廣韻·翰韻》音"他旦切"。案寫卷之"土干反"，《音決》之"他丹反"，在《廣韻·寒韻》，《經典釋文》卷六《毛詩》中《小雅·常棣》音"吐丹反"，卷七《毛詩》下《大雅·公劉》音"他安反"與之同；而音"他旦反"則與之異韻。他、湯、土、吐屬透紐，勑屬徹紐。

雲鶩靈丘　鶩務

鶩，參見《聖主得賢臣頌》"縱騁馳鶩"句"鶩"音疏證。

平代擒狶　擒□□　狶許記

擒，下反切全佚，今補之以"□□"。北宋本、尤刻本、五臣本、明州本、奎章閣本、叢刊本、集注本作"禽"。案"擒""禽"音同義通。　狶，五臣本、叢刊本作"豨"。　集注本引《音決》："擒音禽。"慧琳《音義》卷八音"及林反"，卷二十九音"禽"，卷四十一音"及今反"，卷六十一音"其吟反"。《廣韻·侵韻》音"巨金切"。及、其、巨屬羣紐。同。　集注本引《音決》："狶（原訛狶），虛宸反。"案《漢書·高紀下》："（十年）九月，代相國陳狶反。"《漢書音義》："鄧展曰：東海人名豬曰狶。"師古曰："狶音許豈反。"《經典釋文》卷二十六《莊子》上《大宗師》狶音"許豈反"，卷二十七《莊子》中《知北遊》，卷二十八《莊子》下《則陽》《外物》狶音"虛豈反"，卷三十《爾雅》下《釋草》《釋獸》狶音"虛豈反"。《廣韻·微韻》狶音"香衣切"又"虛豈切"。許、香屬曉紐，虛屬溪紐。同。

奄有燕韓　燕一天

燕，參見本篇前文"燕王豐盧縮"句"燕"音疏證。

挾功震主　挾乎牒

反切下字"牒"用別體"牒"，今改正體。　集注本引《音決》："挾，何牒反。"《經典釋文》卷六《毛詩》中《小雅·吉日》《小雅·斯干》音"子協反"，卷七《毛詩》下《大雅·大明》《大雅·行葦》，卷八《周禮》上《天官·大宰》《地官·大司徒》《春官·大司樂》，卷九《周禮》下《夏官·大司馬》《夏官·繕人》《秋官·大司寇》，卷十《儀禮》《鄉射禮》《大射儀》《士喪禮》，卷十一《禮記》一《月令》並同，音"子協反"，卷十一《禮記》一《曲禮上》音"協"，卷十五《左傳》一隱公九年、隱公十一年，卷十七《左傳》三成公十五年，卷十八《左傳》襄公二十四年，卷二十一《公羊傳》定公四年，卷二十六《莊子》上《人間世》，卷二十七《莊子》中《駢拇》，卷二十八《莊子》下《庚桑楚》同，音"協"。慧琳《音義》卷十二音"叶"，卷十四、卷三十四、卷六十二、卷七十八、卷八十二、卷九十一、卷九十三、卷九十七音"嫌頰反"，卷三十四、卷四十二、卷五十六、卷五十八、卷五十九、卷六十五音"胡頰反"。《廣韻·帖韻》音"胡頰切"。嫌、胡屬匣紐。同。

聳顏誚項　誚才肖

《經典釋文》卷四《尚書》下《金縢》，卷六《毛詩》中《豳風·鴟鴞》音"在笑反"。慧琳《音義》卷四、卷四十、卷六十一、卷八十八、卷一百音"樵曜反"，卷六音"情曜反"，卷十一、卷八十二、卷八十四音"齊曜反"，卷四十八、卷七十一音"才笑反"。《廣韻·笑韻》音"才笑切"。在、樵、情、齊、才屬從紐。同。

俾率爾徒　俾必氏

《經典釋文》卷三《尚書》上《堯典》《大禹謨》《湯誥》《伊訓》《太甲上》《盤庚中》《說命上》《說命下》，卷四《尚書》下《牧誓》《武成》《微子之命》《君奭》《立政》《周官》《顧命》《畢命》《冏命》《吕刑》《秦誓》，卷六《毛詩》中《小雅·天保》《小雅·何人斯》《小雅·菀柳》《小雅·白華》，卷十四《禮記》四《大學》，卷十七《左傳》三襄公十一年，卷十九《左傳》五昭公六年，卷二十《左傳》六昭公三十二年、哀公十一年、哀公十六年，卷二十一《公羊傳》文公十二年，卷二十九《爾雅》上《釋詁》（凡二見）《釋言》並音“必爾反”。慧琳《音義》卷十音“卑避反”，卷二十一音“卑爾反”，卷四十七音“卑弭反”。《廣韻·紙韻》音“并弭切”。必、卑、并屬幫紐。同。

振威龍蜕　蜕吐外

蜕，參見本篇前文“覜幾蟬蜕”句“蜕”音疏證。五臣本、明州本、奎章閣本、叢刊本作“脱”。集注本引《音決》：“蜕音悦，又税。”

攄武墉城　墉容

墉，北宋本、尤刻本、集注本作“庸”。　《經典釋文》卷二《周易》《同人》《解》《繫辭下》墉音“容”，卷四《尚書》下《顧命》，卷五《毛詩》上《召南·行露》，卷七《毛詩》下《大雅·皇矣》，卷十《儀禮》《士昏禮》，卷十二《禮記》二《郊特牲》，卷十三《禮記》三《雜記下》，卷二十一《公羊傳》定公元年，卷二十九《爾雅》上《釋親》並同，音“容”，卷四《尚書》下《梓材》，卷十《儀禮》《既夕禮》音“庸”。慧琳《音義》卷四十八音“庚鍾反”，卷五十一音“庸種反”，卷五十六音“餘鍾反”。《廣韻·鍾韻》音“餘封切”。庚、庸、餘屬以紐。同。

克荼擒黥　荼大加　擒禽　黥巨京

集注本引《音決》：“荼，直加反，又音徒。”《廣韻·麻韻》：“荼，宅加切。”《爾雅·釋木》：“檟，古荼也。”郝懿行疏：“又諸書説‘荼’處，其字仍作‘荼’。至唐陸羽著《茶經》，始減一畫作‘茶’。”案此乃“臧荼”之名，燕王臧荼，其名“荼”當音“茶”。大、徒屬定紐，直、宅屬澄紐，大、徒切出之音爲“茶”，直、宅切出之音爲“荼”。敦煌本之反切下字“加”疑誤。　擒，參見本篇上“平代擒猏”句“擒”音疏證。　黥，參見本篇上文“淮南王六黥布”句“黥”音疏證。

猗與汝陰　猗_{於奇}　與_余

　　與，北宋本、尤刻本、五臣本、明州本、奎章閣本、叢刊本作"歟"。案作為歎辭，"與""歟"音同義通。　集注本引《音決》："猗，於宜反。"《經典釋文》卷四《尚書》下《秦誓》猗音"於綺反，又於宜反"，卷五《毛詩》上《衛風·淇奧》《齊風·猗嗟》《魏風·伐檀》，卷六《毛詩》中《豳風·七月》《小雅·巷伯》，卷七《毛詩》下《周頌·潛》，《商頌·那》，卷十四《禮記》四《大學》，卷十七《左傳》三成公六年，卷二十六《莊子》上《大宗師》，卷二十九《爾雅》上《釋訓》同，音"於宜反"。慧琳《音義》卷八音"於機反"，卷十五音"於讒反"，卷二十一音"於宜反"，卷二十四、卷六十七音"意宜反"，卷三十九、卷七十九音"依"，卷五十、卷五十一音"懿宜反"。《廣韻·支韻》音"於離切"。同。　　《經典釋文》卷三《尚書》上《舜典》與音"餘"，卷五《毛詩》上《召南·采蘋》《召南·行露》《鄘風·墻有茨》《衛風·芄蘭》《衛風·河廣》《王風·大車》《鄭風·將仲子》，卷六《毛詩》中《小雅·楚茨》《小雅·賓之初筵》《小雅·采綠》，卷七《毛詩》下《大雅·抑》《大雅·桑柔》《大雅·雲漢》《大雅·瞻卬》《大雅·召旻》《周頌·清廟》《周頌·維天之命》《周頌·意嘻》《魯頌·泮水》，卷八《周禮》上《天官·大宰》《天官·小宰》《天官·冪人》《天官·司裘》《天官·屨人》《地官·鄉師》《地官·鄉大夫》《地官·族師》《地官·載師》《地官·遂人》《地官·槁人》《春官·大宗伯》《春官·肆師》《春官·鬯人》《春官·天府》《春官·大司樂》《春官·卜師》《春官·篓人》《春官·大祝》，卷九《周禮》下《夏官司馬》《夏官·小子》《夏官·弁師》《夏官·戈盾》《夏官·繕人》《夏官·齊右》《夏官·校人》《秋官司寇》《秋官·大司寇》《秋官·小司寇》《秋官·朝士》《秋官·司刑》《秋官·司約》《秋官·司圜》《秋官·司烜氏》《秋官·庭氏》《秋官·大行人》《秋官·司儀》《冬官·輪人》《冬官·冶氏》《冬官·鍾氏》《冬官·匠人》（凡二見），卷十《儀禮》《士冠禮》《鄉射禮》《燕禮》《大射儀》《聘禮》（凡二見）《覲禮》《喪服經傳》《既夕禮》《特牲饋食禮》，卷十一《禮記》一《曲禮上》《檀弓上》（凡七見）《檀弓下》（凡八見）《王制》，卷十二

《禮記》二《曾子問》（凡二見）《禮運》《禮器》（凡二見）《郊特牲》（凡二見）《內則》《玉藻》《少儀》，卷十三《禮記》三《學記》《雜記上》（凡二見）《雜記下》（凡三見）《祭法》《祭義》（凡四見）《祭統》《哀公問》《仲尼燕居》（凡二見）《坊記》（凡二見），卷十四《禮記》四《中庸》（凡六見）《表記》（凡二見）《緇衣》（凡二見）《三年問》《深衣》《投壺》《儒行》《大學》，卷十五《左傳》一隱公三年，卷十六《左傳》二僖公二十三年、文公三年，卷十七《左傳》三成公十一年，卷十九《左傳》五昭公十四年、昭公二十五年，卷二十一《公羊傳》隱公三年、桓公五年、桓公六年、桓公九年、莊公四年、莊公三十二年、閔公元年、僖公二年、僖公十四年、文公九年、襄公二年、襄公二十九年、昭公二十年、昭公三十一年、哀公十四年，卷二十二《穀梁傳》桓公二年、莊公七年、僖公元年、僖公二年、僖公二十八年、文公四年、襄公十八年、襄公十九年、襄公三十年、昭公四年，卷二十四《論語》《學而》（凡三見）《八佾》《公冶長》（凡三見）《雍也》《述而》《泰伯》《子罕》（凡三見）《鄉黨》《先進》（凡四見）《顏淵》（凡二見）《憲問》（凡四見）《衛靈公》（凡三見）《季氏》（凡二見）《陽貨》（凡三見）《微子》（凡四見）《子張》，卷二十五《老子》，卷二十六《莊子》上《齊物論》（凡三見）《養生主》《人間世》《應帝王》，卷二十七《莊子》中《駢拇》《天地》《天道》（凡二見）《達生》《田子方》（凡二見）《知北遊》（凡二見），卷二十八《莊子》下《徐无鬼》（凡二見）《則陽》（凡二見）《外物》《讓王》《漁父》《列禦寇》《天下》，卷三十《爾雅》下《釋鳥》並同，音“餘”。《廣韻·魚韻》音“以諸切”。同。

綽綽有裕　裕以句

裕，參見《聖主得賢臣頌》“開寬裕之路”句“裕”音疏證。

馬煩彎殆　彎彼媚　殆待

彎，寫卷用別體“彎”，與《魏元孟墓志》同。今改正體。《經典釋文》卷五《毛詩》上《邶風·簡兮》音“悉位反”，卷十一《禮記》一《曲禮上》音“悲位反”，卷十二《禮記》二《少儀》音“冰媚反”，卷二十九《爾雅》上《釋器》音“祕”。慧琳《音義》卷十音"碑愧反"，卷十四、卷五十三、卷六十四、卷八十九、卷九十五音"悲媚反"，卷十五音"鄙媚反"，卷四十一音"秘"，卷四十四音"碑媚反"。《廣韻·至韻》音"兵媚切"。彼、悲、碑、鄙、兵、冰屬幫紐，悉屬心紐。同。　　　《經典釋文》卷四《尚書》下《秦誓》殆音"唐在反"，卷十九《左傳》五昭公四年音"直改反"，卷二十三《孝經》《諸侯章》，卷二十四《論語》《為政》音"待"，卷二十三《孝經》《諫諍章》音"大改反"，卷二十五《老子》音"田賴反"。慧琳《音義》卷四十八、卷五十八（凡二見）音"徒改反"，卷一百音"臺改反"。《廣韻·海韻》音"徒亥切"。唐、大、田、徒、臺屬定紐。同。

皇儲時乂　乂刈

《經典釋文》卷七《毛詩》下《大雅·思齊》音"刈"，卷二十九《爾雅》上《釋詁》《釋訓》同。慧琳《音義》卷四十一音"魚偈反"。《廣韻·廢韻》音"魚肺切"。同。

平城有謀　謀茂

集注本引《音決》："五家'謀'去聲，叶韻。"明州本、奎章閣本、叢刊本"謀"下注："去聲，協韻。"《經典釋文》卷二九《爾雅》上《釋詁》凡二見，一音"莫浮反"，一音"亡侯反"。慧琳《音義》卷五十八、卷七十一音"莫侯反"。《廣韻·尤韻》音"莫浮切"。茂、莫屬明紐，亡屬微紐。而寫卷音"茂"，與《音決》云"五家'謀'去聲，叶韻"及明州本、奎章閣本、叢刊本注"去聲，協韻"同，"茂"在《廣韻·候韻》，音"莫候切"，與"莫侯反"異韻。

潁陰銳敏　潁營屏

潁，寫卷誤作"潁"，今據《漢書》及《文選》改。　潁，參見本篇上文"丞相潁陰懿侯睢陽灌嬰"句"潁"音疏證。

擒項定功　擒禽

擒，參見本篇上文"平代擒狶"句"擒"音疏證。

元帥是承　帥帥位

帥，寫卷作別體"帥"，反切上字作疊字號"々"，今並改正字。

《經典釋文》卷七《毛詩》下《大雅·抑》"帥"音"所類反"，卷七《毛詩》下《大雅·江漢》，卷八《周禮》上《地官司徒》，卷九《周禮》下《夏官司馬》，卷十一《禮記》一《月令》，卷十三《禮記》三《樂記》，卷十五《左傳》一桓公二年、桓公六年，卷十六《左傳》二僖公二十二年、僖公二十七年、僖公三十一年、僖公三十三年、文公元年、文公三年、文公五年、文公六年（凡二見）、文公七年、文公十年、文公十二年、宣公二年、宣公九年，卷十七《左傳》三宣公十二年（凡二見）、成公二年（凡四見）、成公三年、成公六年、成公十三年、成公十六年、成公十七年、成公十八年、襄公元年、襄公十年、襄公十三年、襄公十四年（凡二見），卷十八《左傳》四襄公十九年、襄公二十五年、昭公元年，卷十九《左傳》五昭公四年、昭公八年、昭公十二年（凡二見）、昭公十三年、昭公二十二年、昭公二十三年、昭公二十四年、昭公二十六年，卷二十《左傳》六昭公二十七年、昭公二十八年、昭公二十九年、昭公三十二年、定公六年、定公九年、哀公十七年、哀公十八年，卷二十一《公羊傳》桓公二年、莊公十七年，卷二十二《穀梁傳》宣公三年、定公十五年，卷二十四《論語》《顏淵》，卷二十五《老子》，卷二十七《莊子》中《胠篋》並同，音"所類反"。《廣韻·至韻》音"所類切"。帥、所屬生紐。同。

俾亂作慝　俾必氏

俾，參見本篇上文"俾率爾徒"句"俾"音疏證。

誕節令圖　令力政

令，參見《王文憲集序》"遺詔以公為侍中尚書令"句"令"音疏證。集注本引《音決》："令，力政反。"

北拒飛狐　拒巨

拒，北宋本、尤刻本、五臣本、明州本、奎章閣本、叢刊本、集注本並作"距"。案"拒""距"音同義通。　集注本引《音決》："距（《音決》作距）音巨。"《經典釋文》卷八《周禮》上《春官·小宗伯》音"巨"，卷十《儀禮》《公食大夫禮》《少牢饋食禮》，卷二十二《穀梁傳》哀公二年同，卷十一《禮記》一《月令》音"矩"，卷十四《禮記》四《大學》，卷十七《左傳》三宣公十二年，卷二十七《莊子》中《田子方》同。慧琳《音義》卷六音"渠圖反"，卷十三音"渠語反"，卷二十一音"渠呂反"。《廣韻·語韻》音"其呂切"。巨、渠、其屬羣紐，矩屬見紐。同。

即倉敖庚　庚以主

《經典釋文》卷六《毛詩》中《小雅·甫田》，卷十九《左傳》五昭公二十六年，卷三十《爾雅》下《釋草》庚並音"羊主反"，卷二十四《論語》《雍也》音"俞甫反"。慧琳《音義》卷九十九音"臾主反"。《廣韻·麌韻》音"以主切"。以、羊、俞、臾屬以紐。同。

輶軒東踐　輶酋

集注本引《音決》："輶，由、酋二音。"《經典釋文》卷五《毛詩》上《秦風·駟驖》音"由九反，又音由"，卷七《毛詩》下《大雅·烝民》音"餘久反，又音由"，卷十四《禮記》四《中庸》《表記》音"酋，一音由"，卷二十九《爾雅》上《釋言》音"由久反，又餘周反"。慧琳《音義》卷七十七音"猶"，卷八十七音"酋周反"。《廣韻·尤韻》音"以周切"。由、酋、以屬以紐。同。

言胙爾孤　胙祚

胙，參見本篇前文"胙爾輝章"句"胙"音疏證。

建信委輅　輅下白反又恪祚反

集注本引《音決》："輅，何格反。"（"輅"訛"斬"，"反"訛"人"。）五臣本、明州本、奎章閣本、叢刊本於正文"輅"下注反切"胡格"。"下白反""何格反""胡格切"所切出之音同，在《集韻·陌韻》。下、何、胡屬匣紐。而"洛故切"切出之音"路"在《廣韻·暮韻》。參見《出師頌》"輅車乘黄"句"輅"音疏證。

被褐獻寶　褐乎葛

集注本引《音決》："褐，何達反。"《經典釋文》卷六《毛詩》中《豳風·七月》《小雅·車攻》音"曷"，卷二十《左傳》六定公八年、哀公十三年，卷二十二《穀梁傳》昭公八年，卷二十五《老子》，卷二十七《莊子》中《山木》，卷二十八《莊子》下《天下》音"户葛反"。慧琳《音義》卷八十六、卷八十七、卷一百音"寒遏反"，卷九十一、卷九十九音"寒葛反"。《廣韻·曷韻》音"胡葛切"。何、户、寒、胡屬匣紐。同。

銓時論道　銓七全

銓，寫卷作別體"銓"，（與《魏富平伯于纂墓誌》同），反切下字"全"作"仝"（與《漢郙閣碑》同），今據《文選》改正體。集注本引《音決》："銓，七全反。"《經典釋文》卷二十九《爾雅》上《釋言》："銓，七全反。"慧琳《音義》卷三十、卷四十七音"七泉反"，卷七十三音"且泉反"，卷八十一音"七宣反"，卷九十七音"詮"。《廣韻·仙韻》音"此緣切"，七、且、此屬清紐。同。

定都酆鎬　酆豐　鎬乎老

酆，寫卷作"酆"，注音"豐"作"豊"，均為別體，今並改作正字。　集注本引《音決》："酆音豐。"《經典釋文》卷十六《左傳》二僖公二十五年"酆"音"風"，卷十六《左傳》二文公十年，卷十七《左傳》三宣公十五年音"芳忠反"，卷十九《左傳》五昭公四年，卷三十《爾雅》下《釋魚》音"芳弓反"。《廣韻·東韻》音"敷空切"。同。　集注本引《音決》："鎬，胡老反。"《經典釋文》卷四《尚書》下《洪範》《召誥》《多方》，卷五《毛詩》上《王風·黍離》，卷六《毛詩》中《小雅·六月》《小雅·正月》《小雅·魚藻》，卷十三《禮記》三《祭統》《坊記》並音"胡老反"，卷四《尚書》下《畢命》，卷六《毛詩》中《小雅·白華》，卷十《儀禮》《士昏禮》音"户老反"。慧琳《音義》卷八十三音"浩"，卷八十六音"胡老反"。《廣韻·晧韻》音"胡老切"。芳、敷、乎、胡、浩屬匣紐。同。

往制勁越　勁吉政

《經典釋文》卷十三《禮記》三《樂記》，卷十七《左傳》三宣公十二年音"吉政　反"。慧琳《音義》卷九音"經盛反"，卷二十三音"甄定反"，卷四十六、卷四十七、卷五十六、卷五十八音"居盛反"，卷八十三音"經脛反"。《廣韻·勁韻》音"居正切"。吉、經、居屬見經，甄屬章紐。同。

附會平勃　勃_{步没}

"勃"，寫卷作別體"教"，參見本篇前文"左承相絳武沛周勃"句"勃"音疏證。

穆穆帝典　典_典

寫卷"典"寫作"與"，與《唐紀泰山銘》同，今據《文選》改正。注為一"典"字，非音釋，而是校語，指明此字為"典"字。《經典釋文》卷九《周禮》下《冬官·輈人》典音"殄"。慧琳《音義》卷五十九音"丁繭反"，卷七十音"下繭反"（案"下"疑為"丁"之誤）。《廣韻·銑韻》音"多殄切"。丁、多屬端紐。同。

風睎三代　睎_希

睎，北宋本、尤刻本作"晞"。案"晞""睎"音同義通，在此句中，二字並有"希""稀"義。慧琳《音義》卷三十、卷五十音"欣衣反"，卷五十一音"喜衣反"，卷八十音"喜機反"，卷九十三音"希"。《廣韻·微韻》音"香衣切"。喜、希、香屬曉紐。同。

察侔蕭相　侔_年　相_{相上}

侔，參見《王文憲集序》"東陵侔於西山"句侔音疏證。集注本引《音決》："侔，莫侯反。"　相，參見本篇前文"相國酇文終侯沛蕭何"句"相"音疏證。集注本引《音決》："相，息亮反。"

貺同師錫　貺_況

集注本引《音決》："貺音況。"《經典釋文》卷十《儀禮》《士昏禮》音"況"，卷十五《左傳》一僖公十五年，卷十六《左傳》二文公四年，卷十八《左傳》四昭公元年、昭公三年，卷十九《左傳》五昭公六年、昭公十六年，卷二十《左傳》六定公九年同，音"況"。卷二十九《爾雅》上《釋詁》："許誑反，本或作況。"慧琳《音義》卷二十八音"許誑反"，卷四十六音"吁誑反"，卷八十五音"勳誑反"。《廣韻·漾韻》音"許訪切"。許、吁、勳屬曉紐。同。

紓漢披楚　紓_舒

紓，五臣本、明州本、奎章閣本、集注本作"舒"。案"紓"
"舒"音同義通。　集注本引《音決》："紓音舒。"《經典釋文》卷六
《毛詩》中《小雅·甫田》紓音"舒"，卷八《周禮》上《地官·廛
人》，卷九《周禮》下《秋官·士師》，卷十五《左傳》一莊公三十
年，卷十六《左傳》二僖公二十一年、僖公三十三年、文公十六年，
卷十七《左傳》三成公二年、成公三年、成公九年、成公十六年、襄
公八年，卷十八《左傳》四襄公二十年，卷二十《左傳》六昭公三十
二年、定公十年、定公十四年並同，音"舒"。慧琳《音義》卷八十
一音"庶諸反"。《廣韻·魚韻》音"傷魚切"。庶、傷屬書紐。同。

唯生之勣　勣_績

勣，北宋本、尤刻本、五臣本、明州本、奎章閣本、叢刊本、集
注本並作"績"。案"勣""績"音同義通。　慧琳《音義》卷八十音
"精昔反"，卷九十二音"精歷反"。《廣韻·錫韻》音"則歷切"。精、
則屬精紐。同。

皤皤董叟　皤_{步何}　叟_{素茍}

集注本引《音決》："皤音婆。"五臣本、明州本、奎章閣本、叢
刊本正文"皤"下注直音"婆"。《經典釋文》卷二《周易》《賁》皤
音"白波反"，卷三十《爾雅》下《釋草》同，卷五《毛詩》上《召
南·采蘩》音"薄波反"，卷六《毛詩》中《豳風·七月》音"婆"，
卷十五《左傳》一隱公三年音"蒲多反"，卷十六《左傳》二宣公二
年音"步何反"。慧琳《音義》卷十九音"薄何反"，卷九十八音"蒲
何反"。《廣韻·戈韻》音"薄波切"。婆、薄、蒲、步屬並紐。同。
集注本引《音決》："叟，素后反。"《經典釋文》卷四《尚書》下
《牧誓》音"所求反"，卷六《毛詩》中《小雅·小弁》音"素口反"，
卷二十《左傳》六《後序》，卷二十七《莊子》中《在宥》同，卷七
《毛詩》下《大雅·生民》音"所留反"。慧琳《音義》卷六十一音
"涑厚反"，卷八十二同，卷六十四音"蘇走反"，卷九十七音"蘇厚
反"。《廣韻·厚韻》音"蘇后切"。素、涑、蘇屬心紐，所屬生紐。同。

漢旆南振　旆步代

《經典釋文》卷六《毛詩》中《小雅·出車》，卷七《毛詩》下《大雅·生民》《商頌·長發》，卷十五《左傳》一莊公二十八年，卷十六《左傳》二僖公二十八年，卷十七《左傳》三宣公十二年音"蒲貝反"，卷十《儀禮》《士喪禮》，卷十三《禮記》三《雜記上》，卷十九《左傳》五昭公十三年，卷二十《左傳》六定公四年音"步貝反"，卷十八《左傳》四襄公十八年音"步蓋反"，卷二十九《爾雅》上《釋天》音"蒲蓋反"。慧琳《音義》卷六十音"裴妹反"，卷六十一音"俳妹反"。《廣韻·泰韻》音"蒲蓋切"。步、蒲、裴、俳屬並紐。同。

楚威自撓　撓乃孝

集注本引《音決》："撓，女孝反。"五臣本、明州本、奎章閣本、叢刊本正文"撓"下注反切"奴教"。《經典釋文》卷三《尚書》上《皋陶謨》音"女孝反"，卷九《周禮》下《冬官·輪人》音"乃教反"，卷十《儀禮》《士冠禮》音"奴高反"，卷十二《禮記》二《明堂位》音"擾"，卷十三《禮記》三《學記》，卷二十六《莊子》上《大宗師》，卷二十七《莊子》中《駢拇》《在宥》《天地》音"而小反"，卷二十八《莊子》下《徐无鬼》音"乃孝反"。慧琳《音義》卷一音"挐絞反"，卷二十六音"呼高反"，卷四十八音"乃飽反"，卷五十二音"奴教反"，卷五十七、卷六十二、卷六十三、卷七十六音"好高反"，卷五十九音"火刀反"，卷八十六音"鐃教反"，卷八十七音"鐃巧反"，卷九十八音"女絞反"，卷一百音"饒絞反"。《廣韻·巧韻》音"奴巧切"。乃、奴屬泥紐，女、挐、鐃屬娘紐，饒屬日紐，呼、好、火屬曉紐。同。

邈哉惟人　邈莫角

《經典釋文》卷二十九《爾雅》上《釋訓》：邈"亡角反。"慧琳《音義》卷五十七音"亡角反"，卷七十七、卷九十三音"厖剥反"，卷七十八、卷八十二音"尨剥反"。《廣韻·覺韻》音"莫角切"。莫、尨屬明紐，七、厖屬微紐。同。

紀信誑項　誑句訪

集注本引《音決》："誑，九望反。"《經典釋文》卷四《尚書》下

《無逸》音"九況反",卷五《毛詩》上《鄭風·揚之水》,卷六《毛詩》中《陳風·防有鵲巢》,卷七《毛詩》下《周頌·小毖》,卷八《周禮》上《地官·媒氏》,卷十一《禮記》一《曲禮上》,卷二十一《公羊傳》僖公四年同,音"九況反",卷二十九《爾雅》上《釋訓》音"俱放反"。慧琳《音義》卷一音"鬼況反",卷七、卷五十一、卷六十二、卷六十三音"俱況反",卷三十一、卷六十六音"居況反"。《廣韻·漾韻》音"居況切"。句、九、俱、鬼、居屬見紐。同。

軺軒是乘 軺遙

集注本引《音決》:"軺音遙。"《廣韻·宵韻》軺音"餘昭切"。同。

攝齊趨節 齊諮

齊,明州本、奎章閣本、集注本作"齌"。案"齌""齊"音同義通。 集注本引《音決》:"齊音咨。"五臣本、明州本、奎章閣本、叢刊本"齊"下注反切"即夷"。慧琳《音義》卷二音"寂細反",卷六音"齊細反",卷十五音"齊祭反",卷二十九音"寂麗反",卷八十九音"情細反"。《廣韻·脂韻》音"即夷切"。即屬精紐,寂、齊、情屬從紐。同。

周苛慷慨 苛何

苛,參見本篇前文"御史大夫沛周苛"句"苛"音疏證。

貞軌偕没 偕皆

集注本引《音決》:"偕音皆。"《經典釋文》卷二《周易》《損》偕音"皆",卷五《毛詩》上《邶風·擊鼓》《鄘風·君子偕老》《鄭風·女曰雞鳴》,卷六《毛詩》中《小雅·北山》《小雅·賓之初筵》,卷十二《禮記》二《喪服小記》,卷十四《禮記》四《鄉飲酒》,卷十五《左傳》一莊公七年,卷十六《左傳》二文公十七年,卷十七《左傳》三襄公二年同,音"皆"。慧琳《音義》卷十七音"古骸反"。《廣韻·皆韻》音"古諧切"。皆、古屬見紐。同。

亮跡雙陞　陞升

陞，參見《聖主得賢臣頌》"而陞本朝"句"陞"音疏證。

侯公伏軾　軾式

集注本引《音決》："軾音式。"《經典釋文》卷五《毛詩》上《秦風·小戎》音"式"，卷六《毛詩·小雅·蓼蕭》，卷七《毛詩》下《周頌·載見》，卷十二《禮記》二《少儀》，卷十三《禮記》三《經解》，卷十四《禮記》四《緇衣》，卷十五《左傳》一莊公十年，卷十六《左傳》二僖公二十八年，卷十七《左傳》三成公十六年，卷二十二《穀梁傳》文公十一年，卷二十九《爾雅》上《釋器》同，音"式"。慧琳《音義》卷六十三音"升職反"，卷七十四音"書翼反"，卷九十三音"式"。《廣韻·職韻》音"賞職切"。式、升、書、賞屬書紐。同。

皇媼來歸　媼烏老

集注本引《音決》："媼，烏老反。"北宋本、尤刻本李善引《漢書音義》："媼，母別名也，烏老切。"五臣本、明州本、奎章閣本、叢刊本於正文"媼"下注反切"烏老"。慧琳《音義》卷九十九音"烏皓反"。《廣韻·皓韻》音"烏皓切"。同。

震風過物　過古卧

集注本引《音決》："過，古卧反。"《經典釋文》卷二《周易》《乾》《大過》《小過》音"古卧反"，卷三《尚書》上《序》，卷五《毛詩》上《王風·黍離》，卷十一《禮記》一《曲禮上》，卷十二《禮記》二《曾子問》，卷十四《禮記》四《三年問》（凡二見），卷十五《左傳》一隱公元年、莊公十年、莊公三十二年，卷十六《左傳》二僖公十六年、僖公三十二年、僖公三十三年、文公十八年，卷十七《左傳》三宣公十四年、成公二年、成公十三年、成公十六年，卷十八《左傳》四襄公二十八年，卷十九《左傳》五昭公十九年，卷二十一《公羊傳》桓公五年，卷二十二《穀梁傳》隱公七年，卷二十三《孝經》《卿大夫章》《聖治章》，卷二十五《老子》（凡二見），卷二十八《莊子》下《讓王》，卷二十九《爾雅》上《釋言》《釋丘》

《釋山》，卷三十《爾雅》下《釋蟲》並同，音"古卧反"。《廣韻·過韻》音"古卧切"。同。

清濁効嚮　　嚮向

嚮，北宋本、尤刻本、五臣本、明州本、奎章閣本、叢刊本作"響"。案"響""嚮"音同義通。　《經典釋文》卷二《周易》《隨》《井》《繫辭上》《説卦》音"許亮反"，卷三《尚書》上《盤庚上》，卷四《尚書》下《洪範》《洛誥》《多士》《顧命》，卷六《毛詩》中《小雅·出車》，卷十一《禮記》一《檀弓上》《檀弓下》《王制》，卷十三《禮記》三《坊記》，卷十五《左傳》一莊公二十九年，卷十六《左傳》二僖公二十一年，僖公二十八，卷十七《左傳》三成公十七年、襄公十二年，卷十九《左傳》五昭公十七年，卷二十六《莊子》上《養生主》《應帝王》，卷二十七《莊子》中《天地》，卷二十九《爾雅》上《釋詁》同，音"許亮反"。慧琳《音義》卷二音"虛兩反"，卷四、卷六、卷九十八音"香兩反"。《廣韻·漾韻》音"許亮切"。許、虛、香屬曉紐。同。

韶濩錯音　　濩互

濩，《音決》、奎章閣本同，北宋本、尤刻本、五臣本、明州本、叢刊本作"護"。案"濩""護"音同義通。　濩，寫卷用別體"蒦"，互，寫卷用別體"乛"，今並改作正體。　《經典釋文》卷七《毛詩》下《商頌·那》音"户胡反"，卷八《周禮》上《地官·大司徒》音"護"，卷十三《禮記》三《樂記》，卷二十八《莊子》下《天下》同，卷八《周禮》上《春官·大司樂》音"户故反"，卷十二《禮記》二《少儀》，卷十三《禮記》三《樂記》同。慧琳《音義》卷二十音"乎故反"，卷二十三音"護"，卷二十四音"胡故反"，卷八十六音"户"。《廣韻·暮韻》音"胡誤切"。户、乎、胡屬匣紐。同。

袞龍比象　　比鼻

《經典釋文》卷二《周易》《屯》《蒙》《比》《同人》《大有》《觀》《賁》《復》《无妄》《頤》《習》《明夷》《睽》《解》《夬》《萃》《困》《革》《兑》《中孚》《既濟》《未濟》《繫辭下》《序卦》

《雜卦》（凡二見）《叧例上》《叧例下》（凡二見）音"毗志反"，卷三《尚書》上《伊訓》《盤庚中》《盤庚下》，卷四《尚書》下《泰誓中》《牧誓》《洪範》《召誥》《多士》，卷五《毛詩》上《魏風‧碩鼠》《唐風‧杕杜》《唐風‧羔裘》《唐風‧有杕之杜》，卷六《毛詩》中《小雅‧六月》《小雅‧車攻》《小雅‧正月》《小雅‧何人斯》《小雅‧鼓鍾》《小雅‧賓之初筵》《小雅‧角弓》，卷七《毛詩》下《大雅‧行葦》《大雅‧桑柔》，卷八《周禮》上《天官‧大宰》《天官‧小宰》《天官‧宰夫》《天官‧宮正》《天官‧比人》《天官‧司書》《天官‧司裘》《地官司徒》《地官‧大司徒》《地官‧小司徒》《地官‧遂人》《地官‧遂大夫》《春官‧雞人》《春官‧世婦》《春官‧大胥》《春官‧占人》《春官‧簭人》《春官‧小史》，卷九《周禮》下《夏官司馬》《夏官‧大司馬》（凡三見）《夏官‧射人》《夏官‧司右》《夏官‧司弓矢》《夏官‧田僕》《夏官‧職方氏》《秋官‧小司寇》《秋官‧士師》《秋官‧朝士》《秋官‧司約》《秋官‧脩閭氏》《秋官‧大行人》《冬官‧矢人》，卷十《儀禮》《士相見禮》《鄉飲酒禮》《鄉射禮》（凡三見）《大射儀》（凡二見）《少牢饋食禮》，卷十三《禮記》三《學記》《樂記》（凡四見）《祭統》《經解》，卷十四《禮記》四《中庸》《緇衣》《投壺》《儒行》《射義》，卷十五《左傳》一《序》、閔公元年、僖公九年，卷十六《左傳》二僖公二十二年、文公十七年、文公十八年，卷十七《左傳》三襄公三年，卷十八《左傳》四襄公二十九年、襄公三十年、昭公二年、昭公三年，卷十九《左傳》五昭公六年（凡二見）、昭公七年、昭公十二年、昭公十四年、昭公十六年、昭公二十年，卷二十《左傳》六昭公二十七年、定公六年、哀公十六年，卷二十一《公羊傳》成公三年、昭公六年，卷二十二《穀梁傳》桓公三年、文公十二年、昭公六年、定公十三年，卷二十四《論語》《為政》《里仁》《衛靈公》（凡二見），卷二十六《莊子》上《齊物論》，卷二十七《莊子》中《天地》《天道》《至樂》《達生》《田子方》，卷二十八《莊子》下《徐无鬼》（凡二見）《讓王》《漁父》，卷二十九《爾雅》上《釋詁》並同，音"毗志反"。慧琳《音義》卷三音"卑弭反"，卷六音"卑履反"，卷八十五音"頻逸反"，卷九十一音"頻蜜反"（凡二見）。《廣韻‧至韻》音"毗至切"。毗、頻屬並紐，卑屬幫紐。同。

東方朔畫贊

東方

此二字，乃《東方朔畫贊》之縮畧。

大夫諱朔字曼倩　曼万　倩七見

曼，寫卷作別體“㬅”與《隋豆盧寔墓志》同。“曼”下注音“刀”，當為“萬”之俗體“万”之誤，今並改正。《經典釋文》卷七《毛詩》下《魯頌·閟宮》音“萬”，卷十五《左傳》一隱公五年、桓公五年、桓公十一年，卷十九《左傳》五昭公十一年，卷二十《左傳》六定公十三年、哀公三年、哀公十七年，卷二十二《穀梁傳》哀公三年、哀公七年，卷二十四《論語》《述而》，卷二十六《莊子》上《齊物論》並同，卷十一《禮記》一《檀弓上》音“万”，卷十六《左傳》二宣公六年，卷二十一《公羊傳》昭公十六年同。《廣韻·願韻》音“無販切”。同。《漢書·東方朔傳》“倩”下注音“千見反”。《經典釋文》卷五《毛詩》上《衛風·碩人》音“七薦反”，卷二十四《論語》《八佾》，卷二十七《莊子》中《刻意》音“七練反”。《廣韻·霰韻》音“倉甸切”。七、倩、千、倉屬清紐。同。

平原厭次人也　厭於枅

厭，寫卷作別體“厭”，與《齊石信墓志》同，今改作正體。反切下字“枅”，原寫作“耕”之俗體“𦓹”（詳《干祿字書·平聲》），今改正。“枅”，《玉篇·禾部》音“古殄切”，《集韻·銑韻》音“吉典切”，即“蹇”音。“於枅反”即“於蹇反”。五臣本、叢刊本正文“厭”下注直音“琰”，明州本、奎章閣本正文“厭”下注反切“一琰”。《漢書·東方朔傳》“平原厭次人也”下師古注：“厭音一涉反，又音一琰反”。《經典釋文》卷八《周禮》上《春官·占夢》音“於琰反”，卷十四《禮記·大學》，卷二十四《論語》《雍也》同，卷十五《左傳》一僖公十五年音“於冉反”，卷十九《左傳》五昭公二十六年，卷二十六《莊子》上《齊物論》同，卷三十《爾雅》下《釋鳥》

音“以冉反”。慧琳《音義》卷二、卷二十四、卷三十七、卷四十六、卷六十五音“伊琰反”，卷三十一音“於琰反”，卷五十二、卷五十八、卷五十九、卷七十一音“於冉反”。於、一、伊屬影紐，以屬以紐。《廣韻·琰韻》音“於琰切”，而“褰”音在《廣韻·阮韻》，是二音相協也。

分厭次以為樂郡　　樂洛

樂，參見《酒德頌》“其樂陶陶”句“樂”音疏證。集注本引《音決》：“樂音洛。”

先生瓌偉博達　　偉于尾

偉，北宋本、尤刻本、五臣本、明州本、奎章閣本、叢刊本、集注本作“瑋”。案“瑋”“偉”音同義通。　集注本引《音決》：“瑋，於鬼反。”《經典釋文》卷二十六《莊子》上《大宗師》偉音“韋鬼反”。慧琳《音義》卷十音“為鬼反”，卷十九、卷三十九、卷六十二、卷八十四、卷九十三音“韋鬼反”，卷二十一、卷五十六音“于鬼反”。《廣韻·尾韻》音“于鬼切”。於屬影紐，韋、為、于屬云紐。同。

思周變通　　思思吏

思，參見《漢高祖功臣頌》“思入神契”句“思”音疏證。集注本引《音決》：“思，先自反。”

故頡頏以傲世　　頡乎結　頏乎郎　傲五到

頏，寫卷作別體“頏”，今改正體。“傲”，五臣本，明州本、奎章閣本、叢刊本作“傲”。案“傲”“傲”音同義通。　集注本引《音決》：“頡，何結反。”《經典釋文》卷五《毛詩》上《邶風·燕燕》音“戶結反”，卷九《周禮》下《冬官·鮑人》，卷十六《左傳》二僖公二十三年、僖公二十八年，卷十七《左傳》三成公十八年，卷十八《左傳》四襄公二十六年、襄公三十年，卷十九《左傳》五昭公七年、昭公八年、昭公十三年，卷二十七《莊子》中《胠篋》，卷二十九《爾雅》上《釋親》同，音“戶結反”。慧琳《音義》卷三十一、卷八十三、卷八十六、卷九十六、卷九十七音“賢結反”，卷五十六音“胡結反”。《廣韻·屑韻》音“胡結切”。何、戶、賢、胡屬匣紐。同。

集注本引《音決》："頑，何郎反。"《經典釋文》卷五《毛詩》上《邶風·燕燕》音"户郎反"。慧琳《音義》卷三十一音"鶴浪反"，卷八十三音"航浪反"，卷八十六音"何浪反"，卷九十六音"鶴郎反"。《廣韻·唐韻》音"胡郎切"。何、户、鶴屬匣紐。同。 集注本引《音決》："傲，五誥反。"《經典釋文》卷三《尚書》上《堯典》（凡二見）《益稷》《盤庚上》音"五報反"，卷六《毛詩》中《小雅·巧言》，卷十三《禮記》三《樂記》，卷十四《禮記》四《投壺》，卷十六《左傳》二文公九年、文公十八年，卷十七《左傳》三成公十四年，卷十八《左傳》四襄公二十二年、襄公二十八年、襄公二十九年、昭公十六年、昭公二十六年，卷二十八《莊子》下《天下》，卷二十九《爾雅》上《釋言》《釋訓》同，音"五報反"。慧琳《音義》卷二、卷三十六音"五告反"，卷九、卷七十音"五到反"，卷三十、卷七十六（凡二見）音"敖告反"，卷四十六、卷五十一、卷六十八、卷八十、卷九十九音"敖誥反"。《廣韻·号韻》傲音"魚到切"。五、敖、魚屬疑紐。同。

故詼諧以取容　詼苦回

集注本引《音決》："詼，苦回反。"北宋本、尤刻本李善注引《字書》曰："詼，嘲也，口回切。"五臣本、明州本、奎章閣本、叢刊本正文"詼"下注反切"苦回"。案"詼""恢"音同義通。《經典釋文》卷二《周易》《坤》《睽》恢音"苦回反"，卷三《尚書》上《序》，卷十七《左傳》三襄公四年，卷十九《左傳》五昭公十四年，卷二十一《公羊傳》文公十五年、昭公十四年，卷二十二《穀梁傳》昭公十四年，卷二十四《論語·季氏》，卷二十五《老子》，卷二十六《莊子》上《齊物論》同，音"苦回反"。慧琳《音義》卷九、卷二十八、卷三十四、卷五十七、卷八十二恢音"苦廻反"，卷二十四、卷九十一音"苦回反"。《廣韻·灰韻》詼音"苦回切"。同。

弛張而不為耶　弛失尔　耶□□

弛，北宋本、尤刻本、五臣本、明州本、奎章閣本、叢刊本、集注本作"弛"，案"弛""弛"音同義通。"耶"，北宋本、尤刻本、五臣本、明州本、奎章閣本、叢刊本、集注本作"邪"。案《玉篇·耳部》："耶，羊遮切，俗邪字。"是"耶""邪"音同義通。耶下反切已

佚，今補以"□□"。 集注本引《音決》："弛，式氏反。"《經典釋
文》卷五《毛詩》上《衛風·淇奧》弛音"式氏反"，卷六《毛詩》
中《小雅·彤弓》，卷八《周禮》上《地官·大司徒》《春官·大司
樂》，卷十《儀禮》《鄉飲酒禮》《既夕禮》，卷十三《禮記》三《孔
子閒居》《坊記》，卷十四《禮記》四《射義》，卷十八《左傳》四襄
公十八年，卷二十《左傳》六昭公三十二年，卷二十二《穀梁傳》襄
公二十四年同，音"式氏反"。慧琳《音義》卷二十三音"式爾反"，
卷八十八音"詩是反"，卷九十七音"詩紙反"。《廣韻·紙韻》弛音
"施是切"。式、詩、施屬書紐。同。 "邪"有二義，一為語助辭，
音《廣韻·麻韻》"以遮切"，一為"邪惡"義，音《廣韻·麻韻》
"似嗟切"。此處為"邪惡"義。集注本引《音決》："耶，在差反。"
《經典釋文》卷十一《禮記》一《曲禮上》，卷十四《禮記》四《問
喪》音"似嗟反"。慧琳《音義》卷三"邪"音"夕嗟反"，卷四十
九音"謝耶反"。《廣韻·麻韻》音"似嗟反。"同。耶下之反切，疑
當為"似嗟"。似、夕、謝屬邪紐，在屬從紐。

贍智宏材　材才

《經典釋文》卷十一《禮記》一《檀弓下》材音"才"，卷二十四
《論語》《公冶長》"才、哉二音"。慧琳《音義》卷四十七音"在哉
反"。《廣韻·咍韻》音"昨哉切"。在、昨屬從紐。同。

俶儻博物　俶吐的　儻土朗

集注本引《音決》："俶，他狄反。"明州本、奎章閣本、叢刊本
正文"俶"下注反切"天力"。慧琳《音義》卷八十九音"汀歷反"，
卷九十五同，卷九十三音"天的反"。《廣韻·錫韻》音"他歷切"。
他、王、汀屬透紐。同。 《經典釋文》卷二十七《莊子》中《天
地》《山木》《田子方》，卷二十八《莊子》下《天下》音"敕蕩反"，
卷二十七《莊子》中《天地》《天運》音"敕黨反"，卷二十七《莊
子》中《繕性》音"吐黨反"。慧琳《音義》卷八十九、卷九十五音
"湯朗反"，卷九十三音"湯郎反"。《廣韻·蕩韻》音"他郎切"。敕、
吐、湯、他屬透紐。同。

觸類多能　能叶韻乃來反

叶，寫卷原作"挾"，乃同音假借；來，原作俗體"来"。今改本

字。　集注本引《音決》："能，叶韻那來反。"《經典釋文》卷六《毛詩》中《小雅·賓之初筵》，卷十九《左傳》五昭公七年音"奴來反"，卷八《周禮》上《春官·大宗伯》《春官·天府》音"他來反"，卷九《周禮》下《秋官·司民》音"吐才反"。《廣韻·咍韻》音"奴來切"。又《廣韻·登韻》："能，奴登切。又奴代奴來二切。"他、吐屬透紐，奴屬泥紐。

合變以明竿　竿素亂

竿，五臣本、明州本、奎章閣本、叢刊本作"算"。案"竿""算"音同義通。反切下字"亂"原作俗體"乱"，今改正字。　《經典釋文》卷二十四《論語》《八佾》音"悉亂反"，並注："今作算。"《廣韻·換韻》音"蘇貫切"。悉、蘇屬心紐。同。

八索九丘　索所革

索，參見《聖主得賢臣頌》"索人求士者"句"索"音疏證。

百家衆流之論　論力頓

論，參見《王文憲集序》"雖張曹争論於漢朝"句"論"音疏證。集注本引《音決》："論，力頓反。"

支離覆逆之數　覆芳伏

集注本引《音決》："覆，芳伏反。"《經典釋文》卷三《尚書》上《五子之歌》《胤征》《仲虺之誥》《太甲上》《太甲下》音"芳服反"、卷四《尚書》下《康誥》《蔡仲之命》《畢命》《吕刑》，卷五《毛詩》上《邶風·谷風》《王風·黍離》《王風·兔爰》，卷六《毛詩》《小雅·節南山》《小雅·雨無正》《小雅·小旻》，卷七《毛詩》《大雅·民勞》《大雅·抑》《大雅·桑柔》《大雅·瞻卬》《魯頌·駉》，卷八《周禮》上《天官·腊人》《天官·屨人》，卷九《周禮》下《秋官·鄉士》《冬官·輈人》《冬官·㮚氏》《冬官·廬人》，卷十一《禮記》一《曲禮上》《曲禮下》《王制》《月令》（凡二見），卷十四《禮記》四《中庸》《表記》《緇衣》（凡三見），卷十五《左傳》一隱公十一年、莊公三十二年、閔公元年、僖公七年，卷十六《左傳》二僖公二十四年、僖公三十三年、文公元年，卷十七《左傳》三成公十六年、襄公八年、襄公十四年，卷十八《左傳》四襄公二十三年（凡二見）、襄公三十一年，卷十九《左傳》五昭公十三年、昭公二十六年，卷二十《左傳》六定公四年、定公九年、哀公八年，卷二十一《公羊傳》隱公三年，桓公十一年、莊公十二年、莊公三十二年，卷二十二《穀梁傳》僖公十年、文公四年、襄公十年，卷二十四《論語》《學而》《子罕》《陽貨》，卷二十五《老子》，卷二十六《莊子》上《逍遙遊》《齊物論》《人間世》《德充符》《大宗師》，卷二十七《莊子》中《秋水》《達生》，卷二十八《莊子》下《則陽》，卷二十九《爾雅》上《釋詁》（凡二見）《釋言》（凡二見），卷三十《爾雅》下《釋草》並同，音“芳服反”。慧琳《音義》卷十二音“豐腹反”，卷二十一音“孚福反”，卷二十三音“撫目反”。《廣韻·屋韻》音“芳福切”。芳、豐、孚、撫屬敷紐。同。

經脈藥石之藝　脈麥

脈，北宋本，尤刻本，五臣本，明州本、奎章閣本，叢刊本、集注本並作“脉”。案“脈”“脉”字同。注直音“麥”，寫卷作俗體“麦”，今改作正字。　慧琳《音義》卷五音“麻伯反”，卷三十同，卷二十九音“猛伯反”，卷四十三、卷八十音“萌伯反”。《廣韻·麥韻》音“莫獲切”。麻、猛、萌、莫屬明紐。同。

乃研精究其理　究尻又

《經典釋文》卷二《周易》《繫辭下》《說卦》音“九又反”，卷五《毛詩》上《唐風·羔裘》，卷七《毛詩》下《大雅·皇矣》，卷二十九《爾雅》上《釋訓》同，卷七《毛詩》下《大雅·蕩》，卷十五《左傳》一莊公二十六年，卷十六《左傳》二文公四年，卷二十三《孝經》《天經地義章》，卷二十九《爾雅》上《釋言》音“救”。慧琳《音義》卷六音“鳩宥反”，卷八十、卷八十九音“鳩又反”。《廣韻·宥韻》音“居祐切”。鳩、居屬見紐。同。

夫其明濟開壑　壑呼各

壑，北宋本、尤刻本、五臣本、明州本、奎章閣本、叢刊本、集注本作“豁”。案“豁”“壑”音同義通。　壑，參見《聖主得賢臣頌》“沛乎若巨魚縱大壑”句“壑”音疏證。集注本引《音決》：“豁，火活反。”明州本、奎章閣本、叢刊本正文“豁”下注反切“呼括”。火、呼屬曉紐。

凌轢卿相　　轢歷　相相上

集注本引《音決》：“轢音歷。”五臣本、明州本、奎章閣本、叢刊本正文“轢”下注直音“歷”。《經典釋文》卷九《周禮》下《夏官·大馭》《秋官·犬人》，卷十八《左傳》四襄公二十三年音“歷”，卷十《儀禮》《聘禮》音“力狄反”。慧琳《音義》卷三十三、卷五十七、卷七十八、卷八十、卷八十一、卷八十四音“零的反”，卷四十、卷四十三、卷七十七音“力的反”。《廣韻·錫韻》音“郎擊切”。力、零、郎屬來紐。同。　相，參見《漢高祖功臣頌》“相國平陽懿侯沛曹參”句“相”音疏證。集注本引《音決》：“相，息亮反。”

謿哂豪桀　　謿竹交

謿，五臣本、明州本、奎章閣本作“嘲”。案“謿”“嘲”音同義通。　集注本引《音決》：“嘲，竹交反。”《經典釋文》卷二十一《公羊傳》《序》嘲音“陟交切”。慧琳《音義》卷十六音“竹包反”，卷三十二、卷五十六音“竹交反”，卷三十五音“罩交反”。《廣韻·肴韻》嘲音“陟交切”。竹、罩、陟屬知紐。同。

籠罩靡前　　罩竹孝

集注本引《音決》：“罩，竹孝反。”《經典釋文》卷六《毛詩》中《小雅·南有嘉魚》音“張教反”，卷二十九《爾雅》上《釋器》音“陟孝反”。慧琳《音義》卷八音“卓校反”，卷十六、卷八十九、卷九十一音“嘲教反”，卷四十八、卷五十六（凡二見）音“竹校反”。《廣韻·效韻》音“知教切”。陟、卓、嘲、竹、知屬知紐。同。

跆籍貴勢　　跆臺

集注本引《音決》：“跆，大來反。”北宋本、尤刻本李善注引《漢書音義》：“蘇林曰：跆音臺。”五臣本、明州本、奎章閣本、叢刊本於正文“跆”下注直音“臺”。《廣韻·咍韻》音“徒哀切”。同。

戲萬乘若僚友　乘_剩　僚_{力交}

乘，參見《聖主得賢臣頌》"驂乘旦"句"乘"音疏證。集注本引《音決》："乘，時證反。"　僚，北宋本、尤刻本、五臣本、明州本、奎章閣本、叢刊本、集注本作"寮"。案"僚""寮"音同義通。

集注本引《音決》："寮，力彫反。"《經典釋文》卷六《毛詩》中《小雅·大東》音"力彫反"，卷七《毛詩》下《大雅·板》，卷十三《禮記》三《雜記下》，卷十九《左傳》五昭公五年、昭公十一年、昭公二十年，卷二十《左傳》六昭公二十七年、昭公二十八年，卷二十一《公羊傳》襄公二十九年，卷二十二《穀梁傳》昭公二十七年，卷二十九《爾雅》上《釋親》同。慧琳《音義》卷二、卷五、卷四十七、卷七十音"力彫反"，卷八十三、卷九十六音"了彫反"。《廣韻·蕭韻》音"落蕭切"。力、了、落屬來紐，同。

視儔列如草芥　儔_{直由}　芥_介

慧琳《音義》卷十二、卷四十八、卷九十二儔音"直流反"，卷十六音"直留反"，卷三十五、卷一百音"長流反"。《廣韻·尤韻》音"直由切"。直、長並屬澄紐。同。　《經典釋文》卷十二《禮記》二《內則》芥音"姬邁反"，卷二十《左傳》六哀公元年音"古邁反"，卷二十六《莊子》上《逍遙遊》音"吉邁反"，卷三十《爾雅》下《釋草》音"界"。慧琳《音義》卷四十六音"歌邁反"，卷四十九音"皆邁反"。《廣韻·怪韻》音"古拜切"。姬、古、吉、歌、皆屬見紐。同。

可謂拔乎其萃　萃_{疾季}

《經典釋文》卷四《尚書》下《武成》萃音"在醉反"，卷十七《左傳》三成公九年，卷十八《左傳》四襄公二十六年、襄公二十九年，卷十九《左傳》五昭公七年，卷二十四《論語》《子罕》，卷二十七《莊子》中《山木》同，卷十七《左傳》三宣公十二年、成公十六年音"似醉反"。慧琳《音義》卷十二、卷八十六音"情醉反"，卷二十一、卷三十音"疾醉反"，卷八十四音"慈醉反"，卷九十七音"聚醉反"。《廣韻·至韻》音"秦醉切"。疾、在、情、慈、聚、秦屬從紐，似屬邪紐。同。

遊方之外者已　已_以

已，參見《王文憲集序》"豈直彫章縟采而已哉"句"已"音疏證。

談者又以先生噓吸沖和　噓_虛　吸_{許急}

噓、吸，參見《聖主得賢臣頌》"煦噓呼吸如喬松"句"噓""吸"二音疏證。集注本引《音決》："噓音虛，吸音虛及反。"

此又奇怪惚怳　惚_忽　怳_{呼往}

怳，北宋本、尤刻本、五臣本、明州本、奎章閣、叢刊本本作"恍"。案"怳""恍"音同義通。　集注本引《音決》："惚音忽。"《經典釋文》卷十三《禮記》三《祭義》，卷十四《禮記》四《問喪》惚音"忽"。慧琳《音義》卷一百音"昏骨反"。《廣韻·沒韻》音"呼骨切"。昏、呼屬曉紐。同。　怳，參見《酒德頌》"怳爾而醒"句"怳"音疏證。集注本引《音決》："怳，虛往反。"

大人來守此國　守_狩

守，參見《王文憲集序》"出為義興太守"句"守"音疏證。集注本引《音決》："守音獸。"

見先生之遺像　像_象

《經典釋文》卷二《周易》《繫辭下》像音"象"。《廣韻·養韻》音"徐兩切"。同。

其辭曰　曰_越

曰，參見《王文憲集序》"歡曰"句"曰"音疏證。

肥遯居貞　肥_肥　遯_{大骨}

肥，寫卷作別體"肥"，所注直音字亦作"肥"，與《隋元公墓志》同。今並改作正體。"遯"下之反切下字"骨"誤，或為"肯"之誤，叶韻也。　《經典釋文》卷三《尚書》上《禹貢》"肥"音

"符非反"。慧琳《音義》卷十五、卷二十九音"費微反",卷五十二音"扶非反"。《廣韻·微韻》音"符非切"。符、扶屬奉紐,費屬敷紐。同。　遁,參見《漢高祖功臣頌》"物無遁形"句"遁"音疏證。

涅而無滓　涅乃結

　　涅,寫卷誤作"湟",結,原作俗體"结",今並改正。　集注本引《音決》:"涅,乃結反。"《經典釋文》卷三《尚書》上《伊訓》涅音"乃結反",卷四《尚書》下《呂刑》,卷八《周禮》上《春官·典同》,卷九《周禮》下《秋官·司隸》,卷十《儀禮》《既夕禮》,卷十一《禮記》一《王制》,卷二十四《論語》《陽貨》並同。慧琳《音義》卷二十七音"年結反",卷九十七音"年鐵反"。《廣韻·屑韻》音"奴結切"。乃、年、奴屬泥紐。同。

樂在必行　樂洛

　　樂,參見《酒德頌》"其樂陶陶"句"樂"音疏證。集注本引《音決》:"樂音洛。"

處淪罔憂　淪□□

　　淪,集注本作"儉",並校云:"今案諸本儉為淪。"寫卷"淪"下之反切,全佚,今補之以"□□"。　《經典釋文》卷三《尚書》上《微子》淪音"倫",卷五《毛詩》上《魏風·伐檀》,卷六《毛詩》中《小雅·正月》《小雅·雨無正》,卷七《毛詩》下《大雅·抑》,卷八《周禮》上《春官·大宗伯》並同,音"倫"。卷二十九《爾雅》上《釋水》音"輪"。慧琳《音義》卷十一、卷八十九音"倫",卷十八音"律均反",卷二十一、卷四十八、卷七十音"力均反",卷五十一音"律屑反",卷八十二音"輪"。《廣韻·諄韻》音"力迍切"。力、律屬來紐。同。

聊以從容　從七從

　　集注本引《音決》:"從,七容反。"《經典釋文》卷三《尚書》上《舜典》《禹貢》《湯誓》《盤庚上》《説命中》音"才容反",卷四《尚書》下《泰誓上》,卷五《毛詩》上《秦風·黃鳥》同,音"才容反”，卷八《周禮》上《地官·大司徒》《春官·典庸》《春官·大祝》音“子容反”，卷九《周禮》下《秋官·梟氏》，卷十《儀禮》《鄉飲酒禮》《鄉射禮》（凡二見）《大射儀》（凡二見）《既夕禮》《士虞禮》（凡二見）《特牲饋食禮》（凡二見）《少牢饋食禮》（凡二見），卷十一《禮記》一《檀弓下》，卷十三《禮記》三《坊記》同，音“子容反”，卷十四《禮記》四《中庸》《服問》音“七容反”，卷十七《左傳》三成公十六年，卷二十《左傳》六哀公十一年，卷二十一《公羊傳》哀公十四年音“子容反”，卷二十六《莊子》上《人間世》，卷二十七《莊子》中《駢拇》《在宥》《天道》《秋水》《至樂》《山木》《田子方》，卷二十八《莊子》下《徐无鬼》音“七容反”。慧琳《音義》卷九、卷七十音“足容反”，卷二十一音“紫容反”，卷二十八音“自龍反”。《廣韻·鍾韻》音“疾容切”。七屬清紐，才、自、疾屬從紐，子、足、紫屬精紐。同。

敬問墟墳　墟去余

集注本引《音決》：“墟，丘居反。”《經典釋文》卷二《周易》《渙》，卷二十九《爾雅》上《釋詁》音“去魚反”。慧琳《音義》卷十二音"去居反"，卷二十八音“丘魚反”，卷三十二、卷八十二音“去餘反”，卷五十三、卷五十七音“去魚反”。《廣韻·魚韻》音“去魚切”。去、丘屬溪紐。同。

企佇原隰　企去鼓

企，寫卷用別體“企”（詳《干禄字書·平聲》），今改正體。《經典釋文》卷二十三《孝經》《喪親章》企音“丘鼓反”，卷二十九《爾雅》上《序》同，卷二十五《老子》音“苦賜反”，卷二十九《爾雅》上《釋鳥》音“去鼓反”。慧琳《音義》卷五十九音“丘鼓反”，卷六十四、卷七十四音“去鼓反”，卷六十五音“輕以反”。《廣韻·紙韻》音“丘弭切”，又音“去智切”。丘、苦、去、輕屬溪紐。同。

榱棟傾落　榱色惟

集注本引《音決》：“榱音衰。”《經典釋文》卷七《毛詩》下《魯頌·閟宮》榱音“色追反”，卷八《周禮》上《天官·掌舍》音“衰”，卷十八《左傳》四襄公三十一年音“所追反”，卷二十九《爾

雅》上《釋宮》音"疎追反"。慧琳《音義》卷二十八、卷五十八音
"所甀反"，卷八十二音"率追反"，卷九十七音"所追反"。《廣韻·
脂韻》音"所追切"。色、疎、所、率屬生紐。同。

草萊弗除　萊来

萊，寫卷原作俗體"萊"，所注直音亦作"来"。今並改正體。
《經典釋文》卷三《尚書》上《禹貢》萊音"來"，卷六《毛詩》中
《小雅·南山有臺》《小雅·十月之交》《小雅·楚茨》，卷八《周禮》
上《地官·遂人》，卷十《儀禮》《聘禮》，卷十一《禮記》一《王
制》《月令》，卷十五《左傳》一僖公元年，卷十六《左傳》二僖公三
十三年、宣公七年，卷十七《左傳》三成公十八年、襄公二年，卷十
八《左傳》四襄公二十八年，卷十九《左傳》五昭公四年、昭公五
年、昭公七年，卷二十《左傳》六定公九年、哀公五年、哀公八年、
哀公二十四年，卷二十二《穀梁傳》宣公七年同，音"來"。《廣韻·
咍韻》音"落哀切"。來、落屬來紐。同。

仿佛風塵　仿芳往　佛芳勿

集注本引《音決》："仿，芳兩反。"慧琳《音義》卷七十九音
"旁"。《廣韻·養韵》音"妃兩切"。芳、妃屬敷紐。同。　集注本引
《音決》："佛，芳味反。"《廣韻·物韻》：佛，"符勿切"。《玉篇·人
部》："佛，孚勿切，仿佛也。"又，《廣韻·費韻》：髴，髣髴，"芳未
切"。是"芳勿"、"芳味"並不誤也。芳、孚屬敷紐，符屬奉紐。

三國名臣序贊

三國

此二字為篇題《三國名臣序贊》之縮畧。"國"，原作別體"囻"，
今改正體。

夫百姓不能自治　治治吏

治，參見《王文憲集序》"皇朝以治定制禮"句"治"音疏證。

然則三五迭隆 　迭大結

集注本引《音決》："迭，大結反。"《經典釋文》卷三《尚書》上《益稷》迭音"直結反"，卷九《周禮》下《秋官·大行人》，卷十七《左傳》三宣公十二年、成公十三年同，卷五《毛詩》上《邶風·柏舟》《邶風·北門》音"待結反"，卷十九《左傳》五昭公十七年，卷二十九《爾雅》上《釋言》同，卷十《儀禮》《鄉射禮》音"大結反"，卷十三《禮記》三《樂記》，卷二十一《公羊傳》宣公三年、定公八年，卷二十九《爾雅》上《釋樂》同。慧琳《音義》卷十六、卷三十八、卷七十七、卷八十九、卷一百迭音"田結反"，卷三十音"徒結反"，卷五十一音"田頡反"。《廣韻·屑韻》迭音"徒結切"。七、田、徒屬定紐。同。

而羣才緝熙 　緝七入

緝，參見《王文憲集序》"緝熙帝圖"句"緝"音疏證。集注本引《音決》："緝，七入反。"

至於體分冥固 　分浮問

集注本引《音決》："分，扶問反。"《經典釋文》卷二《周易》《噬嗑》《大壯》《損》《署例上》"分"音"扶問反"，卷三《尚書》上《舜典》《五子之歌》《盤庚中》，卷四《尚書》下《洪範》，卷八《周禮》上《地官·大司徒》《地官·遂人》《地官·林衡》《春官·大司樂》《春官·保章氏》，卷九《周禮》下《夏官·大司馬》《夏官·量人》《夏官·虎賁氏》，卷十一《禮記》一《曲禮上》（凡二見）《曲禮下》《王制》《月令》，卷十二《禮記》二《禮運》（凡二見）《禮器》《明堂位》《少儀》，卷十三《禮記》三《樂記》（凡四見）《喪大記》《哀公問》，卷十四《禮記》四《奔喪》《儒行》，卷十五《左傳》一桓公二年，卷十六《左傳》二僖公二十八年、僖公三十一年、文公六年，卷十八《左傳》四襄公二十四年、襄公二十八年，卷十九《左傳》五昭公七年、昭公十二年、昭公十五年、昭公十七年、昭公二十六年，卷二十《左傳》六昭公三十二年、定公元年、定公四年（凡二見）、定公九年、哀公元年，卷二十一《公羊傳》莊公七年，卷二十二《穀梁傳》隱公四年、莊公三十年、定公九年，卷二十四

《論語》《微子》《堯曰》，卷二十五《老子》，卷二十六《莊子》上
《逍遥遊》，卷二十七《莊子》中《在宥》《秋水》，卷二十八《莊子》
下《庚桑楚》《天下》並同，音"扶問反"。慧琳《音義》卷四音
"扶問反"，卷二十三音"符問反"。《廣韻·問韻》音"扶問切"。浮、
扶、符屬奉紐。同。

道契不墜　契可計

契，參見《漢高祖功臣頌》"思入神契"句"契"音疏證。集注
本引《音決》："契，口計反。"

故二八陞而唐朝盛　陞升

陞，參見《聖主得賢臣頌》"而陞本朝"句"陞"音疏證。

五臣顯而重耳霸　重直工

重，參見《漢高祖功臣頌》"重玄匪奥"句"重"音疏證。

為下者必以私賂期榮　賂力故

賂，北宋本、尤刻本、五臣本、明州本、奎章閣本、集注本作
"路"。《經典釋文》卷四《尚書》下《呂刑》"賂"音"來故反"，
卷七《毛詩》下《魯頌·泮水》"賂"音"路"，卷十五《左傳》一
隱公十一年，卷十七《左傳》三成公二年，卷十九《左傳》五昭公四
年、昭公十三年、昭公二十六年，卷二十《左傳》六哀公十一年、哀
公二十四年，卷二十五《老子》並同，賂音"路"。慧琳《音義》卷
二十四、卷三十三、卷七十四賂音"力故反"，卷五十七音"盧妬
反"。《廣韻·暮韻》賂音"洛故切"。力、來、盧、洛屬來紐。同。

世多亂而時不治　治治吏

治，參見《王文憲集序》"皇朝以治定制禮"句"治"音疏證。

故璩甯以之卷舒　璩巨於　卷狙免

璩，集注本同，北宋本、尤刻本、五臣本、明州本、奎章閣本、
叢刊本作"蘧"。《音決》亦作"蘧"。案此"蘧"指"蘧伯玉"，《經
典釋文》卷十一《禮記》一《檀弓上》"蘧"下注云"本又作璩"，

《淮南子·泰族》亦作"璩"，是"蘧""璩"字通也。　集注本引《音決》："蘧音渠。"《經典釋文》卷十《儀禮》《聘禮》蘧音"其居反"，卷十二《禮記》二《禮器》，卷十六《左傳》二文公十三年，卷十七《左傳》三成公八年、襄公十四年，卷十八《左傳》四襄公二十六年、襄公二十九年，卷二十《左傳》六定公十年，卷二十二《穀梁傳》襄公二十三年，卷二十四《論語》《子路》《憲問》，卷二十六《莊子》上《人間世》，卷二十八《莊子》下《則陽》並同，蘧音"其居反"，卷二十《左傳》六定公十五年，卷二十六《莊子》上《齊物論》《大宗師》，卷二十七《莊子》中《天運》，卷三十《爾雅》下《釋草》（凡二見）蘧並音"渠"。慧琳《音義》卷四十八蘧音"巨於反"。《廣韻·魚韻》蘧音"強魚切"。其、巨、強屬羣紐。同。　集注本引《音決》："卷，居勉反。"《經典釋文》卷五《毛詩》上《周南·卷耳》卷音"眷勉反"，卷六《毛詩》中《小雅·采菽》，卷九《周禮》下《冬官·函人》，卷十八《左傳》四襄公三十年，卷十九《左傳》五昭公二十五年，卷二十《左傳》六定公三年並同。《廣韻·獮韻》卷音"居轉切"。居、眷屬見紐。同。

柳下以之三黜　三二黜

集注本引《音決》："三，思濫反。"《經典釋文》卷二《周易》《蒙》（凡二見）《晉》三音"息暫反"，卷三《尚書》上《五子之歌》，卷四《尚書》下《酒誥》，卷六《毛詩》中《小雅·采薇》，卷十《儀禮》《公食大夫禮》《士喪禮》《既夕禮》《特牲饋食禮》，卷十一《禮記》一《曲禮下》，卷十二《禮記》二《曾子問》《郊特牲》，卷十三《禮記》三《雜記下》（凡二見），卷十四《禮記》四《表記》，卷十五《左傳》一莊公十年，卷十六《左傳》二僖公二十八年（凡二見）、文公六年、文公十三年，卷十七《左傳》三襄公十年，卷十八《左傳》四襄公三十年，卷二十《左傳》六定公十三年、哀公八年、哀公二十七年，卷二十四《論語》《學而》《公冶長》《鄉黨》《先進》《微子》，卷二十八《莊子》下《盜跖》並同，三音"息暫反"《廣韻·談韻》三音"蘇丹切"。思、息、蘇屬心紐。同。

若合符契　契可計

契，參見《漢高祖功臣頌》"思入神契"句"契"音疏證。

則燕昭樂毅　毅五既

毅，寫卷用別體“敎”，與《隋龍藏寺碑》同。今改正體。《經典釋文》卷三《尚書》上《皋陶謨》毅音“五既反”，卷四《尚書》下《泰誓下》音“牛既反”，卷十四《禮記》四《儒行》音“魚既反”，卷十六《左傳》二宣公二年，卷二十四《論語》《子路》同，卷二十四《論語》《泰伯》毅音“魚氣反”。慧琳《音義》卷十七毅音“魚既反”，卷四十二音“宜既反”，卷四十六、卷五十二音“牛既反”，卷八十二音“宜氣反”。《廣韻·未韻》音“魚既切”。魚、宜、牛屬疑紐。同。

夫未遇伯樂　樂洛

樂，參見《酒德頌》“其樂陶陶”句“樂”音疏證。集注本引《音決》：“樂音洛。”

則當年控三傑　傑桀

傑，參見《王文憲集序》“實資人傑”句“傑”音疏證。　集注本引《音決》：“傑，其列反。”

高祖不以道勝御物　勝勝孚

勝，參見《王文憲集序》“增益標勝”句“勝”音疏證。集注本引《音決》：“勝，詩證反。”

静亂庇人　庇必二

集注本引《音決》：“庇，必二反。”《經典釋文》卷九《周禮》下《夏官·圉師》庇音“必二反”，卷十四《禮記》四《表記》，卷十六《左傳》二僖公二十五年、文公七年、文公十六年，卷十七《左傳》三成公十一年、成公十五年、襄公八年、襄公九年、襄公十年，卷十八《左傳》四襄公三十一年、昭公元年，卷十九《左傳》五昭公七年、昭公十五年，卷二十《左傳》六哀公十六年“庇”音“必利反”，卷二十五《老子》（凡二見），卷二十九《爾雅》上《釋言》庇音“必寐反”。慧琳《音義》卷十七庇音“必利反”，卷二十一音“卑至反”，卷四十六音“方利反”。《廣韻·至韻》庇音“必至切”。必、卑屬幫紐，方屬非紐。同。

夫時方顛沛　沛布代

沛，參見《漢高祖功臣頌》"相國酇文終侯沛蕭何"句"沛"音疏證。

喪之何能無慨　喪喪浪

喪，寫卷作別體"莣"。反切上字作疊字號，今改正字。　喪，參見《漢高祖功臣頌》"霸楚寔喪"句"喪"音疏證。集注本引《音決》："喪，息浪反。"

余以暇日　日人一

日，參見《王文憲集序》"允集茲日"句"日"音疏證。

比其行事　比鼻

比，參見《漢高祖功臣頌》"袞龍比象"句"比"音疏證。集注本引《音決》："比音鼻。"

舉才不以標鑒　標必昭

標，寫卷用別體"檦"，與《魏孫秋生造象記》同，今改正體。　標，參見《王文憲集序》"或德標素尚"句"標"音疏證。集注本引《音決》："標，必遙反。"

籌畫不以要功　要一昭

集注本引《音決》："要，一遙反。"《經典釋文》卷二《周易》《繫辭下》（凡二見）《說卦》《署例上》音"一遙反"，卷三《尚書》上《益稷》《禹貢》，卷四《尚書》下《多方》（凡二見），卷八《周禮》上《天官·大宰》，卷九《周禮》下《秋官·掌戮》，卷十《儀禮》《士冠禮》《喪服經傳》《士喪禮》（凡二見）《既夕禮》，卷十一《禮記》一《檀弓上》《檀弓下》（凡二見）《王制》，卷十二《禮記》二《玉藻》《明堂位》《喪服小記》，卷十三《禮記》三《樂記》《雜記上》《雜記下》《喪大記》（凡二見），卷十四《禮記》四《表記》《服問》《閒傳》《深衣》，卷十七《左傳》三宣公十二年、成公元年、成公二年、成公七年、成公九年、成公十三年、襄公九年、襄公十年、襄公十一年、襄公十五年，卷十八《左傳》四襄公十六年、襄公二十三年、襄公三十年、昭公三年，卷十九《左傳》五昭公二十年、昭公二十二年、昭公二十三年、昭公二十五年，卷二十《左傳》六定公十年、哀公二年、哀公六年、哀公十二年、哀公十四年、哀公二十五年，卷二十一《公羊傳》隱公四年、隱公八年、桓公十年、莊公十三年、莊公二十四年、僖公十四年、僖公三十三年、文公十六年、宣公元年、昭公二十五年，卷二十四《論語》《憲問》，卷二十六《莊子》上《逍遙遊》《人間世》《德充符》《應帝王》，卷二十七《莊子》中《天地》《天運》《達生》（凡二見），卷二十八《莊子》下《徐无鬼》《讓王》（凡二見）《盜跖》《漁父》，卷三十《爾雅》下《釋木》《釋蟲》並同，音“一遙反”。　《廣韻·宵韻》要音“於宵切”。一、於屬影紐。同。

源流趣舍　趣七俱　舍失也

趣，五臣本、明州本、奎章閣本作“取”。案“取”與“趣”通。《經典釋文》卷二《周易》《繫辭下》趣音“七樹反”，卷六《毛詩》中《小雅·十月之交》趣音“七住反”，卷十一《禮記》一《月令》（凡二見），卷十三《禮記》三《學記》，卷十五《左傳》一《序》，卷二十一《公羊傳》定公八年同，卷七《毛詩》下《大雅·棫樸》趣音“七喻反”，卷九《周禮》下《冬官·矢人》，卷二十五《老子》，卷二十六《莊子》上《齊物論》，卷二十七《莊子》中《胠篋》同。《廣韻·遇韻》音“七句切”。同。　舍，參見《聖主得賢臣頌》“則趨舍省而功施普”句“舍”音疏證。集注本引《音決》：“舍音捨。”

折而不撓　折之舌　撓女孝

折，參見《王文憲集序》“皆折衷於公”句“折”音疏證。　集注本引《音決》：“折，之舌反。”　撓，參見《漢高祖功臣頌》“楚威自撓”句“撓”音疏證。集注本引《音決》：“撓，女孝反。”

執笏霸朝者　笏忽

集注本引《音決》：“笏音忽。”《經典釋文》卷九《周禮》下《冬官·桃氏》，卷十《儀禮》《士喪禮》，卷十二《禮記》二《內則》

《玉藻》《少儀》，卷十三《禮記》三《樂記》，卷十五《左傳》一桓公二年，卷二十二《穀梁傳》僖公三年，卷二十七《莊子》中《天地》芴音"忽"。慧琳《音義》卷八十六芴音"昏没反"，卷九十一音"昏骨反"。《廣韻·入韻》芴音"呼骨切"。忍、昏、呼屬曉紐。同。

亦所以覆舟　覆芳伏

覆，參見《東方朔畫贊》"支離覆逆之數"句"覆"音疏證。集注本引《音決》："覆，芳伏反。"

來哲攘袂於後　攘而羊

攘，參見《酒德頌》"乃奮袂攘衿"句"攘"音疏證。集注本引《音決》："攘，而良反。"

公瑾卓爾　瑾觀

瑾下所注直音原訛"觀"，今改正。　集注本引《音決》："瑾音觀。"《經典釋文》卷十七《左傳》三宣公十五年瑾音"其靳反"。《廣韻·震韻》瑾音"渠遴切"。同。

總角料主　料力弔

料，寫卷用俗體"斵"（詳《干祿字書·平聲》），今改正體。料，參見《趙充國頌》"料敵制勝"句"料"音疏證。集注本引《音決》："料，力彫反。"

則叄分於赤壁　叄三

叄，寫卷用別體"叅"，今改正。叄音"三"。案"叄""三"字同。　三，參見本篇前文"柳下以之三黜"句"三"音疏證。

惜其齡促　齡力丁

齡，參見《王文憲集序》"見公弱齡"句"齡"音疏證。

志未可量　量力羊

量，參見《王文憲集序》"盈量知歸"句"量"音疏證。集注本引《音決》"量音良"。

輟哭止哀　輟竹劣

集注本引《音決》："輟，知劣反。"《經典釋文》卷十一《禮記》一《曲禮下》"輟"音"丁劣反"，卷二十二《穀梁傳》文公七年，卷二十六《莊子》上《人間世》，卷二十七《莊子》中《在宥》，卷二十九《爾雅》上《釋詁》同，卷十三《禮記》三《祭義》"輟"音"張劣反"，卷二十四《論語》《微子》，卷二十五《老子》同。慧琳《音義》卷五十八音"猪劣反"，卷六十、卷八十、卷八十九音"轉劣反"，卷七十音"丁劣反"，卷八十七音"知劣反"。《廣韻·薛韻》輟音"陟劣切"。竹、猪、轉、知、陟屬知紐，丁屬端紐。同。

豈徒蹇愕而已哉　蹇居免　愕□□　已以

蹇，五臣本，明州本，奎章閣本、叢刊本作"謇"。案"謇""蹇"音同義通。反切上字"尻"為"居"之別體，今改正體。"愕"，《音決》作"諤"。案"愕""諤"音同義通。"愕"下反切全佚，今補之以"□□"。　集注本引《音決》："蹇，居輦反。"《經典釋文》卷二《周易》《蹇》《未濟》蹇音"紀免反"，卷十六《左傳》二僖公三十二年，卷二十一《公羊傳》襄公十九年，卷二十二《穀梁傳》僖公三十三年、襄公十年，卷二十七《莊子》中《秋水》《達生》蹇音"紀輦反"，卷二十一《公羊傳》僖公三十三年蹇音"居輦反"。慧琳《音義》卷九蹇音"居免反"（凡二見），卷十一音"居偃反"，卷六十九音"建偃反"，卷七十六音"揭偃反"。《廣韻·獮韻》音"九輦切"。居、紀、建、揭、九屬見紐。同。　集注本引《音決》："諤，五各反"。《經典釋文》卷二十一《公羊傳》莊公十三年，卷二十七《莊子·秋水》愕音"五各反"。慧琳《音義》卷十三、卷十八、卷三十五、卷五十七、卷一百愕音"五各反"，卷二十八、卷六十二、卷八十音"昂各反"。《廣韻·鐸韻》愕音"五各切"。五、昂屬疑紐。同。已，參見《王文憲集序》"豈直彫章縟采而已哉"句"已"音疏證。

而用舍之間　舍失也

"舍"，五臣本、明州本、奎章閣本作"捨"。案"捨""舍"音同義通。 舍，參見《聖主得賢臣頌》則"趨舍省而功施普"句"舍"音疏證。集注本引《音決》："舍音捨。"

魏志

此二字，是《文選》正文"魏志九人"之省。此下文字從"魏志九人"迄"陳泰字玄伯"一百一十五字，傳世《文選》的不同版本，有三種不同情況。一、按《史記》《漢書》表的形式，旁行斜上，魏志蜀志吳志三者並列，從右到左，橫行排列。此種排列者，有《文選集注》和《文選音》，而《文選音》在摘字為訓時，是先摘錄魏志九人，次摘蜀志四人，再摘錄吳志之七人。二、未按此種方式，而是按"魏志九人，蜀志四人，吳志七人，荀彧字文若，諸葛亮字孔明，周瑜字公瑾"的方式，即"魏志九人，蜀志四人、吳志七人"以下，按魏、蜀、吳各排一人的次序，打破了原來"旁行斜上"的規矩，按這種方式排列者，有北宋本、尤刻本、明州本、叢刊本。三、刪除此一百一十五字者。此種刪除本，有五臣本、奎章閣本。這一問題，筆者將有專文討論，此處不作深究。

荀彧字文若　彧於匊

集注本引《音決》："彧，於六反。"《經典釋文》卷六《毛詩》中《小雅·信南山》彧音"於六反"。《廣韻·屋韻》彧音"於六切"。同。

崔琰字季珪　琰□□

琰下反切已佚。今補之以"□□"。　集注本引《音決》："琰，以歛反。"《經典釋文》卷四《尚書》下《顧命》，卷八《周禮》上《春官·天府》音"以冉反"，卷九《周禮》下《冬官·玉人》音"餘冉反"。慧琳《音義》音"閻染反"。《廣韻·琰韻》音"以冉切"。以、餘、閻屬以紐。同。

蜀志

此二字，乃"蜀志四人"之省。

龐統字士元　龐步江

《廣韻·江韻》龐音"薄江反"，並注："姓也，出南安、南陽二望，本周文王子畢公高後，封於龐，因氏焉。"步、薄屬並紐。

蔣琬字公琰　蔣_{將兩}　琬_{於遠}

《廣韻·養韻》蔣音"即兩切"，注："國名，亦姓，《風俗通》云：周公之胤。又漢複姓，漢有曲陽令蔣匠熙。"將、即屬精紐。　集注本引《音決》："琬，於阮反。"《經典釋文》卷四《尚書》下《顧命》琬音"紆晚反"，卷八《周禮》上《春官·天府》音"於阮反"，卷九《周禮》下《冬官·玉人》同。慧琳《音義》卷九十三琬音"於遠反"。《廣韻·阮韻》琬音"於阮切"。於、紆屬影紐。同。

吳志

此二字，乃"吳志七人"之省。

周瑜字公謹　瑜_{以朱}

集注本引《音決》："瑜，以朱反。"《經典釋文》卷十二《禮記》二《玉藻》，卷十四《禮記》四《聘禮》，卷十七《左傳》三宣公十五年瑜音"羊朱反"。《廣韻·虞韻》音"羊朱切"。以、羊屬以紐。同。

陸遜字伯言　遜□□

遜，寫卷作"慈"，當是"愻"之誤。"愻""遜"音同義通，今從《文選》及《三國志》改作"遜"。此下之反切原佚，今補之以"□□"。　慧琳《音義》卷五遜音"蘇頓反"，卷七、卷十五音"孫寸反"，卷四十八音"蘇寸反"，卷三十三愻音"孫寸反"，卷五十八愻音"蘇寸反"。《廣韻·慁韻》愻遜並音"蘇困反"。蘇、孫屬心紐。同。

顧雍字元歎　雍_{於恭}

雍，寫卷誤作"應"，今從《文選》及《三國志》改。　《廣韻·鍾韻》雍音"於容切"。同

虞翻字仲翔　翻_{方元}

翻，寫卷作俗體"飜"。案"飜""翻"音同義通，今從《文選》及《三國志》改作"翻"。　慧琳《音義》卷五十八翻音"孚元反"，

卷六十二音"孚園反"，卷六十三音"孚煩反"，卷六十九音"孚袁反"。《廣韻·元韻》音"孚袁切"。同。

運纏大過　過古卧

過音"古卧反"，參見《漢高祖功臣頌》"震風過物"句"過"音疏證。集注本引《音決》："過，叶韻音戈。"《廣韻·戈韻》過音"古禾切"，與音"戈"同。

二溟揚波　溟莫丁

集注本引《音決》："溟，亡丁反。"《經典釋文》卷二十七《莊子》中《在宥》《天地》溟音"亡頂反"。慧琳《音義》卷十八（凡二見），卷三十一音"覓瓶反"，卷四十八音"莫經反"，卷六十、卷八十五音"冥"，卷六十七音"茗經反"。《廣韻·青韻》音"莫經切"。莫、茗屬明紐，亡屬微紐。同。

虯虎雛鷲　虯求

虯，北宋本、尤刻本、作"虬"。　集注本引《音決》："虯，巨幽反。"慧琳《音義》卷四十二、卷四十九、卷五十三虯音"渠周反"，卷五十六音"渠留反"，卷八十音"耆由反"，卷九十音"糾幽反"。《廣韻·幽韻》虯音"渠幽切"。案"虯"、"虬"二字義同，而虬在《集韻·黝韻》，《音決》所注"巨幽反"在《廣韻·幽韻》，與"虬"音同。巨、渠、糾屬見紐，耆屬羣紐。

競收杞梓　杞起

《經典釋文》卷二《周易》《姤》杞音"起"，卷五《毛詩》上《鄭風·將仲子》，卷六《毛詩》中《小雅·四牡》《小雅·杕杜》《小雅·南山有臺》《小雅·北山》，卷七《毛詩》下《周頌·振鷺》，卷十一《禮記》一《檀弓下》，卷十三《禮記》三《樂記》，卷十四《禮記》四《中庸》，卷十五《左傳》一隱公四年，卷十八《左傳》四襄公二十六年，卷十九《左傳》五昭公十二年，卷二十二《穀梁傳》隱公四年、襄公四年同。《廣韻·止韻》杞音"墟里切"。起、墟屬溪紐。同。

應變知微　應去

應，參見《王文憲集序》"自是始有應務之跡"句"應"音疏證。集注本引《音決》："應，於證反。"

探賾賞要　賾仕白

集注本引《音決》："賾，士革反。"《經典釋文》卷二《周易》《繫辭上》《畧例》賾音"仕責反"。慧琳《音義》卷八十八"賾"音"仕責反"，卷九十三音"柴責反"。《廣韻·麥韻》音"士革切"。仕、士屬牀紐，柴屬崇紐。同。

日月在躬　日人一

日，參見《王文憲集序》"允集茲日"句"日"音疏證。

鑽之愈妙　鑽走□　愈以主

鑽反切下字佚，止留上字"走"，今補之以"□"。　集注本引《音決》："鑽，走丸反。"《經典釋文》卷九《周禮》下《冬官·輿人》《冬官·函人》鑽音"作官反"，卷十《儀禮》《士喪禮》，卷十二《禮記》二《内則》，卷二十四《論語》《子罕》《陽貨》，卷二十九《爾雅》上《序》，卷三十《爾雅》下《釋木》鑽音"子官反"。慧琳《音義》卷十四、卷六十三音"纂鸞反"，卷二十一、卷二十二音"則官反"，卷五十、卷五十三、卷五十四、卷八十五音"祖官反"，卷六十、卷七十五、卷八十三音"纂官反"，卷一百音"祖端反"又"祖酸反"。《廣韻·桓韻》音"借官切"。走、作、子、纂、則、祖、借屬精紐。同。　《經典釋文》卷五《毛詩》上《唐風·無衣》愈音"羊主反"，卷十七《左傳》三襄公十四年，卷二十二《穀梁傳》隱公七年，卷二十五《老子》，卷二十八《莊子》下《天下》並同，卷二十四《論語》《先進》音"以主反"。慧琳《音義》卷七愈音"以主反"，卷十五、卷六十三音"瑜主反"，卷二十五音"余主反"，卷二十七、卷四十八、卷五十九音"臾乳反"，卷二十九音"羊主反"。《廣韻·麌韻》"愈音"以主切"。羊、以、瑜、余、臾屬以紐。同。

滄海橫流　滄七郎

《經典釋文》卷三《尚書》上《禹貢》滄音"倉"。慧琳《音義》

卷一百滄音"倉"。《廣韻·唐韻》：滄"七岡切。"同。

廢己存愛　己紀

己，參見《王文憲集序》"約己不以廉物"句"己"音疏證。

思同蓍蔡　思思吏　蓍尸音

蓍，寫卷作"箸"。敦煌寫本從草從竹之字常混用，此又一例。思，參見《漢高祖功臣頌》"思入神契"句"思"音疏證。集注本引《音決》："思，先自反。"　《經典釋文》卷二《周易》《繫辭上》《説卦》蓍音"尸"，卷四《尚書》下《洪范》，卷五《毛詩》上《衛風·氓》，卷六《毛詩》中《曹風·下泉》，卷八《周禮》上《春官宗伯》，卷十《儀禮》《士冠禮》《特牲饋食禮》《少牢饋食禮》，卷十一《禮記》一《曲禮上》《月令》，卷十二《禮記》二《禮運》《少儀》，卷十四《禮記》四《中庸》，卷十五《左傳》一莊公二十二年，卷二十二《公羊傳》莊公四年、定公八年，卷三十《爾雅》下《釋草》《釋魚》並同，音"尸"。慧琳《音義》卷八十四蓍音"舒夷反"。《廣韻·脂韻》音"式之切"。尸、舒、式並屬書紐。同。

邁此顛沛　邁古豆　沛布代

邁，參見《出師頌》"東吳邁逆"句"邁"音疏證。集注本引《音決》："邁，古候反。"　沛，參見《聖主得賢臣頌》"沛乎若巨魚縱大壑"句"沛"音疏證。

處之彌泰　處處與

處，參見《王文憲集序》"處薄者不怨其少"句"處"音疏證。

惜惜幕裏　惜一林　幕莫　裏里

集注本引《音決》："惜，一林反。"《經典釋文》卷十九《左傳》五昭公十二年音"一心反""徐於林反"，慧琳《音義》卷七十三音"於針反"、卷八十音"揖淫反"，卷八十九音"抱針反"，卷九十三音"壹淫反"。《廣韻·侵韻》音"抱淫切"。一、於、揖、抱屬影紐。同。　幕，參見《酒德頌》"幕天席地"句"幕"音疏證。　《經典釋文》卷五《毛詩》上《邶風·緑衣》裏音"里"，卷六《毛詩》中

《小雅·小弁》，卷十《儀禮》《士昏禮》，卷十一《禮記》一《檀弓上》，卷十二《禮記》二《玉藻》，卷十五《左傳》一莊公十四年，卷二十二《穀梁傳》宣公九年，卷二十九《爾雅》上《釋丘》並同。慧琳《音義》卷六十五裏音"里"。《廣韻·止韻》裏音"良士切"。同。

笑無不經　笑_{素亂}

笑，北宋本、集注本同，尤刻本、五臣本、明州本、奎章閣本、叢刊本作"笭"。案"笭""笑"音同義通。反切下字作俗體"乱"，今改正。　笑，參見《東方朔畫贊》"合變以明笑"句"笑"音疏證。

亹亹通韻　亹_尾

集注本引《音決》："亹音尾。"《經典釋文》卷二《周易》《繫辭上》《繫辭下》亹音"亡偉反"，卷五《毛詩》上《鄭風·出其東門》，卷七《毛詩》下《大雅·文王》，卷十五《左傳》一桓公十七年音"尾"，卷七《毛詩》下《大雅·崧高》，卷十二《禮記》二《禮器》，卷十五《左傳》一桓公十一年，卷二十《左傳》六定公五年，卷二十一《公羊傳》定公八年，卷二十二《穀梁傳》僖公三十二年，卷二十九《爾雅》上《釋詁》亹音"亡匪反"。慧琳《音義》卷十九亹音"微匪反"，卷七十八、卷八十、卷八十三、卷八十八、卷八十九、卷九十七同，卷四十六、卷五十二音"亡匪反"，卷一百音"尾"。《廣韻·尾韻》音"無匪切"。亡、無屬微紐。同。

顧哂連城　哂_{許忍}

集注本引《音決》："哂，詩引反。"《經典釋文》卷二十四《論語》《先進》哂音"詩忍反"。慧琳《音義》卷三十四音"式忍反"，卷八十二、卷八十八音"申忍反"。《廣韻·軫韻》音"式忍切"。詩、式、申屬書紐。同。

知能拯物　拯_{拯等}

拯，五臣本、明州本、奎章閣本作"極"。"拯"下反切上字原用疊字號，今改正體。　集注本引《音決》："拯，證之上聲"。《經典釋文》卷二《周易》《屯》音"拯救之拯"，《大過》《明夷》《損》

《困》《渙》《畧例下》，卷十七《左傳》三宣公十二年，卷十九《左傳》五昭公十一年，卷二十二《穀梁傳》《序》，卷二十七《莊子》下《駢拇》《達生》並同。慧琳《音義》卷一"拯"音"蒸上聲"，卷十二（凡二見）、卷三十、卷三十二、卷四十、卷五十、卷五十七、卷六十一、卷六十四、卷八十九、卷九十、卷九十二並同。《廣韻·拯韻》拯音"蒸上聲"。同。

恂恂德心　恂苟

集注本引《音決》："恂音旬。"《經典釋文》卷四《尚書》下《立政》"恂"音"荀"，卷二十四《論語》《鄉黨》，卷二十六《莊子》上《齊物論》，卷二十七《莊子》中《田子方》《知北遊》，卷二十八《莊子》下《徐无鬼》，卷二十九《爾雅》上《釋訓》並同。慧琳《音義》卷十五恂音"思巡反"，卷五十三、卷六十五音"私巡反"，卷八十四音"戌遵反"，卷八十五音"恤遵反"，卷八十八音"思遵反"，卷九十三音"巡"，卷九十七音"旬"。《廣韻·諄韻》恂音"相倫切"。思、私、戌、恤、相屬心紐。同。

志成弱冠　冠古亂

反切下字原用俗體"乱"，今改正字。　冠，參見《王文憲集序》"衣冠禮樂在是矣"句"冠"音疏證。集注本引《音決》："冠，古翫反。"

神氣怡然　怡以之

怡，北宋本、尤刻本、五臣本、明州本、奎章閣本、叢刊本作"恬"。　怡，參見《漢高祖功臣頌》"怡顏高覽"句"怡"音疏證。

行不脩飾　行下孟　飾式

飾，寫卷訛"餔"，此處指衣飾，故其下注直音"式"，而"餔"有"食"義，與此句文意不合，且"餔"音非"式"，今正之。　行，參見《王文憲集序》"昉行無異操"句"行"音疏證。集注本引《音決》："行，下孟反。"　《經典釋文》卷二《周易》《坤》飾音"申職反"，卷二十九《爾雅》上《釋言》同，卷七《毛詩》下《商頌·

烈祖》，卷十三《禮記》三《樂記》，卷二十七《莊子》中《馬蹄》，卷二十九《爾雅》上《釋訓》《釋宮》《釋器》《釋天》並音"式"。慧琳《音義》卷一音"商織反"，卷八音"昇力反"，卷十三音"尸力反"，卷十五音"昇翼反"，卷十七音"昇職反"，卷三十二、卷六十三音"升職反"，卷三十九音"式"，卷五十音"尸食反"，卷九十四音"昇弋反"。《廣韻·職韻》音"賞職切"。昇、升、尸、賞屬書紐。同。

名跡無愆　愆_{去焉}

愆，寫卷作別體"譽"，今改正體。愆，參見《聖主得賢臣頌》"斥逐又非其愆"句"愆"音疏證。

操不激切　操_{七到}

操，參見《王文憲集序》"眆行無異操"句"操"音疏證。集注本引《音決》："操，七到反。"

牆宇高嶷　牆_{疾羊}　嶷_{魚列}

牆，寫卷作別體"攄"，今改正體。　《經典釋文》卷三《尚書》上《五子之歌》牆音"慈羊反"，卷五《毛詩》上《鄘風·牆有茨》，卷六《毛詩》中《小雅·棠棣》，卷十一《禮記》一《檀弓上》音"在良反"，卷二十三《孝經》《五刑章》牆音"疾良反"。慧琳《音義》卷四牆音"浄陽反"，又卷四、卷十、卷十三、卷十四、卷三十三、卷四十一、卷六十一、卷七十二、卷七十九、卷九十七音"匠羊反"。《廣韻·陽韻》音"在良反"。慈、在、疾、浄、匠屬從紐。同。
　　集注本引《音決》："嶷，魚列反。"《經典釋文》卷七《毛詩》下《大雅·生民》音"魚極反"。慧琳《音義》卷十音"語棘反"，卷十二音"疑極反"，卷十三音"疑力反"，卷二十二、卷八十八音"魚力反"，卷四十四音"凝棘反"，卷八十一、卷八十二、卷九十三同，卷五十三音"宜力反"，卷八十五音"凝極反"，卷一百音"疑棘反"。《廣韻·職韻》音"魚力切"。魚、語、疑、凝、宜屬疑紐。同。

剪除荆棘　剪□□

"剪"下反切已亡佚，今補之以"□□"。　慧琳《音義》卷十剪音"精演反"，卷十八、卷六十一音"煎衍反"，卷八十三音"煎踐反", 卷八十四音"子踐反"。《廣韻·獮韻》音"即淺切"。同。

人惡其上 惡惡故

惡, 寫卷原作別體"恶", "恶"下反切上字原用疊字號, 今並改正。 集注本引《音決》: "惡, 一故反。"《經典釋文》卷二《周易》《蒙》《比》《小畜》《謙》《益》《繫辭上》(凡二見)《繫辭下》《畧例》《卦畧》音"烏路反", 卷三《尚書》上《益稷》《仲虺之誥》, 卷四《尚書》下《泰誓中》《泰誓下》《洪範》《大誥》《康誥》《秦誓》, 卷五《毛詩》上《周南·螽斯》《召南·野有死麕》《邶風·谷風》《邶風·新臺》《鄘風·桑中》《鄘風·蝃蝀》《衛風·竹竿》《鄭風·清人》《鄭風·遵大路》《齊風·雞鳴》《齊風·南山》《齊風·敝笱》《唐風·揚之水》, 卷六《毛詩》中《陳風·墓門》《豳風·破斧》《小雅·沔水》《小雅·我行其野》《小雅·正月》《小雅·十月之交》《小雅·雨無正》《小雅·巧言》《小雅·卷伯》《小雅·賓之初筵》, 卷七《毛詩》下《大雅·綿》《大雅·假樂》《大雅·烝民》《大雅·召旻》, 卷八《周禮》上《地官·誦訓》《春官·喪祝》, 卷九《周禮》下《夏官·訓方氏》《秋官·司盟》《秋官·蜡氏》《秋官·掌交》, 卷十《儀禮》《聘禮》《士喪禮》(凡二見)《特牲饋食禮》, 卷十一《禮記》一《曲禮上》(凡三見)《曲禮下》《檀弓上》(凡五見)《檀弓下》(凡二見)《王制》(凡三見)《月令》, 卷十二《禮記》二《禮運》(凡三見)《禮器》《喪服小記》《少儀》, 卷十三《禮記》三《學記》《樂記》《雜記下》《喪小記》(凡二見)《祭法》《祭義》(凡二見)《祭統》《經解》《孔子閒居》《坊記》, 卷十四《禮記》四《中庸》(凡二見)《表記》(凡二見)《緇衣》(凡四見)《大學》(凡五見), 卷十五《左傳》一隱公元年、隱公二年、隱公三年、隱公四年、桓公二年、桓公三年、桓公十年、桓公十七年、莊公九年、莊公二十一年、莊公二十三年(凡二見)、閔公二年(凡二見)、僖公二年、僖公五年、僖公七年、僖公九年、僖公十五年(凡二見), 卷十六《左傳》二僖公十九年、僖公二十三年、僖公二十四年、僖公二十五年(凡三見)、僖公三十一年、僖公三十二年、文公七年、文公十二年、文公十五年、文公十八年、宣公二年、宣公三年、宣公四年、宣公八年, 卷十七《左傳》三宣公十四年、成公七年、成公十一年、成公十二年、成公十三年、成公十四年、成公十五年、成公十六年、成公十八年、襄公十一年、襄公十四年，卷十八《左傳》四襄公十七年、襄公二十三年、襄公二十四年、襄公二十六年（凡二見）、襄公二十八年（凡三見）、襄公三十年（凡二見）、襄公三十一年，昭公元年（凡三見）、昭公二年，卷十九《左傳》五昭公四年、昭公六年、昭公十年（凡三見）、昭公十三年、昭公十四年（凡二見）、昭公十五年、昭公十六年、昭公二十年（凡三見）、昭公二十一年（凡二見）、昭公二十二年（凡二見）、昭公二十五年（凡二見），卷二十《左傳》六昭公二十七年、昭公二十八年、昭公三十年、定公元年（凡二見）、定公四年（凡二見）、定公十年、定公十三年（凡二見）、定公十四年（凡二見）、哀公三年、哀公五年（凡二見）、哀公八年、哀公十三年、哀公十四年（凡二見）、哀公二十四年、哀公二十五年、哀公二十六年，卷二十一《公羊傳》隱公元年、隱公二年、隱公五年、隱公六年、隱公七年（凡二見）、隱公八年、桓公六年、桓公九年、莊公元年、莊公三年、莊公六年、莊公十年（凡二見）、莊公十七年、莊公二十三年、莊公二十七年、莊公三十年、閔公二年、僖公元年、僖公二年、僖公四年、僖公九年、僖公十四年、僖公十五年、僖公十七年、僖公十九年、僖公二十三年、僖公二十五年、僖公二十六年、僖公二十八年、僖公二十九年、僖公三十年、僖公三十一年、僖公三十三年、文公元年、文公二年、文公九年、文公十四年、宣公十四年、成公二年、成公三年、成公十年、成公十七年、襄公五年、襄公九年、襄公十年、襄公十六年、襄公二十一年、襄公二十三年、襄公二十五年、襄公二十六年、襄公二十九年、襄公三十年、昭公十一年、昭公十二年、昭公十三年、昭公二十年（凡二見）、昭公二十一年、昭公二十三年、昭公二十六年、昭公三十一年、定公四年、定公十年、哀公二年、哀公三年、哀公七年、哀公十三年，卷二十二《穀梁傳》《序》、隱公元年、隱公二年、隱公四年、隱公八年、隱公十年、桓公二年、桓公十一年（凡二見）、莊公三年、莊公九年（凡三見）、莊公十年、莊公十九年、莊公二十四年（凡二見）、莊公三十一年、閔公二年、僖公元年、僖公四年（凡二見）、僖公五年、僖公十四年、僖公十七年、僖公十八年、僖公十九年、僖公二十三年、僖公二十四年、僖公三十年、文公十八年、宣公三年、宣公八年、宣公十年、宣公十一年、宣公十八年、成公九年、成公十五年、襄公十年、襄公十二年、襄公十九年、襄公二十年、襄公二十三年、襄公二十七年、襄公三十年、昭公元年、昭公二年、昭公八年（凡二見）、昭公十一年（凡二見）、昭公二十年、昭公二十一年、昭公二十三年、昭公二十九年、昭公三十年、定公五年、定公八年、定公十一年、哀公六年、哀公二十年，卷二十三《孝經》《天子章》《卿大夫章》《三才章》《紀孝行章》《廣要道章》，卷二十四《論語》《里仁》《公冶長》《述而》《先進》《顏淵》《子路》《衛靈公》《陽貨》（凡三見）《子張》，卷二十五《老子》（凡六見），卷二十六《莊子》上《齊物論》（凡四見）《人間世》（凡五見）《德充符》（凡二見）《大宗師》（凡五見）《應帝王》，卷二十七《莊子》中《馬蹄》《在宥》（凡三見）《天地》《刻意》《至樂》（凡二見）《達生》（凡二見）《山木》《知北遊》，卷二十八《莊子》下《庚桑楚》（凡四見）《徐无鬼》（凡三見）《則陽》（凡二見）《寓言》《讓王》（凡二見）《盜跖》《漁父》《天下》並同，音“烏路反”。慧琳《音義》卷四音“烏固反”，卷九、卷二十七、卷四十一、卷五十四音“烏故反”，卷二十五、卷七十音“烏路反”。《廣韻·暮韻》音“烏路切”。一、烏屬影紐。同。

琅琅先生　琅郎

集注本引《音決》：“琅音郎。”《經典釋文》卷三《尚書》上《禹貢》琅音“郎”，卷七《毛詩》下《大雅·韓奕》，卷八《周禮》上《天官·大宰》，卷九《周禮》下《夏官·大司馬》，卷十五《左傳》一隱公七年，卷十九《左傳》五昭公十八年，卷二十四《論語》《序》，卷三十《爾雅》下《釋鳥》並同。慧琳《音義》卷八十五琅音“洛當反”。《廣韻·唐韻》音“魯當切”。洛、魯屬來紐。同。

雅杖名節　杖直尚

集注本引《音決》：“杖，直亮反。”《經典釋文》卷四《尚書》下《牧誓》杖音“直亮反”，卷九《周禮》下《秋官·野廬氏》《秋官·伊耆氏》，卷十七《左傳》三襄公八年，卷十八《左傳》四襄公二十七年、襄公二十八年，卷二十《左傳》六哀公十五年、哀公十六年、哀公二十七年，卷二十四《論語》《述而》，卷二十八《莊子》下《讓王》《説劍》《漁父》《列禦寇》並同，音"直亮反"。慧琳《音義》卷四音"長兩反"。《廣韻·養韻》音"直兩切"。直、長屬澄紐。同。

在醒貽答　　貽以之

貽，參見《王文憲集序》"永貽世範"句"貽"音疏證。

長文通雅　　長知丈

長，參見《王文憲集序》"拜司徒右長史"句"長"音疏證。集注本引《音決》："長，丁丈反。"

懼若在己　　己紀

己原注直音訛"紀"，今正之。　已，參見《王文憲集序》"約己不以廉物"句"己"音疏證。

嘉謀肆庭　　庭大丁

《經典釋文》卷二十六《莊子》上《逍遙遊》庭音"勑定反"。《廣韻·青韻》音"特丁切"。大、特屬定紐，勑屬徹紐。同。

讜言盈耳　　讜多朗

集注本引《音決》："讜，多朗反。"慧琳《音義》卷四十、卷八十音"當浪反"，卷四十五、卷八十八、卷九十五音"當朗反"。《廣韻·蕩韻》音"多朗切"。多、當屬端紐。同。

光不踰把　　把布馬

集注本引《音決》"把，百馬反。"《經典釋文》卷六《毛詩》中《小雅·大田》音"布馬反"，卷十《儀禮》《聘禮》音"百馬反"，卷二十《左傳》六昭公二十七年音"必馬反"，卷二十六《莊子·人間世》音"百雅反"。慧琳《音義》卷十七把音"百雅反"，卷五十六同，卷三十音"巴雅反"，卷五十六音"百訝反"，卷六十一、卷六十二音"白麻反"。《廣韻·馬韻》音"博下切"。布、百、必、白、博屬幫紐。同。

宇量高雅　量力上

量，參見《王文憲集序》"盈量知歸"句"量"音疏證。集注本引《音決》："量，音亮。"

標準無假　標必昭

標，寫卷作別體"橚"，今改正體。　標，參見《王文憲集序》"或德標素尚"句"標"音疏證。集注本引《音決》："標，必遥反。"

跡洿必偽　洿烏

洿，寫卷作別體"涍"，今改正體。五臣本、明州本、奎章閣本、叢刊本正文"洿"下注直音"烏"。集注本引《音決》："洿，烏卧反，五家洿音烏"。《經典釋文》卷六《毛詩》中《曹風·候人》，卷十一《禮記》一《檀弓下》，卷十六《左傳》二文公六年並音"烏"。慧琳《音義》卷二十四、卷八十三音"烏"，卷二十八音"一胡反"，卷五十三音"沃孤反"，卷五十五音"一孤反"。《廣韻·模韻》音"哀都切"。一、沃、哀屬影紐。同。

處死匪難　處處與

寫卷"處"用別體"豦"，反切上字用疊字號，下字用俗體"与"，今並改正體。　處，參見《王文憲集序》"處薄者不怨其少"句"處"音疏證。集注本引《音決》："處，昌吕反。"

理存則易　易以䜴

易，參見《聖主得賢臣頌》"有其具者易其備"句"易"音疏證。集注本引《音決》："易，以智反。"

萬物波盪　盪□□

盪，北宋本、尤刻本、五臣本、明州本、奎章閣本、叢刊本、集注本作"蕩"。案"蕩""盪"音同義通。盪下反切全佚，今補之以"□□"。　慧琳《意義》卷四十五、卷八十三盪音"唐朗反"，卷四十八、卷六十四音"徒朗反"，卷五十三、卷五十四、卷六十四音"堂朗反"，卷七十八音"堂黨反"。《廣韻·蕩韻》盪音"徒朗切"。唐、徒、堂屬定紐。同。

孰任其累　累力瑞

累，參見《聖主得賢臣頌》"顧有至愚極陋之累"句"累"音疏證。集注本引《音決》："累，力瑞反。"

知死不撓　撓女孝

撓，參見《漢高祖功臣頌》"楚威自撓"句"撓"音疏證。　集注本引《音決》："撓，女孝反。"

基宇宏邈　宏乎萌

《經典釋文》卷二十九《爾雅》上《釋詁》宏音"戶萌反"。慧琳《音義》卷一音"獲萌反"，卷四十八音"胡萌反"。《廣韻·耕韻》音"戶萌切"。乎、戶、獲、胡屬匣紐。同。

標牓風流　標必昭

標，寫卷作別體"標"，今改正體。　標，參見《王文憲集序》"或德標素尚"句"標"音疏證。集注本引《音決》："標，必遙反，下同。"

初九龍蟠　蟠步干

蟠，北宋本、尤刻本、五臣本、明州本、奎章閣本、叢刊本、集注本作"盤"。案"盤""蟠"音同義通。　《經典釋文》卷十三《禮記》三《樂記》蟠音"步丹反"，卷二十七《莊子》中《刻意》音"盤"。慧琳《音義》卷二十六音"薄寒反"，卷三十一、卷七十九、卷八十三音"盤"，卷七十音"蒲寒反"，卷七十八音"伴官反"，卷九十五音"伴寒反"。《廣韻·桓韻》音"薄官切"。步、薄、蒲、伴屬並紐。同。

雅志彌確　確苦角

確，北宋本、尤刻本、五臣本、明州本、奎章閣本、叢刊本作"確"。案"確""確"音同義通。　集注本引《音決》："確，苦角反。""苦"下原衍"通"，今刪。五臣本、明州本、奎章閣本、叢刊本正文"礭"下注反切"苦角"。慧琳《音義》卷四十九、卷七十三礭音"口角反",卷五十一、卷六十二、卷八十一(凡二見)音"腔角反",卷九十音"苦角反。"《龍龕手鏡·石部》:"礭,苦角反"。《廣韻·覺韻》音"苦角切"。腔、苦屬溪紐。同。

百六道喪　喪喪浪

喪之反切上字原作疊字號,今改正字。　喪,參見《漢高祖功臣頌》"霸楚寔喪"句"喪"音疏證。集注本引《音決》:"喪,息浪反。"

干戈迭用　迭大結

迭,參見本篇前文"然則三五迭隆"句"迭"音疏證。集注本引《音決》:"迭,徒結反。"

孰掃雰霿　霿莫貢

集注本引《音決》:"霿音蒙,叶韻宜音夢,俗語呼重霧霏霏然下者謂之霿雨,此古之遺,言其字然也。或為霧者,非。"北宋本、尤刻本李善注引孔安國《尚書傳》曰:"'霿,陰氣也,武功切'。今協韻音夢。"五臣本、明州本、奎章閣本、叢刊本正文"霿"下注反切"莫貢"。《廣韻·東韻》"霿"音"莫紅切",又音"莫侯切"。武屬微紐,莫屬明紐。同。

釋褐中林　褐乎葛

褐,參見《漢高祖功臣頌》"被褐獻寶"句"褐"音疏證。集注本引《音決》:"褐,何葛反。"

士元弘長　長知丈

長,參見《王文憲集序》"拜司徒右長史"句"長"音疏證。集注本引《音決》:"長,丁丈反。"

勝塗未隆　勝勝孕

勝下反切上字原作疊字號,今改正字。　勝,參見《王文憲集序》"增益標勝"句"勝"音疏證。集注本引《音決》:"勝,詩證反。"

先生標之　標_{必昭}

標，寫卷作別體"橒"，今改正體。　標，參見《王文憲集序》"或德標素尚"句"標"音疏證。

綢繆哲后　綢_{直由}　繆_{牟音又靡由反}

綢繆，參見《漢高祖功臣頌》"綢繆叡后"句"綢繆"音疏證。集注本引《音決》："綢，直留反。繆，莫侯反。"

義在緝熙　緝_{七入}

緝，寫卷作別體"絹"，今改正體。　緝，參見《王文憲集序》"緝熙帝圖"句"緝"音疏證。

霸業已基　已□□

已下反切全佚，今補之以"□□"。　已，參見《王文憲集序》"豈直彫章縟采而已哉"句"已"音疏證。

公琰殖根　殖_{時力}

殖，五臣本、明州本、奎章閣本作"植"。案"植""殖"音同義通。　《經典釋文》卷六《毛詩》中《小雅·斯干》《小雅·白華》殖音"市力反"，卷十七《左傳》三襄公二年，卷十八《左傳》四襄公二十三年。卷二十一《公羊傳》襄公元年，卷二十四《論語》《先進》同，卷十八《左傳》四襄公三十年，卷十九《左傳》五昭公九年，昭公十八年音"時力反"。慧琳《音義》卷一、卷二、卷二十七、卷五十九音"時力反"，卷五音"時職反"，卷二十九、卷三十三、卷八十四音"承職反"，卷四十五音"承力反"。《廣韻·職韻》音"常職切"。市、時、承、禪屬禪紐。同。

推賢恭己　己□□

己下反切全佚，今補以"□□"。己，參見《王文憲集序》"約己不以廉物"句"己"音疏證。

臨難不惑　難乃旦　惑或

難，參見《漢高祖功臣頌》"拔奇夷難"句"難"音疏證。集注本引《音決》："難，那旦反。"　《經典釋文》卷二十四《論語》《顏淵》《憲問》惑音"或"。《廣韻·德韻》音"胡國切"。同。

朗心獨見　見乎見

見，參見《聖主得賢臣頌》"陳見悃誠"句"見"音疏證。集注本引《音決》："見，何殿反。"

三光參分　參七甘

參，寫卷作異體"桼"，今改正體。　參見《聖主得賢臣頌》"參乘旦"句"參"音疏證。

宇宙暫隔　隔乎革

《經典釋文》卷二十九《爾雅》上《釋水》隔音"革"。慧琳《音義》卷二音"耕額反"，卷四十三音"歌額反"。《廣韻·麥韻》音"古核切"。同。

子布擅名　擅氏戰

擅，參見《王文憲集序》"則理擅民宗"句"擅"音疏證。集注本引《音決》："擅，市戰反。"

遭世方擾　擾而沼

擾，參見《酒德頌》"俯觀萬物擾擾"句"擾"音疏證。集注本引《音決》："擾，而沼反。"

把臂託孤　把布馬　臂必

把，參見本篇前文"光不踰把"句"把"音疏證。集注本引《音決》："把，布馬反。"　臂，參見《漢高祖功臣頌》"奮臂雲興"句"臂"音疏證。

臨難忘身　難乃旦

難，參見《漢高祖功臣頌》"拔奇夷難"句"難"音疏證。

得而能任　任任禁

任下反切上字原用疊音號，今改正字。　任，參見《聖主得賢臣頌》"所任賢"句"任"音疏證。

貴在無猜　猜七來

集注本引《音決》："猜，七來反。"《經典釋文》卷十五《左傳》一僖公九年猜音"七才反"，卷十八《左傳》四昭公三年，卷十九《左傳》五昭公七年、昭公二十年並同。慧琳《音義》卷八音"采災反"，卷十、卷二十八、卷五十七音"麄來反"，卷十八音"倉來反"，卷四十一、卷六十六音"綵來反"，卷六十二音"採來反"，卷八十四音"七才反"。《廣韻·咍韻》音"倉才切"。七、采、麄、倉、綵、採屬清紐。同。

昂昂子敬　昂五郎

集注本引《音決》："昂，魚郎反"。慧琳《音義》卷三十四音"五剛反"。《廣韻·唐韻》音"五剛切"。同。

拔奇草萊　萊來

萊，寫卷訛"來"，今從《文選》改。　萊，參見《東方朔畫贊》"草萊弗除"句"萊"音疏證。

荷擔吐奇　荷何可　擔多暫

荷，參見《聖主得賢臣頌》"曰夫荷旃被毳者"句"荷"音疏證。《經典釋文》卷七《毛詩》下《商頌·玄鳥》擔音"都藍反"，卷十《儀禮》《喪服經傳》音"市豔反"，卷十四《禮記》四《喪服四制》音"是豔反"卷十五《左傳》一莊公二十二年音"丁暫反"，卷十七《左傳》三襄公二年音"都暫反"。慧琳《音義》卷一音"耽濫反"，卷三、卷三十三、卷六十一同，卷十音"當濫反"，卷二十九音"多濫反"。《廣韻·闞韻》音"都濫切"。多、都、丁、耽、當、都屬端紐，市、是屬禪紐。同。

子瑜都長　瑜以朱　長知丈

瑜，參見本篇前文"周瑜字公瑾"句"瑜"音疏證。　長，參見《王文憲集序》"拜司徒右長史"句"長"音疏證。

正而不毅　毅五記

毅，見本篇前文"則燕昭樂毅"句"毅"音疏證。

豈無鶺鴒　鶺績

集注本引《音決》："鶺音積。"《玉篇·鳥部》："鶺，子席切。"《集韻·錫韻》鶺音"則歷切"，"鶺，鶺鴒，鳥名"。同。

詵詵衆賢　詵所巾

集注本引《音決》："詵，所巾反，或為莘，同。"《經典釋文》卷五《毛詩》上《周南·螽斯》詵音"所巾反"。《廣韻·臻韻》音"所臻切"。同。

驤首大路　驤胃羊

集注本引《音決》："驤音相。"《經典釋文》卷三十《爾雅》下《釋畜》驤音"息羊反"。慧琳《音義》卷五十一音"想羊反"，卷九十六同，卷六十一音"箱"，卷八十三音"削羊反"，卷八十九音"削陽反"。《廣韻·陽韻》音"息良切"。胃屬云紐，息、想、箱、削屬心紐。同。

仰挹玄流　挹一入

集注本引《音決》："挹，一入反，下同。"《經典釋文》卷六《毛詩》中《小雅·賓之初筵》音"一入反"，卷十《儀禮》《有司》同。慧琳《音義》卷十一音"邑"，卷六十音"湮熠反"。《廣韻·緝韻》音"於汲切"。一、湮、於屬影紐。同。

日月麗天　日人一

日，參見《王文憲集序》"允集兹日"句"日"音疏證。

用之不匱　匱巨位

集注本引《音決》：“匱，其□反。”反切下字佚。《經典釋文》卷四《尚書》下《泰誓》匱音“其位反”，卷八《周禮》上《地官·小司徒》，卷十一《禮記》一《月令》（凡二見），卷十五《左傳》一隱公元年，卷十七《左傳》三宣公十二年、成公元年、成公九年、襄公十四年，卷十八《左傳》四襄公二十九年，卷十九《左傳》五昭公七年，卷二十《左傳》六哀公六年，卷二十一《公羊傳》莊公二十八年，卷二十四《論語》《先進》《季氏》，卷二十七《莊子》中《胠篋》同。慧琳《音義》卷二音“狂位反”，卷四、卷十二、卷十五、卷二十九、卷三十五、卷五十、卷九十二音“逵位反”，卷二十二音“其位反”又“渠位反”。《廣韻·至韻》音“求位切”。其、逵、渠、求屬羣紐。同。

懦夫增氣　懦乃亂

反切下字原作別體“乱”，今改正字。　集注本引《音決》：“懦，奴喚反。”《經典釋文》卷十二《禮記》二《玉藻》音“乃亂反”，卷十五《左傳》一僖公二年，卷十七《左傳》三襄公六年，卷十八《左傳》四襄公三十一年、昭公元年，卷十九《左傳》五昭公二十年、昭公二十三年，卷二十一《公羊傳》隱公三年，卷二十二《穀梁傳》僖公二年並同，音“乃亂反”。案懦又寫作愞，《廣韻·獮韻》愞音“奴亂切”。奴、乃屬泥紐。同。

封禪文

封　禪

此二字，乃篇題《封禪文》之省。

自昊穹兮生民　穹去弓

穹，寫卷作別體“宫”，今改正體。　《經典釋文》卷六《毛詩》中《豳風·七月》穹音“起弓反”，卷七《毛詩》下《大雅·桑柔》，卷九《周禮》下《冬官·韗人》，卷二十九《爾雅》上《釋詁》《釋天》並同。慧琳《音義》卷四十三穹音"去弓反"，卷八十音"麴弓反"，卷八十二、卷八十三音"丘弓反"。《廣韻·東韻》音"去宮切"。去、起、麴、丘屬溪紐。同。

歷選列辟　辟_{必赤}

《經典釋文》卷三《尚書》上《太甲上》《説命上》《説命下》辟音"必赤反"，卷四《尚書》下《泰誓中》同，《金滕》《洛誥》《君奭》《周官》《君牙》《文侯之命》音"必亦反"，卷九《周禮》下《夏官·弁師》《秋官·狼條氏》《冬官·鳧氏》《冬官·弓人》，卷十《儀禮》《士冠禮》（凡二見），《士昏禮》《大射儀》，《既夕禮》（凡二見），卷十一《禮記》一《曲禮下》《月令》（凡三見），卷十三《禮記》三《雜記上》《喪大記》《祭統》《坊記》，卷二十二《穀梁傳》文公五年，卷二十七《莊子》中《田子方》，卷三十《爾雅》下《釋獸》並同，音"必亦反"。慧琳《音義》卷十音"卑亦反"，卷三十四音"裨役反"，卷四十四音"裨尺反"，卷四十六音"脾尺反"，卷一百音"并癖反"。《廣韻·昔韻》音"必益切"。必、卑、裨、并屬幫紐，脾屬並紐。同。

以迄於秦　迄_{許乙}

《經典釋文》卷七《毛詩》下《大雅·生民》迄音"許乙反"，卷七《毛詩》下《周頌·維清》《周頌·臣工》音"許乞反"，卷十四《禮記》四《表記》，卷二十九《爾雅》上《釋詁》並音"許訖反"。慧琳《音義》卷十七音"虛乞反"，卷二十八、卷四十八音"虛訖反"，卷三十四音"吁訖反"，卷七十二音"欣訖反"。《廣韻·迄韻》音"許訖切"。許、吁、欣屬曉紐，虛屬溪紐。同。

率爾者踵跬　踵_{之勇}　跬_武

《經典釋文》卷六《毛詩》中《小雅·巷伯》踵音"章勇反"，卷十二《禮記》二《玉藻》，卷十九《左傳》五昭公三十四年，卷二十四《論語》《鄉黨》，卷二十六《莊子》上《大宗師》《達生》，卷三十《爾雅》下《釋鳥》並同。慧琳《音義》卷二十、卷二十八、卷四十三踵音"之勇反"，卷六十四、卷八十一（凡二見）、卷九十一、卷九十七音"鍾勇反"，卷八十音"鍾隴反"。《廣韻·腫韻》音"之隴切"。之、章、鍾屬章紐。同。 趴,尤刻本、五臣本、明州本、奎章閣本、叢刊本並作"武"。案《説文》《玉篇》並無"趴"字,《龍龕手鏡·足部》:"趴音武,踐也,履也。"是"趴""武"音同義通也。《經典釋文》卷十《儀禮》《特牲饋食禮》,卷十二《禮記》二《禮器》武音"無"。《廣韻·虞韻》武音"文甫切"。同。

逖聽者風聲　逖土的

《經典釋文》卷二《周易》《渙》逖音"湯歷反",卷四《尚書》下《牧誓》音"他歷反",《多士》音"他力反",卷八《周禮》上《春官·内史》音"吐歷反",卷十六《左傳》二僖公二十八年音"敕歷反"。慧琳《音義》卷八十二、卷九十一音"汀歷反",卷八十五音"聽的反"。《廣韻·錫韻》音"他歷切"。土、湯、吐、汀、聽、他屬透紐,敕屬徹紐。同。

紛綸葳蕤　葳威　蕤耳隹

葳,尤刻本、五臣本、明州本、奎章閣本作"威"。案"威""葳"音同義通。蕤,寫卷作別體"蕤",與《魏鄒縣男唐耀墓志》同,今改正體。 慧琳《音義》卷八十六葳音"畏違反",卷九十八音"委歸反"。《廣韻·微韻》音"於非切"。畏、委、於屬影紐。同。

《經典釋文》卷八《周禮》上《春官·大司樂》蕤音"人誰反",卷十九《左傳》五昭公二十年同,卷十《儀禮》《既夕禮》音"汝誰反"。慧琳《音義》卷三十七音"乳隹反",卷五十九,卷六十五音"汝誰反",卷六十四音"藥隹反"。《廣韻·脂韻》音"儒隹切"。人、汝、乳、藥、儒屬日紐。同。

堙滅而不稱者　堙因

堙,尤刻本、五臣本、明州本、奎章閣本、叢刊本作"湮"。案"堙""湮"音同義通。 《經典釋文》卷二十七《莊子》中《天運》,卷二十八《莊子》下《天下》,卷二十九《爾雅》上《釋詁》湮音"因"。慧琳《音義》卷八十一音"印鄰反",卷八十三音"一真反"。《廣韻·真韻》音"於真切"。印、一、於屬影紐。同。

五三六經載籍之傳　傳直專

《經典釋文》卷三《尚書》上《序》傳音"直專反",卷四《尚

書》下《顧命》《康王之誥》，卷五《毛詩》上《鄭風·有女同車》
《鄭風·子衿》《秦風·車鄰》，卷六《毛詩》中《小雅·天保》，卷七
《毛詩》下《大雅·皇矣》《大雅·文王有聲》《大雅·既醉》《大
雅·崧高》《周頌·烈文》《周頌·酌》，卷八《周禮》上《天官·宰
夫》《春官·天府》《春官·內宗》，卷九《周禮》下《夏官·訓方
氏》《秋官·大行人》《秋官·司儀》，卷十《儀禮》《士昏禮》《大射
儀》，卷十一《禮記》一《曲禮上》（凡三見）《檀弓上》（凡二見），
卷十二《禮記》二《文王世子》《玉藻》，卷十三《禮記》三《祭
統》，卷十四《禮記》四《昏義》，卷十五《左傳》一《序》、隱公三
年（凡二見）、隱公十一年、莊公九年，卷十六《左傳》二僖公二十
七、文公十三年，卷十七《左傳》三襄公十四年，卷十八《左傳》
四襄公二十六年、襄公三十一年、昭公三年，卷十九《左傳》五昭公
四年、昭公七年（凡二見）、昭公十年，卷二十《左傳》六昭公二十
七、定公八年、定公十三年，卷二十一《公羊傳》隱公元年、隱公
二年、隱公三年、隱公七年、桓公二年、莊公十年、僖公二十六年、
文公二年、文公十五年、成公十五年、襄公二十三年、哀公十四年，
卷二十二《穀梁傳》隱公四年、隱公五年、桓公十四年、莊公七年、
襄公十一年，卷二十四《論語》《序》《學而》《子罕》《憲問》《陽
貨》《子張》《堯曰》，卷二十五《老子》，卷二十六《莊子》上《養
生主》《大宗師》，卷二十七《莊子》中《天道》《天運》《山木》並
同，音“直專反”。《廣韻·仙韻》音“直攣切”，同。

書曰　曰_越

曰，參見《王文憲集序》“歎曰”句“曰”音疏證。

爰周郅隆　郅_{之一}

五臣本、明州本、奎章閣本、叢刊本正文“郅”下注直音“質”。
《廣韻·質韻》郅音“之日切”，《玉篇·邑部》郅音“諸逸切”。同。

故軌迹夷易　易_亦

易，參見《聖主得賢臣頌》“有其具者易其備”句“易”音疏證。

易遵也　易以豉

易，參見《聖主得賢臣頌》"有其具者易其備"句"易"音疏證。尤刻本注云："言周之軌跡平易，易可遵奉也。二易並盈豉切。"

湛恩厖鴻　湛多甘　厖莫江

《經典釋文》卷六《毛詩》中《小雅·鹿鳴》《小雅·北山》，卷七《毛詩》下《大雅·抑》湛音"都南反"，卷八《周禮》上《天官·染人》，卷十《儀禮》《既夕禮》，卷十一《禮記》一《月令》音"子廉反"，卷九《周禮》下《冬官·鍾氏》，《冬官·㡛氏》，卷十二《禮記》二《內則》音"子潛反"。慧琳《音義》卷五十音"宅陷反"，卷八十八音"直減反"，卷九十二音"澤減反"。《廣韻·覃韻》音"丁含切"。尤刻本李善注云："湛音沉"，與《文選音》異。多、都、丁屬端紐，子屬精紐，宅、直、澤屬澄紐。　五臣本、明州本、奎章閣本、叢刊本正文"厖"下注反切"麥江"，尤刻本李善注"厖，莫江切"。《經典釋文》卷四《尚書》下《周官》，卷十八《左傳》四昭公元年厖音"武江反"，卷五《毛詩》上《秦風·小戎》音"莫江反"，卷七《毛詩》下《商頌·長發》，卷十七《左傳》三成公十六年音"莫邦反"。慧琳《音義》卷八十二音"邈邦反"，卷八十五音"馬邦反"。《廣韻·江韻》音"莫江切"。莫、麥、邈、馬屬明紐，武屬微紐。同。

易豐也　易以豉

易，參見《聖主得賢臣頌》"有其具者易其備"句"易"音疏證。

是以業隆於襁褓　襁姜丈　褓保

襁，尤刻本、叢刊本作"繦"。案"襁""繦"音同義通。褓，尤刻本、叢刊本作"緥"。案"褓""緥"音義通。寫卷"褓"下注音原作"保保"，當衍一"保"字，今刪。　慧琳《音義》卷十四襁音"薑兩反"，卷六十二音"薑仰反"，卷七十九（凡二見），卷八十五同，卷九十四音"壃仰反"，卷九十七音"薑兩反"。《廣韻·養韻》音"居兩切"。薑、壃、居屬見紐。同。　《經典釋文》卷六《毛詩》中《小雅·斯干》褓音"保"。慧琳《音義》卷十四、卷六十（凡二見）、卷六十二並音"保"，卷九十七音"補道反"。《廣韻·晧韻》音"博抱切"。補、博屬幫紐。同。

而崇冠於二后　冠古亂

寫卷 "冠" 用別體 "冠"，反切下字用俗體 "乱"，今並改正。
冠，參見《王文憲集序》"衣冠禮樂在是矣" 句 "冠" 音疏證。

終都攸卒　攸由　卒即聿

攸，寫卷訛作 "彼"，今據《文選》改。　《經典釋文》卷二
《周易》《坤》攸音 "由"，卷三《尚書》上《大禹謨》，卷十九《左
傳》五昭公五年，卷二十《左傳》六哀公三年，卷二十九《爾雅》上
《釋天》同，音 "由"。《廣韻·尤韻》攸音 "以周切"。同。　《經典
釋文》卷四《尚書》下《牧誓》《洪範》卒音 "子忽反"，卷六《毛
詩》中《小雅·采芑》，卷八《周禮》上《天官·小宰》《地官·大司
徒》《地官·小司徒》《地官·縣師》《地官·稍人》《春官·大師》
《春官·大祝》，卷九《周禮》下《夏官·諸子》《夏官·弁師》《秋
官·司盟》《秋官·條狼氏》《秋官·伊耆氏》，卷十《儀禮》《士冠
禮》《既夕禮》，卷十一《禮記》一《曲禮上》《王制》（凡二見），卷
十二《禮記》二《少儀》，卷十三《禮記》三《祭義》，卷十四《禮
記》四《燕義》，卷十五《左傳》一僖公十三年，卷十六《左傳》二
僖公二十四年、僖公二十八年（凡四見）、僖公三十三年、文公元年、
文公七年、文公十六年，卷十七《左傳》三宣公十二年（凡三見）、
成公二年（凡二見）、成公七年、成公十六年（凡二見）、成公十八
年、襄公十年、襄公十三年，卷十八《左傳》四襄公二十三年、襄公
二十五年（凡二見）、襄公二十六年、昭公元年（凡二見）、昭公三
年，卷十九《左傳》五昭公十二年，卷二十《左傳》六定公四年、定
公五年、哀公元年、哀公十一年（凡二見）、哀公十七年、哀公二十五
年，卷二十一《公羊傳》桓公二年、莊公八年、僖公二十六年、定公
五年，卷二十二《穀梁傳》僖公元年、文公十四年，卷二十七《莊
子》中《達生》，卷二十九《爾雅》上《釋言》並同，音 "子忽反"。
慧琳《音義》卷二十三音 "作沒反"，卷二十七音 "村沒反"，卷五十
二音 "祖沒反"。《廣韻·術韻》卒音 "倉沒切"，又音 "子聿切"，《廣
韻·沒韻》卒音 "臧沒切" 又音 "將律切"，音 "子聿切" "將律切" 與寫
卷之 "即聿反" 同，亦與慧琳《音義》卷二十一 "將聿反"，卷四十六

"子律反"同。案、子、作、祖、臧、將、即屬精紐，材、倉屬清紐。

然猶躡梁父　躡_{女楪}

　　《經典釋文》卷十一《禮記》一《典禮上》躡音"女攝反"，卷十六《左傳》二文公十三年音"女涉反"，卷十九《左傳》五昭公二十四年，卷二十一《公羊傳》成公二年音"女輒反"。慧琳《音義》卷一、卷十三、卷十四、卷二十八、卷五十二躡音"女輒反"，卷三十九、卷五十一、卷六十三、卷七十二、卷七十四、卷九十二音"黏輒反"，卷八十九音"尼輒反"。《廣韻·葉韻》音"尼輒切"。女、黏、尼屬娘紐。同。

汩潏曼羨　汩_密　潏_{為密反又聿音}　曼_万　羨_{以戰}

　　尤刻本李善注引《漢書音義》："徐廣曰：汩，没也，亡必切。"五臣本、明州本、奎章閣本、叢刊本正文"汩"下注直音"勿"。《廣韻·質韻》汩音"密"、"美畢切"，與寫卷及李善注同。音"勿"在《集韻·没韻》。　五臣本、明州本、奎章閣本、叢刊本正文"潏"下注直音"聿"。《經典釋文》卷二十九《爾雅》上《釋水》潏音"述"又音"決"。慧琳《音義》卷九十八潏音"涓穴反"。《廣韻·術韻》潏音"聿"、"余律切"，《廣韻·屑韻》潏音"古穴切"，又音"聿"。同。　曼，參見《東方朔畫贊》"字曼倩"句"曼"音疏證。　《經典釋文》卷六《毛詩》中《小雅·采芑》羨音"錢面反"，卷七《毛詩》下《大雅·皇矣》同，卷六《毛詩》中《小雅·十月之交》音"徐箭反"，卷七《毛詩》下《大雅·板》音"餘戰反"，卷八《周禮》上《地官·小司徒》音"淺面反"，卷三十《爾雅》下《釋魚》音"似面反"。慧琳《音義》卷十四音"涎箭反"，卷二十八音"辭箭反"，卷三十二音"祥箭反"。《廣韻·線韻》音"似面切"又"予線切"。錢、淺屬精紐，徐、似、涎、辭、祥屬邪紐，餘、涎、予屬以紐。同。

旁魄四塞　魄_薄

　　尤刻本李善注引《漢書音義》曰："張揖曰：旁魄，布衍也。魄音薄。"明州本、奎章閣本、叢刊本正文"魄"下注反切"蒲莫"。《經典釋文》卷四《尚書》下《武成》《康誥》音"普白反"，卷十三《禮記》三《祭義》，卷十七《左傳》三宣公十五年，卷十九《左傳》五昭公七年，卷二十一《公羊傳》莊公二十四年同，音"普白反"。

慧琳《音義》卷十八音“普伯反”。《廣韻·陌韻》音“普伯切”。薄、蒲屬並紐，普屬滂紐。同。

上暢九垓 垓古來

垓，參見《漢高祖功臣頌》“至于垓下”句“垓”音疏證。明州本、奎章閣本、叢刊本正文“垓”下注反切“古來”。

下泝八埏 泝素 埏延

《經典釋文》卷十六《左傳》二文公十年泝音“息路反”，卷二十《左傳》六哀公四年音“素”，卷二十九《爾雅》上《釋水》音“蘇故反”。慧琳《音義》卷五十六音“桑故反”，卷六十三音“蘇故反”。《廣韻·暮韻》音“桑故切”。素、息、蘇、桑屬心紐。同。　明州本、奎章閣本、叢刊本正文“埏”下注直音“延”。慧琳《音義》卷四十七埏音“尸延反”，卷五十六音“以斾反”，卷八十八音“設連反”，卷九十三音“演栭反”，卷九十八音“演甀反”。《廣韻·仙韻》音“式連切”。尸、設、式屬書紐，以、演屬以紐。同。

沾濡浸潤 沾知占 濡耳朱 浸即鳩

沾，五臣本、明州本、奎章閣本、叢刊本作“霑”。案“霑”“沾”音同義通。　沾，參見《出師頌》“澤沾遐荒”句“沾”音疏證。　《經典釋文》卷二《周易》《夬》濡音“而朱反”，卷五《毛詩》上《邶風·匏有苦葉》，卷十四《禮記》四《表記》，卷二十五《老子》，卷二十六《莊子》上《大宗師》並同，卷二《周易》《既濟》濡音“儒”，卷五《毛詩》上《鄭風·羔裘》，卷十四《禮記》四《聘義》，卷二十八《莊子》下《徐无鬼》《天下》並同，音“儒”。慧琳《音義》卷八濡音“而殊反”，卷二十、卷三十一、卷四十三、卷五十一、卷七十八音“乳朱反”，卷一百音“儒”。《廣韻·虞韻》音“人朱切”。耳、而、乳、人屬日紐。同。　浸，寫卷用別體“浸”，與《隋王弘墓志》同，今改正體。　《經典釋文》卷二《周易》《臨》《剥》《遯》《小過》《畧例下》浸音“子鴆反”，卷四《尚書》下《畢命》，卷五《毛詩》上《周南·葛覃》《邶風·凱風》《衛風·氓》，卷六《毛詩》中《小雅·瞻彼洛矣》《小雅·白華》，卷七《毛詩》下《大雅·皇矣》《大雅·公劉》《周頌·敬之》《商頌·長發》，卷九《周禮》下《夏官·職方氏》，卷十一《禮記》一《月

令》，卷十二《禮記》二《文王世子》，卷十四《禮記》四《中庸》
《儒行》，卷十五《左傳》一《序》，卷二十一《公羊傳》襄公九年，
卷二十四《論語》《顏淵》，卷二十六《莊子》上《逍遥遊》（凡二
見）《大宗師》，卷二十七《莊子》中《天地》並同。慧琳《音義》
卷十八浸音"井禁反"又"精任反"，卷二十五、卷三十六音"精禁
反"，卷四十二音"精任反"，卷七十二音"子沁反"。《廣韻·沁韻》
音"子鳩切"。子、井、精屬精紐。同。

武節猋逝 猋_{必照}

猋，寫卷作"焱"，今改正體。 《經典釋文》卷十一《禮記》
一《月令》猋音"必遥反"，卷二十七《莊子》中《山木》，卷二十九
《爾雅》上《釋天》，卷三十《爾雅》下《釋草》並同。慧琳《音義》卷
七十五音"卑遥反"。《廣韻·宵韻》音"甫遥切"。必屬幫紐，甫屬非紐。

邐陝遊原 陝_洽

陝，五臣本、明州本、奎章閣本、叢刊本作"狹"。案"狹"
"陝"音同義通。 《經典釋文》卷五《毛詩》上《魏風·葛屨》陝音
"洽"。慧琳《音義》卷三音"胡甲反"，卷六音"霞甲反"，卷十二音
"咸甲反"，卷十三、卷十九、卷三十三、卷三十七、卷四十一（凡二
見）、卷六十一、卷六十八、卷七十二、卷八十六、卷九十三並同。
《廣韻·洽韻》音"侯夾切"。洽、霞、胡、咸、侯屬匣紐。同。

遐闊泳沫 泳_詠 沫_末

明州本、奎章閣本、叢刊本正文"泳"下注直音"詠"。《經典釋
文》卷五《毛詩》上《周南·漢廣》《邶風·谷風》，卷十四《禮記》
四《緇衣》，卷二十九《爾雅》上《釋言》泳音"詠"，卷二十九
《爾雅》上《釋水》音"于柄反"。慧琳《音義》卷十五、卷三十七、
卷四十一、卷九十九音"榮命反"，卷八十三音"榮柄反"。《廣韻·
映韻》音"為命切"。榮、為屬云紐。同。 明州本、奎章閣本、叢刊
本正文"沫"下注直音"末"。《經典釋文》卷二十六《莊子》上
《大宗師》沫音"末"，卷二十七《莊子》中《天運》（凡三見）並
同。慧琳《音義》卷四音"摩鉢反"，卷十、卷二十八、卷三十八、
卷五十四音"滿鉢反"，卷五十三音"末"。《廣韻·末韻》音"莫撥
切"。摩、滿、莫屬明紐。同。

晻昧昭晣　　晣_{之舌}

《經典釋文》卷六《毛詩》中《小雅·庭燎》晣音"之世反"。慧琳《音義》卷五十一音"氈熱反"，卷八十三音"折列反"。《廣韻·薛韻》音"旨熱切"。之、氈、折、旨屬章紐。同。

昆蟲闉澤　　蟲_虫　　澤_{羊石}

澤，明州本、奎章閣本作"懌"。　　《經典釋文》卷三《尚書》上《益稷》蟲音"直弓反"，卷七《毛詩》下《大雅·靈臺》，卷二十一《公羊傳》成公五年同，卷五《毛詩》上《召南·草蟲》，卷七《毛詩》下《大雅·雲漢》，卷十八《左傳》四襄公二十七年，卷十九《左傳》五昭公十九年，卷二十二《穀梁傳》成公五年，卷二十三《孝經》《卿大夫章》蟲音"直忠反"。慧琳《音義》卷一音"逐融反"，卷十三（凡二見）、卷二十九、卷三十一同，卷九十四音"仲中反"，卷九十七音"直中反"。《廣韻·東韻》音"直弓切"。直、逐屬澄紐。同。　　澤有二音，一音"宅"，一音"亦"。《經典釋文》卷七《毛詩》下《周頌·小毖》音"釋"，卷八《周禮》上《春官·司尊彝》音"亦"，卷九《周禮》下《冬官考工記》音"亦，又音釋"，卷十二《禮記》二《郊特牲》音"亦，又詩石反"，《經典釋文》之音讀與《文選音》同，音"亦"音"釋"，在《廣韻·昔韻》。慧琳《音義》卷十（凡二見）澤音"宅"、卷五十八、卷七十一音"直格反"。《廣韻·陌韻》音"場伯切"。直、場屬澄紐。

然后囿騶虞之珍羣　　囿_又　　騶_鄒　　虞_虞

虞，尤刻本、五臣本、明州本、奎章閣本、叢刊本作"虞"。《經典釋文》卷五《毛詩》上《秦風·駟驖》囿音"又"。卷七《毛詩》下《大雅·靈臺》，卷八《周禮》上《天官冢宰》《地官·鄉師》，卷九《周禮》下《秋官·掌戮》，卷十《儀禮》《鄉射禮》，卷十一《禮記》一《王制》，卷十五《左傳》一莊公十九年、僖公三年，卷十七《左傳》三成公十八年，襄公十四年，卷十九《左傳》五昭公九年，卷二十《左傳》六定公十三年，卷二十一《公羊傳》桓公四年、成公十八年、昭公九年，卷二十二《穀梁傳》成公十八年、昭公九年、定公十三年，卷二十七《莊子》中《知北遊》，卷二十八《莊子》下《徐无鬼》《天下》並同，音"又"。慧琳《音義》卷二十八、卷五十六音"于救反"，卷三十、卷八十二、卷八十八、卷一百音"尤救反"。《廣韻·宥韻》音"于救切"。尤、于屬云紐。同。　　騶，《廣雅·尤韻》音"側鳩切"。　　驅，《廣韻·虞韻》音"麌俱切"。慧琳《音義》卷八十五"騶虞"："《廣雅》：馬屬也，《毛詩傳》：瑞獸也，有至性之德。"

徼麋鹿之怪獸　　徼_{古堯}　麋_迷

麋，尤刻本、五臣本、明州本、奎章閣本、叢刊本作"麇"。　　明州本、奎章閣本、叢刊本正文"徼"下注反切"工遙"。《經典釋文》卷十四《禮記》四《中庸》《表記》《緇衣》《問喪》徼音"古堯反"，卷十五《左傳》一僖公四年，卷十六《左傳》二文公十二年、宣公十一年，卷十七《左傳》三宣公十二年、成公元年、成公十三年，卷十八《左傳》四襄公十六年、昭公三年，卷十九《左傳》五昭公六年、昭公十六年、昭公二十三年、昭公二十五年，卷二十《左傳》六昭公三十一年、昭公三十二年、定公四年、哀公十六年、哀公二十四年，卷二十四《論語》《陽貨》，卷二十八《莊子》下《盜跖》並同，音"古堯反"。慧琳《音義》卷九徼音"古弔反"，卷五十九、卷六十五（"弔"作"弔"）、卷八十五、卷八十八（"弔"作"弔"）並同，卷十七、卷三十三音"古堯反"，卷九十五音"皎堯反"。《廣韻·蕭韻》音"古堯切"。古、工、皎屬見紐。同。　　《經典釋文》卷十六《左傳》二宣公二年麋音"迷"，卷二十四《論語》《鄉黨》音"米俟反"，卷三十《爾雅》下《釋獸》音"牛奚反"。慧琳《音義》卷七十三音"莫奚反"，卷七十四音"五奚反"。《廣韻·齊韻》音"五稽切"。米、莫屬明紐，牛、五屬疑紐。同。

導一莖六穗於庖　　莖_{乎耕}　穗_遂　庖_{步交}

莖下反切上字原用俗體"耕"（詳《干祿字書·平聲》），今改作正字"耕"。　　《經典釋文》卷五《毛詩》上《邶風·谷風》"莖"音"河耕反"，卷六《毛詩》中《陳風·澤陂》音"幸耕反"，卷九《周禮》下《冬官·桃氏》，卷三十《爾雅》下《釋草》（凡三見），《釋畜》音"戶耕反"。慧琳《音義》卷五（凡二見）、卷八、卷十一、卷三十三音"幸耕反"，卷二十六音"戶耕反"，卷二十八音"胡耕反"，卷三十九音"杏耕反"，卷九十九音"核庚反"。《廣韻·耕韻》音"戶耕切"。河、幸、戶、胡、杏、核屬匣紐。同。　《經典釋文》卷三《尚書》上《禹貢》穗音"遂"，卷五《毛詩》上《王風·黍離》，卷六《毛詩》中《大雅·大田》，卷七《毛詩》下《周頌·豐年》，卷十二《禮記》二《禮器》，卷三十《爾雅》下《釋草》（凡二見）並同，音"遂"。慧琳《音義》卷三十四、卷四十八、卷七十四音"辭醉反"，卷七十五音"隨醉反"。《廣韻·至韻》音"徐醉切"。辭、隨、徐屬邪紐。同。　《經典釋文》卷二《周易》《巽》庖音"步交反"，卷十一《禮記》一《王制》，卷十二《禮記》二《玉藻》，卷二十《左傳》六哀公元年，卷二十二《穀梁傳》桓公四年、昭公八年並同，卷二十六《莊子》上《逍遙遊》音"鮑交反"，《養生主》音"白交反"。慧琳《音義》卷五十八、卷七十音"蒲交反"，卷八十六音"鮑交反"。《廣韻·肴韻》音"薄交切"。步、鮑、蒲、薄屬並紐，白屬幫紐。同。

犧雙觡共柢之獸　犧義　觡格　柢多禮

柢反切下字用俗字"礼"，今改正體。　《經典釋文》卷二《周易》《繫辭下》犧音"許宜反"，卷三《尚書》上《微子》，卷六《毛詩》中《小雅·甫田》，卷七《毛詩》下《魯頌·閟宮》（凡二見），卷十一《禮記》一《曲禮下》，卷十五《左傳》一莊公十年，卷十六《左傳》二僖公二十九年，卷十九《左傳》五昭公十三年、昭公二十二年，卷二十《左傳》六定公十年，卷二十四《論語》《雍也》並同，音"許宜反"，卷六《毛詩》中《小雅·鼓鍾》，卷二十七《莊子》中《馬蹄》《天地》音"義"。《廣韻·支韻》犧音"許羈切"。同。　五臣本、明州本、奎章閣本、叢刊本正文觡下注直音"格"。《經典釋文》卷十三《禮記》三《樂記》觡音"古伯反"，卷三十《爾雅》下《釋木》音"加客反"。《廣韻·陌韻》音"古伯切"。古、加屬見紐。同。　五臣本、明州本、奎章閣本、叢刊本正文"柢"下注反切"丁禮"。《經典釋文》卷八《周禮》上《春官·邕人》，《春官·典瑞》柢音"帝"，卷九《周禮》下《冬官·玉人》，卷二十九《爾雅》上《釋言》同，卷九《周禮》下《夏官·弁師》音"丁禮反"，卷十《儀禮》《士喪禮》《士虞禮》，卷二十五《老子》，卷二十八《莊子》下《天下》，卷二十九《爾雅》上《釋器》並音"丁計反"。《廣韻·薺韻》音"都禮切"。丁、都屬端紐。同。

招翠黃乘龍於沼　乘剩

乘，參見《聖主得賢臣頌》"參乘旦"句"乘"音疏證。

賓於閒館　閒閑

五臣本、明州本、奎章閣本、叢刊本於正文"閒"下注直音"閑"。《經典釋文》卷五《毛詩》上《周南·關雎》閒音"閑"，卷五《毛詩》上《召南·殷其雷》《王風·丘中有麻》《鄭風·女曰雞鳴》《鄭風·溱洧》《魏風·十畝之間》《秦風·車鄰》，卷六《毛詩》中《陳風·墓門》《豳風·七月》《小雅·伐木》《小雅·杕杜》《小雅·由庚》《小雅·正月》《小雅·巷伯》《小雅·甫田》，卷七《毛詩》下《大雅·綿》《大雅·桑柔》《大雅·常武》《周頌·小毖》，卷八《周禮》上《天官·大宰》《天官·漿人》《地官·大司徒》《地官·載師》《地官·旅師》，卷十《儀禮》《聘禮》，卷十一《禮記》一《曲禮上》《曲禮下》《王制》（凡二見），卷十三《禮記》三《學記》《孔子閒居》，卷十四《禮記》四《中庸》《大學》（凡二見），卷十七《左傳》三宣公十二年，成公十二年、成公十六年、襄公四年、襄公十三年，卷十八《左傳》四襄公十六年（凡二見），襄公十八年、襄公三十一年，卷十九《左傳》五昭公四年、昭公五年、昭公二十三年，卷二十《左傳》六昭公三十年，哀公五年、哀公十二年，卷二十一《公羊傳》宣公元年、昭公二十三年、定公十四年，卷二十六《莊子》上《逍遙遊》（凡二見）《齊物論》《德充符》《大宗師》（凡二見），卷二十七《莊子》中《在宥》《天地》《天道》《刻意》《秋水》《達生》《田子方》《知北遊》（凡二見），卷二十八《莊子》下《寓言》《漁父》，卷二十九《爾雅》上《釋言》《釋訓》並同，音"閑"。慧琳《音義》卷二十三（凡二見）、卷四十七音"古閑反"。《廣韻·山韻》音"古閑切"。同。

奇物譎詭　譎決　詭古毀

《經典釋文》卷二《周易》《睽》譎音"決"，卷七《毛詩》下《周頌·小毖》，卷十四《禮記》四《中庸》，卷二十二《穀梁傳》僖公二十三年同，卷五《毛詩》上《周南·關雎》"譎"音"古穴反"，卷八《周禮》上《天官・宮正》，卷十五《左傳》一莊公九年，卷十六《左傳》二僖公二十八年，卷二十《左傳》六定公九年，卷二十一《公羊傳》僖公二十八年、昭公十一年，卷二十四《論語》《憲問》，卷二十八《莊子》下《天下》並同，音"古穴反"。慧琳《音義》卷三十四誦音"公穴反"，卷八十五音"涓穴反"，卷九十七、卷九十八同，卷九十二、卷九十三音"涓悦反"。《廣韻・屑韻》音"古穴切"。同。　《經典釋文》卷二《周易》《睽》詭音"女委反"，卷七《毛詩》下《大雅・民勞》音"俱毀反"，卷十五《左傳》一莊公十六年，卷十六《左傳》二文公十年，卷十九《左傳》五昭公二十年、昭公二十二年，卷二十一《公羊傳》僖公九年，卷二十二《穀梁傳》僖公九年、文公七年，卷二十六《莊子》上《齊物論》《德充符》音"九委反"。《廣韻・紙韻》詭音"過委切"。俱、九、過屬見紐。同。

俶儻窮變　俶吐的　儻吐朗

五臣本、明州本、奎章閣本、叢刊本正文"俶"下注直音"惕"。《集韻・錫韻》："俶，他歷切；俶儻，卓異也，或作倜。"《廣韻・錫韻》有"倜"而無"俶"。倜音"他歷切。"　儻，參見《東方朔畫贊》"倜儻博物"句"儻"音疏證。

蓋周躍魚殞杭　殞隕　杭乎郎

殞，尤刻本、五臣本、明州本、奎章閣本作"隕"。案"隕""殞"音同義通。杭，尤刻本、五臣本、明州本、奎章閣本、叢刊本作"航"，音同義通。　《經典釋文》卷二《周易》《剝》殞音"于敏反"，卷七《毛詩》下《大雅・綿》音"韻謹反"。慧琳《音義》卷三、卷十、卷四十五音"雲敏反"，卷二十、卷六十五音"為愍反"，卷三十三音"筠菌反"，卷五十二音"于愍反"，卷一百音"雲窘反"。《廣韻・軫韻》音"于敏切"。同。　《經典釋文》卷五《毛詩》上《衛風・河廣》杭音"戶郎反"。《廣韻・唐韻》音"胡郎切"。于、韻、雲、為、筠屬云紐。同。

休之以燎　燎力召

明州本、奎章閣本、叢刊本正文"燎"下注反切"力照"。《經典釋文》卷三《尚書》上《盤庚上》燎音"力召反"，卷六《毛詩》中

《陳風·月出》《小雅·白華》，卷七《毛詩》下《大雅·棫樸》《大雅·旱麓》《周頌·思文》，卷八《周禮》上《天官·閽人》，卷九《周禮》下《夏官·羊人》《秋官·司烜氏》，卷十《儀禮》《士喪禮》《既夕禮》《特牲饋食禮》，卷十一《禮記》一《月令》，卷十三《禮記》三《雜記上》《雜記下》《祭義》，卷十五《左傳》一隱公六年、莊公十四年，卷十八《左傳》四襄公二十五年，卷十九《左傳》五昭公二十年，卷二十一《公羊傳》僖公三十一年，卷二十九《爾雅》上《釋言》並同，音"力召反"。慧琳《音義》卷一、卷四、卷六、卷十二（凡二見）音"遼銚反"，卷三十一、卷七十四、卷八十八音"力召反"。卷九十七音"力詔反"。《廣韻·宵詔》音"力昭反"，又《廣韻·小韻》音"力少反"。

不亦恧乎　恧_{女六}

尤刻本李善注引《小爾雅》曰："慙曰恧。女六切。"五臣本、明州本、奎章閣本、叢刊本正文"恧"下注反切"女六"。慧琳《音義》卷二十四、卷三十一、卷四十一、卷五十六、卷七十八、卷九十音"女六反"。《廣韻·屋韻》音"女六切"。同。

何其爽與　與_余

與，參見《漢高祖功臣頌》"猗與汝陰"句"與"音疏證。

於是大司馬進曰　曰_越

曰，參見《王文憲集序》"歎曰"句"曰"音疏證。

義征不譓　譓_惠

尤刻本、五臣本、明州本、奎章閣本、叢刊本正文"譓"下注直音"惠"。《廣韻·霽韻》譓音"胡桂切"。同。

諸夏樂貢　夏_下　樂_洛

《經典釋文》卷六《毛詩》中《陳風·株林》《檜風·素冠》《豳風·七月》《小雅·魚麗》《小雅·六月》（凡二見）《小雅·十月之交》《小雅·白華》《小雅·苕之華》夏音"户雅反"，卷七《毛詩》

下《大雅·文王》《大雅·皇矣》《大雅·行葦》《大雅·公劉》《大雅·民勞》《大雅·蕩》《大雅·崧高》《周頌·時邁》《周頌·思文》《周頌·臣工》《周頌·振鷺》《商頌·那》《商頌·長發》，卷八《周禮》上《天官冢宰》《天官·小宰》《天官·染人》，卷十《儀禮》《士冠禮》《鄉飲酒禮》《燕禮》《大射儀》《士喪禮》《既夕禮》，卷十五《左傳》一隱公元年、隱公十一年、桓公二年、桓公四年、桓公八年、桓公九年、桓公十一年、莊公八年、莊公二十五年、閔公元年、僖公三年、僖公五年、僖公十五年，卷十六《左傳》二僖公二十一年、僖公二十四年、僖公三十一年、僖公三十二年、文公二年、文公九年、文公十年、文公十一年、文公十八年、宣公三年、宣公九年、宣公十年（凡二見）、宣公十一年，卷十七《左傳》三宣公十二年、成公二年（凡二見）、成公六年、成公七年、襄公四年（凡二見）、襄公七年、襄公十年（凡二見）、襄公十二年、襄公十三年，卷十八《左傳》四襄公二十二年、襄公二十三年、襄公二十四年、襄公二十五年、襄公二十六年（凡二見）、襄公二十九年、襄公三十年、昭公元年（凡五見），卷十九《左傳》五昭公四年（凡三見）、昭公六年、昭公七年、昭公九年、昭公十三年、昭公十五年、昭公十七年（凡二見）、昭公十八年、昭公十九年、昭公二十年、昭公二十三年、昭公二十六年，卷二十《左傳》六昭公二十八年、昭公二十九年、定公元年、定公四年（凡三見）、定公八年、定公十年、哀公元年、哀公六年、哀公十一年（凡二見）、哀公十二年、哀公十四年、哀公二十年、哀公二十四年、哀公二十五年，卷二十一《公羊傳》隱公元年（凡二見）、隱公五年、莊公九年、莊公二十七年、僖公元年、襄公十五年、昭公二十三年、昭公二十五年、昭公三十一年、定公四年、哀公十三年、哀公十四年，卷二十二《穀梁傳》隱公五年、隱公八年、莊公二十六年、僖公二年、文公元年、宣公九年、宣公十一年、宣公十二年、成公元年、襄公十五年、襄公二十五年、昭公十一年、昭公十二年、昭公二十三年、定公四年、哀公四年、哀公十二年，卷二十四《論語》《序》《學而》《為政》，卷二十八《莊子》下《天下》，卷二十九《爾雅》上《釋詁》（凡二見）《釋地》《釋山》，卷三十《爾雅》下《釋畜》並同，音“戶雅反”。《廣韻·馬韻》夏音“胡雅切”，戶、胡屬匣紐。同。

樂，參見《酒德頌》“其樂陶陶”句“樂”音疏證。

百蠻執贄 贄至

《經典釋文》卷三《尚書》上《舜典》贄音"至",卷四《尚書》下《金縢》《康王之誥》,卷八《周禮》上《天官·大宰》,卷十《儀禮》《士冠禮》,卷十一《禮記》一《曲禮上》,卷十二《禮記》二《郊特牲》,卷十三《禮記》三《雜記下》《坊記》,卷十四《禮記》四《表記》,卷十六《左傳》二文公十五年,卷十七《左傳》三襄公十四年並同,音"至"。慧琳《音義》卷七十七音"之貳反",卷九十七音"脂二反"。《廣韻·至韻》音"脂利切"。之、脂屬章紐。同。

德侔往初 侔牟

侔,參見《王文憲集序》"東陵侔於西山"句"侔"音疏證。

期應紹至 應去

應,參見《王文憲集序》"自是始有應務之跡"句"應"音疏證。

不特創見 見乎見

見,參見《聖主得賢臣頌》"陳見悃誠"句"見"音疏證。

上帝垂恩儲祉將以慶成 祉恥

尤刻本無"上帝垂恩儲祉將以慶成"十字。 《經典釋文》卷二《周易》《泰》祉音"恥",卷六《毛詩》中《小雅·巧言》,卷七《毛詩》下《大雅·皇矣》《大雅·江漢》《周頌·烈文》,卷十三《禮記》三《樂記》,卷十七《左傳》三宣公十七年,卷十八《左傳》四昭公三年,卷十九《左傳》五昭公二十年,卷二十《左傳》六昭公二十八年、哀公九年,卷二十九《爾雅》上《釋詁》(凡二見)並同。慧琳《音義》卷八十音"絺里反",卷八十五、卷九十音"勅里反"。《廣韻·止韻》音"敕里切"。恥、絺、勅、敕屬徹紐。同。

挈三神之驪 挈可結 驪乎九

挈,五臣本、明州本、奎章閣本、叢刊本作"契",下夾注直音"挈",是"契""挈"音同義通也。 挈,參見《酒德頌》"動則挈梪提壼"句"挈"音疏證。 《經典釋文》卷三《尚書》上《堯典》《舜典》,卷十六《左傳》二文公十六年驩音"呼端反",卷十六《左傳》二文公六年音"唤官反",卷十九《左傳》五昭公四年音"唤端反",昭公六年音"歡"。慧琳《音義》卷六十五音"呼官反",卷九十三音"歡"。《廣韻·桓韻》音"呼官切"。唤、呼屬曉紐。同。

羣臣惡焉　　惡女六

惡,參見本篇上文"不亦惡乎"句"惡"音疏證。案《文選音》寫卷將"惡"誤置於"父"之後"幾"之前,若依《文選音》次第,則不成文矣。今據《文選》乙之。

或曰　　曰越

曰,參見《王文憲集序》"歎曰"句"曰"音疏證。

而梁父罔幾也　　父甫　幾紀

父,尤刻本作"甫"。案"甫""父"音同義通。 父,參見《出師頌》"惟師尚父"句"父"音疏證。 《經典釋文》卷五《毛詩》上《齊風·甫田》幾音"居豈反",卷六《毛詩》中《小雅·巧言》《小雅·頍弁》,卷七《毛詩》下《大雅·雲漢》,卷十《儀禮》《聘禮》(凡二見),卷十二《禮記》二《曾子問》,卷十三《禮記》三《坊記》,卷十六《左傳》二僖公二十三年、僖公二十七年,文公十七年,卷十七《左傳》三襄公六年、襄公八年,卷十八《左傳》四昭公元年(凡二見),卷十九《左傳》五昭公十年、昭公十六年(凡二見)、昭公二十四年,卷二十《左傳》六昭公三十二年,卷二十六《莊子》上《德充符》,卷二十七《莊子》中《在宥》《秋水》《至樂》《知北遊》,卷二十八《莊子》下《徐无鬼》《則陽》並同。《廣韻·尾韻》音"既狶切"。居、既屬見紐。同。

而修禮地祇　　祇巨支

《經典釋文》卷二《周易》《復》音"支",卷十五《左傳》一僖公十五年,卷十九《左傳》五昭公十二年(音"之"),昭公十三年、昭公二十六年,卷二十《左傳》六昭公二十九年、定公四年、定公九年、哀公二年、哀公十三年、哀公十四年，卷二十四《論語》《顏淵》，卷二十六《莊子》上《德充符》，卷二十八《莊子》下《列禦寇》並同，音"支"。慧琳《音義》卷十三音"旨夷反"。《廣韻·脂韻》音"旨夷切"。巨屬羣紐，旨屬章紐。同。

皇皇哉此天下之壯觀　觀_{古亂}

寫卷"觀"反切下字用俗體"乱"，今改正體。　《經典釋文》卷二《周易》《雜卦》《畧例下》觀音"古亂反"，卷五《毛詩》上《鄘風·柏舟》，卷六《毛詩》中《小雅·鶴鳴》，卷七《毛詩》下《大雅·靈臺》《大雅·文王有聲》《大雅·行葦》《魯頌·泮水》，卷九《周禮》下《秋官·朝士》《冬官·㮚氏》，卷十《儀禮》《聘禮》，卷十一《禮記》一《王制》，卷十二《禮記》二《禮運》，卷十四《禮記》四《射義》，卷十五《左傳》一莊公十二年（凡二見）、僖公五年，卷十七《左傳》三宣公十二年，卷十八《左傳》四襄公二十三年、襄公三十一年，卷十九《左傳》五昭公四年，卷二十《左傳》六定公二年、哀公元年，卷二十二《穀梁傳》《序》、桓公三年、桓公六年，卷二十五《老子》，卷二十六《莊子》上《逍遙遊》（凡二見），《大宗師》（凡二見），卷二十七《莊子》中《天地》《天運》，卷二十八《莊子》下《天下》並同，音"古亂反"。慧琳《音義》卷二十七音"官換反"。《廣韻·換韻》音"古玩切"。古、官屬見紐。同。

王者之丕業　丕□□

丕，尤刻本作"卒"，五臣本作"本"。案五臣本原當作"丕"，而"㔻"與"丕"通（詳《干祿字書·平聲》），由"㔻"而訛"本"。"丕"下反切寫卷全佚，今補之以"□□"。　《經典釋文》卷三《尚書》上《大禹謨》"丕"音"普悲反"，卷三《尚書》上《禹貢》《太甲上》，卷四《尚書》下《金縢》，卷十六《左傳》二僖公二十八年，卷二十《左傳》六定公四年、哀公十一年，卷二十九《爾雅》上《釋詁》《釋訓》並同。慧琳《音義》卷十一音"披"。《廣韻·脂韻》音"敷悲切"。普、披屬滂紐，敷屬敷紐。同。

而後因雜搢紳先生之略術　搢_晉　紳_申

《經典釋文》卷十《儀禮》《鄉射禮》搢音"進"，卷十三《禮記》三《樂記》，卷二十二《穀梁傳》僖公三年同，卷十二《禮記》二《内則》音"晉"。慧琳《音義》卷八十一、卷九十三音"晉"，卷八十三音"津爐反"，卷八十六、卷九十七音"津信反"。《廣韻·震韻》音"即刃切"。津、即屬精紐。同。　《經典釋文》卷十二《禮記》二《内則》《玉藻》，卷十三《禮記》三《雜記下》，卷二十四《論語》《鄉黨》《衛靈公》，卷二十七《莊子》中《天地》紳音"申"。慧琳《音義》卷八十一、卷九十三、卷九十七音"申"，卷八十三、卷八十六音"失真反"。《廣韻·真韻》音"失人切"。申、失屬書紐。同。

使獲燿日月之末光絶炎　日人一　炎艷

炎，五臣本、明州本、奎章閣本作"焰"。　日，參見《王文憲集序》"允集兹日""日"音疏證。　《經典釋文》卷二《周易》《比》炎音"于廉反"，卷七《毛詩》下《大雅·雲漢》，卷十一《禮記》一《月令》同，卷十五《左傳》一莊公十四年音"豔"。慧琳《音義》卷二十三音"于嚴反"，卷四十三音"雨廉反"，卷四十七、卷七十音"于廉反"。《廣韻·鹽韻》音"于廉切"。于、雨屬云紐。而寫卷音"艷"，《經典釋文》卷十五《左傳》一莊公十四年音"豔"與之合，而豔在《廣韻·豔韻》。

以展寅錯事　錯七户

尤刻本李善注："錯，千户切。"明州本、奎章閣本、叢刊本正文"錯"下注直音"措"。《經典釋文》卷二《周易》《復》錯音"七故反"，卷二《周易》《繫辭上》（凡二見），卷六《毛詩》中《小雅·采芑》，卷八《周禮》上《地官·舍人》《春官·喪祝》，卷十《儀禮》《士喪禮》《既夕禮》《士虞禮》《特牲饋食禮》，卷十三《禮記》三《仲尼燕居》，卷十四《禮記》四《緇衣》，卷二十一《公羊傳》昭公十二年、昭公二十三年，卷二十四《論語》《顏淵》《子路》，卷二十七《莊子》中《達生》，卷二十九《爾雅》上《釋天》同，音"七故反"。慧琳《音義》卷六十九音"倉洛反"，卷八十三音"蒼各反"。《廣韻·鐸韻》音"倉各切"。千、七、倉、蒼屬清紐。同。

袚飾厥文　袚弗

尤刻本正文"袚"下注直音"弗"，五臣本注反切"失勿"（"失"當為"夫"之訛），明州本、奎章閣本、叢刊本注反切"夫勿"。《經典釋文》卷七《毛詩》下《大雅·生民》袚音"拂"，卷十八《左傳》四襄公二十九年，卷二十九《爾雅》上《釋詁》同，卷八《周禮》上《春官·大祝》，卷十《儀禮》《聘禮》，卷十五《左傳》一僖公六年，卷十八《左傳》四襄公二十四年，卷十九《左傳》五昭公十八年同，卷二十《左傳》六定公四年音"弗"。《廣韻·物韻》音"敷勿切"。弗，非紐，敷，敷紐。同。

俾萬世得激清流　俾必氏

俾，參見《漢高祖功臣頌》"俾率爾徒"句"俾"音疏證。

蜚英聲　蜚非

蜚，五臣本、明州本、奎章閣本作"飛"。尤刻本注云："蜚，古飛字也。"　《經典釋文》卷十五《左傳》一隱公元年、莊公二十九年，卷二十一《公羊傳》莊公二十九年，卷二十二《穀梁傳》莊公二十九年，卷三十《爾雅》下《釋蟲》並音"扶味反"，卷二十七《莊子》中《秋水》音"飛"。慧琳《音義》卷九、卷三十三音"甫韋反"，卷三十一音"匪微反"，卷三十三又音"肥味反"，卷五十六音"府韋反"，卷五十七音"非"，卷七十五音"父畏反"。《廣韻·微韻》音"甫微切"。扶、肥、父屬奉紐，甫、匪、府屬非紐。同。

而常為稱首者用此　稱稱孕

稱下反切上字原為疊字號，今改"稱"字。　《經典釋文》卷二《周易》《師》《謙》《解》《歸妹》《繫辭上》（凡二見）《繫辭下》，卷三《尚書》上《堯典》（凡二見），卷四《尚書》下《牧誓》，卷五《毛詩》上《周南·葛覃》《邶風·旄丘》《衛風·氓》《衛風·芄蘭》《鄭風·羔裘》《鄭風·蘀兮》，卷六《毛詩》中《曹風·候人》《曹風·鳲鳩》《小雅·斯干》《小雅·小旻》《小雅·楚茨》，卷八《周禮》上《天官冢宰》《天官·大宰》《天官·小宰》《地官·鄉師》

《地官·師氏》《春官宗伯》《春官·小宗伯》《春官·大祝》, 卷九《夏官司馬》《秋官·司儀》《冬官·輪人》（凡二見），《冬官·輿人》《冬官·冶氏》《冬官·槀氏》《冬官·玉人》《冬官·矢人》《冬官·弓人》, 卷十《儀禮》《士冠禮》《聘禮》（凡二見）《喪服經傳》（凡二見）《士喪禮》（凡三見），卷十一《禮記》一《曲禮上》《曲禮下》（凡三見）《檀弓上》（凡三見）《檀弓下》《月令》，卷十二《禮記》二《曾子問》《禮器》《郊特牲》《玉藻》（凡二見）《大傳》，卷十三《禮記》三《樂記》《雜記上》（凡四見）《雜記下》（凡二見）《喪大記》《經解》《哀公問》，卷十四《禮記》四《中庸》《表記》《昏義》，卷十五《左傳》一隱公元年、隱公八年、隱公十年、桓公二年、莊公八年、莊公十八年、閔公元年（凡二見）、僖公四年、僖公九年、僖公十年，卷十六《左傳》二僖公二十二年、僖公二十四年、文公元年（凡二見）、文公十六年、文公十八年、宣公元年，卷十七《左傳》三宣公十二年、成公八年、成公十三年、成公十四年，卷十八《左傳》四襄公二十七年（凡二見）、昭公三年，卷十九《左傳》五昭公十二年、昭公十三年，卷二十《左傳》六昭公三十一年、定公八年、哀公二十四年，卷二十一《公羊傳》隱公元年、隱公七年、桓公六年、桓公十一年、桓公十八年、莊公六年、文公元年、成公八年、襄公十五年、昭公二十五年、定公八年，卷二十二《穀梁傳》隱公元年、隱公二年、隱公七年、桓公十八年、莊公三年、莊公六年、莊公二十七年、閔公元年、閔公五年、閔公八年、文公元年、文公十五年、宣公五年、宣公十年、成公八年、成公九年、襄公二年、襄公二十九年、昭公十三年、昭公二十三年、哀公十三年，卷二十三《孝經》《孝治章》，卷二十四《論語》《學而》《泰伯》《鄉黨》《季氏》，卷二十五《老子》（凡四見），卷二十六《莊子》上《逍遥遊》（凡二見）《齊物論》（凡四見）《德充符》《大宗師》（凡二見），卷二十七《莊子》中《在宥》《繕性》《秋水》《達生》，卷二十八《莊子》下《天下》，卷二十九《爾雅》上《釋詁》（凡二見）《釋言》《釋親》《釋樂》並音"尺證反"。慧琳《音義》卷四音"昌證反"，卷一百同、卷二十三音"昌孕反"（凡二見），卷二十八音"齒證反"，卷三十四，卷五十一音"蚩證反"。　《廣韻·證韻》音"昌孕切"。稱、尺、昌、齒、蚩屬昌紐。同。

於是天子俙然改容曰　俙呼皆　曰越

俙，五臣本、明州本、奎章閣本作"沛"。尤刻本注云："俙，許皆切。"《玉篇·人部》："俙，呼皆切。"《廣韻·微韻》："俙，香衣切。"許、呼、番屬曉紐。同。　曰，參見《王文憲集序》"歟曰"句"曰"音疏證。

俞乎　俞以朱

《經典釋文》卷三《尚書》上《堯典》《舜典》《大禹謨》音"羊朱反"，卷八《周禮》上《春官宗伯》，卷十《儀禮》一《聘禮》，卷十二《禮記》二《内則》，卷十六《左傳》二僖公二十四年、僖公二十八年、文公四年，卷十七《左傳》三成公二年，卷二十四《論語》《公冶長》，卷二十七《莊子》中《天道》，卷二十九《爾雅》上《釋言》並同。《廣韻·虞韻》音"羊朱切"。以、羊屬以紐。同。

遂作頌曰　曰越

曰，參見《王文憲集序》"歟曰"句"曰"音疏證。

自我天覆　覆芳又

覆，參見《東方朔畫贊》"支離覆逆之數"句"覆"音疏證。

滋液滲漉　滲所禁　漉鹿

滲，寫卷作異體"潒"，今改正體。　五臣本、明州本、奎章閣本、叢刊本正文"滲"下注反切"疏禁"。《經典釋文》卷八《周禮》上《天官·甸師》滲音"所鳩反"。慧琳《音義》卷十八音"參禁反"，卷二十三音"所禁反"，卷四十九音"所蔭反"，卷七十五音"初錦反"。《廣韻·沁韻》音"所禁切"。所、疏、參屬生紐，初屬初紐。同。　尤刻本正文"漉"下注直音"鹿"。《經典釋文》卷十一《禮記》一《月令》，卷二十九《爾雅》上《釋詁》《釋言》並音"鹿"。慧琳《音義》卷三十音"寵谷反"，卷三十六音"禄"，卷六十二、卷六十三音"聾屋反"，卷八十、卷八十九音"聾縠反"，卷九十二音"弄縠反"。《廣韻·屋韻》音"盧谷切"。寵，徹紐，聾、弄、盧屬來紐。同。

我穡昌蓄 穡_色 蓄_{丑六}

穡，寫卷用別體"穡"，與《魏元廞墓志》同，今改正體。《經典釋文》卷二《周易》《无妄》，卷七《毛詩》下《大雅·桑柔》，卷二十九《爾雅》上《釋詁》穡音"色"。慧琳《音義》卷十八音"疎力反"，卷二十二音"色"，卷四十一音"所側反"，卷四十七音"所力反"，卷四十八音"所棘反"，卷七十二音"生側反"。《廣韻·職韻》音"所力切"。所、生屬生紐。同。 蓄，《經典釋文》卷四《尚書》下《周官》，卷五《毛詩》上《邶風·谷風》，卷六《毛詩》中《小雅·六月》《小雅·甫田》，卷二十一《公羊傳》桓公元年，卷三十《爾雅》下《釋詁》並音"勑六反"，卷十二《禮記》二《郊特牲》音"丑六反"。慧琳《音義》卷四十八音"恥六反"，卷六十六音"丑六反"，卷八十三音"抽六反"。《廣韻·屋韻》音"丑六切"。勑、丑、抽，屬徹紐。同。

氾布濩之 氾_{芳劍} 濩_護

濩，尤刻本、五臣本、明州本、奎章閣本、叢刊本作"護"。案"護""濩"音同義通。 氾，參見《聖主得賢臣頌》"忽若篲氾畫塗"句"氾"音疏讓。五臣本、明州本、奎章閣本、叢刊本正文"氾"下注直音"似"。案"芳劍反"為"氾"字，在《廣韻·梵韻》，而五臣本、明州本、奎章閣本、叢刊本此處注直音"似"將"氾"字誤作"汜"字，"汜"在《廣韻·止韻》。 濩，參見《漢高祖功臣頌》"韶濩錯音"句"濩"音疏證。

樂我君囿 樂_洛 囿_又

囿，尤刻本、叢刊本作"圃"。 樂，參見《酒德頌》"其樂陶陶"句"樂"音疏證。 囿，參見本篇上文"然後囿騶虞之珍羣"句"囿"音疏證。

其儀可喜 喜_{許既}

喜，尤刻本、五臣本、明州本、奎章閣本、叢刊本作"嘉"。《經典釋文》卷二《周易》《賁》《蹇》喜音"許意反"，卷二十八《莊子》下《讓王》音"許記反"，卷三十《爾雅》下《釋蟲》音

"虛記反"。《廣韻・止韻》音"虛里切"。同。

旼旼穆穆　旼旻

尤刻本注曰："張揖曰：旼音旻。"五臣本、明州本、奎章閣本、叢刊本正文"旼"下注直音"旻"。《經典釋文》卷三《尚書》上《大禹謨》旼音"武巾反"，卷六《毛詩》中《小雅・小旻》同，卷四《尚書》下《多士》音"閔巾反"，卷五《毛詩》上《王風・黍離》音"密巾反"，卷六《毛詩》中《小雅・雨無正》，卷七《毛詩》下《大雅・召旻》同，卷十八《左傳》四昭公元年音"亡巾反"，卷二十《左傳》六哀公十六年，卷二十九《爾雅》上《釋天》同。《廣韻・真韻》音"武巾切"。武、亡屬微紐，閔、密屬明紐。同。

君子之態　態他代

尤刻本注："張揖曰：態，他代切。"《經典釋文》卷六《毛詩》中《小雅・賓之初筵》態音"他代反"（凡二見），卷二十六《莊子》上《齊物論》音"敕代反"，卷二十七《莊子》中《馬蹄》音"吐代反"。慧琳《音義》卷十五音"他代反"，卷二十六、卷三十八同，卷十六音"他岱反"，卷五十七音"胎賫反"，卷六十四音"台帶反"。《廣韻・代韻》音"他代切"。他、胎、台屬透紐。同。

今親其來　來力代

《經典釋文》卷四《尚書》下《梓材》來音"力代反"，卷六《毛詩》中《小雅・鴻雁》，卷七《毛詩》下《大雅・旱麓》，卷十《儀禮》《少牢饋食禮》，卷十三《禮記》三《孔子閒居》，卷十五《左傳》一閔公元年、僖公十二年，卷十八《左傳》四襄公十九年，卷二十一《公羊傳》成公八年，卷二十三《孝經》《孝治章》，卷二十四《論語》《憲問》，卷二十九《爾雅》上《釋詁》並同。《集韻・代韻》音"洛代切"。力、洛屬來紐。同。《廣韻・哈韻》來音"洛哀切"，與寫卷異。

遊彼靈時　時止

《經典釋文》卷七《毛詩》下《大雅・崧高》時音"直紀反"，卷十五《左傳》一隱公三年音"止"，卷十八《左傳》四襄公三十年，卷十九《左傳》五昭公二十二年，卷二十《左傳》六哀公四年同，音"止"。《廣韻·止韻》音"直里切"。止屬章紐，直屬澄紐。同。

馳我君車　車尻

車，尤刻本、五臣本、明州本、奎章閣本、叢刊本作"輿"。案"車""輿"古通。　車，參見《出師頌》"輅車乘黃"句"車"音疏證。

帝用享祉　祉恥

祉，參見本篇前文"上帝垂恩儲祉將以慶成"句"祉"音疏證。

宛宛黃龍　宛於□

宛下反切，止存上字，下字當是"元"韻字，今以"□"代之。《經典釋文》卷五《毛詩》上《魏風·葛屨》《唐風·山有樞》，卷六《毛詩》中《小雅·小宛》，卷八《周禮》上《天官·醢人》，卷九《周禮》下《冬官·弓人》，卷十二《禮記》二《少儀》，卷十五《左傳》一隱公元年、隱公八年，卷十六《左傳》二僖公二十八年（凡二見），卷十七《左傳》三襄公十一年，卷二十《左傳》六昭公二十七年、哀公二十六年，卷二十一《公羊傳》隱公八年，卷二十二《穀梁傳》隱公八年、昭公二十七年，卷二十七《莊子》中《知北遊》，卷二十九《爾雅》上《釋器》《釋丘》並音"於阮反"。慧琳《音義》卷二十九音"冤遠反"。《廣韻·阮韻》音"於阮切"。於、冤屬影紐。同。

興德而陞　陞升

陞，尤刻本、五臣本、明州本、奎章閣本、叢刊本作"升"。案"升""陞"音同義通。　陞，參見《聖主得賢臣頌》"而陞本朝"句"陞"音疏證。

焕炳輝煌　炳丙　輝乎本　煌皇

《經典釋文》卷二《周易》《革》炳音"兵領反"，卷十一《禮記》一《月令》音"丙"。慧琳《音義》卷二十二音"彼永反"，卷三十二、卷六十二、卷八十、卷九十五音"兵皿反"，卷三十六音"兵永反"。《廣韻·梗韻》音"兵永切"，兵、彼屬幫紐。同。　五臣本、明州本、奎章閣本、叢刊本正文"煇"下注反切"胡本"。《經典釋文》卷八《周禮》上《春官·大卜》音"運",《春官·眡祲》,卷十三《禮記》三《祭統》同。《廣韻·混韻》煇音"胡本切"。乎、胡屬匣紐。同。　《經典釋文》卷六《毛詩》中《陳風·東門之楊》《小雅·皇皇者華》《小雅·采芑》《小雅·斯干》煌音"皇",卷七《毛詩》下《大雅·大明》,卷十七《左傳》三襄公十四年,卷十九《左傳》五昭公九年,卷二十七《莊子》中《駢拇》同,音"皇"。慧琳《音義》卷十、卷二十四、卷五十三音"胡光反",卷十六、卷四十五、卷八十八、卷九十、卷九十三音"皇"。《廣韻·唐韻》音"胡光切"。同。

正陽顯見　見乎見

見,參見《聖主得賢臣頌》"陳見悃誠"句"見"音疏證。

於傳載之　傳□□

傳下反切全佚,今補之以"□□"。　傳,參見本篇前文"五三六經載籍之傳"句"傳"音疏證。

不必諄諄　諄之倫

尤刻本注云:"諄,之純切。"五臣本、明州本、奎章閣本、叢刊本正文"諄"下注反切"之純"。《經典釋文》卷七《毛詩》下《大雅·抑》,卷十八《左傳》四襄公三十一年"諄"音"之純反",卷二十七《莊子》中《天地》音"之倫反"。慧琳《音義》卷二十八、卷六十五音"之純反"又音"之閏反",卷五十四、卷九十六音"準純反"。《廣韻·諄韻》音"章倫切"。之、準、章屬章紐。同。

依類託寓　寓遇

《經典釋文》卷五《毛詩》上《邶風·式微》寓音"遇",卷十《儀禮》《喪服經傳》,卷十二《禮記》二《郊特牲》,卷十六《左傳》二僖公二十八年,卷十八《左傳》四襄公二十四年、襄公二十九年同,卷十一《禮記》一《曲禮下》,卷三十《爾雅》下《釋木》《釋獸》音"魚具反"。慧琳《音義》卷七十七音"遇句反",卷八十二音"遇"。《廣韻·遇韻》音"牛具切"。遇、牛屬疑紐。同。

諭以封巒　諭以句　巒力九

諭，尤刻本、五臣本、明州本、奎章閣本、叢刊本作"喻"。案"喻""諭"音同義通。　巒，原作"蠻"，尤刻本、五臣本、明州本、奎章閣本、叢刊本作"巒"，案此指封禪泰山，寫卷誤，因據改。諭，參見《聖主得賢臣頌》"猶未足以諭其意也"句"諭"音疏證。《廣韻·桓音》巒音"落官切"，同。

天人之際已交　已以

已，參見《王文憲集序》"豈直彫章縟采而巳哉"句"巳"音疏證。

故曰於興必慮哀　曰越

曰，參見《王文憲集序》"歎曰"句"曰"音疏證。

是以湯武至尊嚴　嚴魚檢

《經典釋文》卷三《尚書》上《皋陶謨》嚴音"魚簡反"，卷四《尚書》下《无逸》，卷七《毛詩》下《大雅·常武》，卷十一《禮記》一《曲禮上》《檀弓下》，卷二十一《公羊傳》桓公二年，卷二十七《莊子》中《秋水》並音"魚檢反"。慧琳《音義》卷三十五音"儼枕反"。《廣韻·嚴韻》音"語韽切"。魚、儼、語屬疑紐。同。

不失蕭祇　祇脂

祇，參見本篇前文"而修禮地祇"句"祇"音疏證。

舜在假典　典典

典，寫卷用別體"與"，與《唐紀泰山銘》同，注文小字"典"，非音釋，當為校語。今改正體。　典，參見《漢高祖功臣頌》"穆穆帝典"句"典"音疏證。

顧省闕遺　省胥井

"省"下反切上字原作別體"胥"，與《漢韓勑碑》同，今改正體。

《經典釋文》卷二十四《論語》《學而》省音"悉井反"，卷二十九《爾雅》上《釋詁》同，《釋詁》又音"先郢反"。慧琳《音義》卷九十七音"星井反"。《廣韻·静韻》音"息井切"。悉、先、星、息屬心紐。同。

劇秦美新

美新

此二字，為篇名《劇秦美新》之省。

中散大夫臣雄　散素誕

《經典釋文》卷四《尚書》下《君奭》散音"素但反"，卷五《毛詩》上《邶風·簡兮》，卷八《周禮》上《天官·屨人》《地官·充人》，卷九《周禮》下《夏官·司弓矢》《夏官·庾人》，卷二十一《公羊傳》桓公八年（"但"作"旦"）同，卷八《周禮》上《天官·鹽人》音"悉但反"，卷十《儀禮》《喪服經傳》《既夕禮》（凡二見）《士虞禮》《特牲饋食禮》，卷十二《禮記》二《禮器》（凡二見）《玉藻》《大傳》，卷十三《禮記》三《雜記上》《喪大記》《祭統》《坊記》，卷十四《奔喪》，卷十六《左傳》二文公十二年，卷二十六《莊子》上《人間世》（凡二見）同。慧琳《音義》卷七音"桑贊反"，卷三十八音"珊旦反"，卷六十九音"珊幹反"。《廣韻·翰韻》音"蘇旱切"。素、桑、珊、蘇屬心紐。同。

上封事皇帝陛下　上上

上下小字"上"，並非音釋，而是標注四聲。《經典釋文》卷二《周易》《乾》《需》《小畜》《泰》《同人》《謙》《噬嗑》《賁》（凡二見）《晉》《睽》《損》（凡二見）《夬》《萃》《井》（凡二見）《革》《鼎》《旅》《渙》《中孚》《小過》（凡二見）《繫辭上》（凡二見）《繫辭下》（凡三見）《序卦》《雜卦》"上"音"時掌反"，卷三《尚書》上《序》《堯典》《禹貢》（凡二見）《伊訓》，卷四《尚書》下《泰誓下》《武成》《洪範》（凡二見）《多士》《多方》《周官》《畢命》《呂刑》，卷五《毛詩》上《周南·關雎》《周南·樛木》《周南·漢廣》《邶風·燕燕》《邶風·綠衣》（凡二見）《邶風·雄雉》《邶風·匏有苦葉》《鄘風·定之方中》《衛風·碩人》《鄭風·東門之墠》，卷六《毛詩》中《曹風·候人》《曹風·鳲鳩》《豳風·七月》《小雅·杕杜》《小雅·谷風》《小雅·都人士》《小雅·漸漸之石》，卷七《毛詩》下《大雅·文王》《大雅·瞻卬》《周頌·閔予小子》《周頌·敬之》，卷八《周禮》上《天官·小宰》《天官·疾醫》《天官·內宰》《天官·九嬪》《天官·內司服》《地官·大司徒》《地官·小司徒》《地官·鄉大夫》《地官·均人》《地官·媒氏》《地官·司市》《地官·旅師》《地官·廩人》《地官·槁人》《春官·大宗伯》《春官·天府》《春官·司服》《春官·大司樂》《春官·大胥》《春官·典路》，卷九《周禮》下《夏官·射人》《夏官·大僕》《夏官·隸僕》《夏官·槀人》《夏官·廋人》《秋官·大司冦》《秋官·小司冦》《秋官·方士》《秋官·朝士》《秋官·司刺》《秋官·司厲》《秋官·掌囚》《秋官·大行人》《秋官·司儀》（凡二見）《冬官考工記》《冬官·輈人》《冬官·玉人》《冬官·磬氏》《冬官·弓人》，卷十《儀禮》《士冠禮》（凡二見）《士昏禮》《士相見禮》《鄉飲酒禮》《聘禮》（凡三見）《覲禮》《喪服經傳》（凡二見）《士喪禮》《少牢饋食禮》，卷十一《禮記》一《曲禮上》（凡六見）《曲禮下》（凡三見）《檀弓上》（凡三見）《檀弓下》《王制》《月令》（凡四見），卷十二《禮記》二《文王世子》（凡二見）《禮運》《禮器》（凡三見）《郊特牲》《內則》《玉藻》（凡二見）《喪服小記》（凡二見）《大傳》《少儀》，卷十三《禮記》三《樂記》（凡五見）《雜記上》《雜記下》《喪大記》（凡四見）《祭法》《坊記》，卷十四《禮記》四《中庸》（凡二見）《問喪》《服問》（凡二見）《深衣》《儒行》《大學》（凡二見）《昏義》《燕義》，卷十五《左傳》一隱公元年、桓公二年、桓公十六年、桓公十八年、僖公五年、僖公十五年，卷十六《左傳》二僖公二十八年、僖公三十三年、文公二年、文公三年、文公十六年，卷十七《左傳》三成公十六年、成公十八年、襄公七年、襄公十年，卷十八《左傳》四襄公二十三年、襄公二十四年、襄公二十六年、襄公三十一年、昭公三年，卷二十《左傳》六昭公二十八年、昭公二十九年、定公四年、哀公元年、哀公七年、哀公二十五年，卷二十一《公羊傳》隱公元年、桓公元年、莊公元年、莊公十三年、文公三年、文公九年、成公三年，卷二十二《穀梁傳》隱公元年、隱公七年、僖公二年、成公八年、昭公十九年，卷二十四《論語》《雍也》《述而》《鄉黨》，卷二十六《莊子》上《逍遥遊》（凡二見）《齊物論》《人間世》（凡二見）《大宗師》（凡二見），卷二十七《莊子》中《駢拇》《在宥》《天道》《天運》《達生》《山木》，卷二十八《莊子》下《徐无鬼》《盜跖》（凡三見）《説劍》《漁父》，卷二十九《爾雅》上《釋詁》《釋天》（凡三見）《釋水》，卷三十《爾雅》下《釋木》（凡二見）《釋魚》《釋鳥》（凡二見）《釋獸》《釋畜》（凡三見）並同，音"時掌反"。《廣韻·漾韻》音"時亮切"又"時兩切"。同。

行能無異　行下孟

行，參見《王文憲集序》"昉行無異操"句"行"音疏證。

拔擢倫比　擢大角　比鼻

擢，寫卷作"㩴"，寫卷從手從木之字常混用，此又一例。今改作正體。　《經典釋文》卷十二《禮記》二《少儀》擢音"直角反"，卷十七《左傳》三宣公十二年，卷三十《爾雅》下《釋木》（凡二見）並同，卷二十七《莊子》中《駢拇》音"濯"。慧琳《音義》卷九、卷三十二音"憧卓反"，卷二十一音"除覺反"，又音"直角反"，卷二十四音"撞卓反"，卷五十二、卷五十八音"徒卓反"，卷七十八音"憧卓反"。《廣韻·覺韻》音"直角切"。直、除、撞屬澄紐，憧屬昌紐，徒屬定紐。同。　比，參見《漢高祖功臣頌》"袞龍比象"句"比"音疏證。

媿無以稱職　稱稱孕

稱下反切上字原為疊字號，今改"稱"字。　稱，參見《封禪文》"而常為稱首者用此"句"稱"音疏證。

執粹清之道　粹相季

粹，原作別體"粋"，今改正體。　《經典釋文》卷二《周易》《乾》音"雖遂反"，卷三《尚書》上《説命中》，卷二十一《公羊傳》莊公二十四年、僖公二十二年，卷二十六《莊子》上《大宗師》，卷二十七《莊子》中《刻意》同。慧琳《音義》卷十四、卷八十九、卷九十、卷九十五音"雖醉反",卷三十一音"雖翠反",卷七十五音"私類反"。《廣韻·至韻》音"雖遂切"。雖、私屬心紐。同。

聽聆風俗　聽他定

慧琳《音義》卷四聽音"體勁反",卷十五、卷四十音"體經反",卷二十三音"他寈反",卷四十四音"剔寧反",卷四十五音"佗定反",卷七十二音"他定反"。《廣韻·徑韻》音"他定切"。他、體、剔屬透紐。同。

博覽廣包　包白交

《經典釋文》卷二《周易》《姤》音"白交反"(凡二見),卷二《周易》《繫辭下》同,卷十一《禮記》一《檀弓下》音"伯交反",卷十五《左傳》一《序》,卷二十《左傳》六定公四年音"必交反",卷二十二《穀梁傳》隱公八年、僖公五年音"苞"。慧琳《音義》卷五十一音"飽交反",卷八十三音"補茅反"。《廣韻·肴韻》音"布交切"。白、並紐,伯、必、飽、補、布屬幫紐。同。

叄天貳地　叄二

叄,五臣本、明州本、奎章閣本、叢刊本作"參"。案"參""叄"古通。　叄,參見《三國名臣序贊》"則叄分於赤壁""叄"音疏證。

冠三王　冠古亂

冠,寫卷作別體"𠖔",反切字作俗體"乱",今並改正體。冠,參見《王文憲集序》"衣冠禮樂在是矣"。句"冠"音疏證。

臣誠樂昭著新德　著知慮

著,參見《王文憲集序》"圖緯著王佐之符"句"著"音疏證。

臣常有顛眴病　眴舜

尤刻本注云:"賈達《國語》注曰:'眩,惑也,眴與眩古字通。'"五臣本、明州本、奎章閣本、叢刊本正文"眴"下注直音"縣"。慧琳《音義》卷一、卷四、卷十五、卷三十二、卷四十七、卷

五十三、卷七十八、卷一百音"玄絹反"，與尤刻本、五臣本、明州本、奎章閣本、叢刊本注音同，《經典釋文》卷二十六《莊子》上《德充符》音"舜"。慧琳《音義》卷七十三音"尸閏反"。《廣韻·稕韻》音"舒閏切"，與寫卷音同。尸、舒屬書紐。

敢竭肝膽　膽多敢

《經典釋文》卷十二《禮記》二《內則》，卷三十《爾雅》下《釋木》音"丁敢反"，卷二十六《莊子》上《德充符》音"丁覽反"。慧琳《音義》卷二、卷四十一音"答敢反"，卷五、卷十一音"都敢反"，卷四十七音"擔敢反"，卷八十九音"擔覽反"。《廣韻·敢韻》音"都敢切"。多、丁、答、都、擔屬端紐。同。

寫腹心　腹福

《經典釋文》卷六《毛詩》中《豳風·七月》腹音"福"，卷三十《爾雅》下《釋蟲》同，卷十一《禮記》一《月令》音"方服反"，卷二十九《爾雅》上《釋詁》音"分伏反"。慧琳《音義》卷十三音"風伏反"，卷六十一音"福"，卷八十四音"風目反"。《廣韻·屋韻》音"方六切"。方、分屬非紐。同。

雖未究萬分之一　究尻又　分扶問

究，參見《東方朔盡贊》"乃研精而究其理"句"究"音疏證。
分，參見《三國名臣序贊》"至於體分冥固"句"分"音疏證。

亦臣之極思也　思思吏

思，參見《漢高祖功臣頌》"思入神契"句"思"音疏證。

曰權輿天地未祛　曰越　祛去於

曰，參見《王文憲集序》"歎曰"句"曰"音疏證。　《經典釋文》卷七《毛詩》下《魯頌·駉》祛音"起居反"。慧琳《音義》卷十、卷六十二、卷八十七音"去魚反"，卷四十七音"蹇魚反"，卷四十九音"丘魚反"，卷九十二音"却魚反"，卷九十五音"去居反"。《集韻·魚韻》音"丘於切"。起、丘、却、去屬溪紐，蹇屬見紐。同。

睢睢盱盱　睢許□　盱許于

尤刻本正文"睢"下注反切"許惟",五臣本、明州本、奎章閣本、叢刊本正文"睢"下注反切"許惟"。由此可推,寫卷"睢"下之音注原止存一"許",案"許"下當有一"惟"或"惟"字,今補之以"□"。　睢,參見《漢高祖功臣頌》"丞相潁陰懿侯睢陽灌嬰"句"睢"音疏證。　尤刻本、五臣本、明州本、奎章閣本、叢刊本正文"盱"下注直音"吁"。《經典釋文》卷二《周易》《豫》音"香于反",卷八《周禮》上《天官·典絲》,卷二十八《莊子》下《寓言》,卷二十九《爾雅》上《釋詁》,卷三十《爾雅》下《釋草》並同,卷二十一《公羊傳》昭公三十一年音"許于反"。慧琳《音義》卷十六音"昫俱反",卷八十三音"吁",卷八十七音"況于反",卷九十二音"酗于反",卷九十五音"詡于反"。《廣韻·虞韻》音"況于切"。香、許、昫、況、酗、詡屬曉紐。同。

玄黄剖判　剖普后

《經典釋文》卷四《尚書》下《泰誓下》剖音"普口反",卷十七《左傳》三襄公十四年,卷二十六《莊子》上《逍遙遊》,卷二十七《莊子》中《胠篋》,卷二十八《莊子》下《盗跖》,卷三十《爾雅》下《釋蟲》《釋鳥》並同。慧琳《音義》卷二音"普口反",卷四、卷五、卷三十、卷三十四、卷三十七、卷七十二、卷七十七、卷八十一、卷九十八同,卷二十六音"普后反",卷六十三、卷八十四同、卷四十三、卷四十六音"普厚反",卷六十五音"普後反"。《廣韻·厚韻》音"普后切"。同。

上下相嘔　嘔吁

嘔,參見《聖主得賢臣頌》"是以嘔喻受之"句"嘔"音疏證。尤刻本注云:"煦與嘔同,況俱切。"五臣本、明州本、奎章閣本、叢刊本正文"嘔"下注直音"吁"。

在乎混混茫茫之時　茫莫郎

茫,參見《出師頌》"茫茫上天"句"茫"音疏證。

豐聞罕漫　豐_{許靳}

豐，五臣本、明州本、奎章閣本作"豔"。案"豐"乃俗體。《經典釋文》卷六《毛詩》中《小雅·斯干》音"許靳反"，卷八《周禮》上《春官·𣫊人》，卷十一《禮記》一《月令》，卷十三《禮記》三《雜記下》，卷十五《左傳》一莊公十四年、僖公七年，卷十七《左傳》三宣公十二年、成公十八年、襄公九年，卷十八《左傳》四襄公二十二年、昭公元年，卷十九《左傳》五昭公十三年，卷二十《左傳》六定公四年、定公六年，卷二十二《穀梁傳》《序》、僖公十五年，卷二十五《老子》，卷三十《爾雅》下《釋獸》並同。《廣韻·震韻》音"許覲切"。同。

遍靡著於成周　著_{知庶}

著，參見《王文憲集序》"圖緯著王佐之符"句"著"音疏證。

罔不云道德仁義禮知　知_智

知，尤刻本、五臣本、明州本、奎章閣本、叢刊本作"智"。案"知""智"古通。　智，參見《聖主得賢臣頌》"無有遊觀廣覽之智"句"智"音疏證。

獨秦屈起西戎　屈_{巨勿}

屈，五臣本、明州本、奎章閣本作"崛"，明州本、奎章閣本"崛"下注反切"求勿"，叢刊本正文"屈"下注云："五臣本作崛，求勿切。"《經典釋文》卷二《周易》《繫辭下》屈音"丘勿反"，卷七《毛詩》下《魯頌·泮水》同，卷十五《左傳》一桓公十一年、莊公二十八年，卷十七《左傳》三宣公十二年、成公二年、襄公十五年，卷十八《左傳》四襄公二十二年、襄公三十二年，卷十九《左傳》五昭公四年、昭公七年、襄公二十年、昭公二十五年，卷二十一《公羊傳》莊公十年、僖公五年、文公十年、襄公二十五年，卷二十二《穀梁傳》襄公二十五年、昭公五年音"居勿反"。慧琳《音義》卷五十八音"衢勿反"，卷七十五音"衢物反"。《廣韻·物韻》音"區勿切"。丘、區屬溪紐，居屬見紐、衢屬羣紐。同。

邠荒岐雍之疆　邠筆貧

邠，寫卷作別體"邠"，今改正體。　五臣本、明州本、奎章閣本、叢刊本正文"邠"下注直音"斌"。《經典釋文》卷九《周禮》下《冬官考工記》邠音"彼貧反"，卷二十八《莊子》下《讓王》音"筆貧反"，卷二十九《爾雅》上《釋地》云："本或作豳，彼貧反。"《廣韻·真韻》音"府巾切"。筆屬幫紐，府屬非紐。同。

至政破從擅衡　從足容　擅氏戰　衡橫

從，尤刻本、叢刊本作"縱"。案"從"與"縱"通。　五臣本、明州本、奎章閣本正文"從"下注反切"子容"。叢刊本正文"縱"下注："五臣本作'從'，子容切。"《經典釋文》卷三《尚書》上《五子之歌》從音"才用反"，卷四《尚書》下《金縢》《蔡仲之命》《冏命》，卷五《毛詩》上《邶風·擊鼓》《齊風·敝笱》，卷六《毛詩》中《小雅·黍苗》，卷七《毛詩》下《大雅·公劉》《大雅·卷阿》《大雅·烝民》，卷八《周禮》上《地官·師氏》《地官·調人》《春官·小宗伯》《春官·內宗》《春官·大祝》《春官·巾車》《春官·典路》，卷九《周禮》下《夏官·大司馬》《夏官·射人》《夏官·司士》《夏官·虎賁氏》《夏官·司弓矢》《夏官·道右》《夏官·校人》《秋官·掌客》《秋官·掌訝》，卷十《儀禮》《士昏禮》（凡三見）《鄉射禮》《大射儀》（凡二見）《聘禮》（凡六見）《公食大夫禮》（凡二見）《覲禮》《士喪禮》（凡四見）《既夕禮》《士虞禮》《特牲饋食禮》《少牢饋食禮》，卷十一《禮記》一《曲禮上》（凡二見）《檀弓上》（凡四見）《檀弓下》（凡三見）《王制》《月令》（凡三見），卷十二《禮記》二《曾子問》（凡三見）《禮器》《內則》《玉藻》《明堂位》《喪服小記》《少儀》，卷十三《禮記》三《喪大記》（凡二見）《祭義》《祭統》（凡二見），卷十四《禮記》四《服問》，卷十五《左傳》一隱公四年、隱公五年、桓公五年、莊公八年、莊公十年、閔公二年、僖公九年，卷十六《左傳》二僖公二十三年（凡二見）、僖公二十四年（凡二見）、僖公二十五年、僖公二十八年（凡三見）、僖公三十三年、文公元年、文公六年（凡二見）、文公八年、文公九年、文公十五年（凡二見）、宣公三年，卷十七《左傳》三宣公十二年、成公二年（凡三見）、成公五年、成公十三年、成公十六年、成公十八年、襄公九年、襄公十年、襄公十四年（凡二見）、襄公十五年，卷十八《左傳》四襄公十六年、襄公二十一年、襄公二十三年（凡二見）、襄公二十五年、襄公二十七年、襄公二十八年（凡二見）、襄公三十一年、昭公元年（凡三見），卷十九《左傳》五昭公四年（凡二見）、昭公六年、昭公八年、昭公十年、昭公十二年、昭公十三年（凡二見）、昭公十六年、昭公十八年、昭公二十年（凡二見）、昭公二十一年、昭公二十二年、昭公二十三年、昭公二十四年、昭公二十五年（凡二見），卷二十《左傳》六昭公二十九年、昭公三十一年、定公元年、定公三年、定公四年（凡三見）、定公五年（凡二見）、定公八年、定公十二年、哀公十一年（凡二見）、哀公十三年、哀公十四年、哀公十六年、哀公十七年、哀公十八年、哀公二十五年（凡二見）、哀公二十六年、哀公二十七年，卷二十一《公羊傳》隱公八年、桓公五年、莊公八年、莊公十年、襄公二十七年、昭公二十年、昭公二十五年、定公八年，卷二十二《穀梁傳》《序》、隱公七年、桓公五年、莊公三十年、莊公三十二年，卷二十四《論語》《八佾》《先進》（凡二見）《顏淵》《憲問》《衛靈公》《陽貨》《微子》，卷二十六《莊子》上《德充符》，卷二十八《莊子》下《徐无鬼》《讓王》《盜跖》《説劍》，卷二十九《爾雅》上《釋親》並同，音“才用反”。慧琳《音義》卷二十七音“從用反”。《廣韻·用韻》從音“疾用切”。足、子屬精紐，才、疾屬從紐。　擅，參見《王文憲集序》“則理擅民宗”句“擅”音疏證。　五臣本、明州本、奎章閣本、叢刊本正文“衡”下注直音“橫”。《經典釋文》卷五《毛詩》上《齊風·南山》衡音“橫”，卷六《毛詩》中《陳風·衡門》，卷九《周禮》下《冬官·玉人》，卷十一《禮記》一《檀弓上》（凡二見），卷十三《禮記》三《雜記上》，卷十五《左傳》一桓公九年同。慧琳《音義》卷九十二“衡猶橫也”（凡二見）。《廣韻·庚韻》衡音“戶庚切”。同。

盛從靴儀韋斯之耶正　　耶徐遞

　　耶，尤刻本、五臣本、明州本、奎章閣本、叢刊本作“邪”。案《玉篇·耳部》：“耶，俗邪字。”案此處之“耶”有“邪惡”義。

耶，參見《東方朔畫贊》"弛張而不為耶"句"耶"音疏證。

馳騖起翦恬賁之用兵　騖務　恬大兼　賁奔

騖，參見《聖主得賢臣頌》"縱騁馳騖"句"騖"音疏證。　　恬，寫卷作"怗"，訛，此乃人名，"恬"指蒙恬，今據正文改。　　《經典釋文》卷四《尚書》下《梓材》恬音"田兼反"，卷二十五《老子》音"捵嫌反"，卷二十七《莊子》中《胠篋》《在宥》並音"徒謙反"。慧琳《音義》卷十三音"亭閻反"，卷二十二音"田鹽反"，卷三十九、卷四十三、卷六十、卷七十八、卷九十二音"牒兼反"，卷五十二音"徒兼反"，卷六十九音"簟兼反"，卷一百音"疊兼反"。《廣韻·添韻》音"徒兼切"。捵屬以紐，簟屬端紐，亭、田、牒、徒、疊屬定紐。同。　　五臣本、明州本、奎章閣本、叢刊本正文"賁"下注直音"奔"。《經典釋文》卷四《尚書》下《牧誓》《立政》《顧命》賁音"奔"，卷七《毛詩》下《大雅·崧高》，卷八《周禮》上《春官·巾車》，卷九《周禮》下《夏官司馬》《夏官·虎賁氏》《冬官·桃氏》，卷十一《禮記》一《檀弓上》（凡二見），卷十三《禮記》三《樂記》（凡二見），卷十四《禮記》四《表記》《射義》，卷十五《左傳》一僖公五年，卷十六《左傳》二僖公二十八年，卷十八《左傳》四襄公二十七年，卷十九《左傳》五昭公十五年、昭公二十五年，卷二十一《公羊傳》莊公二年、宣公三年，卷二十二《穀梁傳》莊公元年，卷三十《爾雅》下《釋魚》並同，音"奔"。《廣韻·魂韻》音"奔"、"博昆切"。同。

剗滅古文　剗初簡

剗，五臣本、明州本、奎章閣本、叢刊本正文"剗"下注反切"楚簡"。《經典釋文》卷九《周禮》下《秋官·薙氏》，卷十二《禮記》二《郊特牲》剗音"初產反"，卷十《儀禮》《士相見禮》音"初限反"。慧琳《音義》卷三十四音"初簡反"，卷五十五、卷五十九同，卷四十九音"初限反"，卷六十四音"察限反"，卷六十五音"初眼反"，卷七十三、卷七十四同，卷九十二音"察眼反"。《廣韻·產韻》音"初限反"。初、楚、察屬初紐。同。

刮語燒書　刮_{古八}

五臣本、明州本、奎閣本、叢刊本正文"刮"下注反切"古八"。《經典釋文》卷九《周禮》下《冬官考工記》，卷十二《禮記》二《明堂位》刮音"古八反"，卷十一《禮記》一《檀弓上》音"古滑反"。慧琳《音義》卷十六、卷六十二、卷六十九音"關滑反"，卷五十五、卷六十五、卷七十六音"關八反"。《廣韻·鎋韻》音"古頒切"。古、關屬見紐。同。

弛禮崩樂　弛_{直氏}

弛，尤刻本、五臣本、明州本、奎章本、叢刊本作"弛"。案"弛"與"弛"通。　弛，參見《東方朔畫贊》"弛張而不為耶"句"弛"音疏證。　案《文選音》寫卷"弛禮崩樂"句以下摘字釋音排列次第為"狙、稽、獷、漂、滌、盪、難、耆、量、碩、瑹、卷"，與今本《文選》不同，今考釋次第，並依今本《文選》乙之。若依《文選音》次第，則文理亂矣。

遂欲流唐漂虞　漂_{疋遙}

《經典釋文》卷五《毛詩》上《鄭風·蘀兮》漂音"匹遙反"，卷六《毛詩》中《豳風·鴟鴞》同，卷二十八《莊子》下《則陽》音"匹招反"。慧琳《音義》卷五音"匹遙反"，卷十（凡二見），卷十八、卷二十六、卷二十九、卷四十、卷五十一、卷六十三、卷七十、卷七十八同。《廣韻·宵韻》音"撫招切"。匹屬滂紐，撫屬敷紐。同。

滌殷盪周　滌_{狄七}　盪_{大朗}

滌，寫卷用別體"絛"，今改正體。　盪，尤刻本、五臣本、明州本、奎章閣本、叢刊本作"蕩"。案"蕩""盪"音同義通。　《經典釋文》卷三《尚書》上《堯典》滌音"大歷反"，卷十《儀禮》《大射儀》《士喪禮》，卷十一《禮記》一《月令》，卷十三《禮記》三《樂記》卷二十一《公羊傳》宣公三年並同，卷六《毛詩》中《小雅·賓之初筵》音"徒歷反"，卷七《毛詩》下《大雅·雲漢》，卷八《周禮》上《地官司徒》《春官·大宗伯》，卷十五《左傳》一莊公二

十二年，卷二十二《穀梁傳》哀公元年，卷二十五《老子》同，音
"徒歷反"，卷十二《禮記》二《郊特牲》音"迪"又音"狄"，卷二
十二《穀梁傳》莊公二十二年音"狄"。慧琳《音義》卷二十音"徒
的反"，卷四十八、卷四十九、卷五十八同、卷二十八、卷四十九音
"庭的反"，卷三十六音"狄"，卷三十九、卷四十五音"亭的反"，卷
四十六音"徒歷反"，卷八十，卷一百音"亭歷反"。《廣韻·錫韻》音
"徒歷切"。大、徒、庭、亭屬定紐。同。　盪，參見《三國名臣序
贊》"萬物波盪"句盪音疏證。

難除仲尼之篇籍　難然

難，尤刻本注云"古然字"。五臣本、明州本、奎章閣本、叢刊本
正文"難"字下注直音"然"。慧琳《音義》卷九十六難音"熱蟬
反"。《廣韻·仙韻》音"如延切"。熱、如屬日紐。同。

改制度軌量　量力上

量，參見《王文憲集序》"盈量知歸"句"量"音疏證。

咸稽之於秦紀　稽七分

《經典釋文》卷二《周易》《繫辭下》稽音"古兮反"，卷八《周
禮》上《天官·醫師》，卷十二《禮記》二《禮運》《內則》，卷十四
《禮記》四《緇衣》，卷十六《左傳》二宣公八年，卷二十《左傳》六
哀公元年、哀公二十二年，卷二十五《老子》，卷二十七《莊子》中
《天地》《天道》，卷二十八《莊子》下《外物》，卷二十九《爾雅》
上《釋天》並同。慧琳《音義》卷三音"經霓反"，卷八音"涇溪
反"，卷九、卷七十一音"古奚反"，卷十音"計奚反"，卷七十七同，
卷十七、卷四十四、卷八十八音"溪禮反"，卷四十六音"古兮反"，
卷四十七、卷五十九音"苦禮反"。《廣韻·齊韻》音"古奚切"。古、
苦屬見紐。同。

是以耆儒碩老　耆巨尸　碩石

《經典釋文》卷三《尚書》上《伊訓》耆音"巨夷反"，卷七
《毛詩》下《大雅·皇矣》，卷十二《禮記》二《郊特牲》同，卷七
《毛詩》下《大雅·蕩》音"市志反"，卷七《毛詩》下《商頌·那》，

卷九《周禮》下《春官·大行人》，卷十《儀禮》《士喪禮》，卷十一《禮記》一《王制》《月令》（凡二見），卷十二《禮記》二《郊特牲》《內則》（凡二見），卷十三《禮記》三《祭義》《祭統》（凡二見）《孔子閒居》，卷十七《左傳》三宣公十五年，卷十八襄公二十八年（凡二見），襄公三十年（凡二見），卷十九《左傳》五昭公十年，卷二十一《公羊傳》襄公二十九年，卷二十六《莊子》上《齊物論》《大宗師》並同。慧琳《音義》卷五十二音"五益反"，卷八十二音"佶伊反"。《廣韻·脂韻》音"渠脂切"。巨、渠屬羣紐，市屬禪紐，五屬疑紐。同。　《經典釋文》卷五《毛詩》上《魏風·碩鼠》音"石"，卷十一《禮記》一《檀弓上》同。慧琳《音義》卷十、卷六十五音"市亦反"。　《廣韻·昔韻》音"常隻切"。石、市、常屬禪紐。同。

抱其書而遠逝　逝逝

逝，尤刻本、五臣本、明州本、奎章閣本、叢刊本作"逝"。案"逝""逝"音同義通。　逝，參見《三國名臣序贊》"陸逝字伯言"句"逝"音疏證。

卷其舌而不談　卷佢□

卷反切下字佚，當為一"線"韻字，今補之以"□"。　卷，參見《三國名臣序贊》"故璩寘以之卷舒"句"卷"音疏證。

狙獷而不臻　狙七余　獷古猛

尤刻本注云："狙，且餘切。"五臣本、明州本、奎章閣本、叢刊本正文"狙"下注反切"七余"。《經典釋文》卷二十六《莊子》上《齊物論》，卷二十七《莊子》中《天地》，卷二十八《莊子》下《徐无鬼》音"七徐反"，卷二十六《莊子》上《齊物論》《人間世》《應帝王》，卷二十七《莊子》中《天運》音"七餘反"。慧琳《音義》卷六十七音"千絮反"，卷八十五、卷八十七、卷九十四音"七余反"，卷九十六、卷九十八（凡二見）音"七餘反"。《廣韻·魚韻》音"七余切"。同。　尤刻本注云："獷，古猛切。"五臣本、明州本、奎章閣本、叢刊本正文"獷"下注反切"古猛"。《經典釋文》卷三十《爾雅》下《釋獸》獷音"虢猛反"。慧琳《音義》卷十八音"古猛反"，卷二十八、卷四十一、卷四十八、卷七十四同，卷二十四音"虢猛反"，卷五十一、卷六十六同，卷七十七音"摑猛反"。《廣韻·養韻》音"居往切"又"居猛切"，與寫卷同。古、虢、摑、居屬見紐。

景曜浸潭之瑞潛　浸七林　潭以林

浸，參見《封禪文》"沾濡浸潤"句"浸"音疏證。五臣本、明州本、奎章閣本、叢刊本正文"浸"下注直音"侵"。　五臣本、明州本、奎章閣本、叢刊本正文"潭"下注直音"淫"。　《經典釋文》卷二十九《爾雅》上《序》潭音"徒南反"。慧琳《音義》卷十二音"唐南反"，卷十六音"徒狁反"，卷三十四、卷七十三音"徒南反"。《廣韻·覃韻》潭音"徒含切"。案五臣本、明州本、奎章閣本、叢刊本音"淫"、寫卷音"以林反"在《廣韻·侵韻》。徒、唐屬定紐。

大茀經賓　茀步沒　賔于敏

尤刻本注云："茀，步忽切。"五臣本、明州本、奎章閣本、叢刊本正文"茀"下注反切"浦没"。《經典釋文》卷五《毛詩》上《衛風·碩人》茀音"弗"，卷六《毛詩》中《小雅·采芑》（凡二見），卷七《毛詩》下《大雅·生民》《大雅·卷阿》《大雅·韓奕》，卷九《周禮》下《夏官·司弓矢》，卷十《儀禮》《有司》，卷二十二《穀梁傳》文公十四年，卷三十《爾雅》下《釋畜》並同，音"弗"。《廣韻·物韻》音"敷勿切"。步屬並紐，浦屬滂紐，敷屬敷紐。同。　五臣本、明州本、奎章閣本、叢刊本正文"賔"下注直音"隕"。《經典釋文》卷八《周禮》上《春官·大司樂》賔音"于敏反"，卷十七《左傳》三宣公十五年，卷二十一《公羊傳》僖公十六年、僖公三十三年、定公元年同。《廣韻·軫韻》音"于敏切"。同。

巨狄鬼信之妖發　妖於苗

《經典釋文》卷六《毛詩》中《小雅·白華》妖音"於驕反"，卷十四《禮記》四《中庸》，卷十五《左傳》一莊公十四年，卷十九《左傳》五昭公二十六年並同。慧琳《音義》卷十二音"於驕反"，卷二十、卷二十八、卷五十八、卷七十七同，卷十五音"夭嬌反"，卷五十七、卷六十一同，卷四十一音"妖驕反"，卷九十七音"夭驕反"。

《廣韻·宵韻》音"於喬切"。於、夭、妖屬影紐。同。

神歇靈繹　歇許勿　繹亦

繹，尤刻本注："繹，或為液。"五臣本、明州本、奎章閣本作"液"。　《經典釋文》卷五《毛詩》上《秦風·駟驖》歇音"許謁反"，卷十七《左傳》三宣公十二年，卷十八《左傳》四襄公二十九年，卷二十《左傳》六哀公十二年，卷二十五《老子》並同，卷二十九《爾雅》上《釋詁》音"虛謁反"。慧琳《音義》卷八音"軒謁反"。《廣韻·月韻》音"許竭切"。而寫卷音"許勿反"，在物韻，與之異。許、軒屬曉紐，虛屬溪紐。　《經典釋文》卷三《尚書》上《高宗肜日》繹音"亦"，卷四《尚書》下《立政》《君陳》，卷六《毛詩》中《小雅·車攻》，卷七《毛詩》下《大雅》《民勞》《常武》（凡二見）《周頌·絲衣》《周頌·賚》《魯頌·駉》《魯頌·泮水》《魯頌·閟宮》《商頌·那》，卷八《周禮》上《地官·牛人》《春官宗伯》《春官·大司樂》《春官·龜人》，卷九《周禮》下《秋官·朝士》，卷十《儀禮》《鄉射禮》，卷十一《禮記》一《檀弓下》，卷十二《禮記》二《禮器》《郊特牲》，卷十三《禮記》三《祭義》，卷十四《禮記》四《射義》，卷十六《左傳》二文公十三年、宣公十年，卷十七《左傳》三宣公十二年，卷十八《左傳》四襄公三十一年，卷十九《左傳》五昭公十二年，卷二十《左傳》六哀公二年、哀公七年、哀公十四年，卷二十一《公羊傳》成公三年、哀公二年，卷二十二《穀梁傳》宣公八年、宣公十年、哀公二年，卷二十三《孝經》《喪親章》，卷二十四《論語》《為政》《八佾》《子罕》，卷二十九《爾雅》上《釋訓》並同，音"亦"。慧琳《音義》卷十一音"盈益反"，卷十五音"亦"，卷四十六音"夷石反"，卷九十七音"盈隻反"。《廣韻·昔韻》音"羊益切"。夷、盈、羊屬以紐。同。

兢兢乎不可離已　離力政　已以

《經典釋文》卷二《周易》《乾》（凡二見）《坤》（凡二見）《頤》《離》《咸》《損》《漸》《繫辭下》（凡二見）離音"力智反"，卷三《尚書》上《胤征》，卷五《毛詩》上《周南·卷耳》《召南·草蟲》《王風·黍離》《唐風·山有樞》，卷六《毛詩》中《大雅·崧

高》《大雅・瞻印》，卷八《周禮》上《天官・宮正》《春官・喪祝》，
卷九《周禮》下《夏官・掌固》，卷十《儀禮》《公食大夫禮》《既夕
禮》（凡二見）《士虞禮》，卷十一《禮記》一《曲禮上》（凡二見）
《檀弓上》《檀弓下》《王制》，卷十二《禮記》二《曾子問》，卷十三
《禮記》三《學記》《坊記》，卷十四《禮記》四《中庸》《奔喪》，卷
十五《左傳》一莊公二十二年，卷十七《左傳》三成公十六年，卷二
十一《公羊傳》隱公二年、隱公五年、桓公四年、莊公十三年、襄公
九年，卷二十三《孝經》《諸侯章》《諫諍章》，卷二十五《老子》
（凡四見），卷二十六《莊子》上《逍遥遊》《齊物論》《養生主》《人
間世》《德充符》（凡二見），卷二十七《莊子》中《馬蹄》《在宥》
（凡二見）《天地》《天運》《刻意》《繕性》《達生》《山木》《田子
方》《知北遊》，卷二十八《莊子》下《庚桑楚》《徐无鬼》《則陽》
（凡二見）《盜跖》《漁父》《列禦寇》《天下》（凡二見）並同。《廣
韻・支韻》音“呂支切”。力、呂屬來紐。同。　已，參見《王文憲集
序》“豈直彫章縟采而已哉”句“已”音疏證。

回而昧之者極妖慂　妖_{於苗}　慂_{去焉}

“慂”，寫卷用別體“譽”，今改正體。　妖，參見本篇前文“巨
狄鬼信之妖發”句“妖”音疏證。　慂，參見《聖主得賢臣頌》“斥
逐又非其慂”句“慂”音疏證。

有憑應而尚缺　應_去

憑應，五臣本作“應憑”。　應，參見《王文憲集序》“自是始有
應務之跡”句“應”音疏證。

況盡汛掃前聖數千載功業　數_{依字}

數，參見《王文憲集序》“主者百數”句“數”音疏證。

專用已之私　已_以

已，尤刻本作“己”。　已，參見《王文憲集序》“豈直彫章縟采而
已哉”句“已”音疏證。　己，參見《王文憲集序》“約己不以廉物”
句“己”音疏證。審其文勢，似當作“己”。寫卷注直音“以”，疑誤。

而能享祜者哉　祜_户

祜，尤刻本、明州本、奎章閣本、叢刊本作"祐"。　《經典釋文》卷六《毛詩》中《小雅·信南山》祜音"户"，卷七《毛詩》下《大雅·皇矣》《大雅·下武》《周頌·載見》《魯頌·泮水》《商頌·烈祖》，卷十《儀禮》《士冠禮》，卷十二《禮記》二《禮運》，卷十八《左傳》四襄公二十七年，卷二十九《爾雅》上《釋詁》（凡二見）並同。慧琳《音義》卷三、卷二十二、卷四十六音"胡古反"。《廣韻·姥韻》音"侯古切"。胡、侯屬匣紐。同。

會漢祖龍騰豐沛　沛_{布代}

沛，參見《聖主得賢臣頌》"沛乎若巨魚縱大壑句""沛"音疏證。

奮迅宛葉　迅_峻　宛_{於元}　葉_{失葉}

《經典釋文》卷六《毛詩》中《小雅·正月》迅音"峻"，卷十二《禮記》二《玉藻》，卷十六《左傳》二僖公十六年，卷二十四《論語·鄉黨》，卷二十九音《爾雅》上《釋詁》，卷三十《爾雅》下《釋蟲》《釋獸》《釋畜》並同，慧琳《音義》卷一、卷二十四音"荀俊反"，卷二十七音"私潤反"，卷三十八音"詢俊反"，卷四十音"荀閏反"，卷五十二、卷七十六音"雖閏反"。《廣韻·稕韻》音"私閏切"。荀、私、詢、雖屬心紐。同。　五臣本、明州本、奎章閣本、叢刊本正文"宛"下注直音"宛"。宛，參見《封禪書》"宛宛黃龍"句"宛"音疏證。　五臣本、明州本、奎章閣本正文"葉"下注直音"攝"。《經典釋文》卷十四《禮記》四《緇衣》葉音"舒涉反"，卷十七《左傳》三成公十五年，卷二十《左傳》六定公五年，卷二十一《公羊傳》成公十五年，卷二十二《穀梁傳》莊公十年，卷二十四《論語》《述而》《子路》同，卷十五《左傳》一僖公四年葉音"始涉反"，卷十九《左傳》五昭公九年，昭公十三年、昭公十八年、昭公十九年，卷二十《左傳》六哀公四年、哀公十六年（凡二見），卷二十二《穀梁傳》成公十五年並同，卷二十六《莊子》上《人間世》音"攝"。《廣韻·葉韻》葉音"與涉切"又音"式涉切"。舒、始、式屬書紐。同。

自武關與項羽勠力咸陽　勠_聊

勠，尤刻本、五臣本、明州本、叢刊本作"戮"。案"戮""勠"音同義通。　《經典釋文》卷三《尚書》上《湯誥》音"力雕反"，卷十七《左傳》三成公十三年音"遼"，卷十九《左傳》五昭公二十五年音"力彫反"。慧琳《音義》卷五十四音"呂掬反"，卷六十一音"六"，卷八十音"隆育反"，卷八十二音"隆竹反"。《廣韻·屋韻》音"力竹切"又音"留"。案音"力彫"、"遼"、"留"與寫卷音"聊"同。力、呂、隆屬來紐。

摘秦政慘酷尤煩者　摘_{竹革}　慘_{七感}

摘有二音，此處寫卷與"摘"字音同，《集韻·麥韻》："陟革切，取也。"慧琳《音義》卷五十九音"都革反"，並引《蒼頡篇》："以指摘取也。"竹、陟屬知紐。　《經典釋文》卷六《毛詩》中《陳風·月出》《小雅·正月》《小雅·北山》慘音"七感反"，卷七《毛詩》下《大雅·民勞》《大雅·抑》，卷十九《左傳》五昭公二十年，卷二十八《莊子》下《盜跖》，卷二十九《爾雅》上《釋詁》《釋言》《釋訓》並同。慧琳《音義》卷十一慘音"七感反"（凡二見），卷十一又音"倉感反"、卷四十八同，卷十八音"倉敢反"，卷六十八音"千敢反"，卷七十八同，卷八十一音"參敢反"，卷八十二音"錯敢反"。《廣韻·感韻》音"七感反"。七、倉、千、參、錯屬清紐。同。

應時而蠲　應_去

應，參見《王文憲集序》"自是始有應務之跡"句"應"音疏證。

如儒林刑辟　辟_{婢赤}

辟，參見《封禪文》"歷選列辟"句"辟"音疏證。

王綱弛而未張　弛_{失爾}

反切下字用俗體"尔"，今改正體。　弛，尤刻本、五臣本、明州本、奎章閣本、叢刊本作"弛"。案"弛""弛"音同義通。　弛，參見《東方朔畫贊》"弛張而不為耶"句"弛"音疏證。

道極數殫　數□□　殫丹

數，寫卷"數"下反切全佚，今補之以"□□"。　數，參見《王文憲集序》"主者百數"句"數"音疏證。　殫，參見《聖主得賢臣頌》"不殫傾耳"句"殫"疏證。

闇忽不還　還旋

《經典釋文》卷三《尚書》上《舜典》還音"旋"，卷四《尚書》下《周官》，卷五《毛詩》上《邶風·泉水》《齊風·還》《魏風·十畝之間》，卷六《毛詩》中《小雅·出車》，卷八《周禮》上《春官·喪祝》，卷九《周禮》下《秋官·司儀》，卷十《儀禮》《士冠禮》（凡二見）《士相見禮》，卷十一《禮記》一《曲禮上》《檀弓上》《檀弓下》（凡二見）《月令》（凡二見），卷十二《禮記》二《禮運》《郊特牲》《內則》《玉藻》《少儀》（凡二見），卷十三《禮記》三《樂記》（凡二見）《祭義》《仲尼燕居》，卷十四《禮記》四《緇衣》《投壺》《聘義》，卷十五《左傳》一隱公二年，卷十六《左傳》二僖公十六年、文公十三年、文公十四年、文公十五年、文公十八年，卷十七《左傳》三宣公十二年，卷十八《左傳》四襄公十八年、襄公二十一年、襄公二十三年、襄公二十五年，卷二十《左傳》六定公十年、定公十一年、哀公十六年，卷二十一《公羊傳》定公十年，卷二十二《穀梁傳》莊公八年、定公十一年，卷二十五《老子》，卷二十七《莊子》中《天地》《秋水》《山木》，卷二十八《莊子》下《庚桑楚》《天下》，卷二十九《爾雅》上《釋言》（凡二見）《釋丘》，卷三十《爾雅》下《釋水》並同，音"旋"。　《廣韻·仙韻》音"似宣切"。同。

潷浡汩潷　潷必音、婢失　浡步没　汩密、勿二音　潷章音、又于筆反

浡，五臣本、明州本、奎章閣本作"渤"。案"渤""浡"音同義通。　五臣本、明州本、奎章閣本、叢刊本正文"潷"下注直音"必"，與寫卷音"必"同，《廣韻·質韻》潷音"卑吉切"，與寫卷"婢失反"合。　《經典釋文》卷二十九《爾雅》上《釋詁》浡音"步忽反"。慧琳《音義》卷七十音"蒲没反"，卷八十一音"孛"，卷

八十六音"悖"，卷九十音"盆没反"。《廣韻·没韻》音"蒲没切"。步、盆、蒲屬並紐。同。　　五臣本、明州本、奎章閣本、叢刊本正文"汅"下注直音"勿"。汅，參見《封禪文》"汅潏曼羨"句"汅"音疏證。　　五臣本、明州本、奎章閣本、叢刊本正文"潏"下注直音"聿"。潏，參見《封禪文》"汅潏曼羨"句"潏"音疏證。

霧集雨散　霧□□

霧下反切全佚，今補之以"□□"。　《經典釋文》卷二十七《莊子》中《秋水》霧音"務"，卷二十九《爾雅》上《釋天》音"亡付反"。慧琳《音義》卷八十五音"務"。《廣韻·遇韻》音"亡遇切"。同。

誕彌八坼　坼土革

《經典釋文》卷二《周易》《解》坼音"敕宅反"，卷七《毛詩》下《大雅·生民》《魯頌·閟宮》同，卷八《周禮》上《春官·大卜》，卷九《周禮》下《冬官·輿人》，卷十二《禮記》二《玉藻》，卷二十六《莊子》上《逍遙遊》音"敕白反"，卷十《儀禮》《士喪禮》音"丑宅反"，卷十一《禮記》一《月令》音"丑白反"。慧琳《音義》卷十七音"恥格反"，卷二十七、卷四十、卷五十八同，卷四十一音"丑革反"，卷六十二同，卷四十二音"勅革反"，卷四十四音"恥革反"，卷六十二、卷七十、卷八十一、卷九十同。《廣韻·陌韻》音"丑格切"。土屬透紐，敕、丑、恥、勅屬徹紐。同。

震聲日景　日人一

日，參見《王文憲集序》"允集茲日"句"日"音疏證。

焱光飛響　焱必昭

焱，尤刻本、五臣本、明州本、奎章閣本作"炎"。　《經典釋文》卷十一《禮記》一《月令》："焱風，必遙反，徐芳遙反，本又作飄。"卷二十七《莊子》中《天運》音"必遙反，亦作炎"。慧琳《音義》卷三十八音"閻漸反"。《玉篇·焱部》音"弋贍切"，又音"呼昊切"。必屬幫紐，以、閻、弋屬以紐，呼屬曉紐。參見《封禪文》"武節焱逝"句"焱"音疏證。

與天剖神符 剖苦后

剖，參見本篇前文"玄黃剖判"句"剖"音疏證。

地合靈契 契可計

契，參見《漢高祖功臣頌》"思入神契"句"契"音疏證。

創億兆 億一力

《經典釋文》卷十《儀禮》《士昏禮》億音"於力反"，卷十一《禮記》一《王制》，卷十五《左傳》一隱公十一年、桓公十一年，卷十九《左傳》五昭公二十年、昭公二十一年、昭公二十四年，卷二十《左傳》六昭公三十年，卷二十一《公羊傳》昭公十二年，卷二十四《論語》《憲問》並同。《廣韻·職韻》音"於力切"。一、於屬影紐。同。

奇偉倜儻譎詭 偉于尾 倜土的 儻吐朗 詭古毀

偉，參見《東方朔畫贊》"先生瓌偉博達"句"偉"音疏證。五臣本、明州本、奎章閣本、叢刊本正文"倜"下注反切"天歷"。倜，參見《東方朔畫贊》"倜儻博物"句"倜"音疏證。 儻，參見《東方朔畫贊》"倜儻博物"句"儻"音疏證。 詭，參見《封禪文》"奇物譎詭"句"詭"音疏證。

天際地事 際祭

際，尤刻本、奎章閣本、叢刊本作"祭"。 《經典釋文》卷十二《禮記》二《大傳》音"祭"。慧琳《音義》卷十二音"祭"，卷五十五音"子例反"。《廣韻·祭韻》音"子例切"。同。

存乎五威將帥 將將上 帥帥類

將、帥二字之反切上字並為疊字號，今改正字。 將，參見《出師頌》"乃命上將"句"將"音疏證。 帥，參見《漢高祖功臣頌》"元帥是承"句"帥"音疏證。

登假皇穹　穹去弓

穹，參見《封禪文》'自昊穹兮生民'句"穹"音疏證。

鋪衍下土　鋪普乎

《經典釋文》卷六《毛詩》中《小雅·斯干》鋪音"普吳反"，卷七《毛詩》下《大雅·江漢》《大雅·常武》，卷八《周禮》上《春官宗伯》《春官·大師》，卷九《周禮》下《冬官·鮑人》，卷十《儀禮》《士喪禮》，卷十三《禮記》三《喪大記》，卷十四《禮記》四《儒行》（"吳"作"吾"），卷十七《左傳》三宣公十二年並同，卷十三《禮記》三《樂記》音"普胡反"，《雜記上》《祭統》《仲尼燕居》並同。慧琳《音義》卷四音"普胡反"，卷五十六同，卷二十九音"普布反"，卷三十八，卷四十三同。《廣韻·模韻》音"普胡切"。同。

素魚斷蛇　斷大短

斷，寫卷作俗體"断"，今改正體。　斷，參見《聖主得賢臣頌》"水斷蛟龍"句"斷"音疏證。

受命甚易　易易豉

易下反切上字原作疊字號，今改正字。　易，參見《聖主得賢臣頌》"有其具者易其備"句"易"音疏證。

昔帝纘皇　纘祖管

五臣本、明州本、奎章閣本、叢刊本正文"纘"下注反切"祖管"。《經典釋文》卷三《尚書》上《仲虺之誥》纘音"子管反"，卷六《毛詩》中《豳風·七月》，卷七《毛詩》下《大雅·大明》《魯頌·閟宮》並同，卷七《毛詩》下《大雅·崧高》音"祖管反"，卷十四《禮記》四《中庸》音"哉管反"。慧琳《音義》卷二十八音"子卵反"，卷八十五、卷九十一音"祖管反"。《廣韻·緩韻》音"作管切"。祖、子、哉、作屬精紐。同。

隨前踵古　　踵三勇

踵，參見《封禪文》"率邇者踵趾"句"踵"音疏證。

或無為而治　　治治吏

治下反切上字原為疊字號，今改正字。　治，參見《王憲集序》"皇朝以治定制禮"句"治"音疏證。

儲思垂務　　思思吏

思下反切上字原作疊字號，今改正字。　思，參見《漢高祖功臣頌》"思入神契"句"思"音疏證。

勤勤懇懇者　　懇康佷

《經典釋文》卷五《毛詩》上《衛風・氓》音"起佷反"，卷六《毛詩》中《小雅・鹿鳴》音"苦佷反"，卷十四《禮記》四《中庸》音"口佷反"。慧琳《音義》卷一、卷七十五音"康佷反"，卷十八、卷三十二、卷三十六音"肯佷反"，卷三十一音"口恨反"，卷三十九、卷四十八、卷八十三音"口佷反"，卷六十四、卷七十四音"口佷反"，卷八十二、卷八十九音"康佷反"。《廣韻・佷韻》音"康佷切"。康、肯、口屬溪紐。同。

非秦之為與　　與余

與，寫卷作俗體"与"，今改正體。　與，參見《漢高祖功臣頌》"猗與汝陰"句"與"音疏證。

翱翔乎禮樂之場　　場直羊

場，參見《聖主得賢臣頌》"恬淡無為之場"句"場"音疏證。

懿律嘉量　　量力口

量下反切止留上字，《王文憲集序》"盈量知歸"句"量"音"力上反"，"力"下反切，當為"上"字，今但補之以"口"。　量，參見《王文憲集序》"盈量知歸"句"量"音疏證。

金科玉條　條條

條，寫卷作別體"樤"，今改正體。　《經典釋文》卷六《毛詩》中《豳風·七月》條音"他彫反"，卷八《周禮》上《春官·巾車》音"他刀反"。慧琳《音義》卷一音"亭姚反"。《廣韻·蕭韻》音"徒聊切"。他屬透紐，亭、徒屬定紐。同。

式軨軒旂旗以示之　軨力丁　旂其

《經典釋文》卷八《周禮》上《春官·巾車》軨音"零"，卷九《周禮》下《冬官·輿人》，卷十五《左傳》一僖公二年同，卷十《儀禮》《聘禮》音"力丁反"，卷十一《禮記》一《曲禮上》音"歷丁反"。慧琳《音義》卷五十四音"力庭反"。《廣韻·青韻》音"郎丁切"。力、歷、郎屬來紐。同。　《經典釋文》卷六《毛詩》中《小雅·庭燎》旂音"祁"，《小雅·采菽》音"巨機反"，卷十一《禮記》一《月令》同，卷八《周禮》上《春官·巾車》音"其依反"，卷十二《禮記》二《明堂位》音"其衣反"，卷二十《左傳》六定公四年同，卷十五《左傳》一桓公二午音"勤衣反"。慧琳《音義》卷五十六音"巨衣反"。《廣韻·微韻》音"渠希切"。巨、其、勤、渠屬羣紐。同。

揚和鑾肆夏以節之　鑾力九　夏下

鑾，尤刻本、五臣本、明州本、奎章閣本作"鸞"。案崔豹《古今注》："五輅衡上金爵者，朱雀也。口銜鈴，鈴謂鑾，所謂和鑾也。《禮記》云：'行前朱鳥'，鸞也。前有鸞鳥，故謂之鸞。鸞口銜鈴，故謂之鸞鈴。或為鑾，或為鸞，事一而義異也。"　《經典釋文》卷五《毛詩》上《秦風·駟驖》鸞音"慮端反"，卷十一《禮記》一《月令》鸞音"力官反"，卷十二《禮記》二《禮器》，卷十三《禮記》三《祭義》鸞音"力端反"。慧琳《音義》鑾音"卵端反"。《廣韻·桓韻》鑾鸞並音"落官切"。慮、力、卵、落屬來紐。同。　夏，參見《封禪文》"諸夏樂貢"句"夏"音疏證。

施黼黻褧冕以昭之　黼甫　黻弗　冕勉

《經典釋文》卷三《尚書》上《益稷》黼音"甫"，卷四《尚書》

下《顧命》，卷五《毛詩》上《唐風·揚之水》，卷七《毛詩》下《大雅·文王》，卷八《周禮》上《天官·冪人》《春官·司几》，卷十一《禮記》一《檀弓上》《月令》，卷十二《禮記》二《禮器》《郊特牲》《玉藻》，卷十三《禮記》三《喪大記》《哀公問》，卷十五《左傳》一桓公二年，卷十九《左傳》五昭公二十五年，卷二十二《穀梁傳》桓公十四年，卷二十六《莊子》上《大宗師》，卷二十七《莊子·駢拇》，卷二十九《爾雅》上《釋言》《釋器》並同。慧琳《音義》卷三十四"黼"音"弗禹反"，卷七十四、卷八十八音"方武反"，卷八十五音"付武反"，卷九十五音"甫"。《廣韻·麌韻》音"方矩切"。弗、方屬非紐。同。 　《經典釋文》卷三《尚書》上《益稷》黻音"弗"，卷五《毛詩》上《秦風·終南》，卷六《毛詩》中《小雅·采菽》，卷十一《禮記》一《月令》，卷十二《禮記》二《禮器》《明堂位》，卷十三《禮記》三《喪大記》《哀公問》，卷十五《左傳》一桓公二年，卷十七《左傳》三宣公十六年，卷十九《左傳》五昭公二十五年，卷二十一《公羊傳》昭公二十五年，卷二十二《穀梁傳》桓公十四年，卷二十四《論語》《泰伯》，卷二十六《莊子》上《大宗師》，卷二十七《莊子》中《駢拇》，卷二十九《爾雅》上《釋言》（凡二見）並同。慧琳《音義》卷三十四音"甫忽反"，卷七十四音"芳勿反"，卷九十五音"弗"。《廣韻·物韻》音"分勿切"。同。 　《經典釋文》卷三《尚書》上《太甲中》，卷十一《禮記》一《王制》冕音"免"。《廣韻·獮韻》音"亡辨切"。甫、分屬非紐，芳屬敷紐。同。

夫改定神祇 　祇巨支

祇，參見《封禪文》"而修禮地祇"句"祇"音疏證。

明堂雍臺 　雍於恭

雍臺，五臣本、明州本、奎章閣本作"辟廱"。 　雍，參見《聖主得賢臣頌》"雍容垂拱"句"雍"音疏證。

壯觀也 　觀古亂

觀下反切下字原作俗體"乱"，今改正體。 　觀，參見《封禪文》"此天下之壯觀"句"觀"音疏證。

北懷單于　單氏延

《經典釋文》卷十五《左傳》一莊公元年單音"善"，卷十六《左傳》二文公十四年，卷十七《左傳》三成公元年，卷十八《左傳》四襄公三十年，卷十九《左傳》五昭公七年、昭公二十二年，卷二十《左傳》六哀公十六年，卷二十一《公羊傳》莊公元年，卷二十二《穀梁傳》莊公元年、莊公十四年、文公十四年、成公十七年、昭公二十二年，卷二十六《莊子》上《德充符》，卷二十七《莊子》中《達生》並同。《廣韻·仙韻》音"市連切"又"以然切"，又音丹、善二音。氏、市屬禪紐。

若復五爵　復伏

《經典釋文》卷二《周易》《乾》復音"芳服反"，《訟》音"服"，《睽》，卷六《毛詩》中《小雅·節南山》，卷七《毛詩》下《大雅·抑》《大雅·崧高》《周頌·執競》，卷八《周禮》上《地官·小司徒》《地官·遂師》，卷九《周禮》下《秋官·條狼氏》《秋官·司儀》，卷十一《禮記》一《曲禮上》，卷十五《左傳》桓公五年，卷二十三《孝經》《開宗明義章》，卷二十五《老子》，卷二十八《莊子》下《徐无鬼》《讓王》，卷二十九《爾雅》上《釋言》並同，卷八《周禮》上《地官·鄉大夫》音"福"，《地官·旅師》，卷十一《禮記》一《王制》，卷十二《禮記》二《明堂位》，卷二十《左傳》六昭公二十七年同，卷十三《禮記》三《樂記》（凡三見）《雜記上》，卷十四《禮記》四《表記》音"伏"。慧琳《音義》卷二十音"扶福反"。《廣韻·屋韻》音"房六切"。扶、房屬奉紐。同。

度三壤　度大各

《經典釋文》卷二《周易》《繫辭下》度音"待洛反"，卷三《尚書》上《禹貢》《太甲上》《西伯戡黎》，卷四《尚書》下《召誥》《周官》《君陳》《顧命》《畢命》《呂刑》（凡二見）《費誓》，卷五《毛詩》上《召南·行露》《邶風·柏舟》《鄘風·定之方中》，卷六《毛詩》中《小雅·皇皇者華》《小雅·白駒》《小雅·巧言》《小雅·角弓》，卷七《毛詩》下《大雅·文王》《大雅·緜》《大雅·皇矣》《大雅·靈臺》《大雅·公劉》《大雅·板》《大雅·抑》（凡二見）《大雅·雲漢》《大雅·常武》《周頌·臣工》《魯頌·泮水》《魯頌·閟宮》（凡二見），卷八《周禮》上《天官·大宰》《天官·內宰》《地官·大司徒》《地官·角人》《春官·典瑞》《春官·冢人》《春官·大司樂》，卷九《周禮》下《夏官司馬》《夏官·射人》《秋官·大司寇》《冬官·輪人》《冬官·玉人》《冬官·磬氏》《冬官·匠人》（凡三見），卷十四《禮記》四《中庸》《表記》《緇衣》《投壺》《大學》，卷十五《左傳》一隱公五年、隱公十一年（凡二見）、桓公五年、桓公十一年、桓公十七年、莊公六年，卷十六《左傳》二文公四年、文公十四年、文公十八年、宣公十一年，卷十七《左傳》三宣公十五年、成公八年、襄公三年、襄公四年、襄公九年，卷十八《左傳》四襄公十九年、襄公二十一年、襄公二十五年（凡二見）、襄公三十年，卷十九《左傳》五昭公四年、昭公五年、昭公六年、昭公十九年、昭公二十年、昭公二十四年，卷二十《左傳》六昭公二十八年、昭公三十二年、哀公十一年（凡二見），卷二十三《孝經》《庶人章》，卷二十四《論語》《先進》《季氏》，卷三十八《莊子·庚桑楚》，卷二十九《爾雅》上《釋言》並同。慧琳《音義》卷三音"唐洛反"，卷二十九、卷三十九、卷四十九、卷六十六同，卷六音"唐落反"，卷四十八音"徒各反"，卷七十二、卷八十四音"唐各反"。《廣韻·暮韻》音"徒故切"又"徒各切"。大、待、唐、徒屬定紐。同。

恢崇祇庸爍德懿和之風　爍炎灼

《經典釋文》卷二十七《莊子》中《胠篋》爍音"失約反"。慧琳《音義》卷十六音"弋斫反"，卷四十一音"傷灼反"，卷九十六音"商灼反"。《廣韻·藥韻》音"書藥切"。炎、弋屬以紐，傷、商、書屬書紐。同。

俾前聖之緒　俾必爾

俾之反切下字原作俗體"尒"，今改正體。　俾，參見《漢高祖功臣頌》"俾率爾徒"句"俾"音疏證。

布濩流延而不韫韇　濩互　延以戰　韫於粉　韇讀

延，尤刻本、五臣本、明州本、奎章閣本、叢刊本作"衍"。

韇，尤刻本、五臣本、叢刊本作"韣"，明州本、奎章閣本作"櫝"。尤刻本注云："櫝與韣古字通，音讀。"是"韇""韣""櫝"音同義通也。　濩，參見《漢高祖功臣頌》"詔濩錯音"句"濩"音疏證。《經典釋文》卷五《毛詩》上《鄘風·君子偕老》延音"以戰反"，卷十二《禮記》二《玉藻》音"餘戰反"。慧琳《音義》卷十二音"以旃反"，卷四十七音"餘戰反"。《廣韻·仙韻》音"以然切"。以、魚、屬以紐。同。　《經典釋文》卷二十四《論語》《子罕》韞音"紆粉反"。慧琳《音義》卷六十六、卷八十五、卷九十一音"威粉反"，卷九十六音"鬱吻反"。《廣韻·吻韻》音"於粉切"。紆、威、鬱、於屬影紐。同。　《經典釋文》卷七《毛詩》下《大雅·生民》韣音"獨"，卷九《周禮》下《冬官·韗人》，卷十《儀禮》《覲禮》《既夕禮》，卷十二《禮記》二《明堂位》《少儀》並同。《玉篇·韋部》韣音"徒木切"，《廣韻·屋韻》韣音"徒谷切"，又"之蜀切"。《龍龕手鏡·韋部》："韇音獨。"徒、韇屬定紐，之屬章紐。同。

郁郁乎焕哉　郁_{於菊}

《經典釋文》卷十五《左傳》一隱公元年，卷十九《左傳》五昭公二十四年，卷二十二《穀梁傳》昭公二十四年，卷二十四《論語》《八佾》並音"於六反"。慧琳《音義》卷四、卷六音"於六反"，卷二十四音"憂陸反"，卷八十音"氳菊反"。《廣韻·屋韻》音"於六切"。於、憂、氳屬影紐。同。

姦宄寇賊　宄□□

"宄"，寫卷誤作"究"，其下反切全佚，今補之以"□□"。《經典釋文》卷三《尚書》上《舜典》《盤庚上》《微子》"宄"音"軌"，卷四《尚書》下《牧誓》《康誥》《梓材》《呂刑》，卷七《毛詩》下《大雅·民勞》《大雅·蕩》並同。慧琳《音義》卷十七、卷七十四音"居美反"，卷八十二音"軌"。《廣韻·旨韻》音"居洧切"。同。

紹少典之苗　少_{失照}

少，參見《漢高祖功臣頌》"太子少傅留文成侯韓張良"句"少"音疏證。

迄四嶽　迄許乙

迄，參見《封禪文》"以迄於秦"句"迄"音疏證。

蓋受命日不暇給　日人一

日，參見《王文憲集序》"允集兹日"句"日"疏證。

崇嶽淳海通瀆之神　淳大丁

淳，寫卷原訛"淳"，今據《文選》正之。　五臣本、明州本、奎章閣本、叢刊本正文"淳"下注直音"庭"。《經典釋文》卷二十九《爾雅》上《釋山》：淳音"亭"。慧琳《音義》卷二十一音"笛零反"，卷四十、卷五十音"定經反"，卷五十二音"狄經反"，卷七十四、卷九十九音"狄丁反"。《廣韻·青韻》音"特丁切"。大、笛、定、狄、特屬定紐。同。

咸設壇塲　壇大干　塲直羊

《經典釋文》卷四《尚書》下《金縢》壇音"徒丹反"，卷八《周禮》上《地官·山虞》，卷十四《禮記》四《昏義》，卷十八《左傳》四襄公二十八年，卷二十《左傳》六哀公元年，卷二十二《穀梁傳》定公十年，卷二十四《論語》《顏淵》同，卷十《儀禮》《聘禮》，卷十二《禮記》二《曾子問》《禮器》《大傳》，卷十三《禮記》三《祭法》，卷二十一《公羊傳》莊公十三年，卷二十七《莊子》中《至樂》並音"大丹反"，卷二十九《爾雅》上《釋丘》音"大干反"。慧琳《音義》卷八十七音"但丹反"，卷九十六音"堂丹反"。《廣韻·寒韻》音"徒千切"。大、徒、但、堂屬定紐。同。　塲，參見《聖主得賢臣頌》"恬淡無為之塲"句"塲"音疏證。

信延頸企踵　踵之勇

踵，參見《封禪文》"率邇者踵趾"句"踵"音疏證。

喁喁如也　喁魚恭

五臣本、明州本、奎章閣本正文"喁"下注反切"魚恭"。《經典釋文》卷二十六《莊子》上《齊物論》喁音"五恭反"。慧琳《音義》卷二十八、卷五十五音"魚凶反",卷五十七音"牛兜反",卷七十七、卷九十六音"虞恭反",卷八十五音"愚恭反"。《廣韻·鍾韻》音"魚容切"。魚、午、牛、虞、愚屬疑紐。同。

惡可以已乎　惡烏　已以

尤刻本李善注:"何休《公羊傳》注:'惡猶於何也,音烏。'"五臣本、明州本、奎章閣本、叢刊本正文"惡"下注直音"烏"。惡,參見《三國名臣序贊》"人惡其上"句"惡"音疏證。　已,參見《王文憲集序》"豈直彫章縟采而已哉"句"已"音疏證。

臭馨香　臭昌又

五臣本、明州本、奎章閣本、叢刊本正文"臭"下注反切"許又"。臭,參見《王文憲集序》"臭味風雲"句"臭"音疏證。

鏡純粹之至精　粹恤季

粹,參見本篇前文"執粹清之道"句"粹"音疏證。

庶績咸喜　喜□□

喜,五臣本、明州本、奎章閣本作"熙"。喜下反切全佚,今補之以"□□"。　喜,參見《封禪文》"其儀可喜"句"喜"音疏證。

荷天衢　荷何可

荷,參見《聖主得賢臣頌》"曰夫荷旃被毳者"句"荷"音疏證。

提地釐　提大兮　釐力之

《經典釋文》卷五《毛詩》上《魏風·葛屨》提音"徒兮反",卷九《周禮》下《夏官·大司馬》,卷十一《禮記》一《曲禮下》,卷二十二《穀梁傳》僖公二年,卷二十九《爾雅》上《釋天》同,卷七《毛詩》下《大雅·抑》,卷十一《禮記》一《王制》音"啼",《曲禮上》音"大兮反"。《廣韻·齊韻》音"杜奚切"。大、徒、杜屬定紐。同。　《經典釋文》卷三《尚書》上《堯典》《舜典》《胤征》釐音"力之反",卷四《尚書》下《立政》《畢命》,卷六《毛詩》中

《小雅·巷伯》，卷七《毛詩》下《大雅·既醉》《大雅·江漢》《大雅·臣工》，卷八《周禮》上《天官·大宰》，卷十七《左傳》三成公十七年，卷十九《左傳》五昭公十九年、昭公二十四年，卷二十二《穀梁傳》昭公二十四年，卷二十八《莊子》下《天下》並同。慧琳《音義》卷四十六音"力之反"，卷九十一音"里知反"，卷九十五音"里之反"。《廣韻·之韻》音"里之切"。力、里屬來紐。同。

斯天下之上則已　已以

已，參見《王文憲集序》"豈直彫章縟采而已哉"句"已"音疏證。

典　引

典引

寫卷此二字，乃《典引》篇名標識。

臣與賈逵傳毅杜矩展隆郄萌等　毅五記　郄去逆

郄，尤刻本、五臣本、叢刊本作"郗"，明州本、奎章閣本作"郤"。案"郄"乃"郤"之俗體，說詳《廣韻·陌韻》"郤"字注。

毅，參見《三國名臣序贊》"則燕昭樂毅"句"毅"音疏證。　郄，《廣韻·陌韻》音"綺戟切"，注："郤俗從去也。"《廣韻·脂韻》郗音"丑飢切"。《正字通·邑部》："姓郗與郤別，黃長睿曰：郗姓為江左名族，讀如絺繡之絺，俗譌作郄，呼為郄詵之郄，非也。郄詵，晉大夫郤縠之後，郗鑒，漢御史大夫郗慮之後，姓源既異，音讀各殊。後世因俗書相亂，不復分郗、郤為二姓。"

問臣等曰　曰越

曰，參見《王文憲集序》"歎曰"句"曰"音疏證。

寧有非耶　耶以遮

耶，疑問辭。案《東方朔畫贊》"弛張而不為耶"句之"耶"乃

"邪"之異體，"邪"有"邪惡""不正"之義，故此處之"耶"乃語助辭，與之異義。義既有別，音亦有殊。寫卷反切"以遮"在《廣韻·麻韻》，與《東方朔書贊》之"耶"字（《廣韻·麻韻》"似嗟切"）讀音有別。

臣對此贊賈誼過秦篇云　過□□

過下反切全佚，今補之以"□□"。　過，參見《漢高祖功臣頌》"震風過物"句"過"音疏證。寫卷該篇"過"音"古卧反"，《廣韻·過韻》音"古卧切"，則此篇"過"下所佚之反切當為"古卧"。

本聞此論非耶　論力頓　耶以遮下同

論，參見《王文憲集序》"雖張曹爭論於漢朝"句"論"音疏證。
耶，參見本篇前文"寧有非耶"句"耶"音疏證。

詔因曰　曰越

曰，參見《王文憲集序》"歎曰"句"曰"音疏證。

司馬遷著書　著知慮

著，參見《王文憲集序》"圖緯著王佐之符"句"著"音疏證。

反微文刺譏　刺七智

刺，寫卷作別體"諫"，今改正體。　《經典釋文》卷五《毛詩》上《周南·關雎》《邶風·雄雉》刺音"七賜反"，卷八《周禮》上《春官·司服》《春官·瞽矇》，卷九《周禮》下《夏官·掌固》《秋官司寇》《秋官·小司寇》《秋官·朝士》《冬官·冶氏》《冬官·盧人》，卷十一《禮記》一《檀弓上》《王制》，卷十五《左傳》一莊公三十一年，卷十六《左傳》二僖公二十四年、僖公二十八年，卷十八《左傳》四襄公二十八年，卷二十一《公羊傳》隱公元年、文公六年、襄公二十九年，卷二十二《穀梁傳》《序》，桓公十四年，莊公元年、莊公四年、僖公二十三年、僖公二十八年、文公九年、成公九年、成公十四年、成公十六年、昭公二年，卷二十四《論語》《陽貨》，卷二十七《莊子》中《胠篋》《田子方》，卷二十八《莊子》下《則陽》，卷二十九《爾雅》上《釋詁》《釋訓》，卷三十《爾雅》下《釋草》（凡二見）《釋獸》並同，音"七賜反"。慧琳《音義》卷四、卷二十九、卷六十二、卷七十七音"青亦反"，卷十二、卷十三、卷三十五音"此恣反"，卷十六音"雌漬反"，卷二十五音"雌自反"，卷七十二、卷一百音"雌四反"。《廣韻·眞韻》音"七賜切"。七、此、雌屬清紐。同。

司馬相如洿行無節　洿烏臥　行下孟

洿，參見《三國名臣序贊》"跡洿必偽"句"洿"音疏證。　行，參見《王文憲集序》"眆行無異操"句"行"音疏證。

臣固常伏刻誦聖論　論力頓

論，參見《王文憲集序》"雖張曹爭論於漢朝"句"論"音疏證。

緣事斷誼　斷多亂

斷，寫卷作俗體"断"，今改正體。　斷，參見《聖主得賢臣頌》"水斷蛟龍"句"斷"音疏證。

雖仲尼之因史見意　見乎見

見，參見《聖主得賢臣頌》"陳見悃誠"句"見"音疏證。

臣固被學最舊　被被義　最走外

最，寫卷用俗體"冣"，今改正體。　被，參見《聖主得賢臣頌》"曰夫荷旃被毳者"句"被"音疏證。　《經典釋文》卷十八《左傳》四襄公十八年最音"子會反"，卷二十六《莊子》上《德充符》音"徂會反"又"采會反"。慧琳《音義》卷十音"祖悔反"，卷二十九音"祖外反"。《廣韻·泰韻》音"祖外切"。走、子、祖屬精紐，徂屬從紐，采屬清紐。

受恩浸深　浸浸

浸，寫卷用別體"浸"，今改正體。浸下小字"浸"，非音釋，而是校勘，指明"浸"即"浸"字。　浸，參見《封禪文》"沾濡浸潤"句"浸"音疏證。

典而亡實　亡_無

亡，五臣本、明州本、奎章閣本作“無”。案“亡”有“無”義，見《左傳》襄公九年“姜曰亡”杜預注及《論語·子張》“日知其所亡”皇侃疏。　《經典釋文》卷八《周禮》上《春官·司常》“亡”音“無”，卷十一《禮記》一《檀弓上》，卷十二《禮記》二《喪服小記》，卷十三《禮記》三《祭法》，卷十七《左傳》三襄公九年，卷十九《左傳》五昭公十三年，卷二十二《穀梁傳》莊公十八年、莊公二十九年、僖公二十七年，卷二十四《論語》《述而》《子張》同。《漢書·古今人表》“亡懷氏”、《漢書·司馬相如傳上》“亡是公者亡是人也”顏師古並注“亡讀為無”。

竊作典引一篇　引_{以刃}

《經典釋文》卷五《毛詩》上《鄘風·載馳》引音“夷刃反”，卷八《周禮》上《地官·大司徒》《春官·大師》音“胤”，卷十一《禮記》一《檀弓下》，卷十三《禮記》三《喪大記》同，卷十二《禮記》二《曾子問》，卷十三《禮記》三《雜記上》音“以刃反”，卷二十九《爾雅》上《釋詁》音“以忍反”。慧琳《音義》卷三、卷四十一音“以忍反”，卷六音“余忍反”。《廣韻·軫韻》音“余忍切”又“徐刃切”。以、余屬以紐，徐屬邪紐。同。

雖不足離容明盛萬分之一　離_{於恭}　分_{扶問}

離，尤刻本、五臣本、明州本、奎章閣本、叢刊本作“雍”。案“離”“雍”音同義通。　《經典釋文》卷二十九《爾雅》上《釋地》“離”音“於用反”，卷三十《爾雅》下《釋鳥》音“於恭反”。《廣韻·鍾韻》音“於容切”。同。　分，參見《三國名臣序贊》“至於體分冥固”句“分”音疏證。

猶樂啓發憤懣　樂_洛　憤_{扶粉}　懣_{莫本}

猶樂，尤刻本、叢刊本無“樂”字。　懣，尤刻本、叢刊本作“滿”，五臣本、明州本、奎章閣本作“懣”。案“滿”與“懣”音同義通，說詳《說文·心部》“懣”字段玉裁注。　樂，參見《酒德頌》

"其樂陶陶"句"樂"音疏證。 憤,參見《漢高祖功臣頌》"憤發於辭"句"憤"音疏證。 慧琳《音義》卷五十八懣音"莫盤反"。《廣韻‧桓韻》懣音"母官切"。莫、母屬明紐。案此處寫卷所注"懣"之反切實為"㒇"字音之反切,在《廣韻‧恩韻》,而"莫本反"在《廣韻‧混韻》。

軼聲前代　軼逸

《經典釋文》卷十五《左傳》一隱公九年軼音"逸",卷十六《左傳》二僖公三十二年,卷二十八《莊子》下《徐无鬼》同。慧琳《音義》卷五十一音"田綟反",卷六十四音"逸"。《廣韻‧質韻》音"夷質切"。同。

臣固愚戇　戇竹絳

慧琳《音義》卷十三戇音"卓降反",卷十七、卷十八、卷十九同,卷三十二音"卓巷反",卷五十、卷八十六音"卓絳反",卷六十六音"都降反",卷七十三音"竹巷反"。《廣韻‧絳韻》音"陟降切"。竹、卓、陟屬知紐,都屬端紐。同。

頓首頓首曰　曰越

曰,參見《王文憲集序》"歎曰"句"曰"音疏證。

氤氲氳氳　氤因　氳紆云

氤,尤刻本、五臣本、明州本、叢刊本作"烟",奎章閣本作"煙"。氳,尤刻本、五臣本、明州本、奎章閣本、叢刊本作"煴"。 五臣本、明州本、叢刊本正文"烟"下注直音"因",奎章閣本"煙"下注直音"因"。慧琳《音義》卷六、卷六十二氤音"因"。《廣韻‧真韻》氤音"於真切"。同。 五臣本、明州本、奎章閣本、叢刊本正文"煴"下注反切"於云"。慧琳《音義》卷六、卷二十四氳音"威雲反"。卷八音"迂雲反",卷十九音"紆文反",卷二十一音"於云反",卷四十音"欝云反",卷六十二音"蘊云反"。《廣韻‧文韻》音"於云切"。於、威、紆、欝、蘊屬影紐,迂屬云紐。同。

有沈而奧　奧於六

奧，參見《聖主得賢臣頌》"去卑辱奧渫"句"奧"音疏證。

踰繩越挈　挈可計

挈，寫卷用俗體挈，今改正體。　挈，參見《漢高祖功臣頌》"思入神挈"句"挈"音疏證。

寂寥而亡詔者　亡無

亡，參見本篇前文"典而亡實"句"亡"音疏證。五臣本、明州本、奎章閣本、叢刊本正文"亡"下注直音"無"。

系不得而綴也　系乎計

慧琳《音義》卷四十九、卷七十七、卷八十三、卷九十三、卷一百"系"音"奚計反"。《廣韻·霽韻》音"胡計切"。同。

紹天闡繹　闡昌善

闡下反切下字原訛"若"，今改作"善"，"若"與"善"，形近而訛。　《經典釋文》卷二《周易》《豐》《繫辭下》音"昌善反"，卷十五《左傳》一《序》同，卷三《尚書》上《序》《大禹謨》，卷二十《左傳》六哀公八年，卷二十二《穀梁傳》音"尺善反"。慧琳《音義》卷一音"昌演反"，卷六、卷二十九、卷五十一同，卷二十七音"昌善反"，卷五十同，卷八十、卷八十七音"蚩善反"。《廣韻·獮韻》音"昌善切"。昌、尺、蚩屬昌紐。同。

上哉敻乎　敻吁窆

慧琳《音義》卷八十八敻音"火娉反"。《廣韻·勁韻》敻音"休正切"。同。

函光而未曜　函乎甘

《經典釋文》卷七《毛詩》下《大雅·行葦》函音"胡南反"，卷八《周禮》上《春官·大司樂》，卷十一《禮記》一《曲禮上》同，卷七《毛詩》下《周頌·小閟》音"户南反",卷九《周禮》下《冬官考工記》同,卷九《周禮》下《秋官·伊耆氏》音"咸",卷十二《禮記》二《少儀》,卷十六《左傳》二僖公三十年、宣公十一年,卷十八《左傳》四襄公十六年,卷十九《左傳》五昭公十八年,卷二十《左傳》六哀公四年、哀公十六年,卷二十二《穀梁傳》宣公十一年同。慧琳《音義》卷二音"遐緘反",卷四音"霞緘反",卷七、卷十音"霞巖反",卷五十二、卷七十三音"胡緘反",卷六十七、卷八十一、卷九十一音"含",卷九十二音"咸"。《廣韻·覃韻》音"胡男切"。乎、胡、户屬匣紐。同。

若夫上稽乾則　稽吉兮

稽,參見《劇秦美新》"咸稽之於秦紀"句"稽"音疏證。

以冠德卓絶者　冠古亂

冠字原作別體"冴",冠下反切下字原作俗體"乱",今並改正體。　冠,參見《王文憲集序》"衣冠禮樂在是矣"句"冠"音疏證。

陶唐舍胤而禪有虞　舍失也

舍,參見《聖主得賢臣頌》"則趨舍省而功施普"句"舍"音疏證。

有虞亦命夏后　夏下

夏,參見《封禪文》"諸夏樂貢"句"夏"音疏證。

稷契熙載　契息列

契,寫卷作別體"偰",今改正。　契,參見《王文憲集序》"稷契匡虞夏"句"契"音疏證。

股肱既周　股古　肱古弘

《經典釋文》卷二《周易》《咸》《明夷》股音"古",卷三《尚書》上《益稷》,卷六《毛詩》中《小雅·六月》《小雅·采菽》,卷十一《禮記》一《檀弓上》,卷十三《禮記》三《雜記上》,卷十四

《禮記》四《閒傳》，卷十八《左傳》四襄公二十五年、襄公三十年，卷二十《左傳》六哀公十七年，卷二十二《穀梁傳》莊公二十四年，卷二十七《莊子》中《在宥》並同。慧琳《音義》卷十五、卷四十一音"古"，卷三十三、卷四十五、卷四十八、卷五十九音"公户反"。《廣韻·姥韻》音"公户切"。同。　《經典釋文》卷二《周易》《豐》肱音"古弘反"，卷三《尚書》上《益稷》，卷六《毛詩》中《小雅·無羊》，卷十《儀禮》《鄉射禮》《覲禮》《喪服經傳》，卷十一《禮記》一《曲禮上》《王制》，卷十七《左傳》三成公二年，卷十八《左傳》四襄公二十二年、襄公二十七年，卷十九《左傳》五昭公十三年、昭公二十年，卷二十《左傳》六定公十三年，卷二十二《穀梁傳》隱公元年、莊公二十四年、昭公三十一年並同。慧琳《音義》卷三十三、卷六十五音"古弘反"。《廣韻·登韻》音"古弘切"。古、公屬見紐。同。

比兹褊矣　褊必善

褊，寫卷，尤刻本、五臣本、明州本、奎章閣本、叢刊本並作"褊"。案"褊""褊"形近，故訛"褊"，今正之。　《經典釋文》卷二《周易》《同人》《畧例下》，卷五《毛詩》上《魏風·葛屨》，卷十五《左傳》一隱公四年，卷十七《左傳》三襄公四年，卷十八《左傳》四襄公三十一年、昭公元年並音"必淺反"。慧琳《音義》卷四十八音"卑緬反"，卷七十三音"卑湎反"，卷八十、卷八十九、卷九十一、卷九十四音"鞭沔反"，卷八十二音"必沔反"，卷八十七音"鞭緬反"。《廣韻·獮韻》音"方緬切"。必、卑、鞭屬幫紐，方屬非紐。同。

乃龍見淵躍　見乎見　躍以若

見，參見《聖主得賢臣頌》"陳見悃誠"句"見"音疏證。《經典釋文》卷二《周易》《乾》躍音"羊灼反"，卷十一《禮記》一《檀弓下》，卷十四《禮記》四《中庸》，卷二十《左傳》六哀公八年同，卷五《毛詩》上《召南·草蟲》，卷六《毛詩》中《小雅·出車》音"藥"，卷七《毛詩》下《大雅·靈臺》，卷十四《禮記》四《投壺》，卷十五《左傳》一桓公十二年，卷十六《左傳》二僖公二十八年音"羊畧反"。慧琳《音義》卷八音"翼灼反"，卷十一（凡二見），卷六十九音"羊灼反"，卷三十一、卷四十七音"陽削反"。《廣韻·

藥韻》音"以灼切"。以、羊、翼、陽屬以紐。同。

拊翼而未舉　拊撫

《經典釋文》卷三《尚書》上《舜典》《益稷》拊音"撫"，卷五《毛詩》上《邶風·柏舟》，卷六《毛詩》中《小雅·蓼莪》，卷八《周禮》上《春官·大師》，卷十三《禮記》三《樂記》《喪大記》，卷二十六《莊子》上《人間世》（凡二見）並同。慧琳《音義》卷九音"方主反"，卷二十二音"孚武反"，卷二十八、卷五十二音"麩主反"，卷四十八音"芳舞反"，卷五十六、卷七十音"芳主反"，卷六十九、卷七十六音"孚武反"。《廣韻·麌韻》音"芳武切"。撫、孚、麩、芳屬敷紐，方屬非紐。同。

雷動電熛　熛必昭

《經典釋文》卷六《毛詩》中《小雅·正月》"熛"音"必遙反"，卷十一《禮記》一《月令》，卷十二《禮記》二《大傳》同，卷八《周禮》上《春官·小宗伯》音"必消反"。慧琳《音義》卷五十七音"匹遙反"。《廣韻·霄韻》音"甫遙切"。必屬幫紐，匹屬滂紐，甫屬非紐。同。

胡縊莽分　縊於豉

五臣本、明州本、奎章閣本、叢刊本正文"縊"下注反切"一智"。《經典釋文》卷十二《禮記》二《文王世子》縊音"一智反"，卷十五《左傳》一桓公十三年，卷十六《左傳》二文公十年，卷十八《左傳》四昭公元年，卷十九《左傳》五昭公八年、昭公十三年音"一豉反"，卷十五《左傳》一莊公十四年、閔公二年、僖公四年，卷十六《左傳》二僖公二十八年，卷十七《左傳》三宣公十四年，卷十八《左傳》四襄公二十二年、襄公二十六年，卷十九《左傳》五昭公二十三年，卷二十《左傳》六哀公二年、哀公十六年、哀公二十二年，卷二十一《公羊傳》僖公元年，卷三十《爾雅》下《釋蟲》並音"一賜反"。慧琳《音義》卷六十、卷九十七音"伊二反"，卷八十一、卷九十三音"伊計反"。《廣韻·霽韻》音"於計切"。於、一、伊屬影紐。同。

尚不莅其誅　莅利

莅，五臣本、明州本、奎章閣本、叢刊本作"涖"。案"涖"

"莅"音同義通。 《經典釋文》卷四《尚書》下《周官》莅音"利",卷六《毛詩》中《小雅·采芑》,卷十一《禮記》一《檀弓下》,卷十三《禮記》三《祭義》《坊記》,卷十九《左傳》五昭公六年、昭公十五年、昭公二十四年,卷二十一《公羊傳》桓公十四年、僖公三年,卷二十二《穀梁傳》僖公三年、襄公六年、昭公七年,卷二十七《莊子》中《在宥》並同。慧琳《音義》卷二十二、卷五十四音"力至反",卷九十二音"梨智反",卷九十三音"梨至反",卷九十五音"離雉反"。《廣韻·至韻》音"力至切"。利、力、梨、離屬來紐。同。

恭揖羣后　揖一入

揖,寫卷作別體"揖",今改正體。 五臣本、明州本、奎章閣本作"輯"。案"輯""揖"音同義通。 《經典釋文》卷五《毛詩》上《周南·螽斯》揖音"子入反",《齊風·還》音"一入反",卷二十《左傳》六哀公二年同,卷十七《左傳》三成公八年音"集",卷二十《左傳》六哀公七年同。慧琳《音義》卷四十二、卷四十四音"伊入反",卷八十七音"愔習反",卷九十九音"伊二反"。《廣韻·緝韻》音"伊入切"。一、伊、愔屬影紐,子屬精紐。同。

正位度宗　度大各

度,參見《劇秦美新》"度三壤"句"度"音疏證。

靡號師矢敦奮撝之容　撝許危

尤刻本、五臣本、明州本、叢刊本注云:"撝與麾音義同"。奎章閣本注云:"撝與麾同。"《經典釋文》卷二《周易》《謙》"撝,毀皮反,撝與麾同。"慧琳《音義》卷二十九音"毀危反",卷三十九、卷六十、卷九十一、卷九十三音"毀為反",卷四十八、卷五十六音"麾"。《廣韻·支韻》音"許為切"。許、毀屬曉紐。同。

蓄炎上之列精　蓄丑六　炎矣三

蓄,參見《王文定憲集序》"素意所不蓄"句"蓄"音疏證。
炎,參見《封禪文》"使獲燿日月之末光絶炎"句"炎"音疏證。

韫孔佐之弘陳云爾　韫行粉

韫，尤刻本、五臣本、明州本、奎章閣本、叢刊本作"蘊"。案《文選》卷四十任昉《百辟勸進今上牋》"近以朝命蘊策"李善注："蘊與韫同。"　韫，參見《劇秦美新》"布濩流延而不韫韇"句"韫"音疏證。

誥誓所不及已　已以

已下反切全佚案，所佚當為直音"以"，今補之。　已，參見《王文憲集序》"豈直彫縟采而已哉"句"已"音疏證。

鋪觀二代洪纖之度　鋪普乎

鋪，參見《劇秦美新》"鋪衍下上"句"鋪"音疏證。

其賾可探也　賾仕白

賾，參見《三國名臣序贊》"探賾賞要"句"賾"音疏證。賾，五臣本、明州本、奎章閣本、叢刊本正文"賾"下注反切"士責"。

並開迹於一匱　匱其位

匱，寫卷用別體"遺"，與《唐魏法師碑》同，今改正體。　匱，五臣本、明州本、奎章閣本作"簣"。案"簣"與"匱"音同義通。　匱，參見《三國名臣序贊》"用之不匱句"匱"音疏證。

乘其命賜彤弧黃鉞之威　彤大冬

彤，寫卷作"彤"，案"彤"與"彤"通，詳《干祿字書·平聲》。　彤，參見《漢高祖功臣頌》"彤雲晝聚"句"彤"音疏證。案"彤"字以下《文選音》寫卷誤將"濩"（"濩有慙德"）"於"（"然猶於穆猗那"）置於其後，若依《文選音》，則文理不通。今依今本《文選》乙之。

至於參五華夏　參三　夏下

參，尤刻本、五臣本、明州本、奎章閣本、叢刊本作"叄"，案"參"與"叄"通。寫卷作別體"叅"，今改正體。　尤刻本、五臣本、明州本、奎章閣本、叢刊本正文"參"下注直音"三"。"叄"，參見《三國名臣序贊》"則叄分於赤壁"句"叄"音疏證。　夏，參見《封禪文》"諸夏樂貢"句"夏"音疏證。

京遷鎬亳　鎬乎老　亳薄

鎬，參見《漢高祖功臣頌》"定都酆鎬"句"鎬"音疏證。《經典釋文》卷三《尚書》上《胤征》《伊訓》亳音"旁各反"，卷九《周禮》下《秋官·士師》音"步各反"，卷十四《禮記》四《緇衣》，卷十五《左傳》一莊公十二年、閔公二年，卷十八《左傳》四襄公三十年，卷十九《左傳》五昭公四年、昭公九年，卷二十《左傳》六定公六年，卷二十一《公羊傳》隱公八年同。《廣韻·鐸韻》音"傍各切"。薄、旁、步、傍屬並紐。同。

濩有虔德　濩互

濩，尤刻本、五臣本、明州本、奎章閣本、叢刊本作"護"。案"護""濩"音同義通。　濩，參見《漢高祖功臣頌》"韶濩錯音"句"濩"音疏證。

然猶於穆猗那　於烏　猗於宜　那乃何

五臣本、明州本、奎章閣本、叢刊本正文"於"下注直音"烏"。《廣韻·模韻》"於"音"哀都切"。　猗，參見《漢高祖功臣頌》"猗與汝陰"句"猗"音疏證。　《經典釋文》卷六《毛詩》中《小雅·魚藻》那音"乃多反"，卷十六《左傳》二宣公二年，卷十七《左傳》三襄公十四年同，卷七《毛詩》下《商頌·那》音"乃河反"。《廣韻·歌韻》音"諸何切"。乃屬泥紐，諸屬章紐。同。

翁純皦繹　翁許入

翁，寫卷訛作"俞"，今改正體。　《經典釋文》卷二《周易》《繫辭上》音"虛級反"，卷三《尚書》上《皋陶謨》音"許及反"，卷七《毛詩》下《周頌·般》，卷十四《禮記》四《中庸》，卷二十一《公羊傳》定公四年，卷二十四《論語》《八佾》並同，卷六《毛詩》中《小雅·常棣》《小雅·大東》，卷二十九《爾雅》上《釋詁》並音

"許急反"。慧琳《音義》卷三十二音 "歆邑反"，卷八十二、卷九十、卷九十五同，卷五十五音 "呼及反"。《廣韻·緝韻》音 "許及切"。許、歆、呼屬曉紐，虛屬歆紐。同。

舃奕乎千載　舃*若*

舃下直音原訛形近之 "苦"，今改正。　案舃有二音：一為《經典釋文》卷五《毛詩》上《周南·芣苢》，卷六《毛詩》中《豳風·狼跋》《小雅·車攻》，卷七《毛詩》下《大雅·韓奕》《魯頌·閟宮》，卷十九《左傳》五昭公十二年，卷二十七《莊子》中《至樂》並音 "昔"。慧琳《音義》卷四十八音 "齒亦、私亦二反"，卷八十二音 "星亦反"，卷八十五音 "星積反"。《廣韻·昔韻》音 "思積切"。另一為《廣韻·藥韻》音 "七雀切"，與舃卷音 "若" 同。昔、私、星、思屬心紐。

審言行於篇籍　行*下孟*

行，參見《王文憲集序》 "昉行無異操" 句行音疏證。

光藻朗而不渝耳　渝*以朱*

《經典釋文》卷二《周易》《訟》，卷五《毛詩》上《鄭風·羔裘》渝音 "以朱反"，卷二《周易》《豫》《畧例上》，卷十五《左傳》一隱公六年、桓公元年、僖公四年，卷十六《左傳》二僖公二十四年、僖公二十八年，卷十七《左傳》三成公十二年，卷十九《左傳》五昭公十六年，卷二十《左傳》六昭公三十二年，卷二十一《公羊傳》襄公二十三年，卷二十二《穀梁傳》隱公元年、莊公九年、定公十一年，卷二十五《老子》並音 "羊朱反"。《廣韻·虞韻》音 "羊朱切"。以、羊屬以紐。同。

矧夫赫赫聖漢　矧*失忍*

《經典釋文》卷三《尚書》上《大禹謨》音 "失忍反"，卷四《尚書》下《大誥》，卷六《毛詩》中《小雅·賓之初筵》，卷十一《禮記》一《曲禮上》同，卷三《尚書》上《仲虺之誥》，卷七《毛詩》下《大雅·抑》音 "申忍反"，卷十四《禮記》四《中庸》，卷二十九《爾雅》上《釋言》音 "詩忍反"。慧琳《音義》卷三十一、卷八十七音 "申忍反"，卷九十八音 "尸忍反"。《廣韻·軫韻》音 "式忍切"。失、申、诗、尸、式屬書紐。同。

泝測其源　泝素

泝，參見《封禪文》"下泝八埏"句"泝"音疏證。

乃先孕虞育夏　夏下

夏，參見《封禪文》"諸夏樂貢"句"夏"音疏證。

甄殷陶周　甄真

《經典釋文》卷八《周禮》上《春官·典同》甄音"震"，卷十五《左傳》一莊公十四年音"真"。《廣韻·真韻》音"側鄰切"。同。

然後宣二祖之重光　重直工

重，參見《漢高祖功臣頌》"重玄匪奧"句"重"音疏證。

光被六幽　被被義

被之反切上字為疊字號，今改正字。　被，參見《聖主得賢臣頌》"日夫荷旃被毳者"句音"被"音疏證。

慝亡回而不泯　慝吐得　亡無　泯民忍

"慝"，寫卷作別體"慝"，今改正體。慝，尤刻本、叢刊本作"匿"，案"匿""慝"古通，説詳《説文·匸部》朱駿聲通訓定聲。《經典釋文》卷四《尚書》下《周官》慝音"吐得反"，卷七《毛詩》下《大雅·民勞》，卷八《周禮》上《春官·典瑞》《春官·内史》，卷九《周禮》下《秋官·大行人》《冬官·玉人》，卷十三《禮記》三《樂記》，卷十六《左傳》二僖公二十八年，卷十九《左傳》五成公十六年，卷二十四《論語》《顏淵》，卷二十八《莊子》下《讓王》並同。慧琳《音義》卷二十六音"他則反"，卷八十二音"他勒反"。《廣韻·德韻》音"他德切"。吐、他屬透紐。同。　五臣本、明州本、奎章閣本、叢刊本正文"亡"下注直"無"。亡，參見本篇前文"典而亡實"句"亡"音疏證。　《經典釋文》卷二《周易》《繫辭下》泯音"亡忍反"，卷二十二《穀梁傳》《序》、桓公三年，卷二十九《爾雅》上《釋詁》並同。卷十七《左傳》宣公十二年音"彌忍反"，卷十七《左傳》三成公二年，卷二十《左傳》六昭公二十九年，卷二十二《穀梁傳》莊公三年並同。慧琳《音義》卷三十二、卷五十一音"蜜牝反"，卷四十八、卷四十九音"彌忍反"，卷七十七音"蜜忍反"，卷八十六音"民尹反"。《廣韻·真韻》音"彌鄰切"。民、彌、蜜屬明紐。同。

故夫顯定三才昭登之勣　勣仕革

勣，尤刻本、五臣本、明州本、奎章閣本、叢刊本作"績"。勣，參見《三國名臣序贊》"探勣賞要"句"勣"音疏證。

鋪聞匱策在下之訓　鋪普乎　匱其位

匱，寫卷作別體"遺"，今改正體。　匱，尤刻本、五臣本、明州本、奎章閣本、叢刊本作"遺"。　鋪，參見《劇秦美新》"鋪衍下上"句"鋪"音疏證。　匱，參見《三國名臣序贊》"用之不匱"句"匱"音疏證。

外運渾元　渾乎本

渾，參見《出師頌》"渾一區宇"句"渾"音疏證。

內沾豪芒　沾知占　芒莫郎

沾，五臣本、明州本、奎章閣本、叢刊本作"霑"。案"霑""沾"音同義通。　沾，參見《出師頌》"澤沾遐荒"句"沾"音疏證。　《經典釋文》卷七《毛詩》下《商頌·玄鳥》芒音"莫剛反"，卷二十七《莊子》中《馬蹄》《繕性》，卷二十八《莊子》下《盜跖》《說劍》《天下》並同，卷十七《左傳》三襄公四年，卷二十七《莊子》中《山木》音"莫郎反"。慧琳《音義》卷四十七音"莫唐反"。《廣韻·唐韻》音"莫郎切"。同。

品物咸亨　亨許庚

《經典釋文》卷十七《左傳》三襄公九年，卷十九《左傳》五昭公四年、昭公七年，卷二十四《論語》《公冶長》音"許庚反"。《廣韻·庚韻》音"許庚切"。同。

其已久矣　已以

已，參見《王文憲集序》"豈直彫章縟采而已哉"句"已"音疏證。

尊亡與亢　亡無　亢可浪

"亢"，寫卷作別體"亢"，今改正體。　亡，參見本篇前文"典而亡實"句"亡"音疏證。　《經典釋文》卷二《周易》《乾》亢音"苦浪反"，卷二《周易》《遯》，卷九《周禮》下《夏官·馬質》，卷十《儀禮》《大射儀》，卷十一《禮記》一《曲禮上》《檀弓下》《月令》，卷十四《禮記》四《燕義》，卷十五《左傳》一隱公二年、莊公二十九年，卷十六《左傳》二僖公二十八年、文公五年、宣公三年，卷十七《左傳》三宣公十三年、宣公十五年、成公十六年、襄公十三年、襄公十四年，卷十八《左傳》四襄公二十八年、昭公元年（凡二見）、昭公二年，卷十九《左傳》五昭公二十二年、昭公二十六年，卷二十《左傳》六昭公二十九年、襄公六年，卷二十二《穀梁傳》僖公十六年、定公四年，卷二十三《孝經》《喪親章》，卷二十四《論語》《學而》《季氏》，卷二十五《老子》，卷二十六《莊子》上《應帝王》，卷二十七《莊子》中《刻意》並同。慧琳《音義》卷十、卷二十音"康浪反"，卷十八音"苦浪反"。《廣韻·宕韻》音"苦浪切"。可、苦、康屬溪紐。同。

乃始虔鞏勞謙　鞏恭奉

《經典釋文》卷二《周易》《革》鞏音"九勇反"，卷七《毛詩》下《大雅·瞻卬》，卷十六《左傳》二僖公二十四年、文公十七年，卷十七《左傳》三宣公十二年，卷十八《左傳》四襄公三十年，卷十九《左傳》五昭公四年、昭公十五年、昭公二十二年（凡二見），卷二十《左傳》六定公元年、定公四年，卷二十九《爾雅》上《釋詁》《釋言》並同。《廣韻·腫韻》音"居悚切"。泰、九、居屬見紐。同。

貶成抑定　貶彼檢　抑憶

案《文選音》寫卷誤將"正"置於"抑"之前，"貶"之後，若依《文選音》，則不成文矣，今依《文選》乙之。《經典釋文》卷七

《毛詩》下《大雅·召旻》貶音"彼檢反"，卷十一《禮記》一《曲禮上》《曲禮下》，卷十五《左傳》一《序》，卷十六《左傳》二僖公二十一年，卷二十一《公羊傳》隱公二年，卷二十二《穀梁傳》《序》、文公四年並同。慧琳《音義》卷十三音"彼檢反"，卷七十、卷八十四音"筆奄反"，卷七十一、卷七十三音"碑儉反"，卷八十五音"兵奄反"。《廣韻·琰韻》音"方斂切"。彼、筆、碑、兵屬幫紐，方屬非紐。同。　《經典釋文》卷二《周易》《大畜》抑音"於力反"，卷五《毛詩》上《齊風·猗嗟》，卷六《毛詩》中《小雅·賓之初筵》，卷七《毛詩》下《大雅·抑》，卷二十四《論語》《序》《述而》，卷二十五《老子》（凡二見），卷二十九《爾雅》上《釋詁》並同，卷六《毛詩》中《小雅·十月之交》音"噫"，卷二十九《爾雅》上《釋訓》音"億"。慧琳《音義》卷八音"於力反"，卷五十四音"應力反"。《廣韻·職韻》音"於力切"。於、應屬影紐。同。

至令遷正黜色賓監之事　　正征

《經典釋文》卷三《尚書》上《舜典》《大禹謨》《甘誓》《湯誓》正音"征"，卷五《毛詩》上《齊風·猗嗟》，卷八《周禮》上《天官·司書》《天官·司裘》《地官·大司徒》《地官·司門》《春官·大司樂》，卷九《周禮》下《夏官·司勳》《夏官·射人》《夏官·諸子》《夏官·都司馬》《冬官·梓人》，卷十《儀禮》《鄉射禮》《大射禮》（凡二見），卷十一《禮記》一《檀弓上》，卷十二《禮記》二《禮運》《郊特牲》《明堂位》《大傳》，卷十四《禮記》四《中庸》《射義》《燕義》，卷十五《左傳》一桓公五年，卷二十一《公羊傳》隱公元年、文公二年，卷二十二《穀梁傳》隱公元年、僖公三十年，卷二十九《爾雅》上《釋天》，卷三十《爾雅》下《釋蟲》並同。《廣韻·清韻》音"征"、"諸盈切"。征、諸屬章紐。同。

不傳祖宗之仿彿　　傳直專　仿芳往　彿芳勿

"仿"，尤刻本、五臣本、明州本、奎章閣本、叢刊本作"髣"，案"髣""仿"音同義通。"彿"，尤刻本、五臣本、明州本、奎章閣本、叢刊本作"髴"，案"髴""彿"音同義通。　傳，參見《封禪文》"五三六經載籍之傳"句"傳"音疏證。　仿彿，參見《東方朔畫贊》"彷彿風塵"句仿音彿音疏證。

雖云優慎　優憂

《經典釋文》卷六《毛詩》中《小雅·信南山》優音"憂"，卷十三《禮記》三《樂記》，卷二十《左傳》六襄公二十五年，卷二十四《論語》《子張》，卷二十九《爾雅》上《釋訓》並同。慧琳《音義》卷八音"憶鳩反"，卷四十一音"於尤反"，卷四十八音"於牛反"，卷六十八音"郁牛反"。《廣韻·尤韻》音"於求切"。憂、於、郁屬影紐。同。

無乃葸與　葸思里

五臣本、明州本、奎章閣本、叢刊本正文"葸"下注音"死"。《經典釋文》卷二十四《論語》《泰伯》葸音"絲里反"。《廣韻·止韻》音"胥里切"。思、絲、胥屬心紐。同。

僉爾而進曰　僉七占　曰越

《經典釋文》卷三《尚書》上《堯典》僉音"七廉反"，卷四《尚書》下《泰誓》，卷八《周禮》上《簭人》，卷二十二《穀梁傳》桓公六年，卷二十八《莊子》下《列禦寇》，卷二十九《爾雅》上《釋詁》並同。慧琳《音義》卷十音"妾廉反"，卷十一、卷二十三、卷五十七音"七廉反"，卷二十一音"七鹽反"，卷三十四音"七尖反"，卷七十四音"此廉反"，卷九十六、卷一百音"妾閻反"。《廣韻·鹽韻》音"七廉切"。七、妾、此屬清紐。同。　曰，參見《王文憲集序》"歎曰"句"曰"音疏證。

惇睦辨章之化洽　惇多昆

明州本、奎章閣本、叢刊本正文"惇"下注直音"敦"。《經典釋文》卷三《尚書》上《舜典》惇音"敦"，卷十二《禮記》二《內則》，卷十三《禮記》三《樂記》同，卷三《尚書》上《皋陶謨》，卷四《尚書》下《洛誥》音"都昆反"。慧琳《音義》卷四音"都昆反"，卷四十二音"都屯反"，卷九十五音"頓溫反"。《廣韻·魂韻》音"都昆切"。多、敦、都、頓屬端紐。同。

懷保鰥寡之惠浹　　鰥古還　浹走牒

鰥，寫卷用別體“鰥”，與《漢曹全碑》同，今改正體。　浹，寫卷作俗體“浹”，今改作正體。　《經典釋文》卷三《尚書》上《堯典》鰥音“故頑反”，卷四《尚書》下《大誥》同，卷五《毛詩》上《齊風·敝笱》音“古頑反”，卷十六《左傳》二文公十三年，卷十七《左傳》三成公二年、成公八年、成公十八年，卷十八《左傳》四昭公元年，卷二十二《穀梁傳》文公十二年，卷二十三《孝經》《孝治章》，卷二十九《爾雅》上《釋詁》並同。慧琳《音義》卷二十八、卷五十二音“古頑反”，卷四十一音“寡頑反”，卷八十二音“古頒反”，卷九十六音“慣還反”。《廣韻·山韻》音“古頑切”。古、故、寡、慣屬見紐。同。　《經典釋文》卷十七《左傳》成公九年浹音“子協反”，卷二十一《公羊傳》哀公十四年，卷二十九《爾雅》上《釋言》同。慧琳《音義》卷八十二音“子葉反”，卷八十八音“茲煩反”，卷九十九音“僭葉反”。《廣韻·帖韻》音“子協切”。子、茲、僭屬精紐。同。

燔瘞縣沈　　燔煩　瘞於例

瘞，寫卷作別體“廕”，今改正體。　《經典釋文》卷四《尚書》下《武成》“燔”音“煩”，卷六《毛詩》中《小雅·節南山》《小雅·楚茨》《小雅·瓠葉》，卷七《毛詩》下《大雅·生民》，卷九《周禮》下《秋官·壺涿氏》，卷十《儀禮》《覲禮》《士虞禮》《特牲饋食禮》《有司》，卷十二《禮記》二《禮運》（凡二見），《禮器》《郊特牲》《少儀》，卷十三《禮記》三《祭法》《祭義》，卷十八《左傳》四襄公二十二年，卷二十《左傳》六昭公二十七年、哀公十五年，卷二十一《公羊傳》定公十四年，卷二十八《莊子》下《盜跖》，卷二十九《爾雅》上《釋天》並同。慧琳《音義》卷二十八音“扶元反”，卷四十五、卷五十七、卷九十六音“伐袁反”，卷六十五音“扶袁反”。《廣韻·元韻》音“附袁切”。煩、扶、伐、附屬奉紐。同。《經典釋文》卷五《毛詩》上《邶風·燕燕》瘞音“於例反”，卷七《毛詩》下《大雅·鳧鷖》《大雅·雲漢》，卷八《周禮》上《春官·司巫》，卷九《周禮》下《秋官·犬人》，卷十二《禮記》二《禮運》，卷十七《左傳》三成公二年，卷二十一《公羊傳》僖公三十一年，卷二十九《爾雅》上《釋言》《釋天》並同。慧琳《音義》卷八十二音"英計反"，卷九十三音"於闋反"，卷九十五音"依例反"。《廣韻·祭韻》音"於闋切"。於、英、依屬影紐。同。

肅祇羣神之禮備　祇脂

祇，參見《封禪文》"而修禮地祇"句"祇"音疏證。

是以來儀集羽族於觀魏　觀古亂

"觀"之反切下字原作俗體"亂"，今改正體。　觀，參見《封禪文》"此天下之壯觀"句"觀"音疏證。

肉角馴毛宗於外囿　馴巡

《經典釋文》卷二《周易》《坤》馴音"似遵反"，卷八《周禮》上《地官司徒》，卷九《周禮》下《服不氏》，卷十一《禮記》一《曲禮上》，卷二十七《莊子》中《馬蹄》並同，卷六《毛詩》中《小雅·鴛鴦》，卷十一《禮記》一《檀弓下》音"巡"。慧琳《音義》卷二十八音"似均反"，卷七十六同，卷七十六又音"恤遵反"，卷八十八音"徇遵反"。《廣韻·諄韻》音"詳遵切"。巡、似、徇、詳屬邪紐，恤屬心紐。同。

擾緇文皓質於郊　擾而沼

擾，參見《酒德頌》"俯觀萬物擾擾"句"擾"音疏證。

升黃煇采鱗於沼　煇輝

煇，尤刻本、五臣本、明州本、奎章閣本、叢刊本作"輝"。案"煇""輝"音同義通。　《經典釋文》卷二《周易》《大畜》音"輝"，卷六《毛詩》中《小雅·庭燎》音"暉"，卷十二《禮記》二《禮運》《玉藻》音"暉"，卷十三《禮記》三《樂記》《祭義》音"輝"。《廣韻·微韻》音"許歸切"。同。

三足軒翥於茂樹　翥者庶

《經典釋文》卷三十《爾雅》下《釋蟲》"翥"音"于據反"。慧琳《音義》卷二十四音"之庶反"，卷六十二音"諸茹反"，卷八十三

音“諸慮反”，卷九十、卷九十五音“諸庶反”。《廣韻·御韻》音“章
恕切”。者、之、諸、章屬章紐。同。

應圖合諜　諜牒

《經典釋文》卷九《周禮》下《夏官·環人》《秋官·士師》《秋
官·掌戮》諜音“牒”，卷十五《左傳》一莊公二十八年，卷十六《左
傳》二僖公二十五年，卷十七《左傳》三成公十六年，卷二十《左
傳》六哀公元年、哀公十一年並同。慧琳《音義》卷三十九音“恬葉
反”，卷七十五音“恬頰反”。《廣韻·帖韻》音“徒協切”。牒、恬、
徒屬定理。同。

日月邦畿　日人—

日，參見《王文憲集序》“允集茲日”句“日”音疏證。

卓犖乎方州　犖力角

《經典釋文》卷十五《左傳》一莊公三十二年、僖公元年犖音
“力角反”。慧琳《音義》卷七十六音“力卓反”。《廣韻·覺韻》音
“呂角切”。力、呂屬來紐。同。

洋溢乎要荒　要—照

要，《經典釋文》卷二十三《孝經》《開宗明義章》《廣要道章》
音“因妙反”，卷二十六《莊子》上《德充符》音“於妙反”。《廣
韻·笑韻》音“於笑切”。一、於屬影紐。同。

昔姬有素雉朱烏玄秬黃麰之事耳　秬巨　麰年

《經典釋文》卷四《尚書》下《洛誥》《文侯之命》秬音“巨”，
卷七《毛詩》下《大雅·旱麓》《大雅·生民》《大雅·江漢》《魯
頌·閟宮》，卷十一《禮記》一《王制》《月令》，卷十四《禮記》四
《表記》，卷十六《左傳》二僖公二十八年，卷十九《左傳》五昭公四
年、昭公十五年，卷二十一《公羊傳》莊公元年，卷二十二《穀梁
傳》莊公元年，卷二十九《爾雅》上《釋草》並同。《廣韻·語韻》音
“其呂切”。巨、其屬羣紐。同。　　“麰”，寫卷作“麰”，慧琳《音
義》作“麳”，其實字同。尤刻本李善注引薛君《韓詩外傳章句》曰：

"麰，大麥也，音莫侯切。"五臣本、明州本、奎章閣本、叢刊本正文"麰"下注反切"莫侯"。慧琳《音義》卷三十四音"莫侯反"，卷八十七音"墨侯反"。《玉篇·麥部》麰音"莫侯切"。莫、墨屬明紐。同。

蓋用昭明寅畏　寅夷

寅，五臣本、明州本、奎章閣本、叢刊本作"夤"。案"夤""寅"音同義通。《經典釋文》卷三《尚書》上《堯典》《舜典》，卷二十一《公羊傳》哀公十年寅音"夷"。《廣韻·真韻》音"翼真切"。夷、翼屬以紐。同。

丞聿懷之福　丞承

丞，尤刻本、五臣本、明州本、奎章閣本、叢刊本作"承"。案：《史記·秦本紀》："二年初置丞相"，裴駰《集解》引應劭曰："丞者承也"，是"丞"與"承"通也。《經典釋文》卷十六《左傳》二宣公四年丞音"承"。《廣韻·蒸韻》音"署陵切"。同。

覆以懿鑠　覆芳又　鑠失若

覆，參見《東方朔畫贊》"支離覆逆之數"句"覆"音疏證。《經典釋文》卷七《毛詩》下《周頌·酌鑠》，卷二十九《爾雅》上《釋詁》音"舒灼反"，卷十《儀禮》《燕禮》，卷十七《左傳》三宣公十二年音"舒若反"，卷二十七《莊子》中《胠篋》音"詩灼反"又音"失灼反"。慧琳《音義》卷二十八音"書斫反"，卷六十四音"舒若反"，卷七十七音"商弱反"，卷八十四音"傷酌反"，卷八十五（凡二見）、卷九十三音"傷灼反"，卷九十音"商灼反"。《廣韻·藥韻》音"書藥切"。失、舒、詩、商、傷、書屬書紐。同。

豈其為身而有頡辭也　頡專

《經典釋文》卷三《尚書》上《序》顓音"專"，卷八《周禮》上《地官·大司徒》，卷十一《禮記》一《檀弓上》《月令》（凡二見），卷十三《禮記》三《學記》《祭法》，卷十五《左傳》一莊公二十二年，卷十六《左傳》二僖公二十一年、僖公三十一年、文公十八年，卷十七《左傳》三襄公四年，卷十八《左傳》四昭公元年，卷十九《左傳》五昭公八年、昭公十七年，卷二十《左傳》六昭公二十九年，卷二十一《公羊傳》文公五年，卷二十二《穀梁傳》隱公八年，卷二十四《論語》《為政》《季氏》，卷二十六《莊子》上《大宗師》，卷二十九《爾雅》上《釋天》並同。《廣韻·仙韻》顓音"職緣切"。專、職屬章紐。同。

亦宜懃恁旅力　恁_{而鴆}

尤刻本李善注："恁，如深切。"五臣本、明州本、奎章閣本、叢刊本正文"恁"下注反切"而深"。《廣韻·寢韻》恁音"如甚切"。《玉篇·心部》恁音"如針切"又"如甚切"。而、如屬日紐。同。

啓恭館之金縢　縢_{大能}

《經典釋文》卷四《尚書》下《金縢》縢音"徒登反"，卷六《毛詩》中《豳風·東山》《小雅·采菽》，卷七《毛詩》下《魯頌·閟宮》，卷九《周禮》下《冬官·弓人》，卷十一《禮記》一《檀弓上》，卷十二《禮記》二《內則》，卷十五《左傳》一桓公二年，卷二十七《莊子》中《胠篋》並同。慧琳《音義》卷五十九音"徒登反"，卷六十五音"達曾反"，卷八十八音"時登反"。《廣韻·登韻》音"徒登切"。大、徒、達、屬定紐，時屬禪紐。同。

孔繇先命　繇_由

繇，尤刻本作"猷"，而李善注"繇，道也"，是"繇""猷"音同義通也。　《經典釋文》卷二十九《爾雅》上《釋詁》繇音"由"（凡二見）。《廣韻·尤韻》音"以周切"。由、以屬以紐。同。

聖孚也　孚_{芳于}

《經典釋文》卷二《周易》《需》孚音"敷"，卷十一《禮記》一《月令》，卷二十九《爾雅》上《釋詁》同，卷二《周易》《中孚》音"芳夫反"，卷十四《禮記》四《燕義》音"浮"。慧琳《音義》卷二十六音"撫夫反"，卷二十七音"芳無反"，卷二十八音"芳務反"，卷三十二音"缶于反"，卷五十七音"芳于反"。《廣韻·虞韻》音"芳無切"。芳、敷、撫屬敷紐，缶屬非紐。同。

體行德本　行下孟

行，參見《王文憲集序》"昉行無異操"句"行"音疏證。

答三靈之蕃祉　祉恥

祉，參見《封禪文》"上帝垂恩儲祉將以慶成"句"祉"音疏證。

展放唐之明文　放方往

《經典釋文》卷三《尚書》上《堯典》放音"方往反"（凡二見），卷七《毛詩》下《大雅·卷阿》，卷八《周禮》上《天官·九嬪》《天官·染人》《地官·鄙師》《春官·大宗伯》，卷九《周禮》下《夏官司馬》《冬官·槀氏》《冬官·匠人》，卷十《儀禮》《聘禮》《特牲饋食禮》《少牢饋食禮》，卷十一《禮記》一《曲禮上》《檀弓上》，卷十二《禮記》二《禮器》，卷十三《禮記》三《學記》《祭義》（凡二見），卷十四《禮記》四《中庸》《緇衣》，卷二十四《論語》《里仁》，卷二十七《莊子》中《在宥》《天道》《天運》，卷二十八《莊子》下《庚桑楚》並同。慧琳《音義》卷五十六音"甫往反"，卷八十音"方往反"。《廣韻·養韻》音"分兩切"。方、甫、分屬非紐。同。

憚勅天命也　憚大旦

《經典釋文》卷三《尚書》上《大禹謨》憚音"徒旦反"，卷六《毛詩》中《小雅·綿蠻》，卷七《毛詩》下《大雅·常武》，卷九《周禮》下《夏官·大司馬》，卷十四《禮記》四《中庸》，卷十五《左傳》一僖公七年、僖公十五年，卷十六《左傳》二宣公四年，卷十七《左傳》三成公十六年，卷十八《左傳》四襄公二十八年，卷十九《左傳》五昭公二十二年，卷二十四《論語》《學而》《子罕》並同，卷十二《禮記》二《禮運》音"大旦反"，卷十四《禮記》四《表記》，卷二十《左傳》六哀公十四年同。慧琳《音義》卷一、卷六音"唐爛反"，卷四、卷六十三音"彈旦反"，卷十一、卷六十二、卷八十四音"檀爛反"，卷五十二、卷七十一音"徒旦反"。《廣韻·翰韻》音"徒案切"。大、徒、唐、彈、檀屬定紐。同。

今其如台而獨闕也　台夷

五臣本、明州本、奎章閣本、叢刊本正文"台"下注直音"貽"。《經典釋文》卷三《尚書》上《禹貢》《湯誥》《盤庚上》《說命上》《說命下》《高宗肜日》並音"怡"。《廣韻·之韻》音"與之切"。夷、貽、怡、與屬以紐。同。

是時聖上固已垂精遊神　已以

已，尤刻本、叢刊本作"以"。　已，參見《王文憲集序》"豈直彫章縟采而已哉"句"已"音疏證。

諭咨故老　諭以朱

諭，五臣本、明州本、奎章閣本作"俞"。　諭，參見《聖主得賢臣頌》"猶未足以諭其意也"句"諭"音疏證。

既感羣后之讜辭　讜多朗

讜，尤刻本、五臣本、明州本、奎章閣本、叢刊本作"讜"。案"讜""讜"字同。　讜，參見《三國名臣序贊》"讜言盈耳"句"讜"音疏證。

又畜經五緆之碩慮矣　緆直又

五臣本、明州本、奎章閣本、叢刊本正文"緆"下注直音"宙"。緆，《經典釋文》卷二《周易》《繫辭下》音"直救反"，卷五《毛詩》上《衛風·氓》音"直又反"，卷六《毛詩》中《小雅·杕杜》同，《小雅·小旻》音"胄"，卷八《周禮》上《春官·大卜》音"直又反"，卷十《儀禮》《少牢饋食禮》，卷十一《禮記》一《月令》同，卷十五《左傳》一閔公二年、僖公四年，卷十七《左傳》三襄公十年音"直救反"，卷十五《左傳》一僖公十五年，卷十八《左傳》四襄公二十五年，卷十九《左傳》五昭公七年，卷二十《左傳》六哀公十七年音"直又反"，卷二十九《爾雅》上《釋詁》音"除右反"。《廣韻·宥韻》音"直祐切"。直、除屬澄紐。同。

將絣萬嗣　絣布耕

絣反切下字原作俗體"耕"，今改正體。　尤刻本李善注："絣與枡古字通也。"《廣韻·耕韻》絣音"北萌切"。《玉篇·系部》："絣，方莖方幸二切。"同。

揚洪煇　煇暉

煇，尤刻本、五臣本、明州本、奎章閣本、叢刊本作"輝"。案"輝""煇"音同義通。　"煇"，參見本篇上文"升黃煇采鱗於沼"句"煇"音疏證。

奮景炎　炎艷

炎，參見《封禪文》"使獲燿日月之末光絶炎"句"炎"音疏證。

公孫弘傳贊

茀廿五

此三字，是寫卷"卷第二十五"之標識。

公孫弘卜式兒寬　兒五兮

兒，尤刻本、五臣本、明州本、奎章閣本、叢刊本作"倪"。案"兒""倪"字同。　《經典釋文》卷七《毛詩》下《魯頌·閟宮》兒音"五兮反"，卷十五《左傳》一莊公八年，卷二十一《公羊傳》莊公八年，卷二十二《穀梁傳》莊公八年，卷二十九《爾雅》上《釋詁》並同。《廣韻·齊韻》音"五稽切"。同。

始以蒲輪迎枚生　枚梅

《經典釋文》卷三《尚書》上《大禹謨》枚音"梅"，卷十三《禮記》三《雜記下》同，卷五《毛詩》上《周南·汝墳》音"妹迴反"，卷七《毛詩》下《大雅·旱麓》音"芒回反"，《魯頌·閟宮》音"莫回反"，卷十八《左傳》四襄公十八年音"每回反"。慧琳《音義》

卷二十九、卷七十五音"每杯反"。《廣韻·灰韻》音"莫杯切"。妹、芒、莫屬明紐，每屬微紐。同。

見主父而歡息　父甫

父，參見《出師頌》"惟師尚父"句"父"音疏證。

卜式拔於芻牧　牧目

《經典釋文》卷二《周易》《謙》牧音"目"，卷三《尚書》上《舜典》，卷五《毛詩》上《邶風·静女》，卷六《毛詩》中《小雅·出車》，卷七《毛詩》下《大雅·大明》《魯頌·駉》，卷八《周禮》上《地官司徒》《春官·肆師》，卷九《周禮》下《夏官司馬》《冬官考工記》，卷十《儀禮》《燕禮》，卷十一《禮記》一《曲禮下》，卷十五《左傳》一隱公五年，卷十六《左傳》二僖公二十八年，卷十七《左傳》三襄公四年，卷十九《左傳》五昭公九年，卷二十二《穀梁傳》莊公十二年並同。慧琳《音義》卷五"牧"音"蒙卜反"，卷八音"莫卜反"，卷九、卷二十五音"莫禄反"，卷五十四音"蒙禄反"。《廣韻·屋韻》音"莫六切"。目、蒙、莫屬明紐。同。

弘羊擢於賈豎　擢□□　賈古

"擢"下反切全佚，今補之以"□□"。　擢，參見《劇秦美新》"拔擢倫比"句"擢"音疏證。　《經典釋文》卷四《尚書》下《酒誥》賈音"古"，卷五《毛詩》上《邶風·谷風》，卷七《毛詩》下《大雅·瞻卬》，卷八《周禮》上《天官宰冢》《天官·大宰》《地官·大司徒》《地官·載師》《地官·司市》（凡三見）《地官·賈師》《地官·肆長》《地官·泉府》（凡二見），卷九《周禮》下《夏官·羊人》《夏官·巫馬》《秋官司寇》《秋官·朝士》，卷十一《禮記》一《王制》《月令》，卷十二《禮記》二《郊特牲》《少儀》，卷十五《左傳》一桓公十年，卷十六《左傳》二僖公三十三年，卷十七《左傳》三宣公十二年、成公二年、成公三年、襄公四年，卷十八《左傳》四昭公元年，卷十九《左傳》五昭公十三年、昭公十五年、昭公十六年、昭公二十六年，卷二十《左傳》六昭公二十九年、定公六年，卷二十一《公羊傳》僖公三十三年，卷二十四《論語》《子罕》，卷二十八《莊子》下《庚桑楚》《徐无鬼》《列禦寇》，卷二十九《爾雅》上

《釋言》並同，音"古"。慧琳《音義》卷十四、卷十九、卷六十四音"古"，卷十八音"公午反"，卷二十六、卷二十七、卷四十六、卷五十九音"公戶反"，卷三十二、卷七十八音"姑戶反"，卷六十二、卷六十三音"孤五反"。《廣韻·姥韻》音"公戶切"。古、公、姑、孤屬見紐。同。

日磾出於降虜　日人一　磾多今　降乎江

日，參見《王文憲集序》"允集茲日"句"日"音疏證。　《漢書·武帝紀》"侍中駙馬都尉金日磾"師古注："磾音丁奚反。"慧琳《音義》卷七十七音"丁奚反"。《廣韻·齊韻》音"都奚切"。同。《經典釋文》卷三《尚書》上《禹貢》降音"戶江反"，卷六《毛詩》中《小雅·出車》，卷七《毛詩》下《大雅·旱麓》《大雅·鳧鷖》《大雅·常武》，卷八《周禮》上《春官·大師》《春官·保章氏》，卷九《周禮》下《夏官·環人》《秋官·司刑》，卷十一《禮記》一《曲禮下》《月令》，卷十五《左傳》一莊公三十年，卷十六《左傳》二僖公十九年、僖公二十五年，卷十七《左傳》三宣公十五年、襄公元年，卷十八《左傳》四襄公二十六年、襄公二十七年、襄公三十年、襄公三十一年、昭公元年，卷十九《左傳》五昭公七年、昭公十五年、昭公二十六年，卷二十《左傳》六哀公元年、哀公四年，卷二十一年《公羊傳》莊公八年、莊公三十年、僖公二十八年，卷二十二《穀梁傳》莊公三十年、昭公八年並同。《廣韻·江韻》音"下江切"。乎、戶、下屬匣紐。同。

斯亦曩時版築飯牛之明已　版板　飯扶反　已以

慧琳《音義》卷八十三版音"班簡反"，卷九十二同，卷九十七音"拔慢反"。《廣韻·潸韻》音"布綰切"。同。　飯，參見《聖主得賢臣頌》"甯戚飯牛"句"飯"音疏證。　已，參見《王文憲集序》"豈直彫章縟采而已哉""已"音疏證。

篤行則石建石慶　行下孟

行，參見《王文憲集序》"眆行無異操"句"行"音疏證。

質直則汲黯卜式　黯烏故

《經典釋文》卷二十《左傳》六哀公二十年黯音"於減反"。慧琳

《音義》卷十一音"押減反"，卷四十八音"於減反"，卷五十六音"烏感反"。《廣韻·謙韻》音"乙減反"。案此處寫卷之反切下字有誤，"故"當為"減"或"感"之訛，或為與之形近之"敢"字之訛，當據改。烏、於、抑、乙屬影紐。

滑稽則東方朔枚皐　稽_{古今}　枚_梅　皐_{古刀}

稽，參見《劇秦美新》"咸稽之於秦紀"句"稽"音疏證。　枚，參見本篇前文"始以蒲輪迎枚生"句"枚"音疏證。　皐，參見《聖主得賢臣頌》"獲稷契皐陶伊尹呂望之臣"句"皐"音疏證。

應對則嚴助朱買臣　應_去

應，參見《王文憲集序》"自是始有應務之跡"句"應"音疏證。

歷數則唐都落下閎　數_{色句}　閎_宏

數，參見《王文憲集序》"主者百數"句"數"音疏證。　《經典釋文》卷四《尚書》下《君奭》閎音"宏"，卷十一《禮記》一《月令》，卷十七《左傳》三成公十七年、襄公十一年，卷十九《左傳》五昭公五年、昭公二十年，卷二十四《論語》《泰伯》，卷二十七《莊子》中《知北遊》，卷二十八《莊子》下《天下》，卷二十九《爾雅》上《釋詁》並同。《廣韻·耕韻》閎音"戶萌切"。宏、戶屬匣紐。同。

運籌則桑弘羊　籌_{直由}

籌，參見《漢高祖功臣頌》"運籌固陵"句"籌"音疏證。

奉使則張騫蘇武　使_{使吏}　騫_{去焉}

使之反切上字原用疊字號，今改正字。　《經典釋文》卷四《尚書》下《金縢》《洛誥》使音"所吏反"，卷五《毛詩》上《召南·殷其雷》（凡二見）《鄘風·定之方中》《王風·采葛》《鄭風·女曰雞鳴》《唐風·無衣》，卷六《毛詩》中《小雅·四牡》《小雅·皇皇者華》《小雅·鴻雁》《小雅·漸漸之石》，卷七《毛詩》下《大雅·綿》《大雅·韓奕》，卷八《周禮》上《天官·庖人》《天官·內府》《天官·女御》《地官·小司徒》《地官·掌節》《春官·典瑞》《春

官·大祝》《春官·外史》，卷九《周禮》下《夏官·虎賁士》《夏
官·司弓》《夏官·校人》《秋官·司寇》《秋官·象胥》《冬官·玉
人》，卷十《儀禮》《士昏禮》《士相見禮》《鄉飲酒禮》《燕禮》（凡
二見）《聘禮》《公食大夫禮》《覲禮》《士喪禮》《既夕禮》，卷十五
《左傳》一隱公元年、隱公五年、隱公六年、隱公七年、隱公九年、桓
公元年、桓公十六年、莊公二十一年、僖公五年、僖公十二年，卷十
六《左傳》二僖公二十六年、僖公二十八年（凡三見）、僖公三十年、
僖公三十二年、僖公三十三年、文公七年、文公九年、文公十年、文
公十二年、文公十四年、文公十五年（凡四見）、宣公四年、宣公五
年、宣公十年、宣公十一年，卷十七《左傳》三宣公十二年（凡二
見）、宣公十三年、宣公十四年、宣公十七年、成公二年（凡二見），
成公七年、成公九年、成公十年、成公十三年、成公十六年（凡五
見）、成公十七年（凡二見）、襄公四年（凡二見），襄公五年、襄公
八年、襄公十一年、襄公十三年、襄公十四年（凡四見），卷十八《左
傳》四襄公十六年、襄公十八年（凡二見）、襄公二十年、襄公二十二
年、襄公二十五年、襄公二十六年（凡三見）、襄公二十七年（凡二
見）、襄公二十九年（凡二見）、襄公三十年、襄公三十一年、昭公元
年、昭公二年（凡二見），卷十九《左傳》五昭公四年、昭公五年
（凡四見）、昭公七年、昭公九年、昭公十二年、昭公十三年、昭公十
六年、昭公十九年、昭公二十年（凡三見）、昭公二十三年（凡二
見）、昭公二十四年、昭公二十五年，卷二十《左傳》六昭公二十七
年、昭公二十八年、昭公三十年、定公六年（凡二見）、定公七年、定
公八年、定公十年、哀公八年、哀公十一年、哀公十三年、哀公十四
年、哀公十五年（凡三見）、哀公二十一年、哀公二十三年、哀公二十
六年，卷二十一《公羊傳》隱公元年、隱公八年、桓公八年、桓公十
一年、桓公十八年、莊公六年、莊公二十七年、閔公二年、僖公三年、
僖公八年、文公三年、文公四年、文公九年、成公二年、成公十五年、
成公十六年、襄公二十九年，卷二十二《穀梁傳》隱公三年、隱公七
年、莊公元年、閔公元年、閔公二年、僖公二年、僖公八年、文公十
五年、文公十八年、宣公五年、宣公十八年、襄公三年、襄公十八年，
卷二十四《論語》《雍也》（凡二見）《鄉黨》（凡二見）《子路》（凡
二見）《憲問》（凡二見），卷二十六《莊子》上《人間世》，卷二十

八《莊子》下《外物》《讓王》《盜跖》《説劍》《列禦寇》（凡二見）並同，音"所吏反"。慧琳《音義》卷二十七音"所里所吏二切"。《廣韻·止韻》音"踈士切"。使、所、踈屬生紐。同。　《經典釋文》卷六《毛詩》中《小雅·天保》《小雅·無羊》，卷十八《左傳》四襄公二十六年，卷二十四《論語》《雍也》，卷二十八《莊子》下《則陽》窶並音"起虔反"。慧琳《音義》卷四十八音"去焉反"。《廣韻·仙韻》音"去乾切"。起、去屬溪紐。同。

將帥則衛青霍去病　將_{將上}　帥_{帥季}　去_{去呂}

寫卷將反切上字、帥反切上字並用疊字號，今並改正。　將，參見《出師頌》"乃命上將"句"將"音疏證。　帥，參見《漢高祖功臣頌》"元帥是承"句"帥"音疏證。　《經典釋文》卷二《周易》《蒙》《小畜》《序卦》《雜卦》去音"起呂反"，卷三《尚書》上《大禹謨》，卷四《尚書》下《君奭》，卷六《毛詩》中《小雅·車攻》《小雅·楚茨》《小雅·大田》，卷七《毛詩》下《大雅·生民》《大雅·雲漢》（凡二見），卷八《周禮》上《天官·宮正》《天官·宮人》《天官·女祝》《天官·屨人》《地官·封人》《地官·載師》《地官·司救》《地官·媒氏》《地官·遂人》《地官·稻人》《春官宗伯》《春官·邑人》《春官·司尊彝》《春官·司服》《春官·冢人》《春官·大司樂》《春官·小胥》《春官·占夢》《春官·喪祝》《春官·巾車》，卷九《周禮》下《夏官·大司馬》（凡二見）《夏官·馬質》《夏官·射人》《秋官司寇》《秋官·司民》《秋官·掌戮》《秋官·庶氏》《秋官·柞氏》《秋官·蝈氏》《秋官·伊耆氏》《冬官·輪人》《冬官·幀人》《冬官·玉人》《冬官·磬氏》《冬官·廬人》《冬官·匠人》，卷十《儀禮》《士冠禮》《士昏禮》《鄉飲酒禮》《鄉射禮》（凡三見）《燕禮》《大射儀》（凡二見）《聘禮》《公食大夫禮》《喪服》（凡二見）《士喪禮》（凡三見）《既夕禮》（凡三見）《特牲饋食禮》（凡二見）《少牢饋食禮》《有司》，卷十一《禮記》一《曲禮上》（凡三見）《檀弓上》《月令》（凡五見），卷十二《禮記》二《禮器》（凡三見）《郊特牲》《內則》（凡四見）《玉藻》《喪服小記》《少儀》，卷十三《禮記》三《學記》《樂記》（凡三見）《雜記上》（凡四見）《雜記下》（凡二見）《喪大記》（凡六見）《祭法》《祭義》《坊記》（凡二見），卷十四《禮記》四《中庸》《奔喪》《問喪》《閒傳》（凡二見）《三年問》《投壺》（凡二見）《儒行》《昏義》，卷十五《左傳》一《序》、隱公三年、隱公四年、隱公六年、隱公十年、桓公八年、莊公元年、莊公三年、莊公二十年、莊公二十三年、閔公元年、閔公二年、僖公七年，卷十六《左傳》二僖公二十三年、文公二年、文公四年、文公七年、文公八年、文公十五年、文公十八年（凡三見）、宣公四年、宣公八年，卷十七《左傳》三宣公十二年、宣公十八年、成公二年（凡二見）、成公五年、成公十五年、成公十六年（凡三見）、成公十七年、襄公十年、襄公十一年、襄公十四年，卷十八《左傳》四襄公十八年、襄公二十年、襄公二十一年、襄公二十三年、襄公二十七年、襄公二十八年、襄公二十九年、襄公三十年、襄公三十一年、昭公元年（凡五見）、昭公二年、昭公三年，卷十九《左傳》五昭公四年（凡二見）、昭公八年、昭公十年、昭公十二年（凡三見）、昭公十三年、昭公十四年、昭公十五年（凡二見）、昭公十九年、昭公二十年（凡三見）、昭公二十一年、昭公二十三年（凡二見）、昭公二十五年、昭公二十六年，卷二十《左傳》六昭公二十七年、昭公三十年、昭公三十一年、定公元年、定公五年、定公八年、定公十年、定公十三年、哀公元年、哀公三年、哀公五年、哀公六年（凡二見）、哀公十二年、哀公十三年、哀公十五年、哀公十六年、哀公二十六年、哀公二十七年，卷二十一《公羊傳》隱公元年、隱公二年、隱三年、隱公十一年、桓公元年、桓公三年、桓公四年、桓公六年、桓公七年、桓公十二年、桓公十七年、莊公元年、莊公四年、莊公九年、莊公二十五年、莊公二十六年、莊公三十年、莊公三十一年、莊公三十二年、閔公二年、僖公元年、僖公四年、僖公五年、僖公十五年、僖公二十三年、僖公二十五年、僖公二十八年、僖公三十二年、文公二年、文公五年、成公二年、成公三年、成公六年、成公十年、襄公八年、襄公十五年、襄公三十年、昭公元年、昭公四年、昭公十年、昭公十四年、昭公十五年、昭公二十五年、昭公三十年、定公二年、定公四年、定公十二年、定公十四年、哀公二年、哀公四年、哀公十四年，卷二十二《穀梁傳》隱公二年、隱公三年、隱公四年、隱公八年（凡二見）、桓公元年、桓公十一年、莊公元年、莊公二十三年、莊公三十二年、僖公八年、僖公十八年、僖公二十五年、文公元年、文公二年、文公十六年、宣公八年、宣公十五年、成公三年、襄公七年、昭公元年、昭公十二年、昭公十四年、昭公三十年、哀公六年，卷二十四《論語》《八佾》《鄉黨》（凡二見）《顏淵》（凡二見），卷二十六《莊子》上《人間世》《大宗師》，卷二十七《莊子》中《駢拇》《馬蹄》《在宥》《天地》《天道》《天運》（凡二見）《刻意》《繕性》《達生》《山木》（凡四見）《知北遊》，卷二十八《莊子》下《庚桑楚》（凡二見）《徐无鬼》（凡三見）《外物》（凡二見）《寓言》《盜跖》（凡二見）《漁父》《天下》（凡二見），卷二十九《爾雅》上《釋詁》並同，音“起呂反”。慧琳《音義》卷二十六去音“丘與反”。《廣韻·御韻》音“丘倨切”。去、起、丘屬溪紐。同。

其餘不可勝紀　勝升

勝，參見《王文憲集序》“若不自勝”句“勝”音疏證。

劉向王褒以文章顯　向失尚

《經典釋文》卷四《尚書》下《旅獒》《顧命》向音“許亮反”，卷九《周禮》下《秋官·小司寇》，卷十一《禮記》一《檀弓下》，卷二十七《莊子》中《天地》《秋水》同，卷十五《左傳》一隱公二年向音“舒亮反”，隱公十一年，卷十六《左傳》二僖公二十六年、文公十八年、宣公四年、宣公七年，卷十七《左傳》三成公二年、成公五年、襄公九年、襄公十一年，卷十八《左傳》四襄公十六年、襄公二十年，卷十九《左傳》五昭公四年，卷二十《左傳》六定公九年、定公十年、定公十四年，卷二十一《公羊傳》隱公二年、僖公二十六年、襄公十四年，卷二十二《穀梁傳》隱公九年、桓公十六年、僖公二十六年、襄公十四年、襄公十五年、襄公二十年並同，音“舒亮反”。慧琳《音義》卷九、卷四十八、卷五十九、卷六十五、卷六十七、卷七十二音“許亮反”。《廣韻·漾韻》音“許亮切”。失、舒屬書紐，許屬曉紐。同。

治民則黃霸王成龔遂鄭弘召信臣韓延壽尹翁歸趙廣漢嚴延年張敞之屬　召劭　敞昌兩

《經典釋文》卷四《尚書》下《武成》召音“上照反”，卷五

《毛詩》上《周南·關睢》，卷六《毛詩》中《小雅·常棣》《小雅·黍苗》，卷七《毛詩》下《大雅·公劉》，卷八《周禮》上《天官·大宰》《地官·司徒》《春官·大司樂》，卷十《儀禮》《燕禮》，卷十二《禮記》二《曾子問》，卷十五《左傳》一桓公二年、僖公四年，卷十六《左傳》二僖公二十年、文公五年、宣公六年，卷十七《左傳》三宣公十五年、襄公七年、襄公十四年，卷十八《左傳》四襄公十九年、襄公二十三年、襄公二十七年、襄公二十九年、昭公二年，卷十九《左傳》五昭公四年、昭公十四年、昭公二十二年，卷二十《左傳》六昭公二十九年、定公四年、哀公十五年，卷二十一《公羊傳》僖公四年，卷二十二《穀梁傳》隱公八年、莊公三十年、僖公四年、宣公十五年、成公八年、昭公二十六年，卷二十四《論語》《泰伯》並同，音“上照反”。《廣韻·笑韻》召音“寔昭切”。上、寔屬禪紐。同。慧琳《音義》卷十三敞音“唱掌反”，卷二十四、卷三十六、卷四十七、卷六十、卷八十二、卷九十一音“昌掌反”，卷三十九音“昌兩反”，卷五十九音“齒掌反”，卷七十七音“昌兩反”。《廣韻·養韻》音“昌兩切”。唱、昌、齒屬昌紐。同。

參其名臣　參七甘

參，參見《聖主得賢臣頌》“參乘旦”句“參”音疏證。

晉紀論晉武帝革命

晉紀

此二字，為篇題《晉紀論晉武帝革命》之省。

史臣曰　曰越

曰，參見《王文憲集序》“歎曰”句“曰”音疏證。

應而不求　應去

應，參見《王文憲集序》“自是始有應務之跡”句“應”音疏證。

晉紀總論

總論

總，寫卷作俗體“揔”，今改正體。　總論二字，乃篇題《晉紀總論》之省。

昔高祖宣皇帝以雄才碩量　量力上

量，參見《王文憲集序》“盈量知歸”句“量”音疏證。

籌畫軍國　畫獲

畫，參見《聖主得賢臣頌》“忽若簻汜畫塗”句“畫”音疏證。集注本引《音決》：“畫音獲。”

嘉謀屢中　中中仲

中，參見《趙充國頌》“在漢中興”句“中”音疏證。

行任數以御物　任任䘏　數□□

任下反切上字為疊字號，今改正字。　數下反切全佚，今補之以“□□”。　任，參見《聖主得賢臣頌》“所任賢”句“任”音疏證。集注本引《音決》：“任，而鴆反”。　數，參見《王文憲集序》“主者百數”句“數”音疏證。集注本引《音決》：“數，史具反。”

故能西擒孟達　擒□

擒，尤刻本、五臣本作“禽”。案“禽”“擒”音同義通。　擒下反切，寫卷全佚，今補之以“□”。擒，參見《漢高祖功臣頌》“平代擒狶”句“擒”音疏證。

Дх. 03421《文選音》

齊敬皇后哀策文

繼池綍於通軌兮　綍□□

　　寫卷"綍"字右部殘損，今將其補全，"綍"下反切全佚，今補之以"□□"　《經典釋文》卷八《周禮》上《地官・遂人》綍音"弗"，卷十三《禮記》三《雜記上》《雜記下》《喪大記》並同。《玉篇・系部》："綍，甫勿切。"《廣韻・物韻》："綍，分勿切。"同。甫、分屬非紐。案綍下所佚之反切，或當為非紐物韻之二字。

接龍帷於造舟　造□到

　　造下反切上字佚，今補之以"□"。　《經典釋文》卷二《周易》《乾》音"徂早反"，《屯》同，《坤》音"七到反"，卷四《尚書》下《君奭》，卷八《周禮》上《地官・司門》，卷十《儀禮》《聘禮》《士喪禮》，卷十一《禮記》一《王制》，卷十三《禮記》三《仲尼燕居》同。卷二《周易》《既濟》音"七報反"，《繫辭下》，卷三《尚書》上《盤庚中》，卷四《尚書》下《呂刑》，卷七《毛詩》下《大雅・大明》《大雅・公劉》《大雅・酌》，卷八《周禮》上《天官・醫師》《春官・肆師》《春官・鬱人》《春官・典瑞》、《春官・大祝》，卷九《周禮》下《夏官・掌固》《秋官・大司寇》《秋官・訝士》《秋官・掌客》《冬官・玉人》，卷十《儀禮》《士昏禮》《大射儀》《士喪禮》，卷十一《禮記》一《王制》，卷十二《禮記》二《玉藻》（凡二見），卷十三《禮記》三《雜記下》，卷十七《左傳》三成公十六年，卷十八《左傳》四昭公元年，卷十九年《左傳》五昭公五年、昭公十年、昭公二十年，卷二十《左傳》六昭公二十八年、襄公八年、哀公十五年、哀公二十年，卷二十一《公羊傳》隱公元年、隱公三年、莊公十三年、宣公十二年，卷二十二《穀梁傳》僖公二十三年、文公六年、文公十一年，卷二十四《論語》《里仁》，卷二十五《老子》，卷二十六《莊子》上《太宗師》（凡二見），並同，音"七報反"。卷二《周易》《繫辭上》音"在早反"，卷二十九《爾雅》上《釋言》音"才早反"、《釋水》音"草報反"。慧琳《音義》卷四十八音"在老反"，卷八十四音"曹道反"。在、才、草、曹屬從紐。《廣韻·号韻》音"七到切"又音"所早切"。七屬清紐，所屬生紐。寫卷所佚之反切上字，或當為清紐字。

迴塘寂其已暮兮　已□

已下反切佚，今補之以"□"。　已，參見《王文憲集序》"豈直雕章縟採而已哉"句"已"音疏證。

籍閟宮之遠烈兮　閟□□

閟下反切全佚，今補之以"□□"。　《經典釋文》卷四《尚書》下《大誥》閟音"秘"，卷七《毛詩》下《魯頌·閟宮》，卷八《周禮》上《春官·大司樂》，卷十五《左傳》一莊公三十二年、閔公二年並同，卷五《毛詩》上《鄘風·載驅》音"悲位反又才冀反"。慧琳《音義》卷六十音"悲媚反"，卷七十音"鄙冀反"，卷八十二同，卷八十四音"筆媚反"。《廣韻·至韻》音"兵媚切"。悲、鄙、筆、兵屬幫紐。案寫卷"閟"下所缺二字，上字當為幫紐字，下字當為至韻字。

郭有道碑文

先生誕應天衷　應去

應，參見《王文憲集序》"自是始有應務之跡"句"應"音疏證。

夫其器量弘深　量去

量，參見《王文憲集序》"盈量知歸"句"量"音疏證。

奧乎不可測已　已以

已，參見《王文憲集序》"豈直雕章縟采而已哉"句"已"音疏證。

若乃砥節厲行　　砥旨　行去

砥，寫卷誤書作"砥"，今據《夕選》改正。　砥，參見《聖主得賢臣頌》"越砥歛其鋒"句"砥"音疏證。　行，參見《王文憲集序》"眆行無異操"句"行"音疏證。

隱括足以矯時　　隱以□

《經曲釋文》卷十一《禮記》一《檀弓下》隱音"於刃反"，卷二十六《莊子》上《齊物論》音"於斳反"，卷二十七《莊子》中《秋水》，卷二十八《莊子》下《徐无鬼》同，卷二十九《爾雅》上《序》音"於謹反"。慧琳《音義》卷四音"於謹反"，卷九十音"殷斳反"。《廣韻·隱韻》音"於謹切"。寫卷所佚之反切下字，或當作隱韻字。

遂辟司徒掾　　掾以□

寫卷反切下字已佚，審其勢，似為一"絹"字。　《經典釋文》卷二十一《公羊傳》《序》掾音"弋絹反"。慧琳《音義》卷三十四音"鉛絹反"。《廣韻·線韻》音"以絹切"。以、弋屬以紐。同。

將蹈鴻涯之遐迹　　涯五□

反切下字已佚，今補之以"□"。　涯，參見《王文憲集序》"窮涯而反"句"涯"音疏證。

超天衢以高跱　　跱直□

跱下反切下字已佚，今補之以"□"。　案尤刻本、五臣本、明州本、奎章閣本、叢刊本"跱"並作"峙"。　慧琳《音義》卷二十引《字詁》："古文峙，今作跱，同，直耳反。"卷二十音"除里反"，卷七十四音"持里反"，卷一百同，卷九十七音"馳里反"。《廣韻·止韻》音"直里切"。直、除、持、馳屬澄紐。案寫卷所佚之反切下字，或當為止韻字。

稟命不融　　稟兵□

寫卷反切下字已佚，今補之以“□”。　《經典釋文》卷八《周禮》上《天官·宮正》，卷九《周禮》下《夏官·挈壺氏》，卷十四《禮記》四《中庸》，卷二十二《穀梁傳》《序》、莊公三年並音“彼錦反”，卷二十三《孝經》《士章》音“必錦反”。《廣韻·寑韻》音“筆錦切”。兵、必、筆屬幫紐。同。寫卷反切下字，或當為寑韻字。

S. 8521《文選音》

陳太丘碑文

重乎公相之位也　重平　相去

重下之"平"並非直音，而是指此"重"字當讀平聲，讀平聲當為"直容反"，（鍾韻澄紐），參見《漢高祖功臣頌》"重玄匪奧"句"重"音疏證。　相，集注本引《音決》："相，息亮反。"相下之小注"去"，指此處"相"當讀去聲，亦即《音決》所注之"息亮反"。參見《漢高祖功臣頌》"相國鄭文終侯沛蕭何"句"相"音疏證。

留葬所卒　卒即聿

卒，寫卷用俗體"卆"，今改正體。　卒，參見《封禪文》"終都攸卒"句"卒"音疏證。

槝財周櫬　櫬初覯

集注本引《音決》："櫬，楚陣反。"《經典釋文》卷十三《禮記》三《雜記上》，卷三十《爾雅》下《釋木》櫬音"初靳反"，卷十五《左傳》一僖公六年音"於覯反"，卷十七《左傳》三襄公元年，卷十九《左傳》五昭公四年音"初覯反"，卷三十《爾雅》下《釋草》音"初靳反"。慧琳《音義》卷九十六音"初愻反"。《廣韻‧震韻》音"初覯切"。同。

曰徵士陳君　曰越

曰，參見《王文憲集序》"歎曰"句"曰"音疏證。

傳曰　傳直絹　曰越

　　傳，參見《封禪文》"五三六經載籍之傳"句"傳"音疏證。
曰，參見《王文憲集序》"歎曰"句"曰"音疏證。

三公遺令史祭以中牢　令去

　　令，參見《王文憲集序》"遺詔以公為侍中尚書令"句"令"音
疏證。集注本引《音決》："令，力政反。"

太守南陽曹府君命官作誄曰　守去　曰越

　　守下小字注"去"，是守字的四聲標注而非音注。守，參見《王文
憲集序》"出為義興太守"句"守"音疏證。　曰，參見《王文憲集
序》"歎曰"句"曰"音疏證。

遣官屬掾吏　掾以絹

　　掾，寫卷作"椽"。敦煌寫卷從手從木之字常混用，此又一例。
集注本引《音決》："掾，以絹反。"參見《郭有道碑文》"遂辟司徒
掾"句"掾"音疏證。

刊石作銘　刊可干

　　刊，參見《王文憲集序》"刊弘度之四部"句"刊"音疏證。集
注本引《音決》："刊音看。"

乃作銘曰　曰越

　　曰，參見《王文憲集序》"歎曰"句"曰"音疏證。

既喪斯文　喪去

　　喪，參見《漢高祖功臣頌》"霸楚寔喪"句"喪"音疏證。　喪
下之小字注"去"，乃"喪"字之四聲標注，並非音注。集注本引
《音決》："喪，息浪反。"

徵言圮絶　圮^{平美}

　　集注本引《音決》："圮，步美反。"《經典釋文》卷三《尚書》上《堯典》，卷二十九《爾雅》上《釋言》音"皮美反"，卷三《尚書》上《咸有一德》音"備美反"。慧琳《音義》卷十七、卷六十三、卷八十九音"皮美反"，卷二十七、卷四十五音"父美反"，卷八十音"披彼反"，卷八十二音"皮鄙反"。《廣韻·旨韻》音"符鄙切"。平、步、皮屬並紐，父、符屬奉紐，披屬滂紐。同。

褚淵碑文

褚淵碑

　　寫卷此三字，為該篇篇題《褚淵碑文》之省署標識。

公稟川嶽之靈暉　稟^{兵飲}

　　集注本引《音決》："稟，布錦反。"參見《郭有道碑文》"稟命不融"句"稟"音疏證。

葉隆弱冠　冠^去

　　冠，寫卷用別體"冠"，今改正體。　冠，參見《王文憲集序》"衣冠禮樂在是矣"句"冠"音疏證。冠下之小字注"去"，是四聲標注而非音注。集注本引《音決》："冠，古玩反。"

人無閒言　閒^澗

　　集注本引《音決》："閒，居莧反。"《經典釋文》卷六《毛詩》中《小雅·由庚》，卷八《周禮》上《天官·膳夫》，卷十三《禮記》三《雜記上》，卷二十九《爾雅》上《釋詁》閒並音"古莧反"，卷八《周禮》上《天官·酒人》音"澗"，卷二十二《穀梁傳》昭公二十二年音"簡"。慧琳《音義》卷二十二音"皆莧反"、卷二十六音"居莧反"、卷三十九音"簡莧反"。《廣韻·襉韻》閒音"古莧切"。居、古、皆、簡屬見紐。同。

用人言必由於己　己紀

己，參見《王文憲集序》"約己不以廉物"句"己"音疏證。

撓之不濁　撓□□

撓，寫卷作"橈"，此乃敦煌寫卷從手從木之字常混用之又一例。撓下反切全佚，今補之以"□□"。　撓，參見《漢高祖功臣頌》"楚威自撓"句"撓"音疏證。集注本引《音決》："撓，女絞反。"

幾將毀滅　幾其

集注本引《音決》："幾音祈。"《經典釋文》卷二《周易》《屯》《小畜》《復》《夬》《井》《歸妹》《中孚》幾音"祈"，卷七《毛詩》下《大雅·民勞》，卷八《周禮》上《春官·占夢》，卷九《周禮》下《冬官·輪人》，卷十三《禮記》三《哀公問》，卷十五《左傳》一僖公十四年，卷十八《左傳》四昭公元年，卷十九《左傳》五昭公十三年、昭公二十年，卷二十《左傳》六昭公二十七年（凡二見）、昭公二十八年、哀公二十六年，卷 二十一《公羊傳》桓公十年、桓公十七年、僖公十四年、僖公二十一年、僖公二十二年、文公十五年、定公八年，卷二十五《老子》（凡二見），卷二十六《莊子》上《人間世》（凡二見），卷二十七《莊子》中《達生》《山木》，卷二十八《莊子》下《盜跖》，卷二十九《爾雅》上《釋詁》（凡二見）並同。《廣韻·微韻》音"居依切"。其、祈屬羣紐，居屬見紐。同。

服関　関苦穴

関反切之上字原訛"善"，今改"苦"。反切下字原佚。集注本引《音決》："関，苦穴反"，則反切下字當為"穴"字，今據補。　関，參見《王文憲集序》"服関"句"関"音疏證。

于時新安王寵冠列蕃　冠古亂

寫卷冠用別體"冝"，冠下之反切下字原作俗體"乱"，今並改正體。　冠，參見《王文憲集序》"衣冠禮樂在是矣"句"冠"音疏證。集注本引《音決》："冠，古翫反。"

S. 11383b《文選音》

頭陁寺碑文

今屈知寺任　任去

任下小字"去"，是四聲標注而非直音。任，參見"聖主得賢臣頌""所任賢"句"任"音疏證。

敢寓言於彫篆　篆□□

寫卷作"蒙"，以下反切全佚。敦煌本從草從竹之字常混用，此又一例。依今本《文選》，改作"篆"。　《經典釋文》卷七《毛詩》下《商頌·烈祖》篆音"直轉反"，卷八《周禮》上《春官·巾車》，卷九《周禮》下《冬官·輪人》《冬官·梟氏》，卷十二《禮記》二《郊特牲》《内則》並同，卷十《儀禮》《士虞禮》音"丈（原訛'六'）轉反"，卷三十《爾雅》下《釋魚》同，音"丈轉反"。慧琳《音義》卷八十一音"厨充反"，卷八十二音"傳充反"，卷八十九音"傳戀反"，卷九十一音"傳免反"。《廣韻·獮韻》音"持充切"。直、丈、厨、傳、持屬澄紐。同。篆下反切，上字當為澄紐字，下字當為獮韻字。

於昭有齊　於烏

寫卷"於"字原殘，只遺小字注直音"烏"，今據《文選》將"於"補上。　於，參見《典引》"然猶於穆猗那"句"於"音疏證。

玄津重枻　枻以折

尤刻本引《漢書音義》韋昭曰："枻，檝也，音裔，翊泄切，叶韻。"五臣本於正文"枻"下注："翊洩反，協韻。"明州本、奎章閣本、叢刊本並同。《經典釋文》卷十一《禮記》一《檀弓上》音"羊世反"。慧琳《音義》卷九十八音"羊制反"，並引《文字集畧》："枻皆檄屬也。"《廣韻·祭韻》音"餘制切"。以、羊、餘屬以紐。同。

倚據崇巖　倚□□

寫卷"倚"下反切全佚，今補之以"□□"。倚，五臣本、明州本、奎章閣本作"傍"，並於正文"傍"下注云："善本作'倚'字。"案："倚"，"傍"，字異而義通也。　《經典釋文》卷二《周易》《說卦》音"於綺反"，卷三《尚書》上《序》《太甲上》《盤庚中》，卷五"毛詩"上《鄘風·柏舟》《鄘風·定之方中》，卷七《毛詩》下《商頌·那》《商頌·長發》，卷八《周禮》上《天官·宮正》《春官·眡祲》，卷九《周禮》下《冬官·輈人》《冬官·弓人》，卷十《儀禮》《鄉射禮》《大射儀》《喪服經傳》《既夕禮》《士虞禮》，卷十一《禮記》一《曲禮下》《檀弓上》《檀弓下》，卷十二《禮記》二《禮器》，卷十三《禮記》三《雜記上》（凡二見）《喪大記》，卷十四《禮記》四《奔喪》《問喪》《閒傳》《三年問》，卷十五《左傳》一桓公十五年，卷十七《左傳》三成公六年、成公十三年，卷十八《左傳》四襄公十七年、襄公二十七年，卷十九《左傳》五昭公五年、昭公十二年，卷二十二《穀梁傳》莊公三十一年、僖公三十三年，卷二十四《論語》《述而》《衛靈公》《微子》，卷二十六《莊子》上《養生主》（凡二見）《德充符》《大宗師》（凡二見），卷二十七《莊子》中《天運》，卷三十《爾雅》下《釋草》並同，音"於綺反"。慧琳《音義》卷九、卷四十六音"於蟻反"，卷二十五音"依綺反"，卷七十二音"於綺反"。《廣韻·紙韻》音"於綺切"。於、依屬影紐。案倚下反切，上字當為影紐字，下字當為綺韻字。

睟容已安　已以

已，參見《王文憲集序》"豈直雕章縟采而已哉"句"已"音疏證。

桂深冬燠　桂古□　燠於六

寫卷桂下反切下字已佚，今補之以"□"。"燠"已漫漶，其下似存反切"於六"二字，今將其補全。　慧琳《音義》卷一桂音"圭慧反"。《廣韻·霽韻》音"古惠切"。寫卷桂下反切下字，或當作"惠"。　燠，參見《聖主得賢臣頌》"不苦盛暑之鬱燠"句"燠"音疏證。五臣本、明州本、奎章閣本於正文"燠"下注反切"於六"二字。

附録一　S. 3663《嘯賦》音考釋

大而不洿　洿_{安都}

　　五臣本、明州本、奎章閣本、叢刊本正文“洿”字下注直音“烏”。　洿，參見《三國名臣序贊》“迹洿必僞”句“洿”音疏證。

清激切於竽笙　竽_{禹俱}

　　《經典釋文》卷八《周禮》上《春官·笙師》竽音“于”，卷十《儀禮》《既夕禮》，卷十一《禮記》一《檀弓上》《月令》，卷十三《禮記》三《樂記》，卷二十七《莊子》中《胠篋》並同。《廣韻·虞韻》音“羽俱切”。禹、羽屬云紐。同。

反亢陽於重陰　亢_{苦浪}

　　亢，參見《典引》“尊亡與亢”句“亢”音疏證。

徐婉約而優遊　婉_{於遠}

　　婉，參見《漢高祖功臣頌》“婉孌我皇”句“婉”音疏證。

謂仰抃而抗首　抃_{皮變}

　　抃，尤刻本、五臣本、明州本、奎章閣本、叢刊本、《晉書》並作“抃”。案《玉篇·手部》：“抃同抃”，是“抃”“抃”字同。　《經典釋文》卷六《毛詩》中《豳風·東山》抃音“甫問反”，卷七《毛詩》下《周頌·小毖》音“芳煩反”，卷九《周禮》下《夏官·隸僕》，卷十《儀禮》《聘禮》（又音“符變反”）《有司》音“方問反”，卷十二《禮記》二《少儀》音“弗運反”。慧琳《音義》卷二十八抃音“皮變反”，並注“又作抃”，卷四十五抃音“皮變反”並注“又作抃”，卷四十九、卷八十八、卷九十六“抃”並音“皮變反”。《廣韻·線韻》“抃”音“皮變切”。案《經典釋文》卷十《儀禮》《聘禮》音“符變反”與“皮變反”同，在《廣韻·線韻》，而《周頌·

小毖》音"芳煩反"在元韻、"方門反"在問韻，與之不同。皮屬並紐，甫、方、弗屬非紐，芳屬敷紐，符屬奉紐。

嘈長引而憀亮　嘈在勞　憀力幽

案後文"訇礚聊嘈"句下尤刻本注云："嘈音曹"，叢刊本同。慧琳《音義》卷八十七嘈音"曹"，卷九十九音"皂槽反"。《廣韻·豪韻》嘈音"昨勞切"。在、皂、昨屬從紐。同。　五臣本、叢刊本正文"憀"下注直音"流"，明州本、奎章閣本注直音"留"。《玉篇·心部》憀音"力周、力彫二切"。《廣韻·蕭韻》憀音"落蕭切"。案"力幽反""流""留"與"力周切"同，"力彫切"與"落蕭切"同。力、落屬來紐。

或冉弱而柔撓　撓而小

撓，尤刻本、《晉書》作"撓"，案敦煌寫卷從手從木之字常混用，此又一例。五臣本、明州本、奎章閣本、叢刊本"撓"作"擾"。案《説文·手部》："撓，擾也"。是"撓""擾"二字音近義通也。撓，參見《漢高祖功臣頌》"楚威自撓"句"撓"音疏證。

或澎濞而犇壯　澎普彭　濞普秘

五臣本、明州本、奎章閣本、叢刊本正文"澎"下注直音"烹"。明州本、叢刊本正文"濞"下注反切"普秘"、奎章閣本作"普必"。《廣韻·庚韻》"澎，撫庚切。"《玉篇·水部》："澎，蒲衡切。"普屬滂紐，撫屬敷紐，蒲屬並紐。同。　《廣韻·至韻》："濞，匹備切"。《玉篇·水部》："濞，普秘切"。匹、普屬滂紐。同。

橫鬱鳴而滔涸　滔土勞　涸胡各

《經典釋文》卷三《尚書》上《堯典》滔音"吐刀反"，卷六《毛詩》中《小雅·四月》，卷七《毛詩》下《大雅·江漢》，卷十九《左傳》五昭公二十六年，卷二十四《論語》《微子》，卷二十七《莊子》中《田子方》並同，卷七《毛詩》下《大雅·蕩》音"他刀反"。慧琳《音義》卷三十三音"討高反"。《廣韻·豪韻》音"土刀切"。土、吐、他、討屬透紐。同。　《經典釋文》卷八《周禮》上《天官·庖人》涸音"胡洛反"，《地官·稻人》、卷二十七《莊子》中

《天運》並同，卷十一《禮記》一《月令》涸音"戶各反"，卷十五《左傳》一莊公九年，卷二十六《莊子》上《大宗師》，卷二十九《爾雅》上《釋詁》並同。慧琳《音義》卷二涸音"何各反"，卷十、卷二十九同，卷七音"何鐸反"，卷二十四音"胡各反"，卷四十一、卷九十二同，卷三十九音"胡洛反"，卷七十六音"航各反"。《廣韻·鐸韻》音"下各切"。胡、戶、何、航、下屬匣紐。同。

洌繚脁而清昶　　繚來鳥　脁他鳥　昶勅亮

繚，尤刻本作"飄"。脁，尤刻本作"眇"，五臣本、明州本、奎章閣本、叢刊本、《晉書》作"眺"。案"繚脁""飄眇""繚眺"乃音近義同之聯綿詞。　繚，五臣本於正文下注直音"了"，明州本、奎章閣本、叢刊本並同。　眇，尤刻本注音"他鳥切"，眺，五臣本、明州本、奎章閣本、叢刊本於正文下注反切"土了"。　《經典釋文》卷五《毛詩》上《魏風·葛屨》繚音"了"，卷八《周禮》上《春官·大祝》，卷十《儀禮》《士冠禮》《鄉飲酒禮》，卷十二《禮記》二《玉藻》，卷二十四《論語》《微子》，卷二十八《莊子》下《盜跖》《天下》，卷三十《爾雅》下《釋木》並同。慧琳《音義》卷十六音"力鳥反"，卷四十二同，卷二十一音"零鳥反"，卷二十七音"力小反"，卷五十五音"聊鳥反"，卷六十二音"寮鳥反"。《廣韻·蕭韻》音"落蕭切"。力、零、聊、寮、落屬來紐。同。　《經典釋文》卷八《周禮》上《春官·保章氏》脁音"他了反"。《玉篇·肉部》音"通堯他召二切"。《廣韻·笑韻》音"丑召切"。他屬透紐，丑屬徹紐。同。　慧琳《音義》卷九十昶音"暢亮反"。《廣韻·養韻》音"丑兩切"。暢、丑屬徹紐。同。

啾啾鄉作　　啾子由

慧琳《音義》卷五十二音"子由反"，卷七十三同，卷五十六音"子修反"，卷五十八同。《廣韻·尤韻》音"即由切"。子、即屬精紐。同。

怫鬱衝流　　怫扶勿

尤刻本注："怫，扶勿切。"五臣本、明州本、奎章閣本、叢刊本於正文"怫"下注直音"佛"。　《經典釋文》卷二十六《莊子》上《德充符》音"扶弗反"，卷二十七《莊子》中《天地》音"符弗反"。慧琳《音義》卷七十五音"父勿反"。《廣韻·物韻》音"符弗切”。扶、符、父屬奉紐。同。

參譚雲屬　參七參　譚徒感　屬之欲

參，參見《聖主得賢臣頌》“參乘且”句“參”音疏證。　《經典釋文》卷五《毛詩》上《衛風·碩人》譚音“徒南反”，卷六《毛詩》中《小雅·大東》，卷十五《左傳》一莊公十年同，卷二十一《公羊傳》莊公十年音“人南反”（“人”當為“大”），卷二十八《莊子》下《則陽》音“談”，卷二十九《爾雅》上《釋親》音“大南反”。《廣韻·覃韻》音“徒含切”。徒、大屬定紐。同。　《經典釋文》卷三《尚書》上《盤庚中》屬音“燭”，卷四《尚書》下《洪範》《梓材》《召誥》《呂刑》，卷五《毛詩》上《葛屨》，卷六《毛詩》中《小雅·出車》《小雅·小弁》（凡二見），卷七《毛詩》下《大雅·綿》《魯頌·閟宮》，卷八《周禮》上《天官·小宰》《地官·州長》《地官·遂人》《地官·遂大夫》《春官·典瑞》《春官·甸祝》《春官·巾車》《春官·典路》，卷九《周禮》下《夏官·大司馬》《夏官·司右》《夏官·弁師》《秋官·朝士》，卷十《儀禮》《士冠禮》《士昏禮》《鄉飲酒禮》《喪服經傳》（凡二見）《既夕禮》（凡四見）《少牢饋食禮》，卷十一《禮記》一《檀弓上》《檀弓下》，卷十二《禮記》二《玉藻》《大傳》，卷十三《禮記》三《雜記下》（凡二見）《喪大記》（凡三見）《祭義》《經解》，卷十四《禮記》四《深衣》《鄉飲酒義》，卷十五《左傳》一桓公十六年、桓公十八年、僖公十五年，卷十六《左傳》二僖公十七年、僖公二十三年、僖公二十八年（凡二見）、文公七年、文公十八年，卷十七《左傳》三成公二年，卷十九《左傳》五昭公七年（凡二見）、昭公八年、昭公十三年、昭公十七年，卷二十《左傳》六定公十年、哀公二年、哀公八年、哀公十一年、哀公十三年、哀公二十七年，卷二十一《公羊傳》隱公十年、桓公八年、桓公十一年、桓公十六年、莊公六年、莊公八年、莊公十年、僖公二十三年、僖公二十七年、僖公二十八年、宣公元年，卷二十四《論語》《述而》，卷二十七《莊子》中《駢拇》《田子方》，卷二十八《莊子》下《徐无鬼》《漁父》，卷二十九《爾雅》上《釋器》並同，音“燭”。卷七《毛詩》下《大雅·棫樸》屬音“之欲反”，卷二十《左傳》六昭公三十二年、定公元年、定公十三年、哀公十四年，卷二十五《老子》，卷二十九《爾雅》上《釋言》《釋器》，卷三十《爾雅》下《釋木》並同，音"之欲反"。卷九《周禮》下《冬官考工記》屬音"章欲反"，卷十《儀禮》《鄉射禮》《燕禮》，卷十二《禮記》二《玉藻》，卷十五《左傳》一隱公三年、閔公二年，卷十七《左傳》二成公二年，卷二十二《穀梁傳》定公十年，卷二十六《莊子》上《養生主》，卷三十《爾雅》下《釋鳥》並同。慧琳《音義》卷四音"鍾欲反"，卷十八音"鍾辱反"，卷九十五同，卷二十七音"之欲反"，卷五十（凡二見）、卷七十一同。《廣韻·燭韻》音"之欲切，又音燭"。燭、之、章、鍾屬章紐。同。

飛廉鼓於幽隧　隧隨翠

《經典釋文》卷七《毛詩》下《大雅·桑柔》隧音"遂"，卷九《周禮》下《秋官·司約》《冬官·鳬氏》《冬官·匠人》，卷十一《禮記》一《曲禮上》，卷十三《禮記》三《喪大記》，卷十五《左傳》一隱公元年，卷十六《左傳》二僖公二十五年、文公元年，卷十七《左傳》三成公六年、成公十三年、成公十五年、襄公七年、襄公九年、襄公十一年，卷十八《左傳》四襄公十七年、襄公十八年、襄公十九年、襄公二十四、襄公二十五年、襄公二十六年、昭公元年，卷十九《左傳》五昭公十六年、昭公十七年，卷二十《左傳》六定公四年、哀公十三年，卷二十七《莊子》中《馬蹄》《天地》，卷二十八《莊子》下《天下》，卷二十九《爾雅》上《釋天》，卷三十《爾雅》下《釋草》並同，音"遂"。卷九《周禮》下《冬官·輿人》《冬官·輈人》音"雖遂反"。慧琳《音義》卷二十八音"辭醉反"，卷六十八、卷八十九音"隨醉反"。《廣韻·至韻》音"徐醉切"。隨、辭、徐屬邪紐，雖屬心紐。同。

南箕動於穹倉　穹丘弓

穹，參見《封禪文》"自昊穹兮生民"句"穹"音疏證。

蕩埃藹之溷濁　溷胡本

五臣本、明州本、奎章閣本、叢刊本正文"溷"下注直音"混"。溷，參見《聖主得賢臣頌》"而不溷者"句"溷"音疏證。

漱清泉　漱盥口搜又反

漱，參見《酒樓頌》"銜杯漱醪"句"漱"音疏證。

藉蘭皋之猗靡　藉嗟夜反又慈夜　猗於綺

藉，參見《酒德頌》"枕麴藉糟"句"藉"音疏證。　猗，參見《漢高祖得賢臣頌》"猗歟汝陰"句"猗"音疏證。

蔭脩竹之蟬蜎　蜎伊緣

五臣本、明州本、奎章閣本、叢刊本、《晉書》"蟬蜎"作"嬋娟"。　《經典釋文》卷六《毛詩》中《豳風·東山》蜎音"烏玄反"，卷九《周禮》下《冬官·廬人》音"巨兖反"，卷三十《爾雅》下《釋魚》："郭狂兖反，《字林》'一全反、又一夬反'。"慧琳《音義》卷九音"一泉反"，卷三十三同，卷十二音"壹緣反"，卷十七音"血緣反"，卷十九音"恚緣反"，卷三十一、又卷三十三音"一緣反"，卷五十二、卷六十五音"一全反"，卷九十五音"一緣反"。《廣韻·先韻》音"烏玄切"。伊、烏、一屬影紐，巨屬羣紐。同。

舒畜思之悱憤　悱芳尾

尤刻本注：悱"芳匪切"。　《經典釋文》卷十三《禮記》三《學記》悱音"芳鬼反"，卷二十四《論語》《述而》音"芳匪反"。慧琳《音義》卷八十三、卷九十八音"妃尾反"。《廣韻·尾韻》音"敷尾切"。芳、妃、敷屬敷紐。同。

心滌蕩而無累　滌庭歷

滌，參見《劇秦美新》"滌殷蕩周"句"滌"音疏證。

硼硠震隱　硼普萌　硠朗棠

尤刻本注："硼，芳宏切。"五臣本、明州本、奎章閣本、叢刊本於正文"硼"下注直音"烹"。　尤刻本注："硠音郎。"五臣本、明州本、奎章閣本、叢刊本正文"硠"下注直音"郎"。　《玉篇·石部》："硼，普耕切"。《集韻·庚韻》："披庚切"。普、披屬滂紐。同。

慧琳《音義》：硠，"朗當反"。《玉篇·石部》："硠，力唐切。"《廣韻·唐韻》音"魯當切"。力、魯屬來紐。同。

訇礚聊嘈　訇火宏　礚苦蓋　聊老陶

礚，明州本、奎章閣本、叢刊本作"磕"。《集韻·泰韻》："礚磕，丘蓋切。《説文》：'石聲'。或從蓋。"《廣雅疏證》卷第四下《釋詁》："礚者，《説文》：'礚，石聲也，'宋玉《高唐賦》云：'嶄震天之礚礚'，司馬相如《子虛賦》'礧石相擊，硠硠礚礚'，楊雄《甘泉賦》：'登長平兮雷鼓礚'，礚與磕同。"是"礚""磕"字同也。　五臣本、明州本、奎章閣本、叢刊本正文"訇"下注直音"轟"。慧琳《音義》卷八十三訇音"呼宏反"。《玉篇·言部》音"呼宏切"。《廣韻·耕韻》音"呼宏切"。火、呼屬曉紐。同。　五臣本正文"礚"下注反切"苦害"，明州本、奎章閣本、叢刊本正文"磕"下注反切"苦代"。《漢書·司馬相如傳》"琅琅礚礚"師古注"礚音口蓋反"。《文選·甘泉賦》"登長平兮雷鼓礚"李善注引《字指》云："礚，大聲也，口蓋切。"《集韻·泰韻》音"丘蓋切"。口、丘屬溪紐。同。

聊，尤刻本作"唧"，五臣本、明州本、奎章閣本、叢刊本作"砯"。案"聊""唧""砯"此處作為聲詞，可通也。尤刻本注："唧音勞。"五臣本正文"唧"下注直音"牢"，明州本、奎章閣本、叢刊本正文"砯"下注直音"勞"。《經典釋文》卷二十九《爾雅》上《釋詁》聊音"遼"，卷三十《爾雅》下《釋木》音"寮"。慧琳《音義》卷十聊音"了彫反"，卷十一音"力彫反"，卷四十一音"爹彫反"。《廣韻·蕭韻》音"落蕭切"。了、力、爹、落屬來紐。同。

發徵則隆冬熙蒸　熙喜眉　蒸之升

蒸，《晉書》作"烝"。　《經典釋文》卷三《尚書》上《堯典》熙音"許其反"，卷七《毛詩》下《大雅·文王》《周頌·維清》，卷十四《禮記》四《緇衣》《大學》，卷十七《左傳》三襄公八年，卷二十五《老子》，卷二十九《爾雅》上《釋詁》並同。慧琳《音義》卷一熙音"虛飢反"，卷九音"虛之反"，卷七十一同，卷二十音"喜其反"，卷四十同，卷二十九音"喜飢反"，卷三十二同，卷八十三音"喜疑反"，卷八十五音"欣其反"。《廣韻·之韻》音"許其切"。喜、欣、許屬曉紐。同。　《經典釋文》卷二《周易》《小畜》蒸音"職舊反"（"舊"字疑誤），卷六《毛詩》中《小雅·無羊》《小雅·正月》音"之丞反"，卷十一《禮記》一《王制》，卷十九《左傳》五昭公二十年同，卷六《毛詩》中《小雅·巷伯》音"之升反"，卷二十九《爾雅》上《釋詁》《釋訓》《釋天》同，卷十《儀禮》《既夕禮》音"之承反"，卷十一"禮記"一《月令》（凡二見）同，卷十三《禮記》三《樂記》音"之膺反"，卷二十六《莊子》上《齊物論》同。慧琳《音義》卷十八音"纖綾反"，卷二十八音"之升反"，卷四十一音"職仍反"。《廣韻·蒸韻》音"煮仍切"。職、之、纖、煮屬章紐。同。

音均不恒　　均古韻字，一如字

均，五臣本、明州本、奎章閣本作"韻"。尤刻本注云："均，古韻字也，《鶡冠子》曰：'五聲不同均，然其可喜一也。'晉灼《子虛賦》注曰：'文章假借，可以協韻。'均與韻同。"《廣韻·問韻》："韻，王問切"。

隨口吻而發揚　　吻亡粉

吻，參見《聖主得賢臣頌》"亦傷吻獎策"句"吻"音疏證。

聲激曜而清厲　　激古歷　曜庭歷

《經典釋文》卷二《周易》《剝》激音"經歷反"，卷五《毛詩》上《邶風·燕燕》《王風·揚之水》《唐風·揚之水》，卷二十六《莊子》上《齊物論》並同，卷九《周禮》下《冬官·弓人》、卷十六《左傳》二文公十八年（凡二見），卷二十《左傳》六哀公二十五年（"歷"作"曆"），卷二十一《公羊傳》僖公十五年，卷二十八《莊子》下《盜跖》並音"古歷反"，卷十七《左傳》三成公十六年音"古狄反"，卷十九《左傳》五昭公二十六年，卷二十《左傳》六定公八年，卷二十一《公羊傳》成公十七年、定公四年，卷二十八《莊子》下《外物》並同。慧琳《音義》卷八音"經亦反"，卷十八、卷三十六、卷六十、卷七十八、卷九十一同，卷二十二音"經歷反"，卷二十三、卷四十八、卷五十三、卷六十八同，卷二十三又音"古歷

反”，卷六十五同，卷五十六音“公的反”、卷七十四同，卷八十二音
“擊”、卷九十同，卷二十四音“經鷸反”，卷八十四音“經的反”。
《廣韻·錫韻》音“古歷切”。古、經、公屬見紐。同。　尤刻本注：
“矖音翟。”五臣本、明州本、奎章閣本、叢刊本正文“矖”下注直音
“狄”。《集韻·錫韻》：“矖，亭歷切。”庭、亭屬定紐。同。

窅子檢手而歎息　檢力冉

檢，叢刊本同，尤刻本作“撿”。敦煌寫卷從手從木之字常混用，
此又一例。五臣本、明州本作“斂”，奎章閣本、《晉書》作“歛”。
《經典釋文》卷二十三《孝經》《卿大夫章》檢音“紀儉反”，卷二十
九《爾雅》上《釋言》音“居儉反”。慧琳“音義”卷九音“居儼
反”，卷二十七、卷三十四同，卷十八音“錦儼反”又音“劍儼反”，
卷二十六音“居險反”，卷六十五音“居歛反”。《廣韻·琰韻》音
“居奄切”。力屬來紐，紀、居、錦、劍屬見紐。同。

百獸率儛而抃足　抃皮變

慧琳《音義》卷二八：“又作拚，皮變反。”（案本篇前文“喟仰
拚而抗首”句尤刻本“拚”作“抃”）卷四十五、卷四十九、卷八十
八並同，卷九十六音“別變反”。《廣韻·線韻》音“皮變切”。皮、
別屬並紐。同。

鳳凰來儀而拊翼　拊芳武

五臣本、明州本、奎章閣本、叢刊本於正文“拊”下注直音
“撫”。　拊，參見《典引》“拊翼而未舉”句“拊”音疏證。

附録二　音釋字筆劃索引

圖書在版編目（CIP）數據

敦煌本《文選音》考釋/羅國威著. —成都：四川人民出版社，
2023. 1

ISBN 978-7-220-13106-6

Ⅰ.①敦… Ⅱ.①羅… Ⅲ.①《文選》-研究 Ⅳ.①I206.2

中國版本圖書館 CIP 數據核字（2023）第 014025 號

DUNHUANGBEN WENXUANYIN KAOSHI

敦煌本《文選音》考釋

羅國威　著

出 版 人	黃立新
策劃統籌	封 龍
責任編輯	封 龍　馮 珺
版式設計	戴雨虹
特邀編輯	彭 煒
裝幀設計	最近文化
責仼印製	周 奇
出版發行	四川人民出版（成都市錦江區金石路 238 號）
網　址	http://www.scpph.com
E-mail	scrmcbs@sina.com
新浪微博	@ 四川人民出版社
微信公衆號	四川人民出版社
發行部業務電話	（028）86361652　86361656
防盜版舉報電話	（028）86361661
照　排	成都完美科技有限責任公司
印　刷	成都國圖廣告印務有限公司
成品尺寸	170mm×240mm
印　張	19
字　數	300 千
版　次	2023 年 1 月第 1 版
印　次	2023 年 1 月第 1 次印刷
書　號	ISBN 978-7-220-13106-6
定　價	88.00 圓